KB156260

내가 읽은 옛 편지

내가 읽은 옛 편지

2019년 7월 10일 초판1쇄 인쇄
2019년 7월 20일 초판1쇄 발행

편저자 / 한국고간찰연구회
발행인 / 김영환
디자인 / 이아임디자인
발행처 / 도서출판 다운샘

05661 서울특별시 송파구 중대로27길 1(오금동)
전화 / (02)449-9172 팩스 / (02)431-4151
E-mail / dusbook@naver.com
등록 / 제1993-000028호

ISBN 978-89-5817-453-0 03810

정가 23,000원

이 도서의 국립중앙도서관 출판예정도서목록(CIP)은 서지정보유통지원시스템 홈페이지(http://seoji.nl.go.kr)와 국가자료종합목록 구축시스템(http://kolis-net.nl.go.kr)에서 이용하실 수 있습니다.(CIP제어번호 : CIP2019026257)

한국고간찰연구회 편저

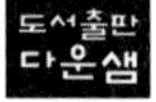

일 러 두 기

1. 일반인이 읽기 쉽게 풀어쓰되, 필요에 따라 한자를 나란히 병기하였다.
2. 본문은 〈간찰 도판〉–〈탈초 번역〉–〈해설〉의 순서로 구성하였으나, 항목에 따라서는 그렇지 않은 부분도 있다.
3. 본문의 이해를 돕기 위해 참고 도판을 간간이 수록하였다.
4. 각 항목의 작성자는 각 편의 말미에 이름을 명기하였다.
5. 인용된 간찰의 상세 소장처는 다음과 같다.
   - 『고승유묵高僧遺墨』, 예술의전당, 2005년.
   - 『간찰簡札1』, 국립중앙박물관, 2006년.,
   - 『조선시대 간찰첩 모음』, 다운샘, 2006년.
   - 『우암 송시열』, 국립청주박물관, 2007년.
   - 『근묵槿墨』, 성균관대학교 박물관, 2009년.
   - 『청관재 소장 서화가들의 간찰』, 다운샘, 2008년.
   - 『한암 탄허선사 서간문』, 월정사 성보박물관, 2014년.
   - 『제가유독諸家遺牘』, 다운샘, 2017년.
   - 『표충사 서간첩』, 동국대 출판부, 2017년.
   - 『선자수적先子手蹟』, 한국국학진흥원(연안이씨 식산종가 서화류) 소장.
   - 『암연첩黯然帖』, 개인 소장.

삶의 체취가 느껴지는 옛 사람의 편지들

이 책은 '말일파초회'로 알려진 한국고간찰연구회가 창립 20주년을 맞이하여 그 동안 우리가 읽었던 옛 사람의 간찰 중에서 일반인들에게 전해주고 싶은 편지를 골라 대중서로 펴낸 것이다.

한국고간찰연구회는 옛 사람의 간찰을 읽으면서 초서를 공부하는 연구모임으로 1999년 3월부터 매월 마지막 일요일에 모여서 그 어렵다는 초서를 타파한다는 뜻에서 스스로 말일파초회末日破草會라 부르고 있다. 그동안 말일파초회는 한 달도 거르지 않고 줄기차게 초서 간찰을 읽어 오면서 이를 탈초하고 번역하고 주석을 달아 「초서강독 시리즈」로 펴내왔다. 첫 번째 책 『옛 문인들의 초서 간찰』부터 『조선시대 간찰첩 모음』, 『청관재 소장 서화가들의 간찰』, 『제가유독諸家遺牘』, 『명현수적名賢手蹟』까지 벌써 다섯 권을 간행하였고 지금 준비 중에 있는 책도 있다.

옛 사람의 간찰은 대개 초서로 쓰여 있어서 일반인들이 접근하기 어렵지만, 간찰이란 편지이기 때문에 보낸 사람과 받는 사람의 사이에서 일어난 삶의 체취가 살아 있다. 회원들의 전공은 한문학, 국문학, 역사학, 서지학, 불교학, 미술사 등 다양하여 하나의 간찰을 윤독하면서 그 안에 들어 있는 숨은 내용을 함께 공유하면서 이는 생활사의 귀중한 자료임을 새삼 깨닫곤 한다.

그렇게 20년간 함께 공부하다보니 이런 귀중한 이야기들을 우리들만이 간직할 것이 아니라 일반 대중을 위한 책으로도 펴내자는 의견이 종종 있어왔는데, 이번에 창립 20주년을 맞아 마침내 이와 같은 책으로 엮어내게 된 것이다.

이 모임에 참가하는 인원은 처음에는 15명이 출발하였지만 중간에 들어오고 나감이 있었고, 최근에 부쩍 회원이 늘어 현재는 29명이 정회원으로 이름을 올리고 있다. 이번 책은 회원들마다 그 동안 함께 읽은 간찰이나 다른 책에서 본 간찰 또는 시고詩稿 중에서 본인이 가장 감동적으로 읽은 것을 1편 이상 5편 이내로 골라 탈초와 번역과 해제를 달아 제출케 하니 그렇게 모인 것이 대략 60여 편이 되었다.

회원 각자가 제시한 작자가 다르고 또 해설하는 방식도 다양하였지만 이를 김현영, 김채식 회원의 주도하에 분류하여 편집해 보니 대개 4개의 장으로 나눌 수 있었다.

첫째 장은 조선시대 위정자들의 간찰로 '나라와 백성을 생각하며'라는 장으로 구성하였다. 지금 남아있는 간찰의 대부분은 조선시대에 고관대작을 지낸 위정자들의 간찰인데, 그들의 편지 속에는 당시 그들이 어떤 상황에서 어떤 생각, 어떤 행동을 하였는지가 생생하게 담겨있어서 당시의 생활상을 실감나게 접할 수 있다.

둘째 장은 '글의 멋과 맛' 이라는 장을 구성하여 글을 잘 한다고 소문이 난 문장가들의 간찰이나 시고를 넣었다. 물론 뛰어난 글솜씨를 간찰이나 시고와 같은 단편적斷片的 글 속에서 찾을 수 없을지는 몰라도, 그러한 가운데에서 오히려 글의 맛을 느낄 수 있지 않을까 생각된다.

셋째 장은 '생각과 실천' 이라는 제목 아래 우리나라의 사상과 이념을 이끌어간 사상가, 실학자, 종교가들의 간찰과 시고로 구성하였다. 물론 대부분의 간찰이나 시고는 일상적인 것이어서 사상과 생각을 엿보기 어려운 것도 있지만, 오히려 그들의 일상의 모습을 볼 수 있다는 점에서 의미가 있다.

넷째 장은 '글씨와 그림'이라고 하여 글씨나 그림으로 유명한 서화가들의 간찰과 시고를 배치하였다. 간찰이나 시고의 글씨는 소품이고 본격적인 서예작품으로 삼을 수 없을 수도 있지만 오히려 그렇기 때문에 그들의 성품이나 개성이 진솔하게 드러나는 면이 있다. 그리고 꽃편지지인 시전지詩箋紙에 쓰여진 간찰과 시고는 그 자체로 하나의 예술 작품을 대하는 듯한 아름다움이 있다.

이리하여 '내가 읽은 옛 편지'라는 이름으로 한 권의 책을 세상에 내놓게 되니 한편으로는 지난 20년을 한결같이 공부해 온 보람을 느끼면서 다른 한편으로는 어느덧 성년이 되어 세상 밖으로 나아가 일반 독자와 만난다는 성장의 기쁨도 찾아온다. 그러나 어느 경우든 세상에 자신을 드러낸다는 것은 두려운 일이다. 우리의 모습이 행여 앳되어 어떤 실수라도 있지 않을까 하는 걱정이 없는 것이 아니다. 그래도 살아가야 하는 것이 인생이듯 우리 말일파초회는 변함없이 공부하며 성장하여 대중과의 만남도 더욱 성숙해지기를 희망해 본다.

이 책을 계기로 옛 사람들의 간찰에 보다 많은 관심이 일어나고, 간찰을 통해 보는 생활사의 단면을 통해 조상들의 마음을 살펴보고 역사를 이해하는데 도움이 되면 좋겠다는 것이 우리의 바람이다. 부디 독자 여러분의 많은 성원과 애정 어린 질정을 부탁드린다.

2019년 7월

사단법인 한국고간찰연구회 이사장 유홍준

나라와 백성을 생각하며

글의 멋과 맛

생각과 실천

그림과 글씨

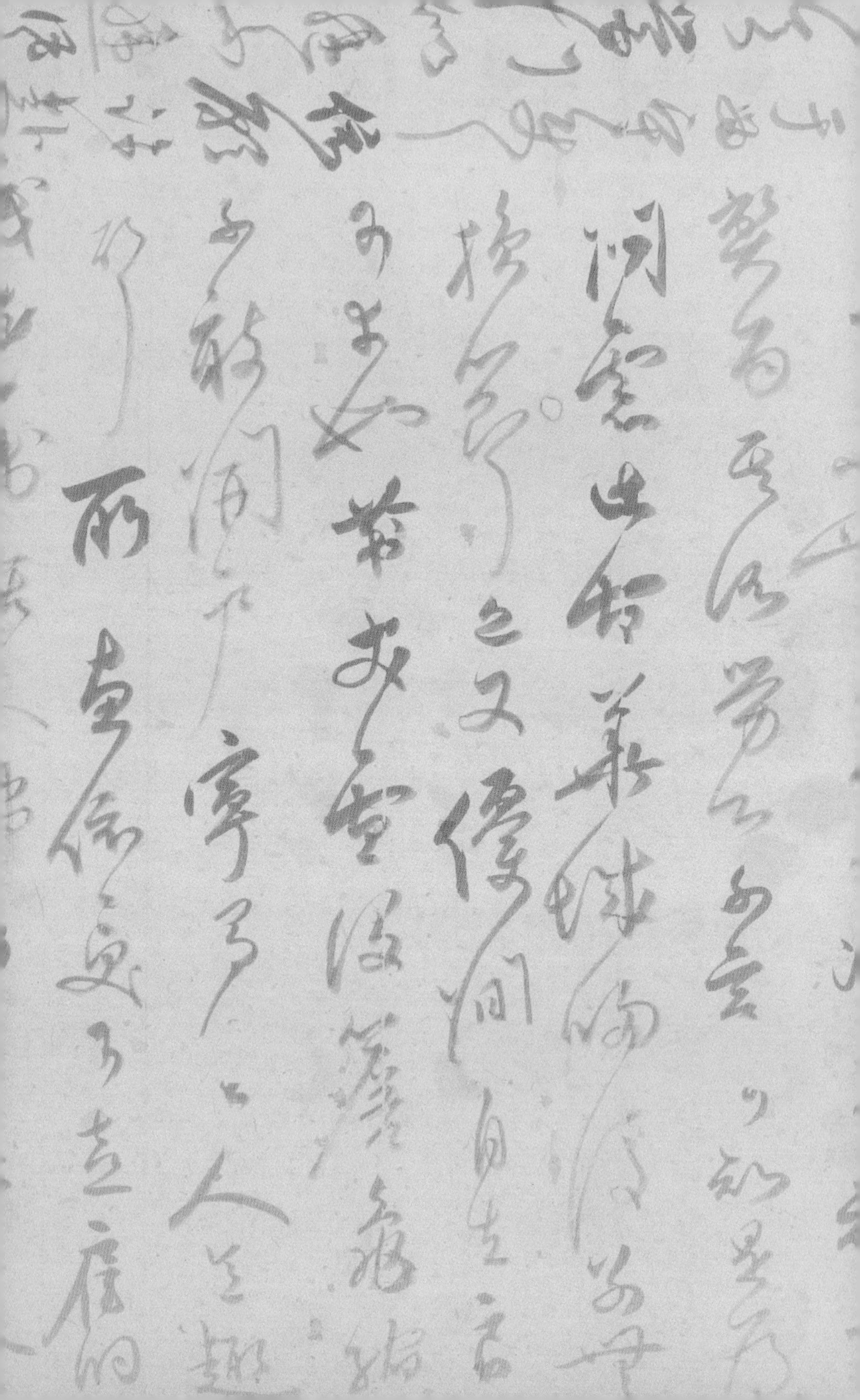

나라와 백성을 생각하며

최홍원 김성일 오윤겸 이시발 원두표 정유성 김홍욱 한수원 강유후 홍명하 채제공 정조 정원용 고종 김홍집

01

영의정 최흥원崔興源이 정철鄭澈과 윤두수尹斗壽에게 보낸 편지

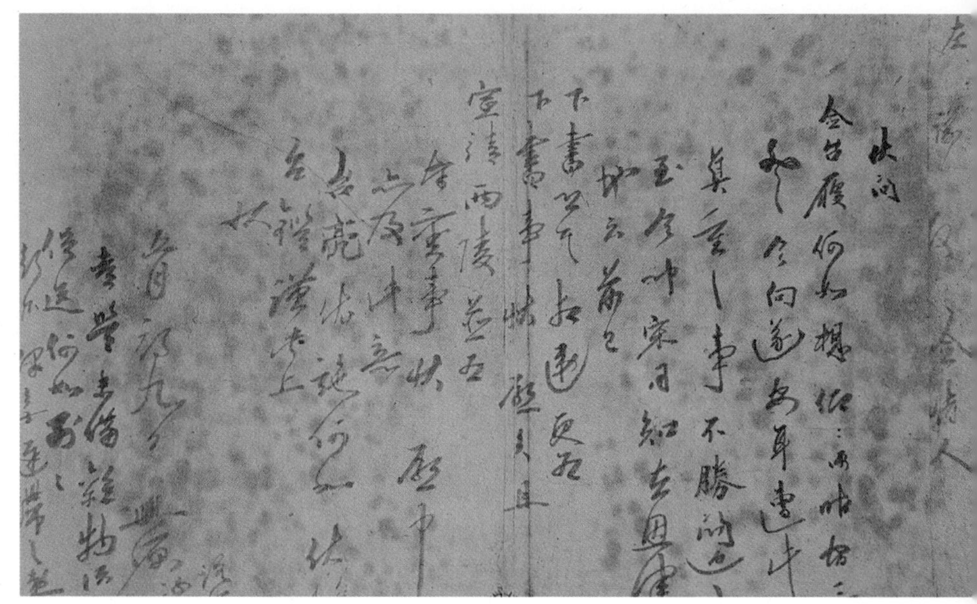

최흥원 간찰, 국립중앙박물관

寅城府院君 (手決) 左議政 僉侍人	인성부원군 (수결) 좌의정 여러분께

伏問僉台履何如 想仰想仰 弟昨宿三登 今向遂安耳 遭此莫重之事 不勝悶迫之至 今聞宋同知在恩津地云 前已下書 恐其相違 更爲下書事狀啓矣 且宣靖兩陵 竝爲奉審事 狀啓中亦及此意 台亮依施何如 伏惟台鑑 謹此上狀

五月初九日 興源 謹拜謝上

都監未備雜物 使之促送何如 別別行下 俾無遲滯之患

여러 대감님들께서 어떠신지 문안드립니다. 우러러 그립습니다. 저는 어제 삼등三登(평안도의 고을 이름)에서 자고 지금 수안遂安(황해도의 고을 이름)으로 향하고 있습니다. 이러한 막중한 일을 당하니 걱정스러움과 절박함을 감당할 수가 없습니다. 지금 들으니 송동지宋同知가 은진恩津 땅에 있다고 합니다. 전에 이미 하서下書를 하셨습니다만, 아마도 서로 어긋난 것 같으니 다시 하서하라고 장계狀啓하였습니다. 또 선릉宣陵(9대 임금 成宗과 계비 貞顯王后 尹氏의 릉), 정릉靖陵(11대 임금 중종의 릉) 두 능을 함께 봉심奉審한 일로 장계를 올리는 중에 역시 이러한 뜻을 언급하였으니, 대감님들께서도 이에 따라 시행해주시면 어떻겠습니까? 대감님들께서 살펴주십시오. 삼가 편지를 올립니다.

5월 초9일 흥원이 삼가 절하고 답장을 올립니다.

도감都監에 미비된 잡물을 재촉하여 보내주시는 것이 어떻겠습니까? 각별히 분부를 내려 지체될 걱정이 없게 해주십시오.

해 설

임진왜란이 발발한 지 1년이 지난 1593년 5월 9일 영의정이자 선정릉 개장도감宣靖陵改葬都監 총호사摠護使였던 최흥원崔興源(1529~1603)이 인성부원군寅城府院君 정철鄭澈(1536~1593)과 좌의정 윤두수尹斗壽(1533~1601) 두 대감에게 보낸 편지이다.

이 편지는 왜군에 의하여 선릉宣陵과 정릉靖陵 두 왕릉이 파헤쳐지는 변을 당하여, 이를 수습하는 과정에서 영의정이자 선정릉개장도감 총

선정릉 전경 : 임진왜란 때에 왜군에게 파헤쳐져서 최흥원이 총호사가 되어 개장하였다.
지금은 서울 강남의 중심부가 되었다.

호사였던 최흥원이 당시 조정朝廷의 중심 인물이었던 인성부원군 정철과 좌의정 윤근수에게 선정릉 개장과 관련하여 도움을 요청하는 편지이다. 물론 총호사 최흥원은 여러 가지 사항들을 공식적으로는 장계狀啓를 통하여 보고를 하고 건의를 하였지만, 실질적으로 나라의 정책 결정을 하는 비변사를 책임지고 있는 인성부원군과 좌의정에게 협조를 요청하고 있는 것이다. 일관日官인 동지同知 송륜宋崙에게 하서下書를 하여 왕릉 개수와 관련된 일을 도울 수 있도록 하게 해달라는 것과 개장도감改葬都監의 제반 물품들을 독촉하여 내려 보내서 일에 지장이 없도록 해달라는 내용이다.

임진왜란과 관련하여 나라를 구한 영웅으로 우리는 이순신, 권율 장군과 서애 유성룡을 기억하고 있다. 그러나 의주로 파천하였던 선조를 도와 전쟁으로 도탄에 빠진 나라를 재건하는데 애쓴 영의정 최흥원과 같은 많은 사람들이 있었다. 이런 편지를 통해서 그 면모를 미루어 짐작할 수가 있다.

최흥원의 본관은 삭녕朔寧, 자는 복초復初, 호는 송천松泉이다. 영의정 최항崔恒의 증손이다. 1555년(명종10) 소과小科를 거쳐 1568년(선조1) 증광 문과增廣文科에 급제하여 중앙의 청요직과 동래東萊, 부평富平의 외직을 지냈다. 1588년 평안도 관찰사가 되었고 이후 지중추부사를 거쳐 1592년 임진왜란이 일어나자 우의정, 좌의정을 거쳐 유성룡柳成龍이 파직되자 영의정에 기용되었다. 이듬해 병으로 사직, 영돈녕부사領敦寧府事, 영평부원군寧平府院君에 봉해졌다. 임진왜란 당시 왕을 의주까지 호종했던 공으로 1604년 호성공신扈聖功臣 2등에 책봉되었다. 시호는 충정忠貞이다.

(박병원)

02 학봉鶴峯 김성일金誠一이 —— 아들 집潗에게 준 시

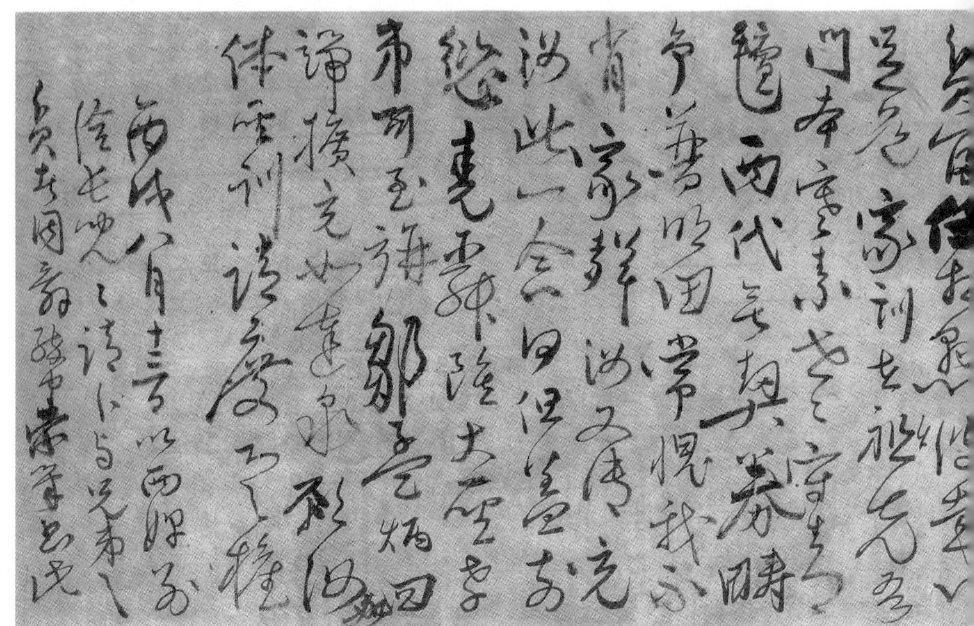

與長兒潗

門戶之興替 子孫賢不賢 聞汝一言善 感淚自漣漣

四海皆同胞 況乃一氣連 孩提共母乳 飲食卽同筵

良知與良能 敬愛本自然 柰何浸成長 稍稍失其天

及其分門籍 妻兒滿眼前 物我便相形 牆內尋戈鋋

有利爭錐刀 誰念骨肉緣 兄飽弟糊口 弟寒兄黃綿

至親若楚越 貧富任相懸 彼哉何足道 家訓在祖先

吾門本寒素 世世守靑氈 兩代無契劵 疇爭普明田

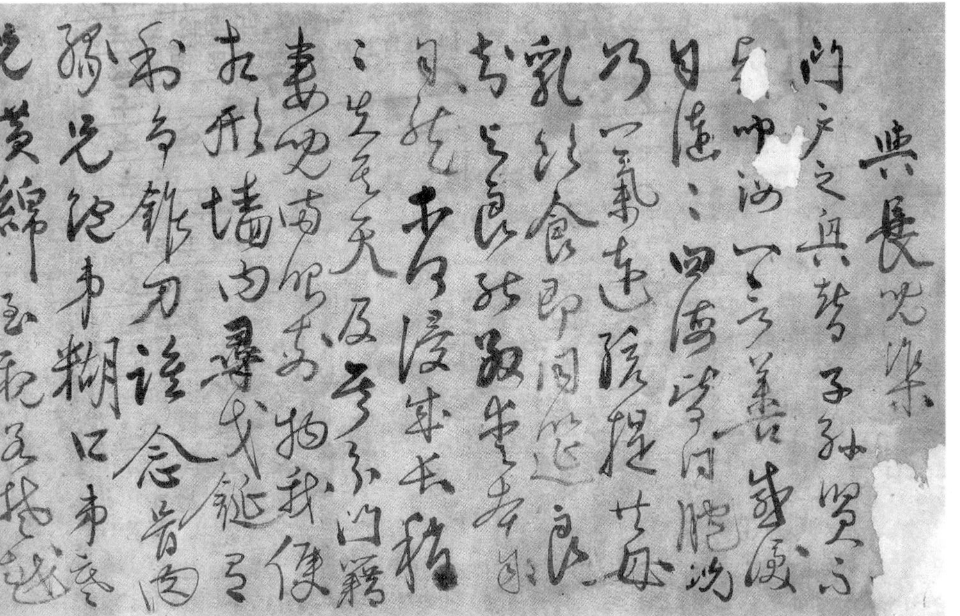

김성일 시고, 학봉 종가 소장

常愧我不肖 家聲汝又傳 充汝此一念 何但蓋前愆

堯舜雖大聖 孝悌可至旃 鄒孟炳四端 擴充如達泉

汝如體聖訓 請度心之權

丙戌八月十三日

以兩婢別給長兒 兒請分與兄弟之貧者固辭 醉中索筆書此

與長兒準　큰아들 집準에게 주는 글

門戶之興替　가문이 흥하고 망하는 것
子孫賢不賢　자손들이 얼마나 현명한가에 달렸는데
聞汝一言善　너의 착한 말 한마디 듣고서는
感淚自漣漣　감동해 눈물이 절로 흐르는구나
四海皆同胞　온세상 사람 모두가 동포일진대
況乃一氣連　친 동기 사이는 더욱 그렇지
孩提共母乳　갓난아기 때는 같은 어미젖 먹고
飮食卽同筵　식사 때는 상머리 함께 했지
良知與良能　양지良知와 양능良能
敬愛本自然　공경과 사랑은 하늘이 준 것인데
奈何浸成長　어찌하여 성장하면서는
稍稍失其天　조금씩 그 본성을 잃게 되는가
及其分門籍　살림을 나누게 되면서부터는
妻兒滿眼前　처자식만 눈앞에 아른거려
物我便相形　곧바로 나와 남이 되어서
牆內尋戈鋋　한 집안에서도 싸우는구나
有利爭錐刀　이해에 따라 서로 다투니
誰念骨肉緣　그 누가 골육 인연 마음에 새겨둘까
兄飽弟糊口　형은 배부른데 동생은 끼니 걱정
弟寒兄黃綿　동생은 추위에 떨어도 형은 따뜻한 옷을 입네
至親若楚越　가까운 친척이지만 앙숙이 되고

貧富任相懸	빈부 차이도 서로 현격하구나
彼哉何足道	그런 자들 말할 필요 뭐가 있으랴
家訓在祖先	조상께서 내려주신 가훈 있으니
吾門本寒素	우리 집안 본디부터 한미했지만
世世守靑氈	대대로 지켜온 법도가 있도다
兩代無契券	양대에 걸쳐 재산 나눈 문서 없으니
疇爭普明田	형제간에 전지를 다투겠느냐
常愧我不肖	나는 못난 자신을 늘 부끄러워했는데
家聲汝又傳	너로 인해 집안 명성 전하게 되었구나
充汝此一念	너의 이 한 마음을 확충해 가면
何但蓋前愆	어찌 지난 허물을 덮는데 그치겠느냐
堯舜雖大聖	요순 두 분 비록 큰 성인이지만
孝悌可至旃	부모 형제 사랑에서 배워갈 수 있으니
鄒孟炳四端	맹자께서 밝혀 놓은 네 가지 마음
擴充如達泉	단서 원천 삼아 확충해가라
汝如體聖訓	성인의 가르침 체득하려면
請度心之權	네 마음 속 저울로 살펴 보거라.

병술년(1586, 선조19) 8월 13일에 여종 2명을 큰아들에게 주었는데, 큰아들이 형제들 가운데 가난한 사람에게 나누어 주기를 청하면서 굳이 사양하였으므로 술 취한 가운데 붓을 가져오라고 하여 이를 기록하였다.

해 설

학봉鶴峯 김성일金誠一(1538~1593)이 나주목사로 있던 시기인 1586년에 큰아들 집潗(1558~1631)에게 보낸 5언 장시이다. 집은 많은 형제의 장남으로 부친이 준 노비를 가난한 동생들에게 주도록 청하며 사양하였는데, 이 말을 듣고 감동한 학봉이 맏아들에게 가문의 융성을 기대하며 형제자매간의 우의의 중요성을 가르치는 내용을 시로 나타낸 것이다. 학봉이 지은 부친의 행장에 의하면, 할아버지가 미처 재산을 나누어주지 못하고 돌아가시자 아버지가 형제자매들에게 공평하게 재산을 나누어주니 모두 기뻐하였다고 한다. 몇 대가 내려오도록 모두 말로만 재산을 나누고 문서(契券)를 작성하지 않았는데 한번도 재산 문제로 다투는 일이 없었다고 했다.

밀암密庵 이재李栽(1657~1730)는 〈'학봉 선생이 아들인 세마공에게 준 시의 시첩 뒤에 쓰다(鶴峯先生與子洗馬詩帖後跋)'〉에서 "내가 매번 학봉 선생의 글을 읽을 적마다 선善과 이利를 행하고 취取와 사舍를 결정하는 것을 보면, 판단이 분명하고 결단이 과감하지 않은 적이 없었다. 이 때문에 출처出處와 이험夷險이 비록 처해진 상황에 따라 다르기는 하였지만, 어느 경

의성 김씨 학봉 종택

우에나 자신의 마음을 다하지 않은 적이 없었다. 지금 그의 아들인 세마공에게 준 시 한 편을 보고서는 또 집안에서의 가르침이 이와 같이 아름다운 점이 있다는 것을 잘 알 수 있었다. 세교世教가 쇠해지면서부터 사람들이 오직 이욕만을 추구하여, 송곳 끝 만한 이익을 다투고 골육간에 원수처럼 지내는 자가 있기까지 하다. 그런데 홀로 능히 천륜天倫의 중함을 생각하여 자신이 소유한 것을 양보해 다른 사람에게 주기를 세마공이 한 것처럼 하였다면, 이미 옛날에 행실이 독실한 군자에게 부끄러움이 없는 것이다. 이에 학봉이 착한 말 한마디를 듣고서는 이를 미루어 나아가 확충시켜 주고 이끌어서 나아가게 해 주었는데, 말이 높고 먼 것 같으나, 실로 인륜의 밖으로 벗어나는 것은 아니다. 이는 참으로 사문師門의 지극한 요결要訣이어서 어리석음을 바로잡아주는 가르침에 부합되는 것이다. 그러나 선생께서 직접 실천함이 없었다면 또한 어찌 능히 그 말이 친절하고 맛이 있어서 다른 사람을 감흥시킴이 이와 같은 데에 이를 수 있었겠는가. 내가 듣건대, 세마공 때에 내외內外의 친족 가운데 가난하여 살아갈 수가 없는 자를 모두 살아가게 해 주고 시집보내 주었다고 하며, 그 뒤로도 대대로 능히 그 아름다움을 실행하였다고 한다. 내가 어렸을 적에도 그러한 것을 직접 본 기억이 있으니, 집안 대대로 전해 오는 아름다운 법도가 참으로 성대하다고 할 만하다."라고 하였다.

(김덕현)

03 추탄楸灘 오윤겸吳允謙의 편지

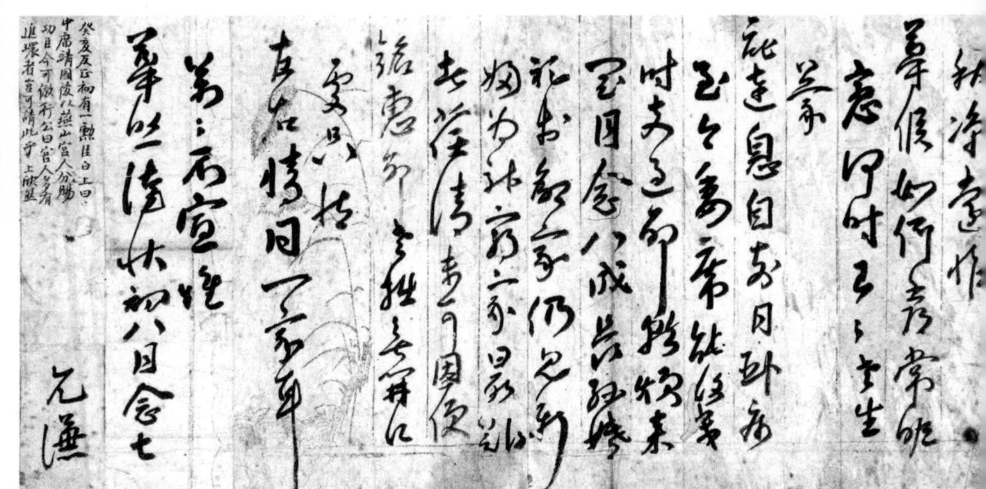

오윤겸 간찰, 『제가유독諸家遺牘』 수록

秋凉 遠惟尊候如何 尋常瞻戀 何時已已 老生蒙庇連息 自前月臥病 至今委席 能復幾時支過耶 就煩 來閏月念八 成長孫婚禮於鄙家 仍見新婦爲計窮家最難者荏淸 未可因便銘惠耶 老拙無開口處 只恃左右情同一家耳 萬萬不宣 惟尊照 謹狀
初八月念七 允謙

서늘한 가을날에 멀리서 생각건대 지내시는 형편은 어떠신지요? 평소 우러러 그리운 마음 언제나 다할까요? 늙은 저는 존형의 보살핌으로 연명하고 있으나, 지난달부터 병들어 누워서 지금까지도 자리보전을 하고 있습니다. 다시 얼마나 버텨낼 수 있을는지요?

번거롭게 아뢰올 말씀은, 오는 윤8월 28일에 저희 집에서 장손의 혼례를 하고 이어 신부를 맞이할 계획입니다. 곤궁한 집이라 가장 구하기 어려운 것이 깨와 꿀이니, 인편을 통해 명심하여 보내주실 수는 없으실는지요? 늙고 못나서 입 벌려 부탁할 곳이 없고, 다만 한 집안 같은 존형의 정을 믿을 뿐입니다. 많은 것들은 이만 줄이오니, 살펴주십시오. 삼가 편지 드립니다.

초8월(윤8월과 구분하기 위해 초8월이라 하였음) 27일 윤겸.

해 설

오윤겸吳允謙(1559~1636)의 본관은 해주海州, 자는 여익汝益, 호는 추탄楸灘 또는 토당土塘이다. 저서로는 시문과 소차를 모은 『추탄문집楸灘文集』을 비롯해 『동사일록東槎日錄』과 『해사조천일록海槎朝天日錄』 등이 있다.

결혼이 인륜지대사人倫之大事임은 고금에 있어 주지의 사실이다. 영의정을 역임한 추탄楸灘 오윤겸吳允謙이 장손長孫의 혼례에 사용할 깨와 꿀을 아는 사람에게 부탁한 것이 주된 내용이다. 오윤겸은 달천達天과 달주達周 2남을 두었고, 오달천의 아들은 도종道宗, 도륭道隆, 도일道一이며, 달주는 아들이 없다. 여기서 장손이라 함은 도종임을 알 수 있다. 본문 중에 윤달 28일이라고 하였는데, 1634년에 윤8월이 들어 있으므로 본 편지에 연도는 나와 있지 않지만 1634년에 쓴 것임을 알 수 있다.

(임재완)

04 벽오碧梧 이시발李時發의 편지

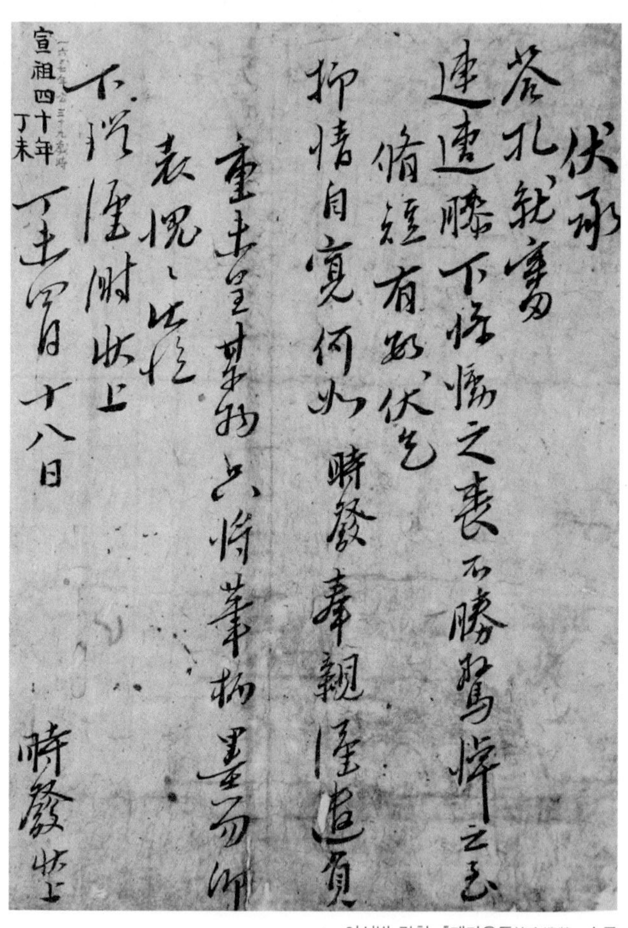

이시발 간찰, 『제가유독諸家遺牘』 수록

伏承答札 就審連遭膝下慘慟之喪 不勝驚悼之至 脩短有數 伏乞抑情自寬何如 時發奉親僅遣 負重未呈某物 只將筆柄墨笏仰表 愧愧 伏惟下鑑 謹謝狀上

丁未四月十八日 時發狀上

답장을 받고, 연이어 슬하의 자식을 여의었음을 알게 되었습니다. 놀랍고 슬픈 마음 견딜 수 없습니다. 인명人命은 하늘에 달려 있으니, 바라건대 슬픔을 누르고 마음을 달래며 지내시는 것이 어떻겠습니까? 저는 어버이를 모시고 겨우 지내고 있을 뿐입니다. 짐이 무거워 그 물건은 보내드리지 못하고 붓과 먹만 가지고 마음을 표하니 매우 부끄럽습니다. 굽어 살펴주시기를 바랍니다. 삼가 답장을 올립니다.

정미년(1607, 선조4) 4월 18일. 시발時發이 편지를 올립니다.

해 설

이시발李時發(1569~1626)의 본관은 경주慶州, 자는 양구養久, 호는 벽오碧梧, 후영어은後潁漁隱이다. 저서로는 『주변록籌邊錄』과 『벽오유고碧梧遺稿』가 있다. 영의정에 추증되었고, 시호는 충익忠翼이다.

인생팔고人生八苦 가운데 하나가 사랑하는 사람과 헤어지는 고통인데 애별리고愛別離苦이다. 이별의 주체가 부모, 자식, 형제, 부부, 친구 등 여러 사람이 있겠지만 자식이 세상을 먼저 떠나면 부모에게 지울 수 없는 영원한 고통을 남긴다.

본 편지는 형조 판서를 역임한 이시발李時發이 자식이 먼저 죽어 슬퍼하는 상대에게 보낸 위로 편지인데, 상대가 누구인지는 확실하지 않다. 조선시대에는 죽은 사람에 따라 여러 가지로 표현한다. 부모가 돌아가실 경우에는 '천붕지통天崩之痛', 아내가 죽을 경우에는 '고분지통叩盆之痛', 자식이 먼저 죽을 경우에는 '슬하지통膝下之痛', '상명지통喪明之痛', '참척지통慘慽之痛'이라고 한다.

(임재완)

05 탄수灘叟 원두표元斗杓의 편지

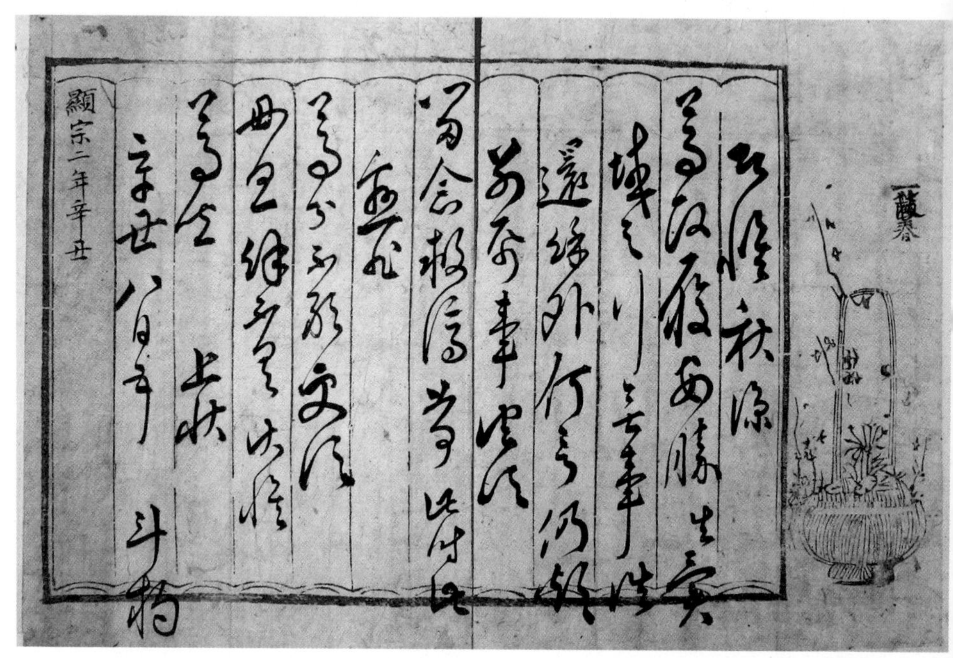

원두표 간찰, 『제가유독諸家遺牘』 수록

卽惟秋涼 尊政履安勝 生異域之行 無事往還 餘外何言 仍煩 別紙事 望須留念 救濟如何 此時此懸 非尊則不敢 更須毋忽 餘不具 伏惟尊照 上狀
辛丑八月五日 斗杓

지금 서늘한 가을날에 정사를 돌보시는 근황이 편안하시라 생각합니다. 저는 이역異域의 길에서 탈 없이 돌아왔으니 나머지 그 밖에 무슨 말을 하겠습니까? 번거롭게 드릴 말씀은, 별지에 쓴 일을 유념하시어 구제해 주시는 것이 어떠신지요? 이런 때에 이러한 간청은 당신이 아니면 감히 청할 수 없습니다. 소홀히 하지 않기를 다시 한 번 바랍니다.

나머지는 갖추지 못합니다. 바라건대 살펴주십시오. 편지를 올립니다.

신축년(1661, 현종2) 8월 5일. 두표斗杓.

해 설

원두표元斗杓(1593~1664)의 본관은 원주原州, 자는 자건子建, 호는 탄수灘叟, 탄옹灘翁이다. 1656년 우의정을 거쳐 1662년에는 좌의정에 올라 내의원과 군기시의 도제조를 겸직하였다. 시호는 충익忠翼이다.

1661년(현종2) 3월에 원두표는 우의정으로 진하 겸 사은정사陳賀兼謝恩正使로 북경에 갔다가 7월에 돌아왔다. 본문에서 '이역지행異域之行'이라고 한 것은 원두표가 1661년 3월에 진하 겸 사은정사로서 청나라

원두표 묘역, 경기도 여주시 북내면 장암리

에 갔다가 7월 1일 돌아온 일을 말한다. 『조선왕조실록』 현종顯宗 2년(1661) 3월 27일조의 기사에, "진하 겸 사은정사 우의정 원두표, 부사 홍전, 서장관 김우형 등이 연경을 향해 출발하다.(陳賀兼謝恩正使 右議政 元斗杓, 副使洪瑑, 書狀官金宇亨等 發向燕京)"라는 기록이 보인다.

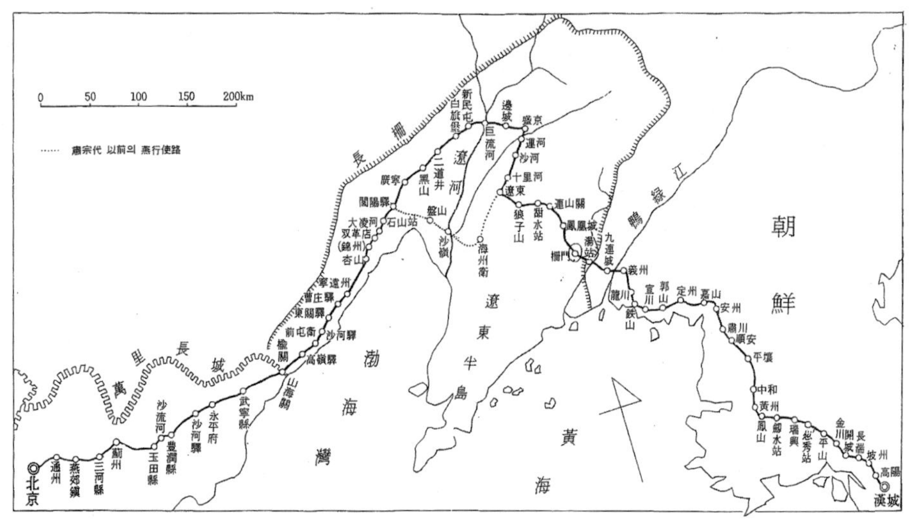

연행노정도, 임기중 『연행록 연구』 83쪽

한양에서 북경까지는 3천 6백리 정도 된다. 보통 한양에서 의주義州까지 1천 50리, 의주에서 북경까지가 2천 6백리이다. 교통수단은 가마 또는 말이다. 보통 가는데 2달, 오는데 2달, 체류 기간 1~2개월로 통상 5~6개월 걸리는 굉장한 장거리 여행이다. 한양에서 의주까지는 삼사三使가 같이 출발하고 같은 장소에서 숙박하기도 하지만, 각자 친분이 있는 관원을 찾아가기도 하면서 어느 목적지를 정해두고 제각각 출발하여 목적지에서 만나기도 하였다. 압록강을 넘어가서는 중국 지역이 되므로 그때부터는 함께 움직이면서 행동하였다.

동국대학교 임기중 교수가 기존의 연행록을 정리하여『연행록 연구』를 간행하였는데, 이 책에 의하면 원元 · 명明 · 청淸에 사신으로 방문한 횟수는 모두 579회라고 하였다. 고려 기록은 누락되어 있으니, 고려에서 송宋으로 간 사신 행차를 합하면 그 횟수는 훨씬 늘어날 것이다.

(김종진)

06 정유성鄭維城의 편지

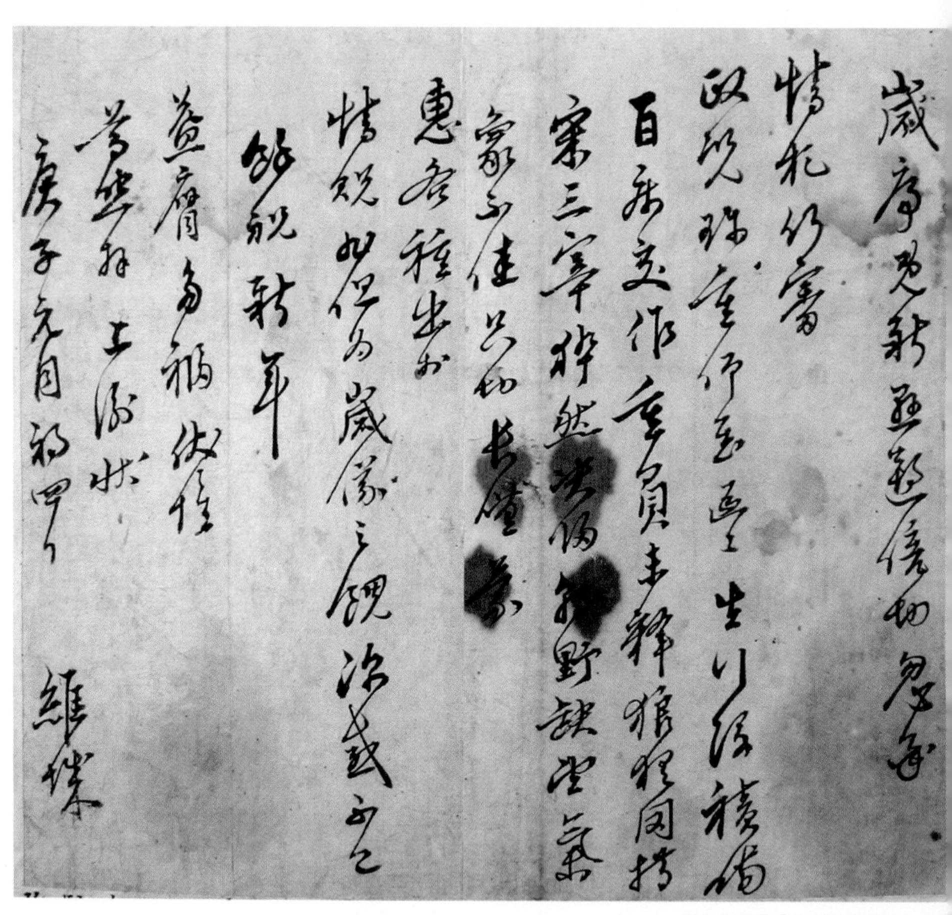

정유성 간찰, 『제가유독諸家遺牘』 수록

歲序旣新 懸遡倍切 忽承情札 仍審政況珍重 仰慰區區 生行役積傷 百病交作 重負未釋 狼狽罔措 宋三宰猝然決歸 朝野缺望 氣象不佳 只切長嘆 蒙惠各種 出於情貺 非但爲歲儀之餽 深感不已 餘祝新年益膺多福 伏惟尊照 拜上謝狀

庚子元月初四日 維城

새해가 되어 그리움이 갑절 간절하였는데 홀연히 정겨운 편지를 받고 정사를 돌보시는 근황이 평안하심을 알게 되어 간절한 제 마음이 위로됩니다. 저는 행역으로 몸의 손상이 쌓이고 온갖 병이 교대로 일어난 데다 막중한 부담을 벗어버리지 못하니, 낭패함에 몸 둘 바를 모르겠습니다. 송삼재(宋三宰)가 갑자기 귀향을 결단하여 조야가 희망을 잃고 분위기가 좋지 못하니, 그저 긴 탄식만 하고 있습니다. 보내주신 여러 종류의 물건은 다정한 마음에서 나와 그저 연말연시의 형식적인 선물이 아니므로 깊은 감사의 마음 금할 수 없습니다. 나머지는 새해에 더욱 복 많이 받으시길 기원합니다. 살펴주시기를 바랍니다. 절하고 답장을 올립니다.

경자년(1660, 현종1) 1월 4일. 유성維城.

해 설

발신인 정유성(1596～1664)은, 1660년(현종1)에 고부사告訃使가 되어 청나라에 다녀왔다. 고부사는 우리나라의 왕이 죽었을 때에 이를 알리기 위하여 중국에 보내던 사신이다. 본 간찰은 발신인이 효종의 부고를 알리기 위해 청나라에 고부사로 다녀온 뒤에 쓴 글이다. 본문에 보이는 '행역行役' 이라는 단어에서 그가 청나라에 다녀온 사실을 알 수 있다.

『조선왕조실록』에 의하면, 현종 즉위년(1659) 6월 15일에 고부정사告訃正使 우의정 정유성, 부사 유심柳淰, 서장관 정익鄭榏이 연경을 향해 떠났고, 10월 20일에 고부정사 우의정 정유성이 연경에서 돌아왔다. 효종은 1659년 5월 승하하였고, 6월에 떠난 고부사 일행이 10월에 돌아온 것이다. 넉 달여의 사행길에서 돌아온 정유성은 현종을 알현한 자리에서, "청나라에 억류된 백성들이 자기 생업을 즐기고 고국을 그리워하는 마음이라곤 없었습니다."라고 하는데 이에 대해 현종은 "그게 참으로 슬프고 가슴 아픈 일이다."라며 청淸에 강력히 대처할 수 없는 자조적인 답을 한다.

정유성 묘역, 인천광역시 강화군

본 간찰의 주된 시간적 배경은 1659년이며, 이 해는 효종이 승하한 해이다. 효종은 병자호란 뒤 소현세자와 함께 심양에 볼모로 있으면서 청나라에 대한 적개심과 치욕을 잊지 못하고 재위기간에도 절치부심으로 북벌을 염원하고 있던 군주이다. 효종이 승하하기 두 달 전에 우암 송시열을 불러 희정당熙政堂에서 독대獨對했던 은밀한 행보를 '기해독대己亥獨對'라고 한다. 우암의 봉명奉命여부에 대한 진위眞僞의 논란이 있으나, 그 주된 내용은 '북벌北伐'인 것으로 알려져 있다. 부왕의 일념이 어디에 있는지 누구보다 잘 알고 있는 현종이 고부사로 연경에 다녀온 정유성에게 가장 먼저 '청에 억류된 백성들'에 대해 물은 것은 당연한 일일 것이다.

간찰에 보이는 '송삼재宋三宰'는 송시열을 가리킨다. 삼재三宰는 재열宰列에 이상貳相의 다음이라는 뜻으로 좌참찬左參贊을 이르는 말인데, 송시열이 좌참찬에 제수되었으나 사직하였으므로 이렇게 호칭한 것이다. 송시열은 효종이 승하하자 자의대비慈懿大妃의 복제服制를 의논할 때 기년복期年服으로 정하였는데 윤휴尹鑴가 이에 반대하여 삼년복의 종통설宗統說을 주장하니, 이것이 이른바 1차 예송이다. 결과는 기년복으로 결정되었으나, 그를 배척하는 세력들은 장례 절차에서 빗어진 실책들을 들춰내어 송시열을 규탄하였다. 효종의 재궁이 너무 작아서 판을 덧붙여야 했으며, 산릉을 정할 때도 윤선도 등이 수원水原을 천재일우의 곳이라 했으나 우암이 반대하여 시기를 늦춘 일 등이 조야朝野를 불문하고 일어나니, 이해 12월 5일에 우암은 실책이 있었음을 자책하는 사직소를 올리고, 도성을 떠나 회덕懷德으로 내려갔다.

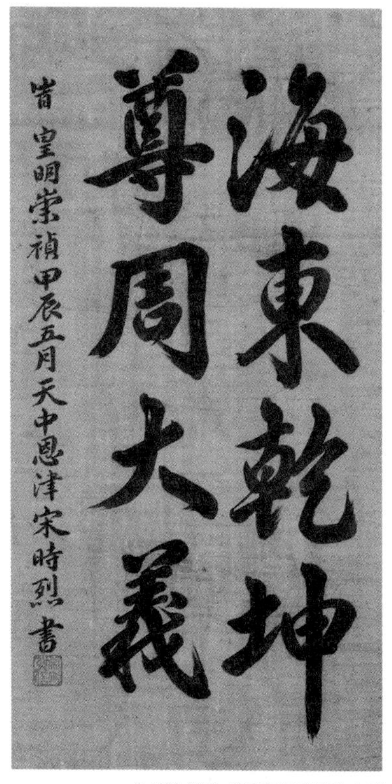

송시열 글씨, 국립중앙박물관 소장

발신인 정유성이 청淸에서 막 귀국했을 당시 홍여하洪汝河가 송시열의 인사 행정이 편파적이라는 상서를 올려 송시열이 이 일로 사직하게 되는 일이 있었다. 정유성은 현종에게 '선왕先王이 중용한 인물을 소인배들의 모함으로 배척당하게 할 수는 없다'고 주청하고, 그의 사직을 철회하는데 힘썼다. 또 정유성은 몇 년 뒤, 대사성 서필원徐必遠이 김만균金萬鈞을 탄핵한 일이 있었는데, 김만균은 그 조모인 연산 서씨가 병자호란 때 강화도에서 순절한 점을 들어 청사淸使 영접을 거부하기 위해 해직을 요청한 상태였다. 이때 송시열이 김만균을 변호하자, 서필원이 오히려 송시열의 변호가 부당함을 지적하니, 정유성은 서필원이 대신을 모함하는 데만 급급한 자라고 하며 서필원의 이조참의 취임을 반대, 이를 관철시키기도 하였다. 또, 사간원에서 서필원을 두둔하고 논구論救하자, 사의를 표명하기까지 했다. 품성은 온량溫良했으나 판단력이 뛰어나 공사 처리에는 명석하고 과단성 있게 추진하였다는 평이 있으며 송시열과의 관계가 매우 돈독했음을 알 수 있다. 뒤에 송시열은 정몽주鄭夢周의 신도비문을 지었는데 정유성은 정몽주의 9세손이다.

발신인의 시선으로 간찰을 보면, 청나라에서 돌아온 지 몇 달이 지났건만 안으로는 행역에서 얻은 병이 몸을 고달프게 하고, 밖으로는 송시열이 귀향을 결단해서 조야가 뒤숭숭한 분위기이다. 그러나 때는 바야흐로 친인척과 지인들이 선물을 주고받고 덕담을 나누는 새해가 되었다. 정유성은 이러한 때 정겨운 편지와 선물을 받고 붓을 들어 근일의 심경과 고마움을 간단하게 써내려갔다.

수신인은 미상이다. 그러나 간찰의 내용 및 "그저 연말연시의 형식적인 선물이 아니므로 깊은 감사의 마음 금할 수 없습니다.(非但爲歲儀之餽)"라는 인사말로 보아 흉금을 터놓는 관계일 듯하다. 일반적으로 간찰은 수신인을 호칭하는 서두의 투식이나 발신자의 성명 또는 자호를 결미에 어떠한 형식으로 쓰느냐에 따라 수신인과의 관계정보를 알 수 있는데, 본 간찰은 서두의 격식이 간단하고 결미의 서명에도 이름 두 자만 적혀 있어 평교平交로서 함께 세태를 근심하고 토론하는 상대일 것이라고 생각된다.

(김병애)

07

김홍욱金弘郁이 지인에게 물품을 보내며 쓴 편지

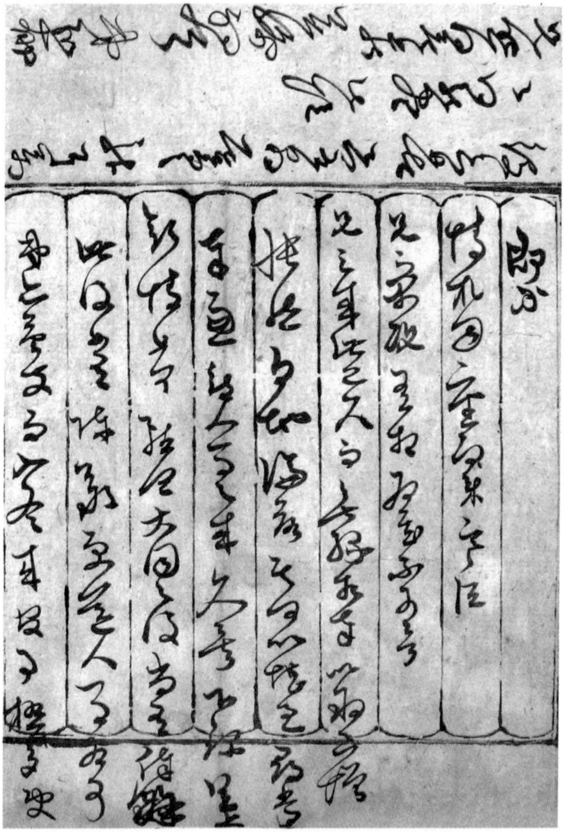

김홍욱 간찰, 「제가유독諸家遺牘」 수록

卽承情札 因審向來寒沍 兄寓況有相 爲慰不可言 兄之來此已久 而無緣相奉以敍 只增悵然 白地淪落 其何以堪過 尋常奉慮 待人馬之來 久矣 下錄呈上 領情如何 雖曰大同之後 尙有俸[捧]餘 此後如有陳歎 更送人馬爲可 弟亦堇支 而入冬來 官事極多 吏役亦苦 只爲朝暮之計耳 萬萬何能盡. 伏惟兄照 謹答上狀

癸臘初九日 弟弘郁

해 설

학주鶴州 김홍욱金弘郁(1602～1654)이 시전지詩箋紙에 쓴 이 간찰은 아주 깔끔하다. 김홍욱은 인조 재위 기간에 지방관을 지내면서 방납을 비롯한 공납의 폐해를 몸소 겪으면서 공납 개혁의 필요성을 주장했다. 그리하여 1651년 영의정 김육金堉(1580～1658)이 총괄하고 호조판서 이시방李時昉(1594～1660)이 주관하여 호서(충청) 대동법을 시행할 때 현장인 충청감사(당시는 공청도라 불림)로서 큰 역할을 하였다. 그후 궁중에서 발각되었다는 인조저주 사건(1646)과 왕의 음식에 독약이 들어갔다는 사건의 배후 조종자로 지목되어 1646년 3월에 사사된 소현세자의 부인 회빈 강씨가 억울하게 죽었다고 신원해야 한다는 상소를 황해감사 시절인 1654년에 올렸다가 효종에게 친국을 당하다가 죽었다.

간찰은 사적으로 주고받는 사람들만 알면 되기 때문에 비유적인 표현과 축약이 심하여 제삼자가 간찰의 내용을 알기란 쉽지 않다. 이 간찰은 짧지만 대동법에 대한 언급과 당시 벼슬하고 있던 관료 양반과 재야의 양반 사이에 주고받는 선물에 대해 살펴볼 수 있다.

먼저 이 간찰을 정확히 이해하려면 난해한 용어부터 알아보는 것이 필요하다. 한 구절씩 보도록 하겠다.

卽承情札 因審向來寒沍 兄寓況有相 爲慰不可言

'卽'은(간찰을 받고) '곧바로'라는 뜻이다. '承'은 '받들다'이지만, 간찰에서는 상대방의 편지를 받았다는 의미이다. '受'가 아닌 '承'으로

김육 초상, 경기도박물관 소장

쓰는 것은 상대방에 대한 존중의 표현이다. '情札'은 '정이 담긴 편지'로, 상대방에 대한 우호적인 감정을 드러낸 표현이자, 간찰을 쓴 당시에는 관직에 있지 않음을 알게 해주는 표현이기도 하다. '因'은 (간찰로) 인하여, 곧 '간찰을 읽고'이다. '審'은 '자세히 알다'이다. '向來'는 '오래지 아니한 과거'이니, '그동안', '요즈음' 정도에 해당한다. '寒冱'는 '10월의 별칭'이기도 하지만, 이 간찰은 12월에 보냈으므로 여기서는 '손발이 어는 듯한 추위'이다. 兄은 '손위 사람'이어서, 간찰을 받는 상대방이 간찰을 쓴 김홍욱보다 나이가 많다고 생각할 수 있다. 그런데 바로 뒤에 객지에 있는 손아랫사람의 안부를 물을 때 쓰는 '寓況(寓履라고도 씀)'과 마지막에 '弘郁'이라고 이름만 쓰고, '拜', '頓' 등 상대방에게 존경을 표하는 글자가 있어야 함에도 없는 것으로 보아, 수신인은 김홍욱보다 나이가 어린 것이 분명하다. 그러면 왜 수신인을 '兄'이라 표현했을까? 이것이 조선시대에 일반적으로 쓰이던 존대법이다. 마찬가지로 바로 뒤에 나오는 弟(아우)는 간찰의 발신인이 수신인보다 어린 사람이 아니라 수신인에 대한 존중의 의미로 쓴 것이다. 스승이 제자에게 보낸 간찰에도 마지막에 '弟'라 할 정도로 간찰에서 자신을 '弟'로 표현하는 것은 확고한 관행적 표현이다. '有相'은 '(신명의)

도움이 있다' 인데, 여기서는 '잘 지내고 있다' 는 정도의 의미이다. '爲慰' 는 (당신이 괜찮다고 하니 내가) '위로가 된다' 는 정도의 의미이다.

兄之來此已久 而無緣相奉以敍 只增悵然

'兄之來此' 는 수신인이 발신인이 거처하는 지역에 와 있음을 알 수 있는데, 수신인이 누구인지 확인할 수는 없지만 뒤의 내용으로 어떤 변을 당해 발신인 지역으로 피신해온 것으로 보인다. '敍' 는 '자신의 마음에 든 말을 펼친다' 는 의미이니 '대화를 나눈다' 정도의 의미로 보면 된다. '無緣相奉以敍' 의 뜻은 '술자리에서 서로 만나 흉금을 터놓고 이야기할 기회를 가지지 못했다.' 는 의미이다. 바로 뒤에 '只增悵然' 은 '몹시 서운하거나 섭섭하다' 는 뜻이다.

결국 수신인이 발신인 근처에 와 지낸 지 꽤 시간이 흘러서 발신인이 술자리를 마련하여 대접해야 했음에도 그렇게 하지 못해서 미안하고 서운함이 더 늘었다고 변명하고 있다.

白地淪落 其何以堪過 尋常奉慮 待人馬之來 久矣

'白地' 는 '아무 턱도 없이', '생판으로' 이다. '淪落' 은 '세력이나 살림이 보잘것없어져 다른 고장으로 떠돌아다니는' 것이다. '尋常' 은 대수롭지 않고 예사로움이니 '늘', '언제나' 라는 의미이다. '奉慮' 는 상대방을 걱정한다는 의미이다. '人馬' 는 사람과 말이나, 실질적으로는 '하인' 을 가리킨다.

이 구절에서 수신인이 어떤 변고를 당해 발신인 주변(아마 충청도 홍성 주변)으로 와서 어렵게 지내고 있음을 알려주고 있다. 그래서 발신인은 수신인이 도움을 청할 것이라고 예상하고 언제나 사람(하인)을 보낼 것을 기다리고 있었다는 의미이다.

下錄呈上 領情如何 雖曰大同之後 尙有俸[捧]餘 此後如有陳歎 更送人馬爲可

'下錄'은 '아래의 목록'이니, 간찰과 함께 선물을 보낼 경우 선물의 종류와 수량을 적은 종이이다. '呈上'은 '올린다'는 뜻으로, '呈納'이라고도 한다. '弟'는 '손아래 사람'으로 발신인 김홍욱이다. '領'은 '받았다'는 뜻이다. '大同'은 그 유명한 '대동법'이다. '尙'은 '아직까지'이다. '俸', 또는 '捧'으로 읽힐 수 있는데, '捧餘'는 조정에 진상하고 남은 물건을 말하며 보통 '捧餘之物'이라고 한다. '陳歎'은 '(경제적으로) 어려운 탄식'이다.

이 구절은 몇 가지 물품을 보내니 받아달라고 하면서 대동법 실시 이후라 발신인이 운용할 수 있는 경비는 줄었지만 당신을 도울 정도의 여유는 있으니 이후라도 경제적으로 어려움이 있으면 다시 사람(하인)을 보내면 내가 도움을 주겠다는 의미이다.

弟亦菫支 而入冬來 官事極多 吏役亦苦 只爲朝暮之計耳

'弟'는 앞에서 지적한 것처럼 발신인 김홍욱이다. '菫支'는 '겨우 지탱한다'이니, 그럭저럭 생활하고 있다는 표현이다. '而入冬來'은 그런데 겨울에 들어서부터는 상황이 아래와 같이 달라졌다는 것이다. '官事極多'는 관청의 일이 아주 많아졌다는 것이고, '吏役亦苦'은 아전이 하는 일이 괴롭다는 것이 아니라 관찰사인 발신인이 아전을 부리는 것이 괴롭다는 의미이다. '朝暮之計'는 장기 계획을 세우지 못하고 아침과 저녁, 곧 그때그때 닥치는 대로 일을 처리할 정도로 바쁘다는 것이다.

이 구절의 내용은 발신인의 현재 상황이다. 지금 겨우겨우 버티고 살고 있는데 겨울이 되면서 관청의 일은 아주 많아지고 아전들을 시키는 일도 힘들어서 그때그때 임시처방으로 일을 처리하고 있다고 수신인에게 하소연하여 수신인을 만나지 못하는 것은 공무 때문이라는 것을 암시하고 있다.

이 간찰을 쓴 1653년 12월(추정, 후술)에 김홍욱은 어떤 직책을 맡고 있었을까? 『조선왕조실록』과 『승정원일기』 등을 찾아보면 1653년 7월 경에 충청도 홍주목사를 지내고 있는데 1654년 6월에 황해감사에 임명되고 있음이 확인된다. 그러므로 이 간찰을 쓰던 1653년 12월은 홍주목사로 재직하던 시기였다. 이것은 이 간찰에서 보이는 大同, 官事, 吏役 등 지방관의 업무와 관련된 표현에서도 확인된다.

萬萬何能盡 伏惟兄照 謹答上狀

'萬萬'은 '헤아릴 수 없이 아주 많은' 것이다. '萬萬何能盡'은 하고 싶은 말은 아주 많으나 어떻게 다할 수 없으니 이제 그만 줄이겠다는 의미이다. '伏惟'는 '엎드려 생각하니'이다. 실제로 엎드린다는 것이 아니라 상대방에 대한 존중을 의미하는 표현이다. '照'는 '비추다'이나 간찰에서는 읽고 내 사정을 알아달라는 의미이다. '上狀'은 '공경히 간찰을 보낸다'이다. '謹答上狀' 삼가 답장을 올린다는 뜻이다.

癸臘初九日 弟弘郁

먼저 '癸'는 '癸'가 들어가는 해이고, '臘'은 12월이다. 경기도 이외 지역으로 대동법이 확대 실시된 곳이 충청도이고, 그 시기가 1651년이다. 1651년 이후 '癸'가 들어간 해는 1653년이 계사癸巳년이다. 앞에서 지적한 것처럼 김홍욱은 이 간찰을 쓴 1653년 12월에는 홍주목사로 재직 중이었다.

이상의 검토로 이 간찰을 번역하면 다음과 같다.

지금 정이 담긴 서찰을 받고 그동안 매서운 추위에도 형께서 지내시는 형편이 괜찮은 줄을 알았으니 위로됨을 말로 표현할 수 없습니다. 형이 이곳에 오신지 이미 오래되었으니 서로 만나 회포를 풀 기회를 가지지 못하여 서운함만 더할 뿐입니다. 이유 없이 낭패를 보셨다는데 어떻게 견디며 지내고 계십니까? 언제나 염려되어 인마人馬가 오기를 기다린 지 오래되었습니다. 아래 목록대로 (물품을) 올리니 정으로 받아주심이 어떠신지요? 비록 대동법이 실시된 뒤이기는 하나 아직은 조정에 진상하고 남은 물건이 있으니 이후에 만일 곤궁한 탄식이 있거든 다시 인마人馬를 보내시면 됩니다. 저는 겨우 지탱하고 있습니다. 그런데 겨울에 들어서 관아의 일도 매우 많아지고 아전을 부리는 일도 괴로워 아침저녁으로 버텨 지내고 있을 뿐입니다. 할 말은 많으나 어찌 다할 수 있겠습니까? 엎드려 바라건대 형께서 살펴주십시오. 삼가 답장을 올립니다.

계사년(1653) 12월 9일. 아우 홍욱.

이 간찰은 김홍욱이 황해감사를 지내던 시기에 곤궁에 처한 지인에게 물품을 보내면서 쓴 간찰이다. 1651년 호조판서 이시방이 대동법을 충청도 지역으로 확대하여 실시할 때, 영의정 김육이 이시방을 도우려고 충청도 행정 책임자로 추천한 사람이 바로 김홍욱이다. 사실 대동법이 충청도에 정착할 수 있게 된 데에는 김홍욱의 역할이 상당히 크다. 앞서 인조 때 실시된 대동법이나 1658년 전라도 산간 지역의 대동법이 실패한 데에는 관찰사 책임도 적지 않기 때문이다.

이시방 초상, 대전 역사박물관 소장

간찰은 지극히 사적인 문서라서 당사자가 아니면 잘 알 수 없는 부분이 적지 않다. 그래서 우리가 아는 역사적 사실을 간찰에서 확인하기란 대동법이 실시되지 않았으면 어떻게 되었을까? 현재까지 확인된 자료로 볼 때 17세기 후반부터 인구는 지속적으로 늘고 있는데 경작지는 인구 증가만큼 늘지 않고 있었다. 지주 – 소작 관계는 소작인이 생산한 생산량의 대략 반을 지주에 바치는 경우가 많았고, 수확량은 평균 1결당 200두 정도 생산되었다고 한다. 이런 상황에서 공납을 안정으로 이끈 대동법이 없었다면 경제적 기반인 토지를 갖지 못한 소작인들이 일찍 파산할 것이라는 것은 예상하기 어렵지 않다. 그러므로 일부에서 대동법이 조선왕조의 수명을 1백년 늘렸다고 하는데, 전혀 근거 없는 이야기는 아니라고 할 수 있다.

참고로 영조의 계비 정순왕후貞純王后(1745~1805)와 추사 김정희金正喜(1786~1856)가 바로 김홍욱의 후손이다.

(오세운)

08 한수원韓壽遠의 편지

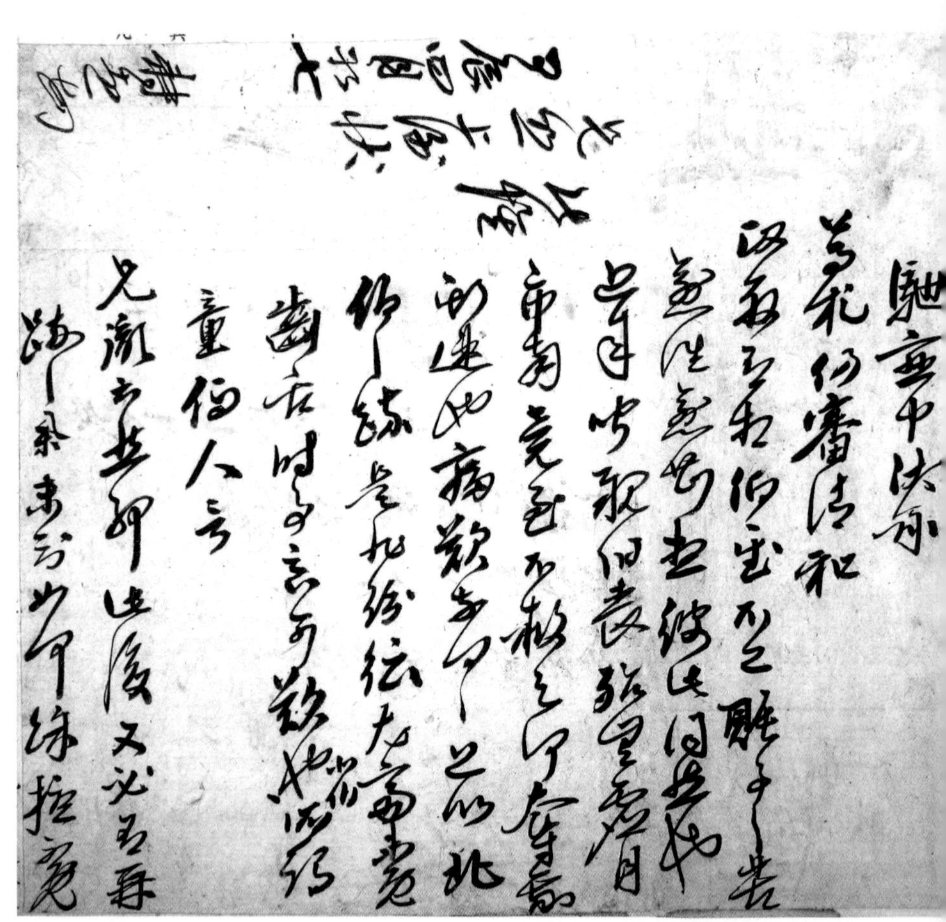

한수원 간찰, 「제가유독諸家遺牘」 수

馳戀中 伏承尊札 仍審淸和 政履有相 仰慰不已 賑事之苦 愈往愈甚 想彼此同然也 近來聞親舊喪 殆無虛月 市南竟至不救 天何奪我斯速也 痛歎奈何奈何 近以北伯之疏 是非紛紜 尤齋未免齒舌 時事良可歎也 北伯所謂童

儒 人言兄胤云 然耶 此後又必有再疏之擧 未知如何 餘擾不旣 伏惟兄照
上謝狀
甲辰四月初七 壽遠頓

몹시 그리워하던 중에 삼가 존형의 편지를 받고, 맑고 화창한 봄에 정무를 보시는 근황이 좋으심을 알게 되어 우러러 위로되는 마음 그지없습니다. 진흁하는 고달픔이 갈수록 심하지만, 누구나 다 그럴 것으로 생각합니다. 요즘은 친구의 부음을 듣지 않는 달이 거의 없습니다. 시남市南이 끝내 세상을 떠났으니, 하늘이 어찌 이다지도 빨리 그를 빼앗아 갔단 말입니까? 애통하여 탄식한들 어찌하겠습니까? 근래 북백(함경도 관찰사)의 상소로 인하여 시비논란이 시끄러운데, 우재尤齋도 구설수를 면하기 어려우니 세상 일이 참으로 통탄스럽습니다. 북백이 말한 "젖비린내 나는 유자(童儒)"란, 사람들이 말하기를 당신의 장남이라고 합니다. 그렇습니까? 이 후로 반드시 또다시 상소를 올리는 일이 있을 것이니 어떻게 할지 모르겠습니다. 나머지는 어수선하여 이만 줄입니다. 살펴주시기 바랍니다. 답장을 올립니다.

갑진년(1664, 현종5) 4월 7일 수원壽遠 올림.

해 설

발신인은 한수원韓壽遠(1602~1669)으로, 김장생의 외손이며 문인으로 효종의 북벌 계획을 도와 강화도를 요새화하는 데 힘쓴 것으로 알려진 인물이다. 수신인은 본 간찰 중의 "북백北伯(함경도관찰사)이 말하

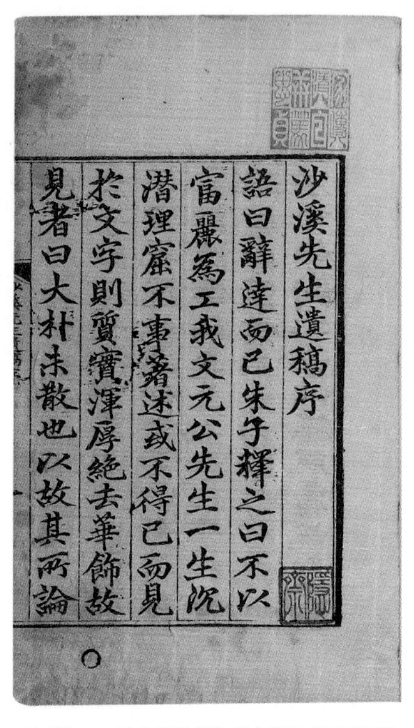
沙溪先生遺稿序
語曰辭達而已朱子釋之曰不以
富麗爲工我文元公先生一生沈
潛理窟不事著述或不得已而見
於文字則質實渾厚絶去華飾故
見者曰大朴未散也以故其所論

사계유고 : 사계 김장생은 한수원의 외조이이다.

는 동유童儒는 사람들이 형의 아들이라고 합니다."로 미루어볼 때 '동유童儒'가 조해趙楷가 맞는다면, 그의 부친인 조봉원趙逢源(1608~1691)으로 추정할 수 있다. 조봉원은 김상헌金尙憲의 문인으로 송시열이 2차 예송에 패하여 유배되자 관직을 버리고 농가로 돌아간 인물이다. 그의 아들 조해는 유생을 이끌고 소를 올려, 서필원徐必遠이 윤리를 더럽히고 성현을 모독하였다고 공격하였으며, 아울러 이 일을 논하지 않은 삼사三司를 비판하였는데, 이를 계기로 조야의 논의가 비등하여 큰 파장을 일으킨다. 조해의 상소는 송시열의 상소에 대한 서필원의 주장에서 말미암은 것이다. 간찰 안의 '북백지소北伯之疏'는 바로 '서필원의 상소'를 가리키는 말이며, '우재尤齋'는 '우암 송시열'을 가리킨다. 1664년 북백北伯(함경도 관찰사)은 서필원이었다.

현종과 숙종대는 조정 신료간의 계파 갈등이 고조에 달하는 시기인데, 많은 사건 중에서 현종 5년에 일어났던 '공의사의公義私義' 논쟁이 본 간찰과 관련이 있다. 이는 현종 4년(1663) 11월 수찬 김만균이 청나라 사신을 맞이하기 위한 배종을 피하기 위해 그 직을 사퇴하고자 한

데서 비롯되었다. 김만균이 조모인 연산 서씨가 병자호란 때 강화도에서 순절한 점을 들어 사정私情으로 볼 때 원수를 접대하는 일에 도저히 배종할 수 없다는 이유로 사직을 청하는 상소를 승정원에 제출하였던 것이다. 본래 이러한 종류의 상소는 새삼스러운 것이 아니었는데, 이때 올린 김만균의 사직소는 이전과는 달리 아무런 배려도 없이 허용되지 않았다. 당시 승지였던 서필원이 김만균의 사직소에 대해 비판했는데, 하나는 공무 수행을 위해서 사사로운 정을 허용하는 것은 부모의 선에서 그쳐야 한다는 것이고, 다른 하나는 조손祖孫 간은 부자父子 간과는 차이가 있다는 것으로 사의私義보다는 공의公義의 수행을 우선하고 중시해야 한다는 논지였다. 처음에는 서필원의 주장대로 수용되는 듯 했는데, 몇 달 후(1664년 1월), 송시열이 상소를 올려 김만균을 변호하였고, 이 일로 말미암아 조신 간의 논쟁이 시작되었다. 송시열은 조모에 대한 의리를 지키는 것이 청사淸使를 영접하는 왕을 수행하는 공무보다 사적이기는 하나, 신민臣民의 의리를 지켜주는 것이 인심과 천리를 유지하게 하는 의리에 합당한 조치라고 하여, 세속적인 군주권보다는 도덕적이고 본원적인 도학에 가치와 권위를 부여하였다. 이에 대해 우부승지 김시진과 함경 감사 서필원이 반박하였는데, 김시진은 조손 간은 부자 간과는 차이가 있으며 사정私情을 줄이고 공의公義를 폐하지 않도록 하는 것이 합당하다고 주장하였고, 서필원은 국정의 원활한 수행을 위해서는 사의私義에 일정한 제한이 있어야 한다는 점을 강조하여 출사하기 전에는 사은私恩이 위주이겠으나, 이미 출사하고 나서는 당연히 공의公義를 중시해야 하니 사은은 제한되는 것이 맞다고 주장하였다.(정만조, 「조선 현종조의 사의공의 논쟁」, 『한국학논총』, 1991년) 논쟁의 결과는 서필원의 파직과 김만균의 복직으로 마무리 되었다.

이 일은 조선 정계 문제를 떠나 청국淸國과의 국제 문제가 걸려 있어 중대하고 민감한 사안으로 청국과의 관계에 있어 조선의 정서가 어디에 있는지 알 수 있게 한다. 청나라 칙사가 조선에 파견되면 연로沿路의 도신이 칙사를 영접하는 것이 규례이나, 칙사 영접에 사의가 거론되는 일이 더러 있다. 이보다 훨씬 뒤의 일을 예로 들어보면, 칙사가 나오기에 앞서 영의정 한용귀韓用龜가 연석筵席에서 "이번에 평안 감사가 사의를 내세워 영접할 수 없다고 하니, 중군中軍 이정곤李貞坤에게 절도사의 직함을 임시로 쓰게 하여 대신 영접하게 하는 것이 어떻습니까?"라고 주청하였는데, 이 일에 대해 순조가 윤허한 일도 있다.(『조선왕조실록』 순조 21년 7월 26일) 당시 평안 감사는 김이교金履喬로, 병자호란 때에 순절한 척화신 김상용의 6대손이다. 김상용은 김상헌의 형이다.

발신인 한수원은 "우재尤齋도 구설수를 면하기 어려우니 세상 일이

청흥군 한수원 묘, 경기도 화성

참으로 통탄스럽다.(尤齋未免齒舌, 時事良可歎也)"라고 하였다. 위에서 살펴본 당시의 상황으로 보건대, 여기에서 '서필원의 파직과 김만균의 복직'이라는 결과가 우암을 존숭하는 이들의 기대를 만족시키지 못하고 있다는 행간을 읽을 수 있다. 한수원의 명분은 조해의 '윤리를 모독하고 성현을 더럽힌다'고 규탄하는 쪽에 서 있다. 그런데 소문에 조봉원의 아들인 조해가 그 부당함에 앞장섰다 하니 더욱 조봉원의 서신이 반가웠을 것이다. 당시 친애하는 시남市南 유계兪棨(1607~1664)도 세상을 떠난 지 얼마 되지 않은 터라 뜻을 같이하는 벗과의 관계가 더욱 애틋하고 소중하게 느껴졌을 심정이 읽혀진다.

(김병애)

09 옥계玉溪 강유후姜裕後의 편지

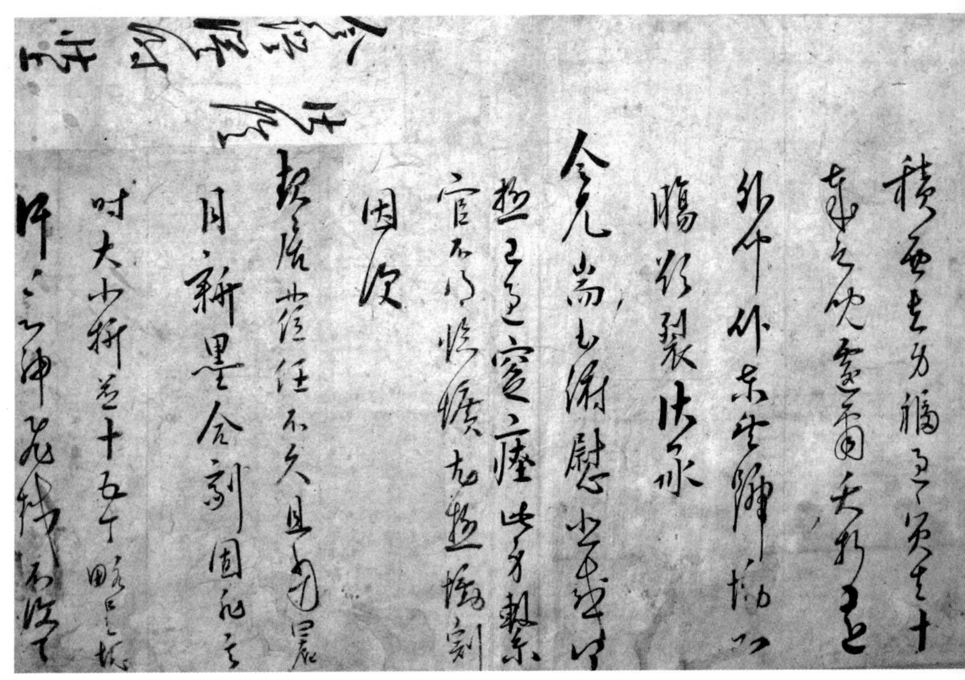

강유후 간찰, 『제가유독諸家遺牘』

積惡在身 福過災生 十歲之兒 遽爾夭折 遠外聞訃 東望號慟 心腸欲裂 伏承令兄耑書俯慰 悲感何極 已過窆瘞 此身繫官 不得臨壙 尤極慟割 因便起居 莅任不久 且當暑月 新墨合劑 固非其時 大小折並十五丁略呈 愧汗愧汗 心神飛越 不復一一 伏惟令鑑 謹謝狀上

乙八月廾五 殤服人裕後

악행惡行이 내 몸에 쌓여 있고, 복이 지나치면 재앙이 생겨납니다. 열 살 난 아이가 갑자기 요절하였는데 멀리 외지에서 부음을 듣고 동쪽을 바라보며 통곡하니 애간장이 끊어지려 합니다.

삼가 형께서 일부러 편지를 보내시어 굽어 위로해 주심을 받자오니, 슬프면서도 감사한 마음이 어찌 한량이 있겠습니까? 이미 자식을 무덤에 묻었으나 이 몸은 관직에 매여 무덤 있는 곳에 갈 수 없으니 더욱 끊어질 듯 애통합니다. 인편을 통해 안부를 여쭈옵니다. 제가 이곳에 부임한 지 얼마 되지 않았고 또 더운 절기라 새로 먹(墨)을 만드는 것은 본래 적당한 때가 아니니 크고 작은 것을 합쳐 15정丁을 대략 올립니다. 매우 부끄럽습니다. 몸과 마음이 날아서 그대를 향하나, 일일이 다하지 않습니다. 잘 살펴주시기 바랍니다. 삼가 답장을 올립니다.

을년 8월 25일 상복인殤服人 유후裕後.

해 설

해가 저물어도 더위가 가시지 않는 여름날, 열 살 어린 아이의 부음을 듣고 그는 하늘을 원망하고 아이의 마지막을 지키지 못하는 스스로를 원망하며 누가 볼까 염려하면서도 소리 내어 울 수밖에 없었을 것이다. 아장아장 걸음걸이를 시작한 것도 겨우 입을 떼고 부모를 부르는 목소리도, 엄한 가르침에 눈물 먼저 뚝뚝 떨어뜨리는 어여쁜 모습, 고사리 같은 손을 꼬물거리며 낮잠에 빠진 모습까지 어느 것 하나 먼 기억 속에 있는 것이 아닌데, 이제는 더 이상 잡을 수도 바라볼 수도 없다. 그 뿐이랴, 앞으로 커가는 모습이며 혼례를 치르는 모습이며 상상에서만 가능한 것이기에 그의 마음이 무너짐은 헤아릴 길 없는 깊고 어두운 우물 속을 헤엄치고 있는 것만 같았으리라.

강유후姜裕後(1606~1666)의 본관은 진주晉州, 자는 여수汝垂, 호는 옥계玉溪이다. 아버지는 흡곡 현령歙谷縣令을 지낸 강진명姜晉明이며 어머니는 이천 도호부사利川都護府使를 지낸 안봉安鳳의 딸이다. 그는 1649년(인조27) 별시 문과에서 을과 제1인으로 입격하여 괴원(承文院)에 뽑힌 이후 박사博士, 주서注書, 전적典籍, 병조·이조 좌랑佐郎 등을 역임한 후 1656년(효종7)에 청주목사가 되어 부임하였다. 이후 암행어사, 정주 목사, 강계 부사 등을 역임하였다. 관직에 있으면서 오로지 백성을 위한 판결을 내렸고, 조정에 있을 때 임금에게 바른 소리하기를 주저하지 않았다. 그는 1665년(현종6) 6월 황해도 관찰사에 임명되어 하직인사를 올리고 황해도로 향하였다. 부임하는 길에서 그곳이 자신이 세상을 등지게 될 곳이라는 것

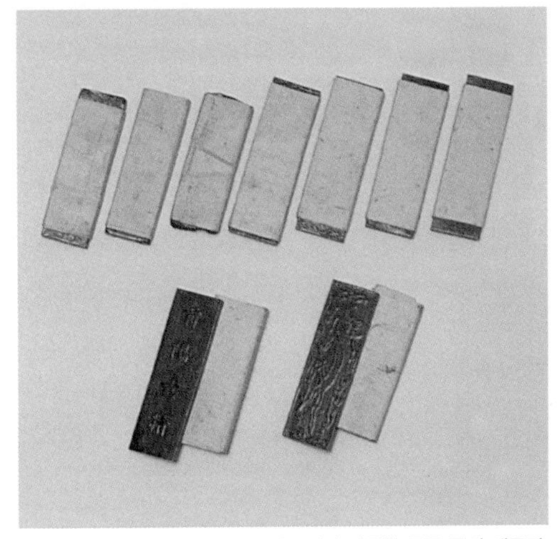

1711년 통신사가 일본 모리번주에게 선물한 물목 중의 해주먹.
해주먹은 당시 조선에서 제일가는 먹이었다.
'수양현정首陽玄精'이라고 양각되어있다.
강유후가 황해감사에 부임하자 친지들이 해주먹을 요청하였다.

과 어린 아이의 부음을 듣고도 달려가지 못하게 될 곳이라는 것을 예감했을까?

강유휴는 박유헌朴由憲의 딸과 혼인하여 3남 1녀를 두었고, 부인이 죽은 후 김찬金燦의 딸과 혼인하여 4남을 두었으며, 간찰에 언급한 죽은 아이는 측실側室과의 사이에서 낳은 사내아이로 이름은 석서錫庶였다. 쉰이라는 늦은 나이에 얻은 아이였기에, 측실의 자식인지라 내어놓고 사랑해주지 못하였기에 먼 곳에서 듣게 된 아이의 죽음은 한 여름의 더위도 잊을 정도로 서늘한 소식이었을 것이다. 그럼에도 불구하고 그는 자신의 소임을 다하기 위해 임지를 떠나지 못하고 슬픔에 가득 찬 마음으로 직임을 다할 수밖에 없었다. 곡식이 익어가고 가을 산이 단풍으로 물들어가는 계절이 다가왔음에도 아이를 잃은 아비의 마음은 풍요를 느낄 겨를도 없었을 것이요, 향락을 즐길 마음의 여유란 한낱 먼지와 같은 것이었으리라.

늦둥이 석서를 잃은 슬픔을 미처 다 수습하기도 전에 그는 1666년(현종7) 해주海州의 수양관首陽館에서 생을 마감하였다.

(임영현)

10 홍명하洪命夏의 편지

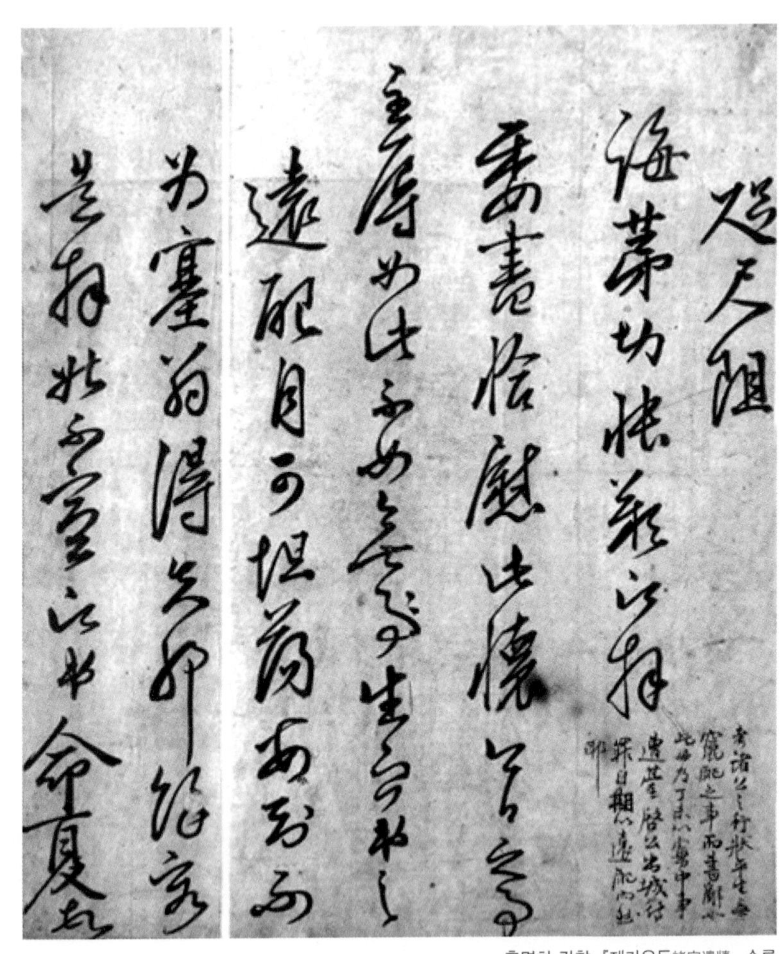

홍명하 간찰, 『제가유독諸家遺牘』 수록

咫尺阻誨 第切悵歎 卽拜委書 恰慰此懷 今日之事 主辱如此 不如無生 而弟之遠配 自可坦蕩 安知不爲塞翁得失耶 餘客造拜 姑不宣

卽 弟命夏頓

지척에 있어도 가르침을 받지 못해 그저 간절히 탄식만하고 있었는데, 지금 보내주신 편지를 받으니 제 마음에 흡족하게 위로됩니다. 오늘의 일은 이처럼 군주가 욕을 받았으니 죽는 것만 못합니다. 그러나 저는 멀리 유배지에서 스스로 호탕하게 평정심을 가질 수 있을 것이니, 어찌 새옹지마가 되지 않겠습니까? 나머지는 편지를 가지고 온 객이 가서 말씀드릴 것입니다. 우선 다 갖추지 못합니다.

편지 받은 그날에 아우 명하命夏 올림.

해 설

편지의 우측 하단을 보면 "공의 행장을 살펴보아도 평생 유배된 일은 없으나 편지의 말이 이와 같은 것은, 아마도 정미년丁未年에 청나라에서 요구한 벌금에 관한 일 때문에 대간의 탄핵을 받자, 공이 스스로 도성을 나가서 원배遠配를 자처하여 대죄한 일을 가리킨 것이다.(考諸公之行狀 平生無竄配之事 而書辭如比 毋乃丁未以虜中事遭臺啓 公出城待罪 自期以遠配而然耶)"라고 하였다.(간찰첩인 『제가유독』의 특징은 각 간찰의 여백에 해당 인물의 인적사항과 행적이 잔글씨로 아주 정성스레 기록되어 있다는 점이다. 막대한 공력이 들어간 이 기록은 간찰첩이 전래되는 과정에 누군가가 적어놓은 것으로 보인다. 최대한 자료를 모아 상세하게 밝히려 노력한 흔적이 역력하다.) 이에 관련해서 「현종대왕행장」에 아래와 같은 내용이 보인다.

7월에 청나라 사신이 와서 금령을 범하고 물건을 사고 판 사람과 도

망해 돌아온 사람을 받아들였다는 등의 일을 조사하고 변신邊臣을 참형의 죄로 논단하였다. 왕이 이르기를, "이것은 나의 잘못인데, 어떻게 신하들에게 떠넘길 수 있겠는가." 하였다. 청나라 사신이 또 대신을 사형의 율로 논단하니, 왕이 또 이르기를, "나의 잘못이므로 내 마땅히 스스로 죄주기를 청해야 하겠다."하자, 청나라 사신이 율을 한 등급 낮추어 처결해서 좌의정 허적을 북경에 사신으로 보내니, 대신은 죄를 면하고 벌금을 물게 되었다.

1666년(丙午), 청나라 조정이 청나라 도피인을 돌려보내지 않는 것에 대하여 조선에 책임을 물어 당시의 재상들을 벌하려고 하였다. 그러나 청나라의 지탄을 받은 영의정 정태화鄭太和, 좌의정 홍명하洪命夏(1607～1667), 진주사陳奏使 허적許積 등이 그 책임을 오히려 왕에게 돌렸다. 이에 이숙李翻, 김징金澄 등은 임금이 욕을 당하면 신하가 죽음으로 맞서야 하는 것이라고 하여 이들을 크게 꾸짖고 처벌하도록 청하였다. 결국 1667년(丁未), 영의정 정태화, 좌의정 홍명하가 '청국의 벌이 상의 몸에까지 미쳐서 불안하다'는 것으로 상소하여 잘못을 시인하고 면직을 청했다.(『조선왕조실록』 현종8, 1월 1일) 홍명하는 관직에서 물러나 과천果川에 기거했으나, 현종은 처벌하지 않고 오히려 온천 행차에 동행하게 하는 등 관대하게 처리했다. 원배遠配에 처했다는 사실은 확인할 수 없으나, 이러한 상황이라면 물러나 과천에 있어도 원배에 처한 듯 불안하고 송구한 심정이었을 것이라고 생각해 볼 수 있다.

본 간찰은 일반 간찰의 형식과는 달리, 일상적인 인사말 없이 첫머리에 편지 받은 일부터 언급하고 있어 다급한 분위기가 느껴진다. 무언가 일처리를 위해 상대방의 소식을 몹시 기다리고 있었던 듯하다. 그러면서도 자신의 행동에 대한 정당성과 당연함을 피력하며, 오히려 사필귀정의 순리에 맡기는 언사로 스스로를 위로하고 있다. 이러한 자신의 의지를 수신인도 잘 알아주었으면 하는 간절함이 있는 듯하다. 또 편지를 가지고 온 객이 돌아가 직접 구두로 말할 것이라고 알린 것으로 보면 무언가 편지로 전하기에 민감한 문제가 있는 듯하다. 객도 그저 심부름만 하는 미천한 자는 아닐 것이다. 당면하고 있는 일의 긴밀함을 함께하는 '동지同志' 성격의 아랫사람일 것이다. 58자의 짧은 길이에 발신 날짜가 적혀 있지 않은 것도 우연은 아닐 듯하다.

(김병애)

11 번암樊巖 채제공蔡濟恭의 편지

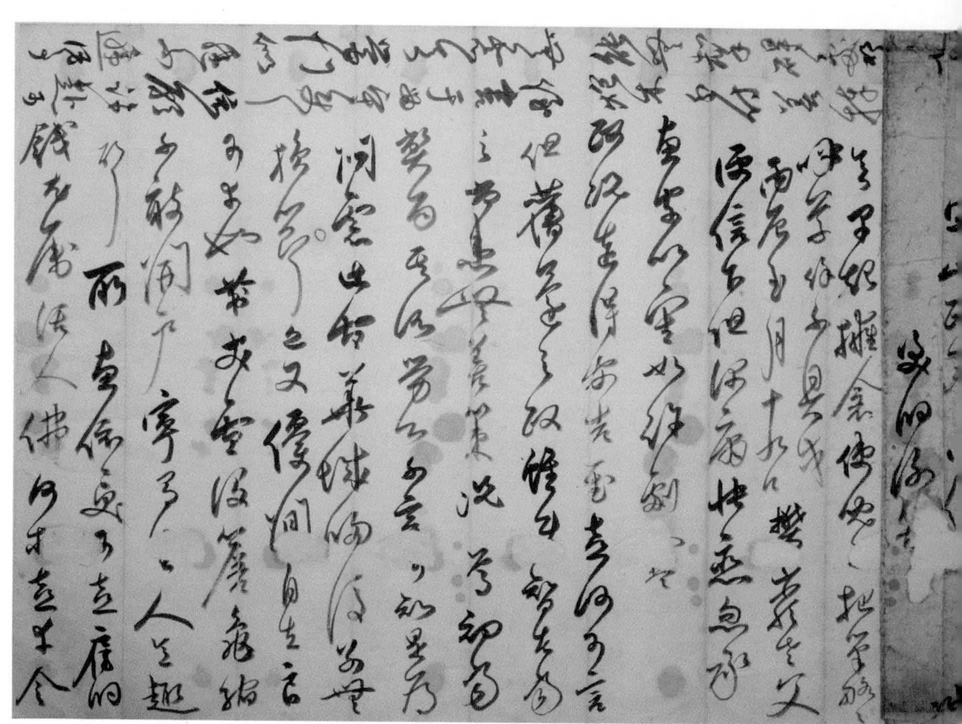

채제공 간찰, 개인

定山政衙 回傳 (緘) 美洞謝狀	정산 관아에 회전 (봉함) 미동의 답장

便信乍阻 深庸悵戀 忽承惠字 以審如許劇寒 政況連得安吉 慰喜何可言 但舊還之政 雖使智者當之 尙患無善策 況尊初當弊局 其所勞心 不言可知 是爲悶慮 此間華城歸後 別無損節 近又優閒自在 良可幸也 第丈雪沒簷 龜縮不敢開戶 寧有古人意趣耶 所惠依受 可喜 雇洞錢 尤屬活人佛 何等喜幸 令侄言于留守 使之依願許赴 可無慮矣 營門似遞不遞 凡事能無掣碍

處耶 炮木分付善捧矣 早起擁衾 使兒□把筆 略略呼草 餘不具式
丙辰至月十九日 樊巖老父

소식이 잠시 막혀서 매우 울적하고 그리웠는데 갑자기 편지를 받아 이러한 극한 추위에 정무를 보시는 생활이 편안하고 좋다고 하니 위로되고 기쁜 것을 어찌 말로 다 하겠습니까? 다만 구환舊還(오래된 환곡)의 행정은 비록 지혜로운 자가 감당한다고 해도 오히려 좋은 계책이 없을 텐데 하물며 당신은 재정이 열악한 고을을 처음 맡았으니, 걱정하는 마음을 말하지 않아도 알 수 있습니다. 이것이 걱정입니다. 나는 화성華城에서 돌아온 후에 별달리 건강이 나빠지지는 않았고 또 근래에 여유있게 지내고 있어서 정말로 다행입니다.

다만 한 길이나 되는 눈이 처마까지 닿아서 거북이처럼 위축되어 감히 문을 열지 못하고 있으니, 어찌 옛 사람의 의취意趣가 있겠습니까? 보내주신 것은 그대로 잘 받아 기쁩니다. 고동전雇洞錢은 더욱이 활인불活人佛 같은 것이니 얼마나 기쁘고 다행입니까?

당신의 조카는 유수留守에게 말을 해서 희망에 따라 과거에 응시하도록 하였으니 걱정할 것이 없습니다. 영문營門(충청도 관찰사)은 교체될 듯하면서도 교체되지 않으니 모든 일에 어찌 막히는 것이 없겠습니까? 포목炮木은 분부하여 잘 받았습니다.

아침에 일어나 이불을 뒤집어쓰고 아이에게 붓을 잡게 하여 대강 불러주어 씁니다. 나머지는 예를 갖추지 못합니다.

병진년(1796, 정조20) 지월(11월) 19일. 번암 노부.

해 설

이 간찰은 채제공(1720~1799)이 집안 손자뻘 되는 정산 현감定山縣監 채윤전蔡閏銓에게 보낸 편지이다. 정산현은 지금 충청남도 청양군 정산면 일대인데 조선시대에는 하나의 현으로 현감이 있었다. 1796년에 정산 현감을 하던 사람은 채윤전蔡閏銓(1748~1801)이라는 채제공 집안의 손자뻘 되는 사람이었는데, 1789년에 진사에 합격하고 좌의정으로 있던 채제공이 상지관相地官에 천거하여 벼슬 생활을 하다가 이때 정산 현감이 되었다. 번암이 걱정을 하는 것을 보면 정산현의 재정 상황은 환곡이 제때 거두어지지 않아서 구환舊還이 누적될 정도로 어려웠던 것으로 보인다.

고동전이 무엇인지 잘 알 수가 없는데 "사람을 살리는 부처"라고 한 것을 보아서는 지역에서 어려운 사람을 도와주어야 할 때 쓸 수 있는 기금 같은 것이 아닌가 생각된다.

'영질令侄을 유수留守에게 말해서 과거에 응시하게 했다'는 것은 채윤전의 조카를 수원이나 광주 유수에게 말해서 과거에 응시할 수 있도록 했다는 것이다. 수원이나 광주에서는 특별 시험이 자주 치러졌었다.

정산현이 충청도에 있으므로 영문營門은 충청 감영이고 이때의 충청 감사는 임제원林濟遠으로 1796년 2월에 부임하였는데 체직이 될 가능성도 있었던 모양이나 계속 그대로 있게 되었다는 소식을 전하고 있는 것 같다.

포목炮木은 포수목, 즉 포수, 사수, 살수 3수의 비용으로 거두는 목면, 즉 군역세인데 정산현에 할당된 포수목을 훈련도감에서 제대로 받을 수 있도록 도와달라고 한 것 같고, 이를 그쪽에 분부하여 잘 처리되게 하였음을 알려주는 것으로 생각된다.

편지 마지막에 아침에 일어나 이불 속에서 아이에게 붓을 잡고 대강 초고를 불러서 쓰게 했다고 되어 있는 것은 이 때 채제공이 77세였고 작고하기 2년 전이었으니 건강이 나빴던 것으로 보이며, 아들에게 대신 쓰게 한 것이 아닐까 싶다. 그래도 번암의 글씨와 매우 유사하다고 한다. 아들이 없는 채제공은 집안 형님 채민공蔡敏恭의 아들 채홍원蔡弘遠을 양자로 들였는데 그의 글씨가 양부의 글씨를 본받은 것일 수도 있겠다.

채제공蔡濟恭(1720~1799)의 본관은 평강平康, 자는 백규伯規, 호는 번암樊巖, 시호는 문숙文肅이다. 영조 19년(1743)에 23세로 문과에 합격하여 당시 30세였던 평균 합격 연령에 비추어 볼 때 일찍 관직에 들어갔다. 5년 후 예문관 한림翰林 선발시험에서 수석을 한 이후 순조롭게 승진을 거듭하며 1738년(영조34)에 38세로 도승지에

채제공 초상, 수원화성박물관 소장

이르렀다. 당시 사도세자를 폐위시키려는 영조의 뜻에 죽을 각오로 맞섰음에도 불구하고 그 이후에 대사간, 경기 · 함경 관찰사, 병조 · 예조 · 호조 판서를 역임한 것을 보면 영조의 신임을 잃지 않았던 것 같다.

1776년 정조 즉위 후에도 각 판서, 한성판윤을 역임하였으나 홍국영이 월권을 행하다 1780년 실각할 때, 그와 가까웠다는 이유로 탄핵을 당해서 7년간 은거생활을 해야 했다. 1786년 평안도 병마사라는 66세의 나이에는 걸맞지 않는 직책으로 복귀한 후 1788년에 우의정이 되었고 1798년 사직할 때까지 10년을 정승의 자리에 있었다. 특히 1789년부터 3년간은 영의정과 우의정이 없는 좌의정(獨相)으로 지냈으니, 정조의 절대적 신임을 미루어 짐작할 수 있겠다. 그때까지 당파 싸움의 중심이었던 이조 전랑吏曹銓郎의 권한을 대폭 제한하는 등 탕평책과 왕권 강화에 힘쓰고, 시전市廛의 특권을 박탈하여 자유

채제공 뇌문비, 경기도 용인시 역북동

로운 상공업 활동을 장려하는 등 개혁을 단행하였으며, 수원 행궁 건설과 현륭원 조성을 총괄하는 등 많은 업적을 남겼다. 1793년 영의정이 되었고 1798년에 사직하여 이듬해 사망했다. 사후에 정조가 죽음을 애도하여 그의 공적을 찬양하는 글을 지어 무덤 곁에 세우니, 이것이 「채제공뇌문비蔡濟恭誄文碑」이다. 초상화 3점과 밑그림인 유지본 3점이 함께 보물 1477호로 지정되어 있다.

(박병원)

12 정조正祖가 채제공蔡濟恭에게 보낸 편지

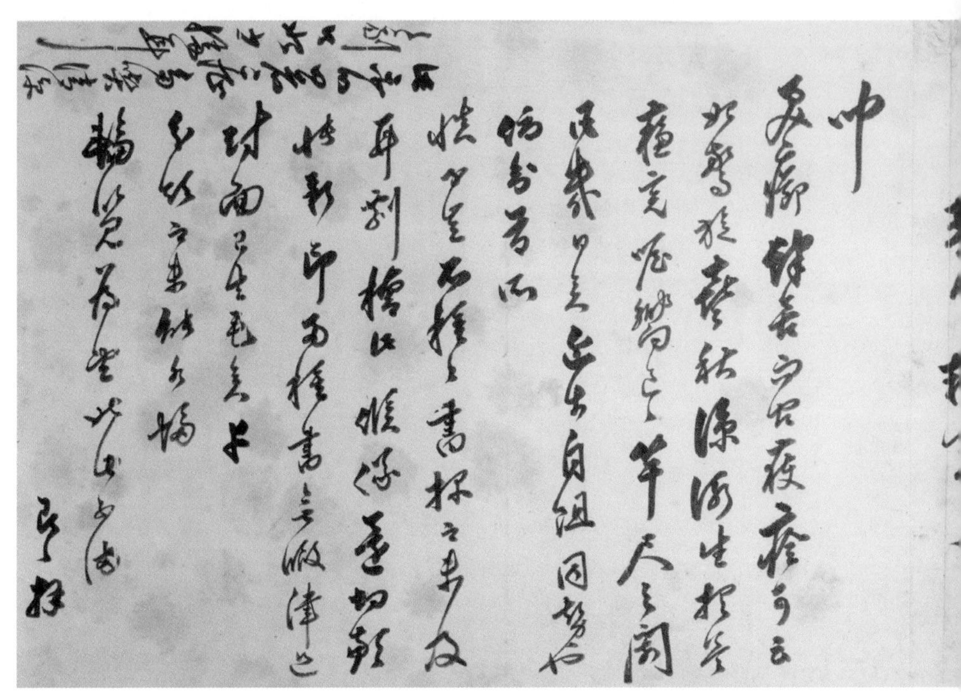

정조 간찰, 개인

樊里執事

丁巳七月二十七日

번리 집사께

정사년 7월 27일

聞美癵肆苦 而間獲痊可云 始驚旋喜 秋涼漸生 想益蘇完 瞻嚮區區 竿尺之闋 凡幾日矣 近於自阻同勢也 俯知有所愼 則豈不種種書探 而未及耳剽 稽此候儀 還切歉悵 新印兩種書 無暇津送 封面已生毛矣 幸分領而未能各幅 輪覽爲望 姑此不備

卽日拜

此亦以暑症 多喫淸涼之劑 今始少勝耳

종기가 심해졌다가 근래 나으셨다니 처음엔 놀랐다가 이내 기쁨으로 돌아섰습니다. 점차 가을의 서늘한 기운이 생겨나니 좀 더 완쾌하셨으리라 생각됩니다. 그리운 마음 간절합니다. 편지가 막힌 지가 여러 날이 되었는데, 내 스스로 막은 것이나 다름없습니다. 편치 못하다는 것을 알았다면 어찌 편지를 올려 문안을 살피지 않았겠습니까마는 들은 소식이 없어 이렇게 편지가 늦어졌으니, 안타까운 마음만 깊습니다.

새로 찍은 두 종류의 책은 미처 보내드릴 여가가 없어서 포장한 종이에 벌써 보푸라기가 일어납니다. 나누어 수령하시기 바라오며 일일이 편지를 쓰지 못하오니 돌려보시기 바랍니다. 이만 줄입니다.

즉일에 올림.

나도 더위를 먹었는데, 청량제를 많이 복용하고서 지금은 조금 좋아졌습니다.

해 설

정조正祖(1752～1800)가 좌의정 번암樊巖 채제공蔡濟恭(1720~1799)에게 보낸 이 편지는 본래 채제공이 정조에게 받은 편지 20여 통이 한 첩으로 꾸며진 것의 하나로 각 폭마다 날짜가 표시되어 있는데 이 편지는 정사丁巳(1797)년 7월 27일로 되어 있다.

최근 정조가 신하들에게 보낸 간찰이 많이 소개되고 있다. 특히 심환지 등 정국의 실력자에게 비밀 간찰을 보내어 정치적 반대 세력을 중간에서 적절히 조정하고 있다는 것이 밝혀지고 있다. 당시 정조는

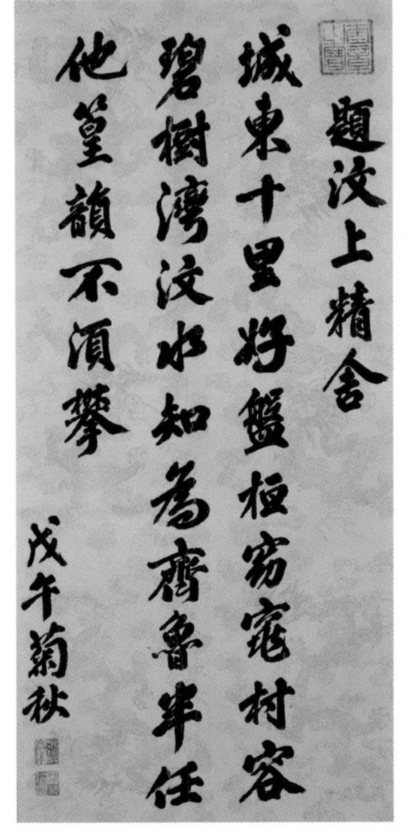

정조의 글씨-제문상정사, 국립중앙박물관 소장

노론 벽파뿐만 아니라 남인이나 노론 시파 세력들을 적절히 등용하여 정치적 균형을 이루어갈 필요가 있었던 것이다.

이 편지도 좌의정 채제공이 홍치영洪致榮 등 정치적 반대파가 탄핵을 하자 정조의 옹호에도 불구하고 그들의 반발을 무마하기 위하여 사직 차자箚子를 내고 번리樊里(지금의 서울 강북구 번동 드림랜드 근처)에 물러가 있을 때의 편지이다. 정조는 78세의 채제공에게 더운 여름에 종기가 나서 고생하였지만 이제 좀 나아졌다니 반갑다는 것, 자신도 더위를 먹었지만 청량제를 먹어 조금 나아졌다는 이야기 등 마치 부자간에 서로 안부를 전하듯이 친밀하게 편지를 쓰고 있다. 또 정조가 새로 찍어낸 책 2종을 보내주려고 하였지만 보내줄 방법이 없어서 포장지가 보풀이 일 정도라고 과장을 하면서 보고 싶어 하는 심정을 피력하였다.

정조는 당시 유자儒者들이 읽어야 할 책을 젊었을 때에 여러 번 읽었음에도 불구하고 직접 당시의 규장각 여러 신하들과 함께 서책을 간행하였다. 정조 말년에 간행한 책만 하더라도 1795년(정조19)에는 『주서백선朱書百選』, 1796년에는 『오경백편五經百篇』, 1797년에는 『사기영선史記英選』, 1798년에는 『팔자백선八子百選』, 1899년에는 『춘추春秋』를 간행하고 자신이 직접 다시 열독熱毒하였다. 『춘추』를 간행하고 읽은 다음에는 젊었을 때에 어머니가 책씻이를 한 것을 기념하여 여러 신하들과 함께 책씻이를 하기도 하였다.

당시의 명필인 조윤형曺允亨, 황운조黃運祚가 춘추강자春秋綱字를 써서 목활자를 만들어 정유자를 섞어 사용하여 정성을 다하여 간행한 『춘추』를 간행할 때에 채제공은 좌의정으로서 간행 총재대신을 맡아서 표피豹皮를 상으로 받기도 하였다.

정조가 채제공에게 보내려고 하였던 책은 아마도 『오경백편』, 『사기영선』 2종이었을 것으로 추정된다. 이렇게 막 간행된 책을 보내주고 건강을 걱정한 것을 보면 정조의 인간된 모습과 채제공에 대한 정이 어떠했는지 여실히 알 수 있다. 또 정조의 글씨를 보면 윤기 있는 행서체에서 국왕의 의연한 모습도 엿볼 수 있어 많은 것을 느낄 수 있다.

(유홍준)

정계 원로 정원용鄭元容이 곡산 부사谷山府使에게 보낸 편지

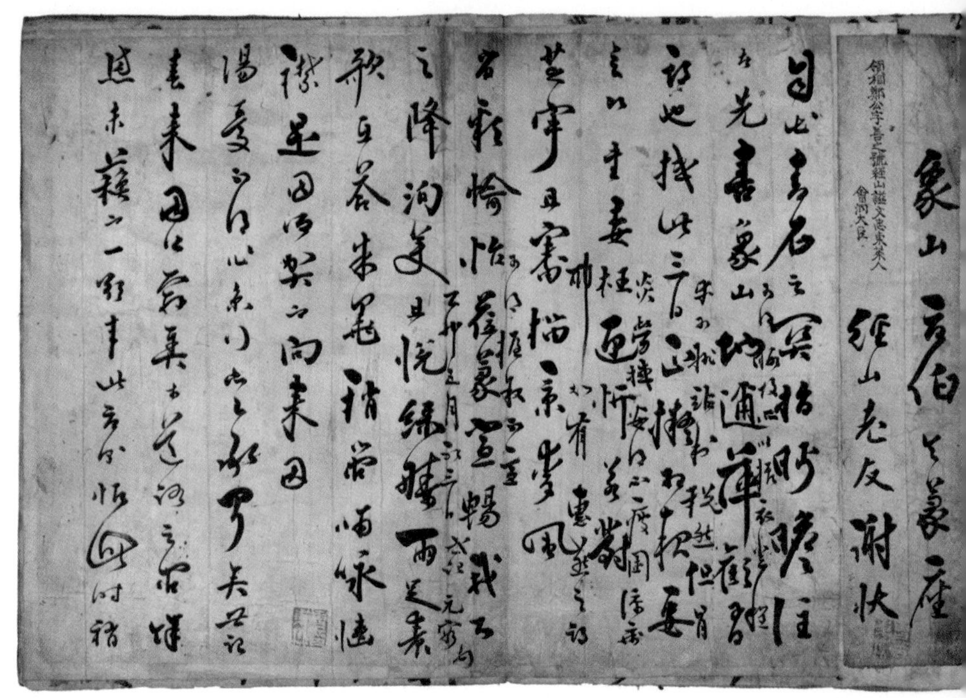

정원용 간찰, 『간독簡牘』

象山 府伯 令篆座 經山老友謝狀	상산의 부백께서 정무 보시는 자리에 늙은 벗 경산의 답장

自出青石之關 指眄瞻注者 先書象山 地邇萍歡有期也 抵此三日 正擬相報要會 卽書委枉迎 忻若對芝宇 且審榴景麥風 省彩愉怡 莅篆宣暢 我心之降 洵美且悅 綠疇雨足 農歌互答 朱墨稍簡 嘯詠愜襟 是固仰賀 而向來因湯憂 不得作京行 亦已承聞矣 世記春來 因公奔奏於道路之間 餘憊未蘇 而一欲來此府 則惟此時 稍可得暇 故所以振衣登程 幸可排站利稅 然但冒

炎勞撼 安得不疲困添病耶 如有惠然之期 可得握叙 不宣
乙卯五月初三日 世記元容頓

청석관青石關(개성開城 북쪽에 있는 관문)을 나서면서부터 그리움이 인 것은 먼저 상산象山[谷山의 古名]으로 글을 써 보낸데다 두 지역이 가까워 객지에서 만나는 기쁨을 기대할 수 있기 때문이었소. 이곳에 당도하여 사흘이 지나 바로 소식을 알려 만나려고 하였는데, 곧 편지를 일부러 보내 초대해 주시니 그 기쁨이 얼굴을 마주 대한 듯 했소. 또한 석류꽃 피고 보리알 영그는 풍경이 한창인 요즈음 부모님 모시는 일이 흐뭇하고 즐거우며 정무를 살피는 일도 막힘없이 펼치고 있다 하니 내 마음이 안심되어 참으로 기뻤소. 초록빛 밭두둑에 넉넉히 비가 내려 농부들이 노래를 주거니 받거니 하고 관청 업무도 조금은 간결해져 흡족한 속내를 시가詩歌로 읊조린다 하니, 이는 정말 경하할 일이요. 얼마 전에는 어버이의 병환으로 서울 행차를 하지 못했다는 것을 또한 벌써 전해 들었소.

나는 봄철 이래 공무로 길 위에서 분주했기에 남은 피로가 아직 회복되지 않았으나, (아들이 있는) 이곳 서흥에 한번 와보고 싶었소. 이때 조금 짬이 생겼기에 옷을 털고 길을 나섰소. (도중에 쉴) 역참도 미리 배정해주어서 무사히 잘 도착하였으나 더위를 무릅쓰고 바삐 서두르다 보니 어찌 피곤하지 않고 병이 덧나지 않겠소. 만일 고맙게도 이곳을 찾아주신다면 만나서 회포를 풀 수 있을 듯하오. 이만 줄이오.

을묘년(1855) 5월 3일. 세기世記 원용元容 올림.

해 설

이 간찰은 '72세'의 정원용(1780~1873)이 임금의 명에 따라 황해도에서 공무를 수행 중 짬을 내어 곡산 부사谷山府使 이유응李裕膺(1817~1874)을 만나고 싶다는 내용이 핵심이다. 1848년에 첫 영의정이 되고 철종 즉위 직후 영의정을 또 역임했던 노정객이 '새파란' 38세의 곡산 부사를 찾아갈 생각을 했다. 진작 서울에 왔었더라면 만났을 텐데 병 때문에 못 왔다니.

비록 가마를 대동했다 하더라도 경산經山은 음력 오월 더위에 "석류꽃 피고 보리 영그는 풍경"에 취하기도 하고 "밭두둑에 넉넉한 비"는 요즘 나이로 망팔望八 늙은이에게 무리였을 터. 그럼에도 경산은 현재 머물고 있는 서흥瑞興에서 만나 회포를 풀자고 은근히 권하고 있다. 때마침 경산의 둘째 아들 정기년鄭基年이 서흥 부사瑞興府使였기 때문이다.

예서 우리의 관심은 두 곳에 쏠린다. 하나는 공무의 내용, 또 하나는 경산이 볼 때 '젊디 젊은' 곡산 부사 이유응을 왜 만나려 했을까? 상하 질서가 엄연한 유교이념의 관료사회에서 체통에 금가고 권위에 틈이 생기는 그 만남을 왜 강행하려 했을까? 문제 해결이 막막하지만 이유응의 형님이 그 실마리 찾기가 아닐까 추정해 본다. 그러니까 이유응보다 세 살 많은 이유원李裕元(1814~1888), 그즈음 벼슬이 철종의 최측근 중 하나인 도승지.

『매천야록(梅泉野錄)』에서 황현은 이유원에 관해 다음과 같이 두 장면을 묘사하고 있다. 하나는, "이유원(호가 橘山)은 탐욕, 비루하고 교활한 것이 늙어서도 줄어들지 않았다. 소론의 갑부로 일컬어졌으나 재물을 끌어 모으면서 만족할 줄을 몰랐다. 특히 담소를 잘하고 행동거지가 모두 세련되고 볼만하여 임금의 지우를 얻었다." 또 하나는 양주 가오실嘉梧室에서 서울까지 80리—그가 왕래하는 80리—가 모두 이유원의 토지임을 거듭 밝히고 있다. 둘 다 고종 때의 기록이다. 철종 때도 귤산의 그 본질은 여후如後했을 터. 경산은 귤산의 탐욕을 포장한 예절을 응시하면서 임금을 구슬리는 방법과 그의 광대한 자산인 토지에 감탄하고 저주하며 온 관심을 집중한 듯하다. 청렴결백과 '화이근신和易謹愼'을 자랑하는 경산 가문이, 이항복의 후손임을 자랑하면서 재산을 바탕으로 권력의 상승을 추구하는 귤산 가문과 끈끈하게 유대한다면 경산 가문의 안전과 번영이 보장되리라고 확신하지 않았을까. 여기에 곁들여서, 경산은 자기 아들과 귤산 아우가 서흥에서 만나 돈독한 관계가 맺어지길 원했다. 경산의 예측은 정확했다. 귤산은 고종의 친정 초기에 두 번이나 영의정을 지냈다. 고종의 등극에도 적극 찬성하여 안동 김씨를 배반하고, 세인의 저주 대상 귤산에 접근한 이 두 측면이 바로 20여 년간 여러 차례 의정議政을 지낸 경산의 내장된 자화상이었다.

철종시대는 안동 김씨가 경쟁세력 없이, 내부갈등도 비교적 없이 권력을 독점하는 세도정치의 절정기였다. 철종 13년 제주도를 포함, 삼남을 중심으로 전국 70여 곳이 농민 반란의 격랑 속으로 침몰하는 대참극이 벌어졌다.(『1862년 농민항쟁』). 이 사회는 이미 체제 존속의 기능을 거의 포기한 상황이었다. 안동 김씨의 체제말기적 실정은 철종의 선정 과정에서 가감 없이 그 싹을 드러냈다. 왕재王才로서의 꼼꼼한 적합도 탐색을 생략한 채, 강화도에 유배되어 농사짓는 일자무식의 떠꺼머리 총각 원범元範이를 저들과 정원용이 '낙점'했다. 이때 김씨 세력에 기생하여 온 원로정객 정원용은 예상을 깨고 봉영대신奉迎大臣을 자청 선점하여 반신반의하는 눈초리의 표적이 되기도 했다. 이 담합은 한결같이 나라와 백성을 팽개치고 오로지 권력지배와 가문의 부귀만을 추구하는 악의적인 선별이자 장기집권이 빚은 오만의 극치였다.

1863년 고종이 즉위했다(순조 11세, 헌종 8세, 철종 19세, 고종 12세). 이때도 경산은 치밀하고 재빨리 움직였다. 그는 원상院相(임금이 죽고 새 임금이 즉위할 때까지 국정을 관장)으로 고종의 왕위계승을 적극 도와 대원군의 든든한 후견인으로 변신하였다. 동시에 노론 제일의 명가 후손, 김조순金祖淳(1765~1832)이 순조(1800년 즉위)의 국구國舅가 되어(1803) 주춧돌을 놓은 세도정치 60년의 전통이 붕괴된 것이다. 그것도 전국을 강타한 농민대항쟁의 함성 속으로 침몰해버린 것이다. 이 항쟁을 1894년 동학농민전쟁과 연결할 때 조선망국의 인자因子가 그 안에 배태되어 있음을 매천은 예리하게 간취해내었다. "김조순 또한 글 잘하고 처사가 능란하며 후덕하다고 일컬어졌다. 그러나 그의 자손에 이르러 탐욕, 교만, 사치에 빠져 실로 외척이 나라를 망치는 화근이 된 것이다." 역시 매천의 글이다. 관료는 물론 지배층까지도 부러워했던 우의정, 좌의정, 영의정 정원용이 비록 탐욕, 교만, 사치하지 않았더라도 역시 이 망국의 책임에서 벗어날 길은 아득하기만 하다.

마지막으로 경산과 가문을 겨냥한 매천의 필봉을 소개한다. "정씨 가문은 화이근신和易謹愼을 가문에서 대대로 지키는 규범으로 삼았다. 혁혁하게 높은 벼슬을 하였으나(삼대가 내리 전라도 관찰사, 장남 基世는 판서, 손자 範朝는 좌의정 등등), 일컬을 만한 가풍이 없어 세상에서는 이 때문에 이 집안을 대수롭지 않게 여겼다."(『매천야록』). 요컨대, 높은 벼슬, 부귀영화 말고 백성이나 나라를 위해 뭘 했느냐는 질타이다. 여기에 강직, 청렴, 선정, 힘 없는 철종의 편애로 유명한 이시원李是遠(李建昌의 부친)이 경산의 권문아첨을 미워했다는 일화를 첨가하면 경산의 권위는 그야말로 추풍낙엽이다. '권문아첨'에서 '권문'이란 안동 김씨의 핵심 인물들이고, '아첨'은 뇌물이 동반할 때 그 진가가 발휘된다. 그리고 아첨하는 자는 아첨 받는 걸 싫어하지 않는다는 것이 인지상정이다. 때문에 일각에서 주장하는 경산의 청렴설은 잘못이다. 하지만 '화이근신'을 염두에 둘 때 그는 '절제된 탐욕'이라 할까, 청렴과 탐욕 경계선에서 머뭇거린 듯하다. 손자 범조는 청렴했다.

당시 가혹했던 수탈과 그 수탈이 초래했던 분노와 원한이 경산과 그 가문을 준엄한 역사의 심판장으로 호출하는 출두명령서였다. '화이근신'만으로도 안동 김씨를 압도하는 도덕적 우월성에도 불구하고 백성 시야에 포착된 김씨나 김씨에 빌붙은 정씨 모두 동일체였을 터. 억울한 정씨다. 하지만 수탈과 분노가 난무하는 시대에서는 가문의 융성 자체가 불운인 것을 왜 몰랐을꼬.

백성의 분노를 대변하면서도 사태의 원인을 제대로 분석한 매천의 통찰력에 박수를 보낸다. 동시에 왜 그 분노의 뒷면에 가려진 백성의 변혁의지를 간파하지 못했을까? 외면한건가, 침묵한건가, 아니면 한계인건가.

(김정기)

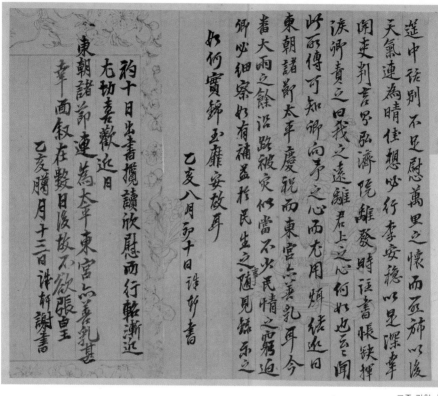

14 고종高宗이 영의정 이유원李裕元에게 보낸 편지

고종 간찰, 「근묵槿墨

首揆開坼	영의정 개탁

筵中話別 不足慰萬里之懷 而啓旆以後 天氣連爲晴佳 想必行李安穩 以是深幸 聞吏判言 則弘濟院離發時 註書帳缺揮淚 卿責之曰 我之遠離 君上之心何如也云云 聞此所傳 可知卿向子之心 而尤用耿結 近日東朝諸節太平慶祝 而東宮亦善乳耳 今番大雨之餘 沿路被災 似當不少 民情之窮迫

卿必細察 如有補益於民生之事 隨見錄示之如何 實錦玉靡安故耳
乙亥八月初十日 誠軒書

初十日出書 攬讀欣慰 而行軺漸近 尤切喜歡 近日東朝諸節 連爲太平 東宮亦善乳 甚幸 面敍在數日後 故不欲張皇
乙亥臈月十二日 誠軒謝書

경연 중에 이야기하며 작별하여 만 리 밖으로 떠나는 심정을 위로하기에 충분하지 않았다. 그러나 출발한 뒤로 날씨가 계속 좋으니, 아마 여행의 행차가 평안할 듯하여 심히 다행스럽다. 이조 판서의 말을 들으니, 홍제원弘濟院을 출발할 때 주서注書가 이별을 섭섭해하며 눈물을 뿌리자, 경이 "내가 멀리 떠나감에 임금의 마음은 어떻겠느냐?"라고 하며 꾸짖었다고 한다. 이 말을 전해 들으니 나를 향한 경의 마음을 알 수 있어, 더욱 가슴이 뭉클했다. 요즘 대비전의 안부가 태평하여 경축할 만하며, 동궁 또한 젖을 잘 먹는다. 이번 큰비로 연로의 피해가 적지 않을 듯한데, 백성들의 곤궁함과 급박함을 경은 반드시 자세히 살펴 만약 민생을 위하여 도울 일이 있거든, 보이는 대로 기록했다가 보여 주기 바란다. 실로 비단옷과 맛난 음식이 편치 않기 때문이다.

1875년 8월 10일. 성헌誠軒 씀.

초10일에 나온 편지를 읽고 위로가 되었으며, 행차가 점점 가까워지니 기쁨이 더욱 간절하다. 요즘 대비전의 안부는 계속 태평하며 동궁 또한 젖을 잘 먹어 아주 다행이다. 며칠 뒤면 만나서 이야기 나눌 수 있으므로 장황하게 쓰지 않는다.

1875년 12월 13일. 성헌誠軒 답서.

해 설

이 두 통의 짧은 글은 고종高宗(1852~1919) 임금이 영의정 이유원李裕元(1814~1888)에게 보낸 편지인데, 중국에 사신으로 갔다 오는 영의정 이유원에 대한 고종의 자상한 관심이 고스란히 드러나 있다.

이유원은 본관이 경주慶州, 자는 경춘京春, 호는 귤산橘山·묵농默農이다. 1841년(헌종7) 문과에 급제한 뒤로 내외직을 두루 역임하였고, 1873년(고종10) 흥선대원군이 실각하자 11월에 영의정에 임명되었다. 이유원은 영의정으로 근무하면서 1874(고종11)년 12월부터 여러 차례 사직을 청하여 1875년 4월 22일에 사직을 윤허받았다. 그런데 실제로는 11월 20일에 이최응李最應이 영의정에 오를 때까지 이유원이 영의정으로 있었던 것으로 보인다.

1874년(고종11) 2월에 창덕궁의 관물헌觀物軒에서 고종과 명성황후明成皇后의 사이에서 둘째 왕자가 탄생했으니, 바로 순종(1874~1926)이다. 순종은 태어난 이듬해인 1875년(고종12) 2월 16일에 세자에 책봉되었는데, 이를 중국에 알리기 위해 관례에 따라 주청사奏請使를 보내게 되었다. 이때 정사正使는 이유원, 부사副使는 김시연金始淵, 서장관書狀官은 박주양朴周陽이 임명되었다. 사신 일행은 1875년 7월 30일에 고종에게 하직 인사를 하고 중국으로 떠났는데, 위에 있는 편지는 고종이 여행 도중에 있는 영의정에게 보낸 것이고, 아래 편지는 돌아오는 도중에 있는 이유원에게 보낸 것이다.

위의 편지를 보면 고종이 이유원을 얼마나 신뢰하고 사랑하는지 그

심정을 느끼기에 충분하다. 그 중에 대비전과 세자의 근황이 좋다는 것과 여행 도중에 목도하는 실정을 잘 기록했다가 보여주기를 바라는 고종의 당부가 내용의 핵심이라 하겠다.

아래의 짧은 편지는 12월에 중국에서 임무를 마치고 돌아오는 도중의 이유원에게 보낸 짧은 서신이다. 여기서도 대비전이 평안하다는 소식과 세자가 젖을 잘 먹는다는 소식을 전하면서 곧 반갑게 만나볼 기대감을 감추지 않았다.

사신 일행이 귀국하자, 얼마 뒤 12월 16일에 고종은 사신들을 불러 만나보았다. 이러저러한 문답을 나눈 뒤에 이유원은 고종의 바람대로 중국을 오가는 도중에서 견문한 여러 고을의 폐막弊瘼을 조사하여 보고하였다. 예컨대 숭인전崇仁殿과 숭령전崇靈殿의 관원을 문벌에 구애 없이 의망하기를 청한 것, 안주 병영安州兵營의 고갈된 재정에 대한 해결책을 제시한 것, 황해도 병영과 의주義州에서 칙사 행차를 맞기 위해 예비해둔 금전에 허실이 많다는 것 등을 두루 보고하여 모두 고종의 윤허를 받았다. 이틀 뒤에 사신 일행은 관례에 따라 차등 있게 포상을 받고 임무를 종료하였다.

편지 형식으로 보면 중국에서 들여온 색깔과 문양이 있는 시전지를 사용하였고, 피봉 또한 예사 간찰의 형식과 달랐을 것으로 추정된다. 내용으로 보면 길지 않은 편지임에도 음미할수록 그 행간에 담긴 많은 사연을 알 수 있고, 임금과 신하간의 서신이 어떠했는지 알 수 있는 한 가지 사례라 하겠다.

(김채식)

15 김홍집金弘集이 친형인 승집升集에게 보낸 편지

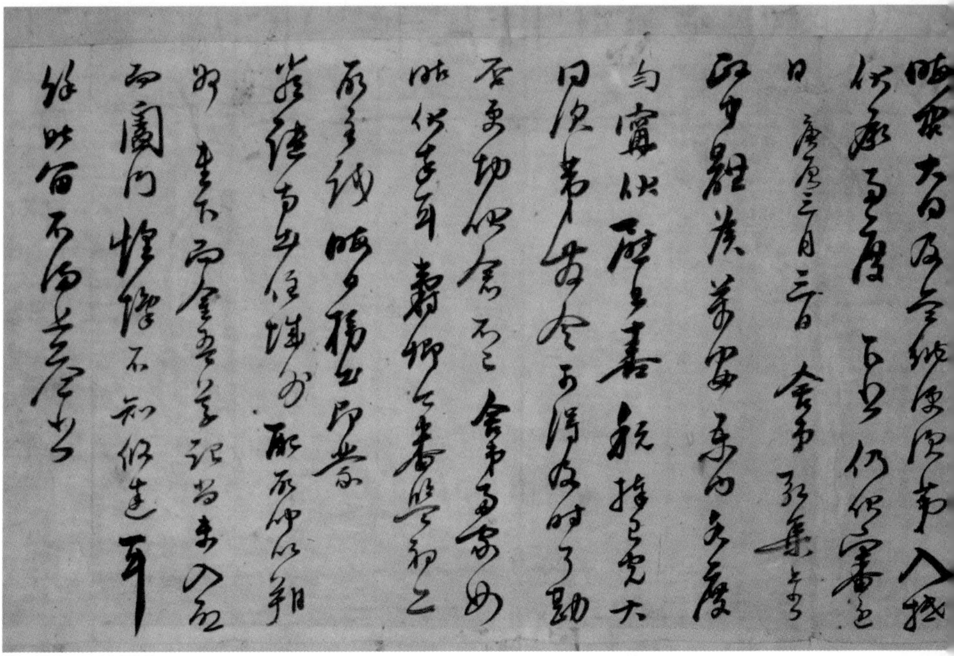

김홍집 간찰, 「간독簡牘」

晦間大同及兵納便 次第入抵 伏承兩度下書 仍伏審近日 政中體候萬安 衙內各度勻寧 伏慰且喜 稅捧已完 大同次第發令 可得及時了勘否 更切伏念不已 舍弟兩家如昨伏幸耳 壽卿今番監初二所主試 晦日榜出 卽蒙嚴譴 方出住城外 配所聞以朔州書下 而金吾草記 尙未入啓 而闔門惶懍 不知攸達耳 餘姑留不備 上答書

庚辰三月三日 舍弟弘集上書

그믐날 사이에 대동미大同米와 병납兵納(대동미는 대동법에 의거하여 공물 대신 거두어들이던 쌀을 말하며, 병납은 병조에 납부하던 물건이나 돈을 말한다.) 편이 차례대로 들어옴에 삼가 두 차례 내려주신 편지를 받들고, 이어 근래에 정사를 돌보시는 체후가 매우 좋으시고 관아 안의 다른 분들도 모두 편안함을 알게 되었으니 삼가 위로가 되고 또한 기쁩니다. 세금의 징수가 이미 끝났으며 대동미가 차례대로 떠났으니 때에 맞춰 완료될 수 있겠습니까? 더욱이 삼가 염려되는 마음 그치지 않습니다.

저의 양가는 예전처럼 잘 지내고 있으니 다행일 따름입니다. 수경壽卿은 금번 감시監試[국자감시(國子監試)의 줄임말로, 생원과 진사를 뽑는 과거이다. 사마시(司馬試), 소과(小科)라고도 부른다.]의 초시初試 이소二所에서 시험을 주관하였는데 그믐날 합격자 명단을 붙이는 즉시 엄한 견책을 당하여 바야흐로 성 바깥으로 쫓겨나게 되었습니다. 듣건대 유배지는 삭주朔州라는 전교가 내려왔으나 의금부(金吾)의 초기草記는 아직 올리지 않았다고 하니, 온 집안이 황망하여 말씀드릴 바를 알지 못하겠습니다. 나머지는 우선 두고 이만 줄입니다. 답장을 올립니다.

경진년(1880) 3월 3일. 사제舍弟 홍집弘集이 편지를 올립니다.

해 설

이 편지는 조선 말기의 관료 김홍집이 자신의 친형인 김승집金升集(1826~?)에게 보낸 편지이다. 김홍집은 김영작金永爵의 셋째 아들이다. 이 편지의 수신자는 편지 속 '사제舍弟'라는 단서로 추측해 볼 수 있는데, 사제는 동생의 입장에서 친형에게 자기 자신을 칭할 때 쓰는 표현이다. 이를 통해, 이 편지의 수신자는 김홍집의 형인 김항집金恒集 또는 김승집金升集으로 간추릴 수 있다. 그런데, 첫째 형인 김항집은 요절했다는 기록이 있어, 이 편지가 쓰인 시기와 맞지 않는다. 즉 이 편지의 수신자는 김홍집의 둘째 형이면서, 당시 진안 현감鎭安縣監을 맡았던 김승집임을 알 수 있다.

김홍집金弘集은 이 편지에서 자신의 집안 조카인 김창희金昌熙(1844~1890)의 견책에 관하여 형에게 말하고 있다. 수경壽敬은 김창희의 자字로, 김창희의 아버지인 김정집金鼎集과 김홍집은 재종再從 형제이다. 김창희는 이 편지가 쓰여진 1880년 당시 한성 좌윤을 맡고 있었다. 그는 이해 2월에 치러진 증광시增廣試 감시監試의 시관이 되었는데, 시험의 답안지인 시권試券을 함부로 들춘 혐의가 있었다. 이로 인해 합격자를 발표하는 날 견책을 당하여 성 밖으로 쫓겨나 임금의 처분을 기다리고 있는 상황이었다.

당시 이 사건과 관련한 내용은, 이 시험의 입격자 명단인 「숭정후오경신증광사마방목崇禎後五庚辰增廣司馬榜目」의 전교 부분과 조선왕조실록 등의 사료에 자세하다. 고종실록 2월 29일의 기사를 살펴보면, 과거 부정과 관련하여 감시 초시를 파방하고 다시 설행할 것을 명하며, "일소一所와 이소二所의 감시 시관은 모두 변원邊遠에 찬배竄配하는 법조문을 적용하라."는 전교를 내렸음을 알 수 있다. 김창희는 이 일로 인해 시험이 파방 되자, 결국 평안북도 삭주부朔州府로 유배되었다.(「고종실록」 3월 3일 기사)

당시 국장도감 도청國葬都監都廳, 돈녕도정敦寧都正 등을 지내며 정세에 밝았던 김홍집은 이러한 내용을 자신의 형에게 전하며 매우 걱정스러운 심사를 내비치고 있다. 다행스럽게도 김홍집의 우려와 달리 김창희는 삭주부에 유배된 지 3개월 만에 풀려나게 된다.(「고종실록」 6월 7일 기사) 다소 싱겁게 결론이 나버렸지만, 이 편지는 부정이 횡행했던 당시 과거 시험의 일면을 여실히 보여준다 하겠다.

김홍집金弘集(1842~1896)은 조선 왕조의 마지막 영의정이자, 대한제국 초대 총리대신이다. 본관은 경주慶州, 초명은 굉집宏集, 자는 경능景能, 호는 도원道園 · 이정학재以政學齋이다. 경은부원군慶恩府院君 김주신金柱臣의 5대손이고 아버지는 개성 유수 김영작金永爵이며, 어머니는 창녕 성씨昌寧成氏로 성혼成渾의 후손이다. 청일전쟁과 갑오경장, 동학 봉기와 아관파천 등 역사의 격변기 속에서 네 번이나 총리대신 직을 맡아 국정을 총괄했던 정상급의 개혁 관료였지만, 1896년 2월 11일 아관파천 직후 고종의 밀명에 따라 정식 재판 없이 경무청 순사에 의해 격살되고 군중들로부터 시신이 훼손되는 비참한 최후를 맞았다.

김홍집의 관복 입은 모습

(윤선영)

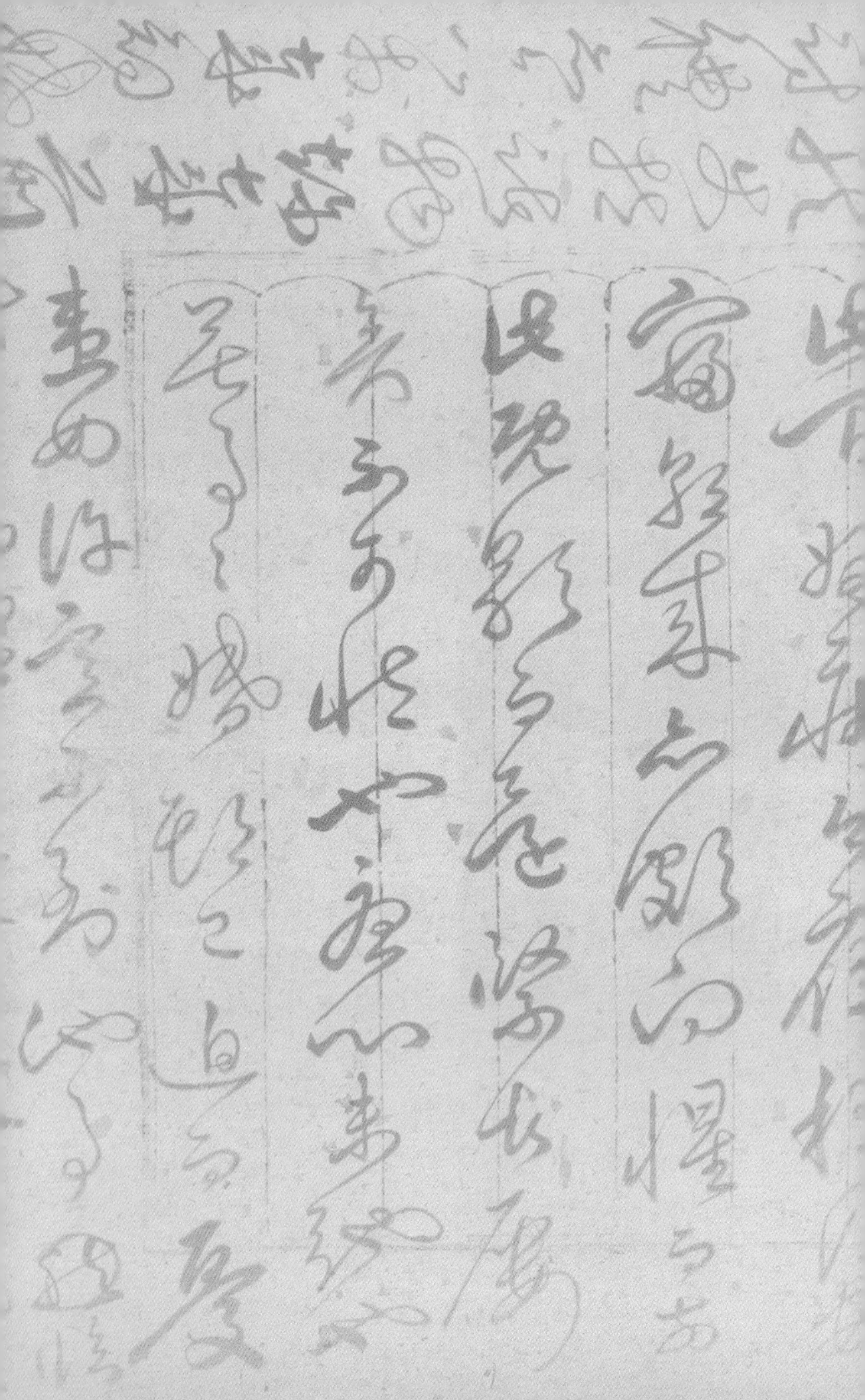

글의 멋과 맛

조사수
유희춘
심수경
김득신
송준길
홍처량
유계
윤이후
이옥
윤득화
김윤겸
심염조
신현
김영작
이건창

01 조사수趙士秀의 칠언시七言詩 4수

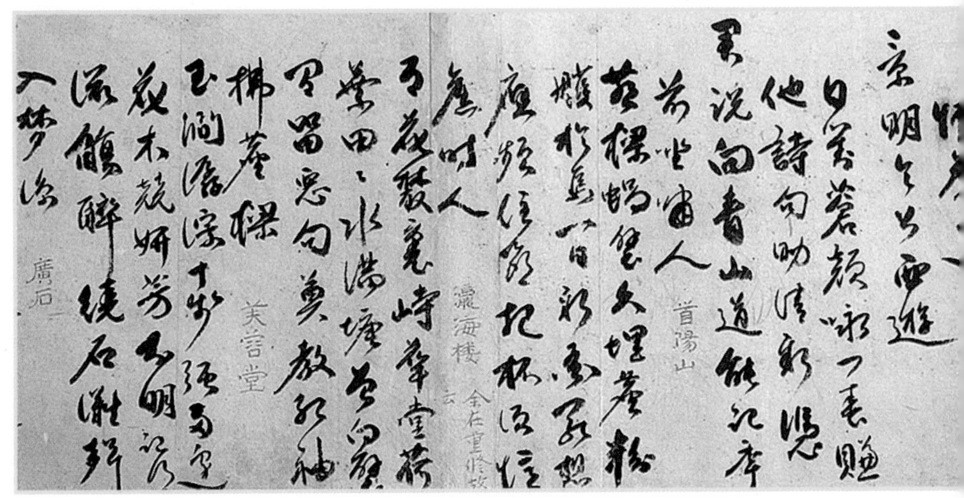

조사수 시고, 『조선시대 간찰첩 모음』

懷舊送景明令公西遊　　옛일을 회상하면서 서쪽 황해도로 나가는
경명공景明公 이해李瀣를 전송하다

日對蒼顏詠門春

날마다 늙은 얼굴로 문 앞까지 온 봄을 읊조리곤 할 제

賺他詩句助清新

남의 시구詩句를 슬쩍 가져다 청신淸新한 시를 지은 척도 했었다오

憑君說向青山道

그대에게 부탁하노니 푸른 산길에게 말 전해 물어 주시오

能記年前坐嘯人

여러 해 전에 거기에 앉아서 시 읊던 이 사람을 기억하냐고

首陽山　　수양산

燕樑蝸壁久埋塵

제비집 들보와 달팽이 흔적의 벽에 오래도록 먼지 쌓였었는데

粉艧於焉一日新

내가 중수하여 회칠을 다시 했더니 하루 만에 새롭게 되었다오

衙罷想應頻往笻

그대도 관아 일 끝나면 지팡이 짚고 자주 그곳에 갈 것이라 여겨지니

把杯須憶舊時人

그곳에서 술잔을 드시거들랑 그 누대를 단장했던 옛 관찰사였던

나를 한 번 떠올려 주시오.

余在重修故云(영해루를 내가 중수했기 때문에 이렇게 읊은 것이다.)

瀛海樓　영해루

百花叢裏峙華堂

온갖 꽃이 우거진 속에 우뚝 서 있는 화려한 부용당芙蓉堂

荷葉田田水滿塘

연잎은 둥실 떠 있고 못에는 물이 가득

曾向壁間留惡句

전에 내가 부용당 벽에 시원찮은 시구를 남겼었으니

莫教紅袖拂塵樑

기생들로 하여금 먼지를 털지 말라고 말해 주시오

芙蓉堂　부용당

玉澗潺淙十步強

옥 같은 계곡 물이 졸졸졸 열 걸음 넘어 흐르고

兩邊花木競姸芳

계곡 양쪽의 꽃과 나무는 아름다움을 다투었었지

分明記得流觴醉

잔 띄워 술 마시고 취하던 때가 아직도 기억 속에 분명하니

繞石灘聲如夢凉

바위를 휘돌던 여울물 소리 꿈속에서도 시원하게 들리네

廣石　광석

* 경명(景明) : 경명은 이 시를 받는 대상 인물인 이해(李瀣, 1496～1550)의 자(字)이다. 퇴계 이황의 친형이다.
* 영공(令公) : 영감(令監)과 같은 말. 조선시대 종2품과 정3품 당상관의 품계를 가진 관인을 높인 칭호이다. 관찰사는 종2품이었으므로 황해도 관찰사로 나가는 이해에 대해 영감이라는 칭호를 썼다.
* 서유(西遊) : 직역하자면 '서쪽으로 유람가다'라는 뜻인데, 중앙의 내직에 있다가 외직으로 나가는 사람에게도 외직을 즐겁게 수용하라는 의미에서 '유(遊)' 자를 써서 송별하기도 했다. 이 시는 이해가 황해도 관찰사로 부임하는 것을 송별한 시로 보인다.
* 수양산(首陽山) : 황해도 해주에 있는 산.
* 영해루(瀛海樓) : 황해도 해주에 있는 누대. 해주 객사 동쪽에 자리하고 있으며 앞에는 연당(蓮塘)이 있다. 일명 봉지루(鳳池樓)라고도 한다.
* 부용당(芙蓉堂) : 황해도 해주시 부용동에 있는 조선시대의 누정이다. 본래 해주읍성 앞에 세운 누각으로 1500년에 목사 윤철(尹哲)이 건립하였으며, 1526년 목사 김공성(金公聖)이 개축하였다.
* 광석(廣石) : 황해도 해주에 있는 너럭바위.
* 연량와벽(燕樑蝸壁) : 제비가 집을 지은 들보와 달팽이가 기어 다니는 벽이라는 뜻으로서 낡고 초라한 건물을 칭하는 말.
* 홍수(紅袖) : 붉은 소매. 보통 미인을 말하는데 여기서는 기생의 의미로 쓰인 것으로 보인다.

해 설

이것은 시로 쓴 편지이다. 옛 사람들은 편지를 그다지 길게 쓰지 않았다. 간결한 가운데 내용을 정확히 담고 심정을 곡진하게 표현했다. 시로 편지를 대신 하는 경우도 많았다. 남아있는 사람이 떠나는 사람에게 주는 송시送詩, 떠나는 사람이 남아 있는 사람에게 주는 별시別詩, 먼 데 있는 사람에게 부치는 기시寄詩 등이 편지를 대신하는 시이다. 따라서 이러한 송시, 별시, 기시의 제목에는 거의 다 받는 사람의 이름이나 자, 별호, 직위 등이 나타나 있다. 〈送○ ○ ○(○○○를 보내며)〉〈別○ ○ ○(○○○를 떠나며)〉〈寄○ ○ ○(○○○에게 부치다)〉 등이 바로 그러한 예이다. 편지를 대신하는 대표적인 시로 당나라 말기의 시인 이상은李商隱(812~858)이 아내에게 보낸 시 「夜雨寄北(밤비 내리는 날 시를 써서 북쪽의 아내에게 부치다)」를 들 수 있다.

君問歸期未有期 그대는 내게 돌아올 기약을 묻지만 돌아갈 기약이 없다오
巴山夜雨漲秋池 파산에 밤비가 내려 가을 못은 불고 있는데
何當共剪西窗燭 언제 다시 서쪽 방 창가에서 함께 촛불 심지를 자르며
卻話巴山夜雨時 파산에 밤비 내리던 날 얘기를 해볼거나

지금은 돌아갈 기약이 없으니 언제나 당신 곁으로 돌아가서 함께 촛불 심지를 자르며 '파산에 밤비 내리던 날' 즉 오늘 밤의 이 이야기와 이 심정을 함께 이야기 할 수 있을까 라는 내용의 시이다. 이러한 시는

비록 처음과 끝의 인사말 등 편지의 형식을 갖추지는 않았지만 어느 편지 못지않게 상세한 내용과 곡진한 감정을 담고 있다. 그러므로 옛 사람들의 간찰집에는 편지와 함께 종종 이러한 시들이 끼어 있다.

이 시는 전임 황해도 관찰사 조사수趙士秀(1502~1558, 1543년 황해도 관찰사 부임)가 후임 황해도 관찰사로 부임하는 이해李瀣(1496~1550, 1547년 부임)를 떠나보내며 지어준 송시로 보인다. 제1수에서 작자는 수양산에 대해 읊으며 "憑君說向靑山道"라고 하여 수양산의 푸른 녹음이 드리운 길에 앉아 있던 자신을 회고하면서 당시의 그 길이 아직도 자신을 기억하고 있는 지를 물어달라고 한다. 자신이 황해도 관찰사 시절에 걸었던 수양산 산길에 대한 회고와 함께 신임 관찰사를 향해 꼭 수양산에 들러보라는 당부가 아울러 담겨 있는 구절이다. '憑君'은 한시에 자주 쓰이는 표현으로서 구두로나마 꼭 소식을 전해달라고 당부할 때 사용한다. 당나라 시인 잠삼岑參(715~770)은 "馬上相逢無紙筆, 憑君傳語報平安." 즉 "내 고향 서울로 들어가는 사신을 노상에서 우연히 만나고 보니 붓도 없고 종이도 없어서 편지를 쓸 길이 없네. 나는 그대의 입만 믿을 테니 고향에 가거들랑 '나 잘 있노라'고 꼭 전해 주시오."라는 구절을 남겨 인구人口에 회자膾炙되었다. 이 시로부터 시작하여 후에 나온 '憑君云云'하는 구절은 거의 '당신만 믿겠으니 내 소식을 전해 주시오'라는 의미로 쓰이고 있다.

두 번째 시에서는 '把杯須憶舊時人'이라고 하여 신임 관찰사를 향해 영해루에 올라 술잔을 들 때면 그 영해루를 중수한 나의 공로도 떠올려 달라는 부탁을 자찬自讚과 함께 은근히 말하고 있다.

제3수에서는 전에 자신이 부용당 벽에 제벽시題壁詩를 남겼음을 거론하면서 부끄러우니 잘 알아볼 수 없도록 먼지에 덮인 채 그대로 두라며 혹시라도 기생들 시켜서 먼지를 털어내지 말라고 당부한다. 실은 먼지를 털어내고 잘 보존해 달라는 당부에 다름이 아니다.

마지막 시에서는 자유롭게 놀던 너럭바위를 떠올리며 지금도 꿈속에서 가고 싶은 곳으로 추억한다.

시를 통해 부임하는 신임 관찰사를 송별함과 동시에 해당 지역의 명소도 안내하고 자신의 감회도 읊고 은근한 당부도 했다. 여느 편지보다도 더 상세하고 또 곡진하다. 송시送詩, 별시別詩, 기시寄詩는 또 하나의 편지에 다름이 아닌 것이다.

(김병기)

02 유희춘柳希春이 부인 송덕봉宋德峰에게 보낸 편지

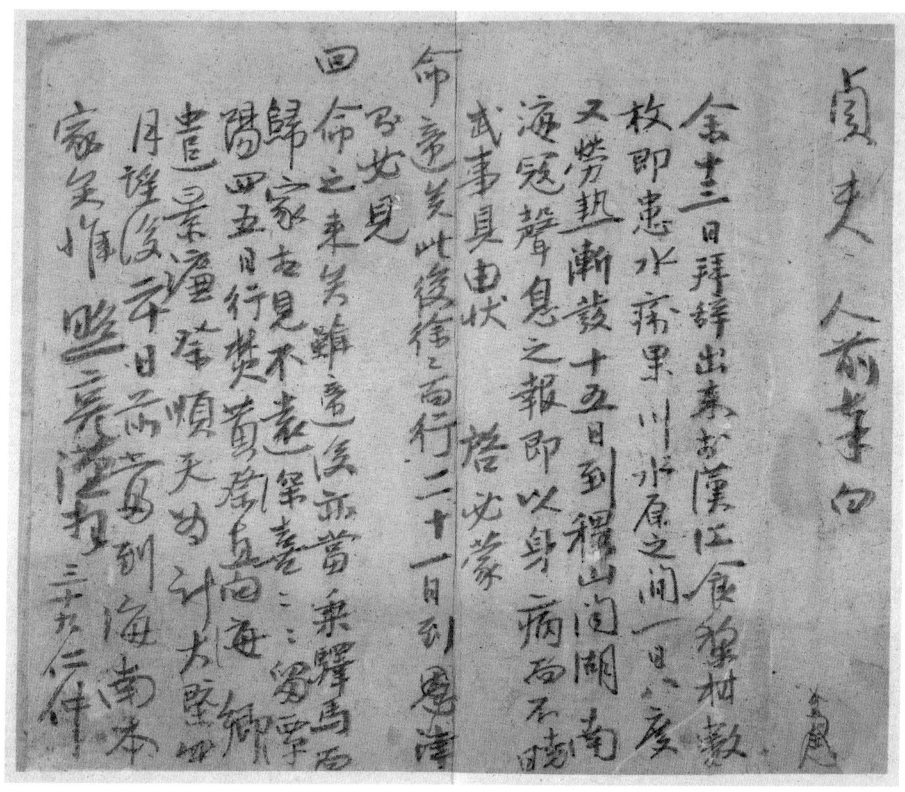

유희춘 간찰, 『근묵槿墨』 수록

貞夫人前 奉白 (手決)	정부인께 아룀 (수결)

余十三日拜辭 出來於漢江 食梨柑數枚 卽患水痢 果川水原之間 一日八度 又勞熱漸發 十五日到稷山 聞湖南海寇聲息之報 卽以身病 而不曉武事具由狀啓 必蒙命遞矣 此後徐徐而行 二十一日到恩津 則必見回命之來矣

雖遞後 亦當乘驛馬而歸家 相見不遠 深喜深喜 留潭陽四五日 行焚黃祭 直向海鄕 遣景濂 祭順天爲計 大槪四月望後二十日前 當到海南本家矣 惟照亮 謹拜
三十九 仁仲

나는 13일에 전하께 사은숙배하고 한강으로 나왔습니다. 배와 감귤 몇 개를 먹었는데 곧 설사에 걸려 과천에서 수원 가는 동안 하루에 여덟 번이나 설사를 하고 또 피곤하여 점점 열이 났습니다. 15일에 직산稷山에 도착하여 호남의 해적 소식을 듣고 즉시 몸에 병이 있고 군사 일에 밝지 못하다는 사유를 갖추어 왕께 장계를 올렸으니, 필시 체직하라는 명을 받을 것입니다. 이후로 천천히 가서 21일에 은진恩津에 도착하면 필시 왕께서 회답하신 명령이 와 있을 것입니다. 비록 체직이 되더라도 마땅히 역말을 타고 집에 돌아갈 것이니 서로 만날 날이 멀지 않았습니다. 무척 기쁘고 기쁩니다. 담양에서 4, 5일 머물면서 분황제焚黃祭를 올리고 곧장 해남 고향으로 향할 것이고, 경렴景濂을 순천에 보내 묘제墓祭를 올릴 계획입니다. 대체로 4월 보름 후에서 20일 이전에는 해남 본가에 당도할 것입니다. 잘 살펴 헤아려 주십시오. 삼가 절합니다.

3월 19일. 인중仁仲.

해 설

1571년(선조4) 3월 유희춘柳希春(1513~1577)이 전라도 관찰사로 부임하는 길에 해남 본가에 있는 부인 송덕봉宋德峰(1521~1578)에게 보낸 편지이다. 전별연에서 먹은 과일로 배탈이 나서 고생한 일을 하소연하고, 직산에서 호남의 해적 소식을 듣고 국왕에게 사직 장계를 올린 사정과 행차를 천천히 가다가 체직 회답을 받으면 바로 담양을 들러 해남 본가로 가겠다는 향후 계획까지 소상하게 알리고 있다.

편지를 받은 송덕봉은 호가 덕봉으로 담양에서 사헌부 감찰 송준宋駿의 둘째 딸로 태어났다. 학식과 시문이 뛰어나 16세기를 대표하는 여류문인으로 남편과 시를 주고받고 학문을 논하는 동반자였다. 그가 남편에게 학문에만 몰두하여 편벽된 생각을 갖게 될까 염려하거나, 남편의 사직을 권하는 시들이 남아 전하고 있다. 유희춘은 처조카를 시

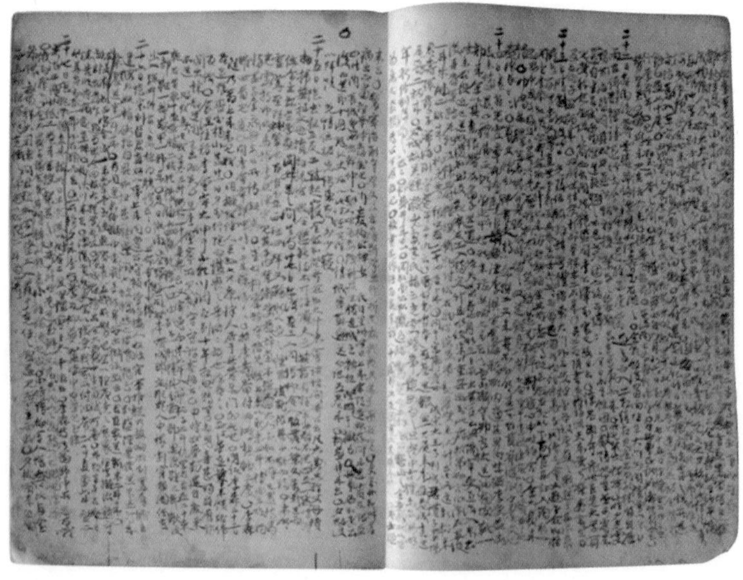

유희춘의 미암일기

켜 덕봉의 시를 모아 시문집 『덕봉집德峰集』을 편찬하였다. 이 편지는 유희춘과 송덕봉의 부부 관계를 잘 보여주고 있다.

특히 유희춘의 『미암일기眉巖日記』 중에 편지가 작성된 시점의 일기가 전하고 있어 편지를 보낼 당시의 전후 사정을 살필 수 있다. 유희춘은 1571년 2월 11일 해남 집에서 전라도 관찰사에 제수되었다는 소식을 듣고 서울로 올라가 다음달 13일 이른 아침에 대궐로 들어가 사은숙배를 하였다. 승정원에서 교서教書와 밀부密付를 받고 광화문, 남대문을 나와 부임길에 올랐는데, 한강으로 가는 길에 지인들의 전별연이 이어졌다. 일기에 기록된 것만도 10여 곳의 전막餞幕에 들어갔고, 한강을 건너는 배에서도 전별연이 계속되었다. 십여 차례의 전별연에서 섭취하였을 술과 음식을 헤아려보면 탈이 나지 않는 것이 이상할 정도이다. 그 결과 14일 과천에서 수원 가는 사이에 설사병으로 고생한 것은 편지에서 하소연한 그대로이다.

15일부터는 병세가 다소 호전되고 부임길이 계속되었으나, 진위를 지나 직산가는 길에 들른 성환역에서 또 다른 변수가 기다리고 있었다. 전라 좌수사가 해구海寇 변고를 조정에 보고하는 첩정이 이틀 전에 지나갔다는 것이다. 그는 직산에 도착하자마자 사직을 청하는 서장書狀을 작성해서 승정원으로 보냈는데, 그 때 작성한 서장이 일기에 다음과 같이 실려 있다. "신은 본래 허약하고 병든 사람으로 예순이 다 된 나이에 위로 열나고 아래로 찬 증세가 있어 간신히 지탱하다가 이번에 서울을 왕래하는 사이에 노열勞熱로 갈증이 나서 수없이 물을 마십니다. 사은숙배하고 출발하는 날 바로 복통에 설사를 앓아 하루에 예닐곱 차례나 고생하였습니다. 이제 직산에 이르러 남방의 해구 소식까지 들으니 심신이 두려워 어찌할 바를 모르겠습니다. 만약 신이 억지로 달려가면 비단 일신의 병이 더욱 깊어져 지탱하기 어려울 뿐만 아니라 적과 대적하여 막아내는 때에 필시 나라 일을 그르칠 것이니 몹시 두렵고 걱정입니다. 전하께서는 간절한 마음을 굽어 살피시어 속히 체직을 명하시고 감당할 사람을 다시 제수하여 한 도를 온전하게 하십시오"

본 편지의 상황은 이 시점까지이다. 일기에서 사직 서장을 보낸 다음날인 16일에 본가本家에 편지를 써서 보냈다는 기록이 확인되는데, 바로 이 편지를 지칭하는 것으로 보인다. 편지상의 날짜는 19일이지만, 그는 사직 서장을 보낸 뒤에 행차를 천천히 가서 19일에는 이미 은진에 도착한 상태였다. 편지에서는 21일쯤 은진에 도착할 요량이었지만, 실제로는 예정보다 일찍 도착하였던 것이다. 그 사이에 변고의 내용도 파악하였다. 어선 10여척과 병선 1척이 한 군데에 모여 정박해 자고 있다가 새벽 3~5시 무렵 왜인들의 공격을 받아 사람들이 다치고 죽는 피해를 입었고, 현장에 있었던 순천 어부들에 의해 그 사실이 알려지게 되었다는 것이다.

그는 은진에서 행차를 멈추었다. 전라도에 들어서기 직전 고을이었으므로 더 이상 길을 가지 못하고 그곳에서 국왕의 회답을 기다렸다. 유희춘은 과연 원하는 회답을 받았을까? 다음날 20일 유시酉時(오후 5~7시)에 회답 유지有旨가 왔다. 감사가 절도節度 임무를 겸하지만 적을 막고 싸우는 사람은 따로 있으니 안심하고 사직하지 말라는 내용이었다. 결국 그는 다음날 새벽에 출발하여 진시(오전 7~9시)에 전라도 경계에 있는 여산 고을에 들어서면서 관찰사 업무를 시작하였다. 이에 따라 그가 편지에서 계획하였던 해남 본가 도착 일정은 차질이 빚어질 수밖에 없었다. 관찰사 순행 길에 담양을 거쳐 해남에 도착한 것은 4월 21일이었으며, 그 때에 비로소 부인과 상봉할 수 있었다. 그는 고향인 담양에 도착하면 분황제焚黃祭를 지낼 생각이었다. 분황제란 자식 덕에 돌아가신 부모나 선대가 추증追贈되었을 때 황색지의 추증 교지敎旨를 태우며 영전에 그 사실을 고하는 제사이다. 『경국대전』에 의하면 2품 이상 관원은 조상 3대를 추증하였는데, 유희춘이 임명된 관찰사는 종2품직에 해당하였기 때문에 조상 3대를 추증하는 교지가 하사되었다.

(김경숙)

03 심수경沈守慶의 칠언시

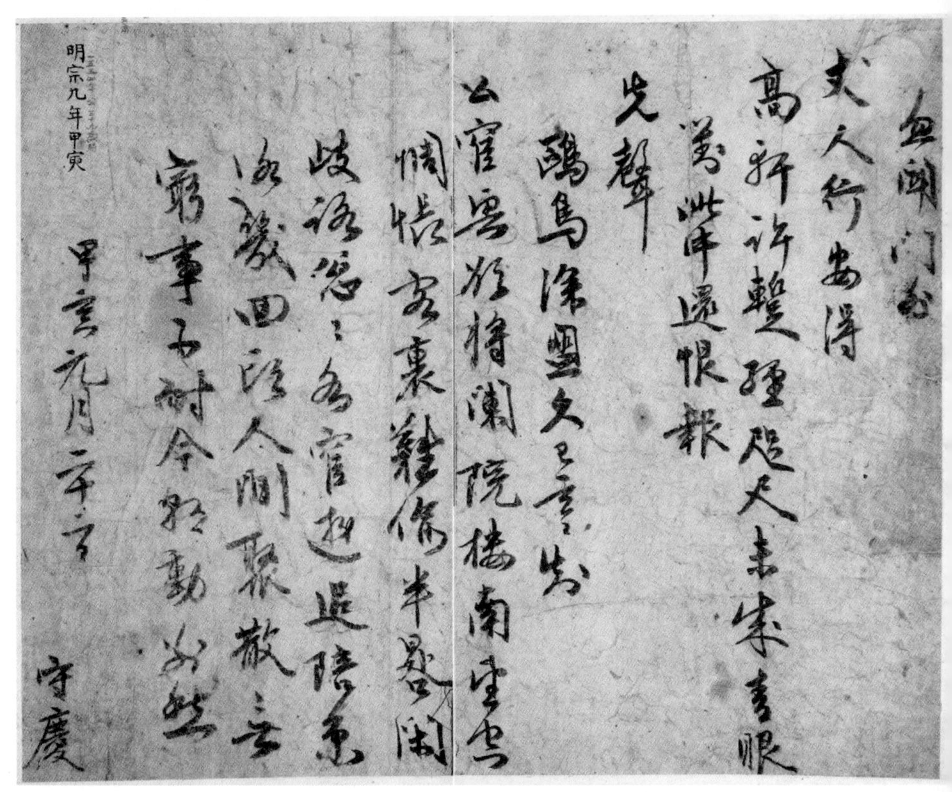

심수경 시고, 『제가유독諸家遺牘』 수록

忽聞門外丈人行	홀연히 문밖에 스승께서 행차하신다 하니
安得高軒許暫經	어떻게 하면 높은 행차 잠시 들러 주실까
咫尺未成靑眼對	지척에서 반가운 얼굴 마주하지 못했으니
此中還恨報先聲	이곳에서 기별 받은 일, 도리어 한스럽네

鷗鳥深盟久已寒 갈매기와 벗하리란 깊은 맹세 오래 전에 식었고
知公宦興欲將闌 공께서 벼슬의 흥취가 시들해졌음을 알겠네
院樓南望空惆悵 누각에서 남쪽을 바라보니 공연히 쓸쓸하건만
客裏難偷半晷閑 나그네 길이라 반나절도 한가롭기 어려웠으리

岐路悤悤各宦遊 총총히 기로에서 각자 벼슬길로 떠나야하니
追陪京洛幾回頭 서울에서 모신 날 그리며 몇 번이나 돌아보네
人間聚散無窮事 세상사 만남과 이별이 끝이 없지만
不耐今朝動別愁 오늘 아침 일어나는 이별의 시름 견딜 길 없네

甲寅元月二十二日 갑인년(155) 1월 22일. 수경守慶.

해 설

이 시의 작자는 심수경沈守慶(1516~1599)으로 조욱趙昱(1498~1557)의 시에 차운한 것이다. 1554년(명종9), 조욱은 장수 현감長水縣監이 되어 내려가는 길에 양성陽城에서 삭령 군수朔寧郡守 당윤문唐允文으로부터 심수경이 안성에 온다는 소리를 들었다. 심수경은 그의 제자인데, 내일 안성에 시관試官의 임무를 받고 내려온다는 것이다. 조욱은, 오늘 양성에 있으니 내일이면 자신도 안성에 도착할 수 있으므로 제자를 만나볼 것을 기대하였다. 다음날 조욱은 안성에 도착하였다. 그러나 부임지에 도착해야 하는 시간은 정해져 있는데, 제자의 행렬은 아직 기

별이 없다. 조우를 기대했건만, 사정이 다급하니 그저 누각에 올라 시를 남기고 총총히 남으로 출발할 수밖에 없었다. 뒤늦게 도착한 제자 심수경이 스승의 시를 보았다. 직접 뵙지 못한 안타까운 심정에 자리를 떠나지 못하고 평소 스승의 절개를 떠올린다. 그리고 서울에서 다시 뵈올 날을 염원하며 스승의 시에 화답하니, 그 차운시次韻詩가 바로 이 시이다. 조욱은 이로부터 3년 후 세상을 하직하니 그리워하던 사제간은 결국 다시 만나지 못하였다.

이 시는 심수경의 시이지만, 조욱의 문집인 『용문집龍門集』에 조욱이 안성의 누각에 남긴 시와 함께 수록되어 있다. 조욱의 시는 아래와 같다.

路見寧城太守行 길에서 삭령태수 행차 만나
聞君來此試明經 명경과의 시관으로 온다는 그대소식 들었네
鳴琴未久應無訟 현가絃歌소리 오래지 않아 응당 쟁송 없으리니
還聽群儒講說聲 다시 유생들의 강학講學하는 소리 들으리라

支離於世飽酸寒 지리한 세상살이 빈한에 익숙하고
老作遨頭興已闌 늙어 태수되니 흥이 이미 다했네
凍路忽忽顚倒去 언 길 바삐가느라 넘어지며 서두르니
不如高臥北窓閑 북창에 한가로이 높이 앉아있음만 못하리

京洛窮冬幾日遊 한겨울 서울에서 노닐던 날 언제런가
一時離恨白人頭 백발노인이 잠깐의 이별을 한하네

欲成邂逅知無路 해후하길 바라나 만날 길 없으니

聊復將詩說此愁 그저 시 한수로 시름을 달래네

심수경의 차운시는 조욱이 남기고 간 이 구점시口占詩(즉석에서 시를 지어 입으로 불러 받아 쓰게 함) 3절구의 운에 꼭 맞추어 차운한 것이다. 1연은 조욱이 삭령태수로부터 심수경이 온다는 소식을 듣고 제자의 됨됨이로 볼 때 응당 훌륭한 관리가 될 것임을 칭찬한 부분이다. 노년의 스승은 제자가 훌륭히 직임을 다해낼 것을 믿으며 격려의 말을 하고 있다. 이 때 심수경의 나이는 38세(1554)였다. 2연은 조욱 자신이 살아 온 세월이 그리 녹녹치 않았고 지금도 노구를 이끌고 그리운 사람 보지 못한 채 엄동설한에 길을 재촉해야 하는 쓸쓸한 심경을 드러내었다. 3연은 다시 만날 날을 고대하며 이별을 한하는 스승의 애틋함이 담겨 있다.

간찰첩 『제가유독』에 보이는 이 시고詩藁는 심수경의 친필로 추정된다. 심수경은 뒤에 대사헌과 팔도 관찰사를 역임하였으며, 청백리에 녹선되었다. 문장과 서예에도 능하였다. 그의 친필시를 대하니 더욱 사제간의 정답고 알뜰한 맛이 느껴진다.

(김병애)

김득신金得臣의 칠언절구

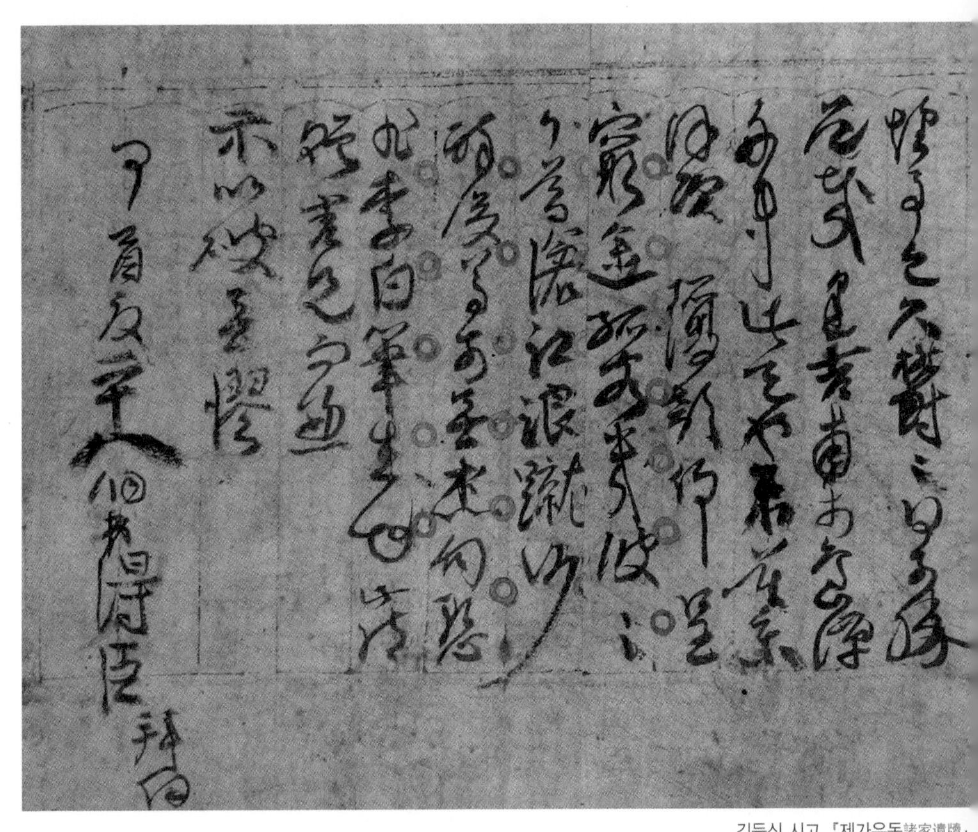
김득신 시고, 『제가유독諸家遺牘』

懷事已久 鬱鬱何可勝道哉 逢吉甫於島潭舟中 此天也 樂莫樂 謹次瓊韻仰呈

窮途孤客幾波波 日暮滄江浪蹴沙 醉後尊前無杰句 慙非李白筆生花

此詩贈吉兄 而兼示以破無憀

甲首夏二十八 舊弟得臣拜白

그리워한지 이미 오래되었으니 답답함을 어찌 말로 다 할 수 있겠습니까? 도담島潭의 배 안에서 길보吉甫를 만난 것은 천운이니 이보다 더한 즐거움은 없을 것입니다. 삼가 경운瓊韻에 차운하여 올립니다.

窮途孤客幾波波　궁벽한 길 외로운 나그네 물결은 일렁이고
日暮滄江浪蹴沙　저물녘 푸른 강에선 물결이 모래를 차네
醉後尊前無杰句　취한 뒤에 술동이 앞에서 빼어난 구절이 없으니
慙非李白筆生花　붓에서 꽃이 핀다는 李白이 아니라 부끄럽네

이 시를 길보 형에게 주고, 아울러 형에게도 보이니 무료함을 달래시기 바랍니다.

갑년 초여름 28일. 구제舊弟 득신得臣은 절하고 아룁니다.

해 설

여기에서 소개하는 백곡栢谷 김득신金得臣(1604~1684)의 간찰에는 창작시가 들어있는데, 그의 문집에는 보이지 않으니, 세상에 알려지지 않은 시고詩藁인 셈이다. 본 간찰의 수신인과 발신연도가 명확하지는 않으나, 백곡이 배 안에서 반가운 이를 만나 칠언시 한 수를 지어준다는 설명이 있으니, 이 시詩가 백곡이 지은 시詩임에 틀림없다.

백곡은 「백이전伯夷傳」을 1억 번이나 읽었다고 하여 자기의 서재를 '억만재億萬齋'라 이름하였다는 일로 유명하다. 그는 어릴 때 천연두를 앓아 노둔한 편이었으나, 옛 선현과 문인들이 남겨놓은 글들을 많

백곡집 표지

이 읽는 데 주력하여 공부에 임하는 자세가 귀감이 되기도 하였다.

이에 대한 평가는 엇갈려서 이의현(1669~1745)은 "인품이 꼼꼼하지 못하고 오활하여 세상 물정에 일체 어두웠고, 책 읽기만을 좋아하여 「백이전伯夷傳」을 읽은 것이 1억 2만 8천 번에 이르렀는데, 재주가 몹시 둔하여 이와 같이 많이 읽었으나 책을 덮으면 즉시 잊어버렸다. 사람들이 시험 삼아 「백이전」의 문자를 물어보면, 망연히 어느 책에 나오는지 알지 못하니, 그 둔함이 이와 같았다.(『도곡집·잡저』)"라고 폄하하기도 하였다.

그러나 시작詩作에 있어서는 23세에 이미 당대 최고의 시인인 택당澤堂 이식李植에게 인정을 받았으며, 이후로 백곡은 크게 시詩로 이름을 떨쳤다. 이 시를 감상해보면 기구起句와 승구承句의 경물묘사가 매우 뛰어나다. '파波' 자를 겹쳐 쓰니 물결이 일렁이는 모습이 그려지고, 몇 번인지 알 수 없는 '기幾' 자를 앞에 놓으니 그 물결이 계속되고 있음이 보인다. 승구承句의 "물결이 모래를 차네"의 표현은 또 어떤가! 그래도 "붓에서 꽃이 피는 이백李白이 아니라 부끄럽다"하여 더 좋은 시를 짓고자 하는 열망을 담아내었으니 백곡의 천품이 겸손하고 성실했음을 짐작할 수 있다.

(김병애)

05 동춘당同春堂 송준길宋浚吉의 편지

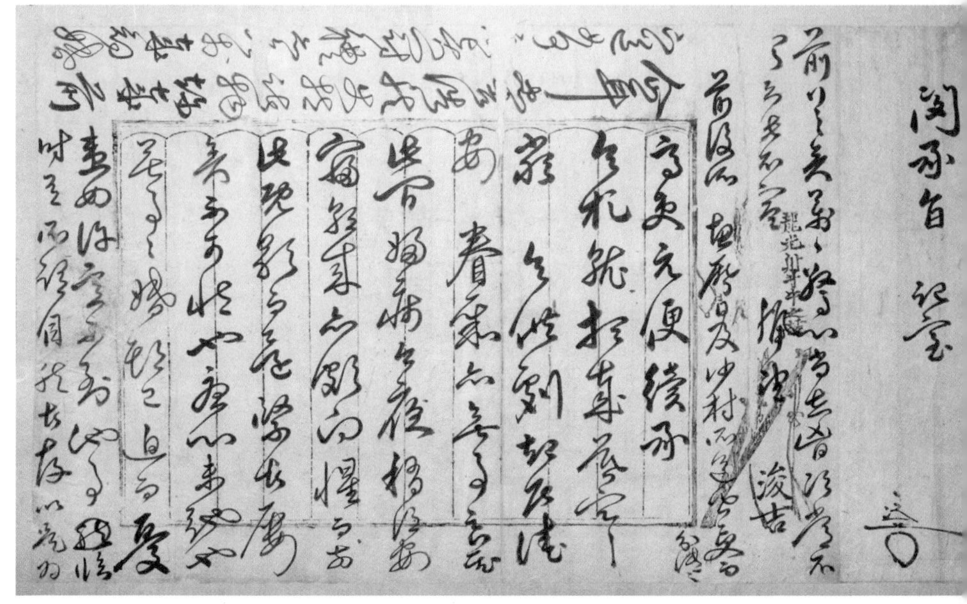

송준길 간찰, 『청관재 소장 서화가들의 간찰』

閔承旨 記室 (手決)

민승지 기실에 (수결)

高吏元便 續承令札 就想歲暮寒嚴 令供劇起居佳安 眷聚亦無事 良慰 此間婦病 今夜稍得安寢 朝來亦頗向惺 而前此旣歇而還緊者屢矣 不可恃也 憂心未弛也 苦事苦事 婚期已迫 而憂患如許 意不到他事 臨時有所謂自然者存 以是爲企耳 忠吉浩然 使持諸物 趁歲前下送 如何 以賢冠禮 亦定於歲初婚前行之矣 萬萬驚心 尙在胸次 常不寧 只此不宣

臘望 浚吉

前後所惠曆日及沙村所送 皆受而分傳之

고리원高吏元편으로 계속하여 보내주신 편지를 받았습니다. 세밑 엄동설한에 공무로 바쁜 와중에도 편안하시고 집안 식구들도 무사하시다니 매우 위로가 됩니다. 며느리의 병이 오늘 밤에는 좀 안정되어 잠을 잘 수 있었고 아침에도 역시 정신이 돌아왔습니다. 그런데 전에도 약간 좋아졌다가 도로 심해진 것이 여러 번이라 믿을 수가 없어 근심스런 마음이 줄지 않습니다. 괴롭고 괴로운 일입니다. 혼례일이 다가오는데 우환이 이러하니 다른 일은 신경을 쓰지 못하고 있습니다. 때가 되면 저절로 해결된다고들 하기에 그리 되길 기대해 봅니다. 충길忠吉이와 호연浩然이를 시켜 여러 물건들을 연말에 맞추어 보내는 게 어떠하신지요? 이현의 관례冠禮는 새해 초 혼례 전에 행하기로 하였습니다. 여러 모로 놀란 마음이 여전히 가슴에 남아 있어 늘 편치 않습니다. 이만 줄입니다.

12월 보름날. 준길浚吉.

전후로 보내주신 달력과 사촌沙村에서 보내신 것은 모두 받아서 나누어 전달하였습니다.

해 설

이 편지는 1652년 송준길宋浚吉(1606~1672)이 승지직을 역임하고 있었던 민광훈閔光勳에게 보낸 편지이다. 민광훈은 여흥 민씨로 송준길과 함께 서인계열에 속해 있었으며 송준길 보다는 11살이 많다. 이 둘은 민광훈의 셋째 아들 민유중과 송준길의 둘째 딸이 1653년 혼례를 하였기 때문에 사돈지간이 된다. 민유중과 송준길의 둘째 딸 사이에서 태어난 아이가 훗날 인현왕후가 된다. 즉 민유중은 숙종의 장인이 되는 것이다. 1653년 양가의 혼례를 앞두고 민광훈이 송준길에게 서신과 선물을 보내자 송준길이 그에 대한 답신을 한 것이다. 당시 송준길은 거듭되는 효종의 관직 제수를 마다하고, 고향 회덕(현 대전 송촌동)에 기거하고 있었다. 송준길은 1남 2녀를 두고 있었는데, 첫째는 송광식宋光栻으로 1625년생이다. 송광식은 배천 조씨와 혼인하였는데, 편지에 나오는 며느리는 배천 조씨를 가리킨다. 송광식은 14세 때에 김집金集 문하로 들어가서 1654년 식년시에 진사로 합격한다. 송준길은 김장생金長生의 문하에서 수학하였는데, 대를 이어 송광식도 김장생의 아들 김집의 문하에서 수학하였다. 김집은 1651년부터 연산(현 충청도 논산)에 기거하면서, 하사한 관직마다 모두 면직시켜달라고 청하였다.

편지에서는 여흥 민씨가와 혼례를 앞두고, 며느리의 병으로 송준

동춘당, 대전광역시 대덕구

길 집안에서 무척 근심하고 있는 것이 잘 드러나고 있다. 하지만 경황이 없는 와중에도 장차 사돈이 될 민광훈이 새해를 앞두고 귀한 달력을 보내준 것에 대한 감사한 마음을 표하고 있다. 민광훈 가문은 경기·서울 지역 외에도 여러 곳에 토지를 소유하고 있었다. 그 중 사촌沙村은 현재 충북 제천의 영천동으로, 이곳에 민광훈의 부친인 민기閔機의 묘가 안장되어 있다. 민유중 문집에도 사촌沙村에서 새해를 맞이하면서, 휴식을 취했다는 내용이 나오곤 한다. 민광훈이 집안에서 소유하고 있는 사촌沙村 지역에서 나오는 것들을, 송준길에게도 보냈음을 알 수 있다. 이 편지를 통해 우리는 장차 숙종의 장인이 되는 민유중이 첫째 부인을 잃고, 송준길의 여식과 다시 혼인할 당시의 상황을 살펴 볼 수 있어, 흥미롭지 않을 수 없다.

(김하림)

06 1662년에 홍처량洪處亮이 서울에 있는 대감에게 보낸 편지

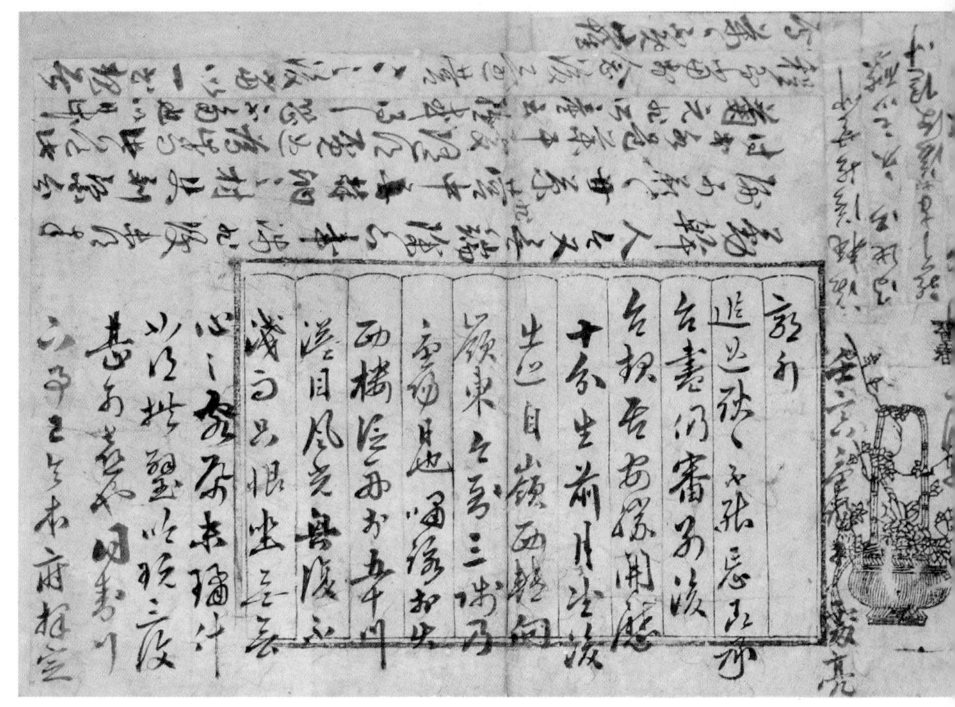

홍처량 간찰, 개인

郊外追送 耿耿不能忘 卽承台書 仍審別後 台起居安勝 開慰十分 生前月望後出巡 自嶺西轉向嶺東 今到三陟 乃重陽日也 嘯詠於竹西樓 泛舟於五十川 溢目風光 興復不淺 而只恨坐無會心之客 紙末璚什 如得拱璧 吟玩三復 甚可喜也 同封行下事 已令本府 擇定勤幹人 今又無端除下 事涉非便 未得奉副 可歎可歎 甘菊非營中捧納之材 使劉醫分付於各邑藥干處 隨得覓送爲計 而此道此菊 元非所産云 雖或得之 恐不多也 以日計程 則當於念後還營 還營之後 當以一書起居焉 萬萬不旣 伏惟台鑑 謹上復狀

壬寅 重陽日 處亮
洛耗漠然無聞 得此所示 足以破聾 幸於後便 隨聞示破 如何如何

교외에서 배웅해 보내고 마음에 걸려 잊을 수 없었습니다. 이제 대감의 편지를 받고 헤어진 후에 대감 안부가 편안하심을 알게 되어 충분히 위로됩니다. 저는 지난달 보름 후에 巡行을 나서서 영서에서 영동으로 향하여 지금 삼척에 도달하니 곧 중양절입니다. 죽서루에서 시를 읊고 오십천에 배를 띄우니(삼척 오십천의 죽서루는 관동 팔경의 하나.) 풍광이 눈에 가득 넘쳐 흥이 얕지 않은데, 다만 그 자리에 마음을 함께 하는 객이 없는 것이 아쉬울 뿐입니다. 편지 끝에 구슬 꿰어놓은 듯 아름다운 시는 진귀한 보물을 얻은 것과 같아 여러 차례 읊으니 무척 기쁩니다. 동봉해서 지시하신 일은 이미 본부로 하여금 부지런하고 성실한 사람을 선택하여 정하게 했는데, 이제 다시 이유도 없이 제하除下하게 되면 일이 편치 못할 것 같습니다. 대감의 지시를 받들어 부응해드리지 못하여 안타깝습니다. 감국甘菊은 감영에서 봉납捧納하는 약재가 아니어서 유의원에게 각 읍의 약간藥干(약재를 담당하는 役人)들에게 분부해서 구하는 대로 보내드릴 요량입니다. 이 도에서 이 국화는 원래 생산되지 않는다고 합니다. 혹 구하더라도 많지 않을까 염려됩니다. 일정을 헤아려 보니 15일 이후에 감영에 돌아갈 것 같습니다. 감영에 돌아간 후에 마땅히 한번 편지를 드려 안부를 여쭙겠습니다. 할 말은 많지만 다하지 못합니다. 대감께서 살펴주십시오. 삼가 답장을 올립니다.

임인년(1662, 현종3) 9월 9일. 처량處亮.

추신 : 서울 소식을 아득히 듣지 못하였는데, 이렇게 알려주셔서 귀머거리를 면할 수 있었습니다. 바라건대 다음 편지에서도 들으시는 대로 알려주심이 어떻겠습니까?

해 설

강원도 관찰사 홍처량洪處亮(1607~1683)이 서울에 있는 대감에게 보낸 답장이다. 홍처량은 본관이 남양南陽, 자는 자회子晦, 호는 북정北汀이다. 1637년(인조15) 문과에 급제하여 승문원을 거쳐 승정원 주서, 예조 정랑 등 여러 관직을 두루 거치고, 1642년(인조20)에는 서장관으로 심양에 다녀오고 1650년(효종1)에는 『인조실록』 편찬에 참여하였으며 황해도 암행어사로 활약하기도 하였다. 그가 강원도 관찰사에 임명된 것은 『현종실록』에서 1662년(현종3) 6월 21일로 확인된다. 또한 그가 관찰사에 임명될 때의 상황이 『국조인물고』에도 보이는데, 당시 그는 모친상을 마치고 그대로 선영 아래에 머물면서 이조 참판, 성균관 대사성 등에 제수되었으나 계속 나가지 않고 있었다. 이에 조정에서 한직閑職으로 우대하기 위하여 강원도 관찰사에 제수하자 그는 이미 내직을 사양하였으니 다시 외직까지 사양할 수 없다면서 마지못해 부임하였다고 한다. 그는 이듬해 1663년(현종4)에 임기를 마친 후 다시 예전에 살던 곳으로 돌아갔다.

이 편지는 그가 관찰사에 부임하여 가을 순행 중에 작성되었다. 그의 순행길은 감영이 있는 원주에서 시작되어 영서 지역을 돌고 영동으

단원 김홍도 「금강사군첩」 중 죽서루, 개인 소장

로 넘어가 동해안 고을을 섭렵하는 중이었을 것이다. 삼척에 이르렀을 때는 마침 중양절을 맞아 관동팔경으로 이름높은 명소에서 모처럼 한가로운 때를 즐기는 모습을 보여준다. 바로 그때 서울에서 대감이 보낸 편지가 도착하였다. 편지 말미의 추신에서 서울 소식을 알려주어 감사하다는 내용이 상대방의 편지가 서울에서 왔음을 말해주고 있다. 홍처량이 강원도 관찰사로 부임하자 서울에서 친분있는 대감이 청탁 편지를 보낸 것이다.

그는 대감의 청탁에 대하여 한 가지는 봉행할 수 없는 사정을 설명하고, 약재 구하는 일은 적극 주선하겠다고 답하고 있다. 한 도를 책임 맡은 관찰사에게는 각종 다양한 청탁들이 수없이 몰려들었을 것이다. 이러한 상황에서 조정 대감의 청탁이지만 자신이 할 수 있는 것과 없는 것에 대해 분명한 선을 긋고 대처하는 홍처량의 모습은 무척 인상적이다. 강원도 관찰사의 순행길 모습을 구체적으로 확인할 수 있을 뿐만 아니라 조선시대의 이른바 칭념, 청탁 및 선물 문화에 대한 이미지를 성찰적으로 이해할 수 있는 단초를 제공하는 편지이다.

(김경숙)

07 유계兪棨가 영남 고을에 부임하는 지인에게 보내는 축하 편지

유계 간찰, 『제가유독諸家遺牘』

兒子之歸 承拜辱翰 就審將赴嶺縣 軒車已戒 治民事神 固是儒者所願 少施者 不亶爲貧而已 凡在朋知所當奉賀 而惟是音徽 從此杳然 念到殆不能爲懷也 萊山雖云同道 相會想不易矣 仲胤高步 無任馳慶之至 棨一味病呻

獨蟄空山 無復生意 自外曷足仰喩 秀夫遭憂 令人苦念 人事落落 歲暮益覺其甚 未知浮生 畢竟聚散 當如何也 萬萬風便遽甚 立草不宣 伏惟下諒 拜謝上狀

壬陽上弦日 累弟棨頓

아이가 돌아오는 편에 보내주신 편지를 받고 영남의 고을로 부임하는 채비를 다 하셨음을 알았습니다. 백성을 다스리고 귀신을 섬기는 일은 진실로 유자儒者가 바라는 일이니, 지방관으로 나감이 단지 가난 때문만이 아닐 것입니다. 서로 알아주는 벗이라면 마땅히 축하해야 할 일이지만, 이제부터는 소식이 아득하여 자못 회포를 풀 수 없을까하는 걱정이 앞섭니다. 내산萊山(釜山 東萊 忠烈祠 부근)이 비록 같은 도내道內이긴 하지만, 서로 만나기는 아마 쉽지 않을 것입니다. 둘째 아드님이 과거에 합격했는데, 경하하는 마음을 감당하지 못하겠습니다.

저는 한결같이 병으로 신음하며 홀로 빈산에 칩거하여 더 이상 살 뜻이 없으니, 이 밖에 무엇을 더 말씀드리겠습니까? 수부秀夫가 부모님 상을 당해 괴롭고 걱정스럽습니다. 사람의 일이 쓸쓸함이 세모에 더욱 심함을 알겠으니, 덧없는 인생이 결국에는 어떻게 될지 잘 모르겠습니다. 할 말은 많지만 바람결에 전하는 소식이라 매우 갑작스러워서 서서 쓰느라 이만 줄입니다. 삼가 헤아려주십시오. 절하고 답장을 올립니다.

임오년(1652, 효종3) 10월 상현일(7~8일)에 유배살이하는 아우(累弟) 계棨 올림.

해 설

유계兪棨(1607~1664)는 본관이 기계杞溪, 자는 무중武仲, 호는 시남市南이다. 송시열, 송준길, 윤선거, 이유태와 함께 충청도 유림의 오현으로 일컬어지며, 부여의 칠산서원七山書院에서 제향하고 있다.

그는 1650년 홍문관 부교리로서 인조의 장례 절차에 간여했다가 묘호廟號 문제로 죄를 얻어 처음에는 온성穩城으로, 이어 영월寧越로 유배되었다. 이것이 유계에게는 1636년에 이어 두 번째 유배였다. 편지에서 "홀로 빈산에 칩거하여 더 이상 살 뜻이 없으니 … 덧없는 인생이 결국에는 어떻게 될지 잘 모르겠습니다."라는 말은 유배 생활에서 느꼈던 좌절과 정신적 피로감을 토로하는 듯하다. 그럼에도 영남으로 부임하는 지인에게 축하 편지를 보내면서 "백성을 다스리고 귀신을 섬기는 일은 진실로 유자儒者가 바라는 일이니, 지방관으로 나감이 단지 가난 때문만이 아닐 것"이라 하며 여전히 유자로서의 신념을 피력하고 있다.

'백성을 다스리고 귀신을 섬긴다(治民事神)'는 말은 『논어』 선진先秦편에 나오는 구절로, 공자의 제자 자로子路가 지방관으로 나가면서 반드시 학문이 있어야 백성을 다스리는 것은 아니라고 항변하자, 공자가 말하기를 "이 때문에 말 잘하는 사람을 미워하는 것이다.(是故惡夫佞者)"라고 하였다. 이에 대해 주자는 "백성을 다스리고 귀신을 섬기는 것은 진실로 학자의 일이다. 그러나 반드시 배움이 이미 완성된 이후에 벼슬하여 그 배움을 행하는 것이 가하다.[治民事神 固學者事 然必學之

已成 然後可仕以行其學]"라고 하였다.

이 해설을 쓰는 필자는 유교적인 가정 환경에서 자라지도 않았으며 전공 분야도 서유럽의 그리스도교 미술사인지라 책을 통해 유가의 전통을 접할 때마다 여러 가지 생각을 하게 된다. 지상을 초월한 천상을 추구한 것이 아니라 현세에서 이상적 사회를 세울 수 있다고 믿었다는 점, 그리고 지식인 즉 선비는 정신적 수양이나 지적 만족에 머무르지 말고 적극적으로 세상에 나가 이러한 사업에 복무해야 한다고 가르쳤다는 점에서 유교 문화는 그리스도교나 불교에 기반한 다른 문화들과는 매우 달랐던 것으로 보인다. 서양에서는 18세기 계몽주의와 프랑스 혁명을 거치고서야 인간의 이성에 기반한 정치가 이루어졌는데, 이미 조선에서는 사대부들이 이를 추구하고 있었다.

하지만 과거의 계급 사회에서 이러한 현실에의 참여란 벼슬길을 의미했고 사대부들은 백성들 위에 군림하는 권력자가 되어 정쟁의 풍파 속에서 유배를 가기도 했으며 최악의 경우에는 파멸하기도 했다. 아름다운 성현의 말씀과 이상에 감탄을 하다가도, 이러한 이상의 이면에는 현실 세계의 권력다툼과 백성에 대한 착취가 있었다는 데에 생각이 미치면 참으로 세상이란 복잡한 것이구나 하는 생각이 든다.

유배에서 풀려나 조정으로 복귀한 유계는 비변사 부제조, 대사간, 공조 참의, 대사성, 부제학, 부승지, 예문관 제학, 대사헌, 이조 참판 등의 관직을 두루 역임하였다. 1659년에 효종이 죽어 복상 문제가 일어나자 서인으로서 기년설朞年說을 지지하였으며, 3년설을 주장한 윤휴, 윤선도 등의 남인들을 유배, 좌천시켰다. 불과 7년 전에 "홀로 빈산에 칩거하여 더 이상 살 뜻이 없으니 … 덧없는 인생이 결국에는 어떻게 될지 잘 모르겠습니다."라고 쓴 바로 그 인물이 맞는지 놀랍다는 생각도 든다.

유계를 모신 사당 칠산서원, 충청남도 부여

내용 뿐 아니라 서찰의 글씨가 아름답고 명료한 것이 또한 눈에 띄었다. 이 정도라면 초서가 아니라 사실 행서가 아닌가 싶을 정도로 쉽게 알아볼 수 있는 글자들도 많다. 필자의 전공분야에서는 16~17세기의 독일어와 포르투갈어로 쓰인 서간문을 읽어야 하는 경우가 있었다. 인쇄체가 아니라 필기체로 쓴 것이다 보니 단어의 스펠링이 한두 개 틀리거나 빠지는 경우도 있고 당시에 통용되던 규칙에 따라 일정한 철자가 생략되기도 하지만, 기본적으로 그 언어에 숙달된 사람이라면 훈련을 통해 익숙해진다. 하지만 초서의 경우에는 글자의 획들이 하도

과감하게 생략 변형되는지라 필자와 같은 서양 전공자에게는 초서를 탈초해내는 파초회 회원들의 능력이 그저 놀랍기만 하다. 그런 미로와 같은 서찰들 사이에서 이처럼 또박 또박 쓰여진 서찰을 만나면 눈이 다 시원하다.

(신준형)

08 시를 짓지 말라는 경계의 편지, 윤이후尹爾厚

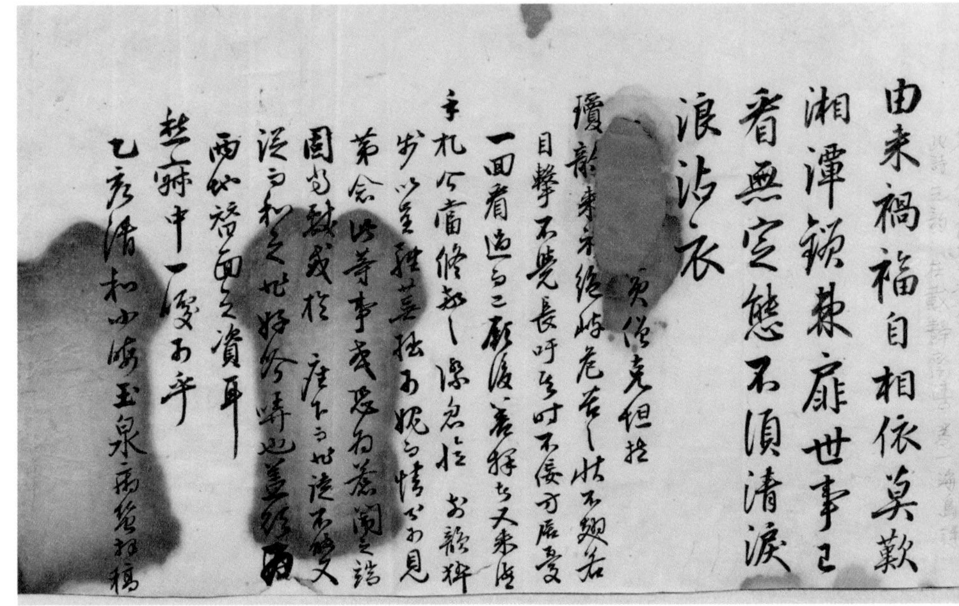

윤이후 간찰, 개인

由來禍福自相依 莫歎湘潭鎖棘扉 世事已看無定態 不須淸淚浪沾衣 (前冬尾)黃僧克坦持瓊韻來示 絕嶼危苦之狀 不翅若目擊 不覺長吁 其時不佞方居憂 一回看過而已 厥後善擇者 又來傳手札 今當修敬之際 忽憶前韻 猝步以呈 雖蕪拙可媿 而情則可見 第念此等事 或恐爲惹閙之端 固當獻戒於座下 而非徒不能 又從而和之 非好吟哢也 蓋欲爲兩地替面之資耳 愁寂中一噱可乎

乙亥淸和小晦 玉泉病蟄拜稿

由來禍福自相依　화와 복은 번갈아 오는 것이니

莫歎湘潭鎖棘扉　상담湘潭의 가시울타리에 갇힌 것 한탄 마오

世事已看無定態　세상사 일정한 모습 없음을 이미 알았으니

不須淸淚浪沾衣　맑은 눈물 옷깃에 적실 필요 있으랴

* 상담(湘潭) : 지금의 중국 호남성 상강(湘江)의 하류 지역으로, 초나라의 굴원(屈原)이 이곳에 유배되어 훗날에 유배지를 일컫는 대명사로 자주 쓰였다.

지난 겨울 미황사 승려 극탄克坦이 대감의 시를 가져와서 보여줬습니다. 외딴 섬의 위태롭고 괴로운 상황을 직접 보는듯하여 나도 모르게 긴 한숨이 나왔습니다. 그때 제가 한창 상중喪中에 있어서 한 번 읽고서 지나치고 말았는데, 그 후 선택善擇이라는 자가 또 와서 편지를 전해주기에 지금 답장을 쓰다가 문득 지난 번 시가 생각나서 급히 차운次韻하여 올립니다. 거칠고 서툴러서 부끄럽지만 정情은 볼만할 것입니다. 다만 이러한 일이 구설수를 만드는 단초가 될 수도 있어 마땅히 좌하座下께 경계의 말씀을 올려야하지만, 그렇게 하지 못하고 좌하를 좇아 시에 화운까지 한 것은 시 짓기를 좋아해서가 아닙니다. 우리가 두 곳에 떨어져 있기에 직접 만나서 전할 말을 시로써 대신한 것일 뿐입니다. 쓸쓸할 때 한번 웃기엔 괜찮을 것입니다.

을해년(1695) 청화淸和(4월) 그뭄 하루 전날. 옥천병칩玉泉病蟄 올림.

해 설

세월에 찢겨지고 곳곳에 크고 작은 얼룩이 번진 편지 한 통이 있다. 해진 종이 위엔 시 1수와 그 시에 대한 서문이 적혀 있는데 글씨의 먹빛만은 어제 쓴 듯 매우 선명하다. 이 편지는 1695년 4월 29일 윤이후尹爾厚(1636~1699)가 유배지에 있던 류명현柳命賢(1643~1703)에게 보낸 것이다. 내용상으로는 편지를 보낸 정확한 시점, 발신인, 수신인 등을 알 수 없지만 다행히도 윤이후의 『지암일기支菴日記』에 이 편지글이 실려 있어서 드러나지 않는 자세한 정보를 파악할 수 있게 되었다. 찢겨져 나간 '前冬尾' 세 글자도 일기를 통해 알게 된 것이다.

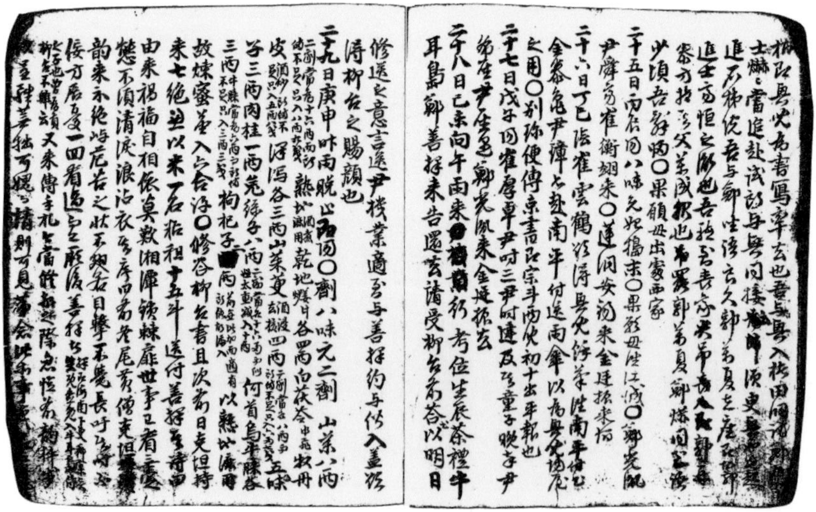

지암일기支菴日記, 윤이후가 1692년 1월부터 1699년 9월 죽기 전까지 쓴 일기이다.
사진의 왼쪽면 29일자 일기에 류명현에게 보낸 시와 서문이 실려 있다.

윤이후는 17세기 남인南人의 대표적인 정치가이자 가사문학의 대가로 일컬어지는 고산孤山 윤선도尹善道의 손자이며, 조선 후기 회화사에 뚜렷한 족적을 남긴 공재恭齋 윤두서尹斗緖의 생부이기도 하다. 그는 54세의 늦은 나이에 문과에 급제하여 여러 중앙 관직을 거쳐 함평현감에 제수되었고 이 편지를 쓸 당시에는 현감직을 사임하고 영암군 옥천면에 낙향해 있었다. 그래서 편지 말미에 '옥천병칩玉泉病蟄', 즉 옥천에서 병으로 칩거하고 있는 사람이라고 자신을 지칭한 것이다.

편지를 받은 류명현은 윤이후와 서로 호형호제하는 막역한 사이이다. 그는 남인의 유력 인사로 기사환국(1689) 이후 정국을 주도하며 권세를 누렸으나 1694년 갑술환국으로 인해 흑산도黑山島로 정배되는 시련을 겪게 된다. 그는 당시 판의금부사로서 서인西人들이 모의한 인현왕후 복위 사건의 국청을 맡게 되었는데, 사건을 확대시켜서 서인 일파를 모조리 축출하려했다가 오히려 "신하들을 모조리 죽이려 한다(魚肉搢紳)."는 숙종의 질책을 받고 졸지에 유배객 신세가 된 것이다.

류명현은 애초 흑산도에 정배되었지만 그곳은 살기에 너무 척박하여 그나마 뭍에 가깝고 환경이 조금 나은 우이도牛耳島에서 유배생활을 시작하였다.[윤이후의 『지암일기』를 보면 예전부터 흑산도로 정배된 사람들은 우이도에 머물렀다는 사실을 알 수 있다. 흑산도 별장(別將)이 우이도에 상주하고 있던 탓이기도 하겠지만, 흑산도가 뭍에서 더 멀리 떨어져 있고 살기에도 더 척박하여 암암리에 그리했던 것으로 짐작된다. 윤이후, 『지암일기』 1695년 윤5월 25일. "…聞柳士希判書留住牛耳島 蓋此島與黑山相近 故黑山別將在牛耳 以此從前黑山定配之人 皆在牛耳云…"] 그러나 그곳도 바다에 둘러싸인 감옥임에 매한가지였으며 앞날을 기약할 수 없는 절망의 땅일 뿐이었다.

그는 언제 끝날지 모를 유배생활의 울적한 심사를 시로 달랬던 모양이다. 그때 지은 상당수의 시가 그의 문집에 「해도록海島錄」이라는 이름으로 묶여 있는데, 그 중에는 우이도로 직접 위문 온 사람들에게 답례로 써준 시도 끼어 있다. 위의 시 서문에서 미황사 승려 극탄이 윤이후에게 보여줬다는 시도 그 중 하나이다.

殘燈雪屋影相依　눈 덮인 집 희미한 등불아래 그림자만 의지하는데
何處山僧款夜扉　어디서 온 산승山僧인지 밤 문을 두드리네
愁緖欲排談欲壯　근심 물리치려 씩씩하게 이야기하려 하지만
自然淸淚已沾衣　절로 흐르는 눈물 어느새 옷깃 적시네
(柳命賢, 『靜齋集』 卷1, 「海島錄」)

이 시는 11월 어느 눈 오는 겨울날 류명현이 자신을 찾아온 극탄에게 써준 것이다.(윤이후, 앞의 책, 1694년 11월 25일) 두 사람이 어떤 관계인지는 모르겠으나, 호롱불에 만들어진 자신의 그림자만을 벗 삼고 있던 류명현에게 생각지 못한 극탄의 방문이 얼마나 반가웠을지 짐작되고도 남는다. 그렇지만 시에는 그런 기쁨의 정서보다 유배객의 슬픈 흐느낌이 더욱 짙게 배어 있어, 읽는 사람으로 하여금 성성한 백발을 이고 하염없이 눈물짓고 있는 노부의 모습을 떠올리게 한다.

윤이후도 극탄이 받아온 이 시를 읽고서 처량한 벗의 모습이 떠올라 장탄식을 금치 못했다. 평소 같았으면 바로 답시를 지어 보냈겠지만 마침 집안의 상喪으로 경황이 없었던 탓에 넉 달 뒤에야 답시를 써서 우이

윤이후가 유배와 있던 신안군 우이도 전경

도로 부쳤다. 그는 시를 통해 인생지사 새옹지마이므로 의연하게 견디라는 위로를 건냈고, 한편으로는 이러한 시가 구설수를 일으키는 단초(惹鬧之端)가 될 수 있음에 시 짓는 것을 삼가야 한다는 경계의 말을 덧붙였다. 이 시가 사람들 사이에서 돌고 돌아 정적인 서인들에게도 읽혀지면, '류명현이 죄를 인정치 않고 억울해 한다.'고 무고할 수도 있기 때문이었다.

그러나 이러한 윤이후의 걱정스런 당부는 류명현에게 마이동풍일 뿐이었다. 그는 윤이후의 시를 받고서 3수의 화답시를 지어 다시 윤이후에게 보냈다. 윤이후가 류명현에게 시를 보낸 날짜가 4월 29일이고 류명현이 윤이후에게 답시를 보냈을 때가 5월 5일이니, 영암과 우이도의 거리를 생각하면 윤이후의 시를 받자마자 답시를 지어 보낸 것이다.

곧장 답시를 보낸 것이 스스로도 겸연쩍었던지 류명현은 시를 쓰게 된 변명의 글을 작은 쪽지에 적어 함께 보냈다.

죄를 지어 근신하는 처지에 시를 지을 때가 아니라는 형의 당부는 진실로 옳습니다. 소장공蘇長公(소식)이 유배되었을 때 자유子由(소철)가 시를 짓지 말라고 경계한 것도 이러한 뜻이겠지요. 다만 적막한 외로운 섬에서 귀신과 이웃하고 있으며, 세상 사람 만나지 못하고 세상일 듣지도 못한 채 여름날의 긴 해를 무료하게 보내고 있던 차에 마침 오랜 벗이 시를 보내왔기에 부득불 억지로 답시를 지었습니다만, 또한 그칠 수 없는 기양技癢에 가깝지 않겠습니까? 껄껄. (윤이후, 앞의 책, 1695년 5월 14일. "…罪纍慵處 唫哢固非時 兄之戒飭誠然矣 蘇長公在謫時 子由戒勿令作詩 亦此意也 第閴寂孤島 與鬼爲隣 不見世上人 不聞世間事 夏之日長 無以聊遣 時有知舊間寄語 不得不强酬 無亦近於技癢之不能已耶 可笑…")

류명현이 말한 '기양'은 자신이 가진 재주를 펴지 못하여 몸이 근질근질한 상태를 일컫는 말이다. 시를 짓지 말라는 윤이후의 시를 보고서도 오히려 그 시에 화운和韻한 것은 어쩔 수 없는 기양 탓이라며 애교 섞인 변명을 한 것이다. 시쳇말로 참으로 '웃픈' 광경이 아닐 수 없다.

한편, 윤이후가 보낸 시와 서문이 「해도록」에서도 확인이 되는데, 이 책에는 윤이후가 시를 짓지 말라고 경계한 구절이 빠져있어 흥미롭다. 즉 "다만 이러한 일이 구설수를 만드는 단초가 될 수도 있어 마땅히 좌하座下께 경계의 말씀을 올려야하지만, 그렇게 하지 못하고 좌하를 좇아 시에 화운까지 한 것은 시 짓기를 좋아해서가 아닙니다."라는 구절이 삭제된 것인데, 자세한 이유와 정황은 알 수 없지만 후대에 류명현의 유배시를 모아서 문집을 간행할 때 문제의 소지가 될 수 있는 구절을 일부러 빼놓고 싣지 않은 것으로 짐작된다.

이렇듯 권력에서 밀려난 자들은 시 한 수 짓는 것에도 노심초사했고 그 후손들은 선조先祖의 글이 화근이 될까봐 그 글을 고치기도 했는데, 그 엄혹했던 시절을 생각해보면 윤이후의 편지에 번진 얼룩이 누군가의 눈물자국처럼 보이기도 한다.

(신민규)

09 박천博泉 이옥李沃의 편지

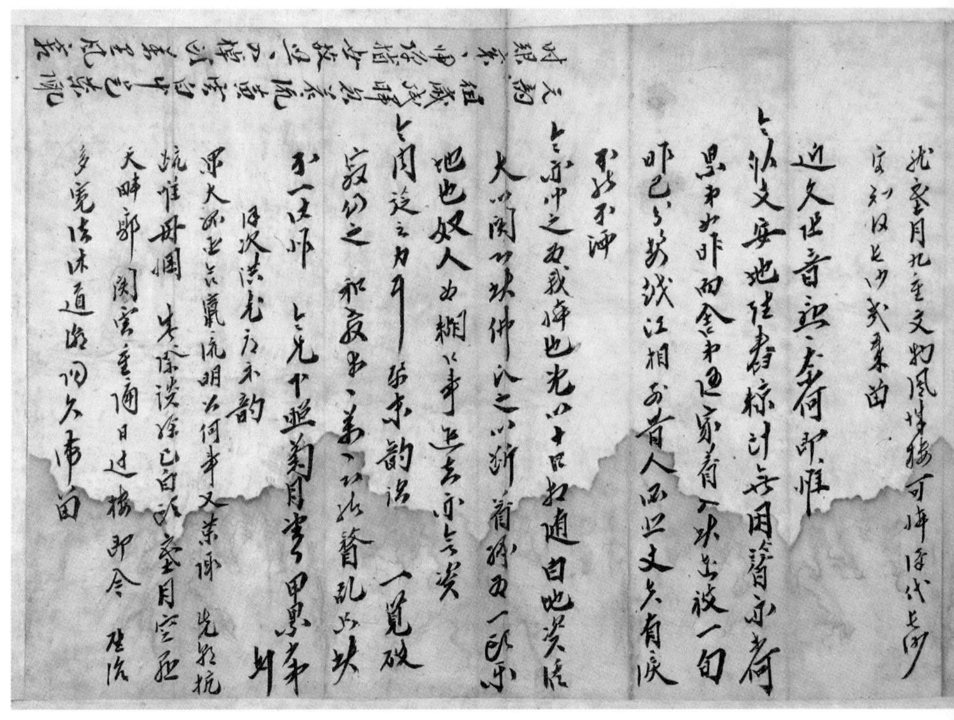

이옥 간찰, 『선자수적先子手蹟』

近久阻音 戀戀奈何 卽惟令候支安 地雖春糧 計無朋簪 亦奈何 累弟如昨而舍弟隨家眷入此 連被一旬 昨已分携 越江相別 昔人所悲 丈夫有淚 不能不洒 令亦聞之 爲我憐也 旣以十口相隨 白地資活 大以關心 此佛氏之以斷眷緣爲一頭樂地也 奴人爲糊口事進去 亦欲資令周旋之力耳 紙末韻語 一覽破寂 仍之和敎 幸幸萬萬 心緖瞀亂 只此不一 伏惟令兄下照

菊月望日 甲累少弟頓

謹次洪老府示韻

罪大孤臣合竄流 明公何事又荒陬 先朝抗疏唯丹悃 盛際談經已白頭
塞月空懸天畔郭 關雲重隔日邊樓 卽今聖治多寬法 休道潮陽久滯留
元韻
徂歲殘暉忽若流 黃雲白艸是荒陬 時艱衰衰歸彈指 世故悠悠入棹頭
萬里風霜龍塞月 九重文物鳳城樓 可憐漢代長沙客 知復長沙幾歲留

요사이 오래도록 소식이 막히니 그리움을 어찌 하겠습니까? 지금 영공의 안부는 편안하신지요? 서로 간의 거리가 100리길[원문의 '용량(舂糧)'은 양식을 절구에 찧다. 또는 양식을 찧어 마련한다는 뜻으로 여행을 준비함을 뜻하기도 하나 본문에서는 100리 되는 거리, 곧 '용량지간(舂糧之間)'을 의미한다. "가까운 교외에 가는 자는 세 끼 밥만 가지고 갔다가 돌아와도 배가 여전히 부르고, 백 리를 가는 자는 전날 밤에 양식을 찧어서 준비해야 하고, 천 리를 가는 자는 삼 개월 전부터 양식을 모아야 한다. (適百里者 宿舂糧 適千里者 三月聚糧 原指隔宿搗米備糧 后也以'舂糧'作百里的代稱)"『莊子』, 「逍遙游」]이라 계획해도 벗들이 모일[원문의 '붕잠(朋簪)'은 친구들이 모인다는 뜻이다. "말미암아 즐거워하므로 크게 얻음이 있으리니, 의심하지 않으면 벗들이 모여들리라.(由豫 大有得 勿疑 朋盍簪)"『周易』, 「豫卦 · 九四」.] 수 없으니, 또한 어찌하겠습니까?

저는 예나 다름없이 지내고, 저의 동생이 집 식구들을 따라 이곳에 들어와 열흘을 함께 묵었다가 어제 헤어졌는데, 강을 건너 서로 이별하는 것을 옛날 사람도 슬퍼하였으니[당나라 유종원(柳宗元)이 동생 유종일(柳宗一)과 헤어지며 지은 「별사제종일(別舍第宗一)」 시에 "영락한 혼이 갑절이나 암담한 속에 강 건너에서 두 줄기 이별의 눈물 흘리네.(零落殘魂倍黯然 雙垂別淚越江邊)"라고 한 말을 가리킨다], 장부丈夫의 눈물을 뿌리지 않을 수 없었습니다. 영공도 또한 이를 듣고 저를 위해 가련하게 여기셨겠지요.

이미 열 식구가 서로 따르며 척박한 땅[원문의 '백지(白地)'는 아무 연고도 없는 지역. 또는 아무 턱도 없이, 생판으로 하다 등의 의미이나 여기서는 귀양지에서 농사가 안되어 거두어들일 것이 없는 땅을 말한다.]에서 생계를 꾸리고 있으니 크게 마음이 쓰입니다. 이것이 부처가 가족의 인연을 끊는 것을 하나의 즐거움으로 삼았던 것입니다.

종이 입에 풀칠할 일로 나아가니, 또한 영공께서 주선해주시는 힘에 의뢰하고자 합니다.

편지의 끝에 적은 시詩를 한 번 보시고 적적함을 깨시어 화답하여 주시면 다행이겠습니다.

할 말은 많지만 마음이 어수선하여 다만 이 정도로만 하고 일일이 다하지 않습니다. 영공께서 굽어 살펴주십시오.

9월[음력 9월 : 원문의 '국월(菊月)'은 음력 9월을 가리킨다. 국화가 만발한 달. (霖凉, 霜天, 霜辰, 秋淸, 秋晴, 新凉, 微凉, 菊辰, 秋深, 深秋, 暮秋, 殘秋.)] 15일 갑산에서 귀양살이 하는 동생 이옥李沃이 머리를 조아립니다.

謹次洪老府示韻　　삼가 홍 노부께서 보여주신 시에 차운합니다.

罪大孤臣合竄流　　죄 많은 외로운 신하 귀양살이 합당하지만
明公何事又荒陬　　명철한 공께서는 무슨 일로 귀양 오셨나
先朝抗疏唯丹悃　　충심으로 선조에 항소했으나
盛際談經已白頭　　성세에 경서를 이야기하던 사람 벌써 백발이 되었네
塞月空懸天畔郭　　변방 달은 공연히 하늘 멀리 성곽에 걸려 있고

關雲重隔日邊樓　변방 구름은 겹겹이 해 곁의 누각을 가로막네
卽今聖治多寬法　지금 성군의 다스림에 관대한 법이 많으니
休道潮陽久滯留　조양潮陽에서 오래 머문다고 말하지 마시오.

元韻　원운

徂歲殘暉忽若流　가는 해의 석양빛은 물처럼 흘러가고
黃雲白艸是荒陬　누런 구름과 흰 풀이 있는 황량한 변두리라네.
時艱袞袞歸彈指　시대의 어려움은 끊임없지만 순간으로 돌아가고
世故悠悠入棹頭　세속의 사연은 아득해도 뱃머리로 들어가네
萬里風霜龍塞月　만리의 풍상風霜은 의주의 달이요
九重文物鳳城樓　구중九重의 문물文物은 봉황성鳳凰城의 누각이네
可憐漢代長沙客　가련하도다. 한나라 장사長沙의 귀양 온 나그네여
知復長沙幾歲留　다시 장사長沙에서 몇 해나 머물렀는지 알겠네

* 홍 노부(洪老府) : 홍 노부는 홍우원(洪宇遠 :1605～1687)을 가리킨다. 본관은 남양(南陽), 자는 군징(君徵), 호는 남파(南坡). 제1차 예송 논쟁과 제2차 예송 논쟁 당시 윤선도(尹善道), 허목(許穆), 윤휴(尹鑴)의 참최복과 기년복 설 주장에 동조하였다.
* 변방의 구름 : 원문의 '관운(關雲)'은 변방의 구름. 관문 위의 구름 등을 말한다.
* 해 곁의 : 원문의 '일변(日邊)'은 해 돋는 부근으로 임금과 가까운 곳을 비유하는 말이다. 제왕의 도읍 곧 서울을 의미한다.
* 조양(潮陽) : '조양(潮陽)'은 한유가 조주자사(潮州刺史)로 좌천된 조주(潮州) 지역을 가리킨다. 여기에서는 홍우원(洪宇遠)이 유배 간 귀양지를 이른다.
* 원운(元韻) : 홍우원(洪宇遠)이 먼저 보내준 시이다. 원문의 출전이 李沃, 「北州錄」, 『博泉集』 卷十, 한국문집총간 44. 158쪽에 보인다.
* 순간으로 : 원문의 '탄지(彈指)'는 손가락을 퉁긴다는 것은 '극히 짧은 시간'에 대한 비유로 쓰인다. "[二十瞬一彈指]"『呂氏春秋』.

* 의주 : 원문의 '용새(龍塞)'는 의주(義州)의 별칭이 '용만(龍灣)'이므로 용새(龍塞)는 '의주의 관새(關塞)'라는 뜻으로서 은거생활을 하고 있음을 나타낸다.
* 봉황성(鳳凰城) : 원문의 '봉성(鳳城)'은 도성(都城)에 대한 미칭(美稱)이다. 원래 장안(長安)을 가리키는 말이었으나 후일에는 일반적으로 도성(都城)을 가리키는 말로 쓰인다.
* 장사(長沙) : 비습(卑濕)한 땅으로, 한나라 때 가의(賈誼)가 좌천되었던 고사에서 유배지나 좌천된 지역을 의미하게 되었다. 『漢書』 卷4, 「賈誼傳」.

해 설

이 간찰은 이옥李沃(1641～1698)의 간찰첩인 『선자수적先子手蹟』(한국국학진흥원 연안 이씨 식산종가 소장 서화류)에 수록된 것으로 작성 연대는 1682(숙종8)년 9월 15일로 추정된다. 수신자는 편지 내용과 동첩에 수록 되어 있는 다른 편지를 참고해 보면 당시 삼강三江의 수령을 지내고 있는 익명의 지방관으로 추정된다. 이옥은 지인인 삼강의 수령에게 귀양지에서의 소회를 피력하며 빈궁한 자신의 입장을 전하고 종을 보내 양식을 청하였다. 아울러 홍우원에게 받았던 7언 율시와 함께 차운한 자신의 시를 보내고 또 그에게 화답해 줄 것을 요청하였다.

이옥은 1641년(인조19)에 태어나 1698년(숙종24)까지 살다간 인물로서 본관은 연안延安이고 자는 문약文若이며 호는 박천博泉이다. 아버지는 근곡芹谷 이관징李觀徵이며, 식산息山 이만부李萬敷가 그의 차자이다.

현종 즉위 시 약관의 나이에 증광 문과에 급제하였으며 숙종 4년(1678)에 예송禮訟에 관한 문제가 발생하였을 때 송시열宋時烈 등의 오례誤禮 주장자를 처벌하는 일로 남인이 강경파 청남淸南과 온건파 탁남濁

南으로 분열하게 되었다. 이때 아버지와 함께 허목許穆 · 윤휴尹鑴 등을 중심으로 한 청남에 속하여 송시열의 극형을 주장하다가 탁남의 영수 허적許積 등의 반대로 삭직되어 이옥은 선천으로 아우 이발李浡은 철산으로 유배되었다.

이옥의 휘호, 개인 소장

한편 홍우원은 이옥과 같은 청남으로 1680년 경신대출척庚申大黜陟 때 명천明川으로 유배되었다가 고령으로 인해 문천으로 이배되었으나 결국 유배지에서 죽고 말았다.

숙종 조에 접어들면서 서남 당쟁이 심해져 서인과 남인이 밀고 밀리는 환국사태가 반복되었다. 관제 야당으로 기른 남인이 예송을 통해 서인과 정권을 다투는 당파로 성장하였고 이에 서인과 남인은 불구대천의 원수가 되었다. 이를 계기로 남인이 강해지자 경신환국을 일으켜 남인을 몰아내고 서인의 세력이 강해지자 기사환국으로 서인을 몰아냈으며, 다시 남인의 권력이 우세해지자 갑술환국으로 남인의 뿌리를 뽑아버렸다. 이는 당파를 격돌시켜 권력의 균형을 잡으려는 숙종의 의도가 작용한 것이기도 하였지만 예송을 거치면서 당파간의 불화가 심해진데 그 원인이 있었다.

이러한 서인과 남인 당쟁에 연안 이씨延安李氏도 깊숙이 간여했으며 이옥이 바로 그 중심에 있었던 인물이다.

이 편지는 서인 정권에 의해 12년간이나 귀양살이를 하며 정치적 박해를 받던 울분의 시기에 귀양지에서 쓰여졌던 간찰로서 당시의 정치사와 더불어 유배지에서의 생활의 단면을 엿볼 수 있는 자료이다.

편지의 내용 가운데 이옥이 차운하였던 홍우원의 '원운元韻'은 『박천집博泉集』에는 아래와 같이 '悠悠'는 '茫茫'으로 '漢代'는 '才子'로 편집되어 수록되어 있다.

徂歲殘暉忽若流 黃雲白草是荒陬 時艱袞袞歸彈指 世故茫茫入掉頭

萬里風霜龍塞月 九重文物鳳城樓 可憐才子長沙客 知復長沙幾歲留

(李沃, '次呈洪尙書'「北州錄」,『博泉集』卷10.)

또한 홍우원의 『남파집南坡集』에도 그의 '원운元韻'이 아래와 같이 '荒'은 '遐'로 '悠悠'는 '茫茫'으로 '漢代'는 '抱病'으로 편집되어 수록되어 있는 것을 볼 수가 있다.

徂歲殘暉忽若流 黃沙白草是遐陬 時艱衮衮歸彈指 世故茫茫入掉頭

萬里風霜龍塞月 九重雲物鳳城樓 可憐抱病長沙客 知復長沙幾歲留

(洪宇遠,「次酬李文若」,『南坡集』卷3.)

아마도 이것은 후대에 이르러서 선조의 문집을 편집하는 과정에 수정을 가했으리라 짐작이 가는 대목으로 문헌학적 의미와 함께 사료학적 관점에서 고증을 재현할 수 있는 부분이기도 하다. 당시 정치인들이 유배지에서 겪은 심정을 시로 주고받으며 울분을 토로하는 학인의 면모를 엿볼 수 있는 자료이다.

(박황희)

10

윤득화尹得華가 남붕南鵬 선사에게 보낸 편지

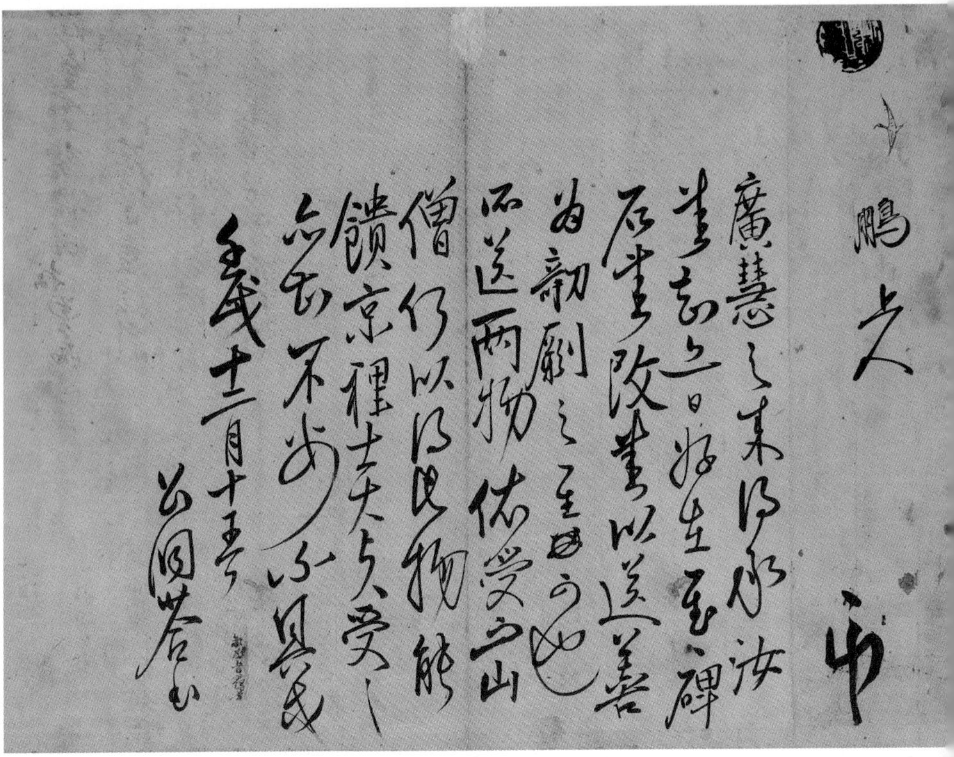

윤득화 간찰, 표충사박물관

鵬上人 (手決)	남붕 상인께 (수결)

廣慧之來 得承汝書 知近日好在 慰慰 碑石書 改書以送 善爲剞劂之至 可也 所送兩物依受 而山僧何以得此物 能饋京裡士大夫 受之亦甚不安 不具式

壬戌十二月十五日 公洞答書

광혜廣慧가 와서 당신의 편지를 받아 보고 (그대가) 근자에 편안히 있음을 알았으니 많이 위안되오. 비석의 글씨를 다시 써서 보내니 잘 새겨야 할 것이오. 보내준 두 가지 물건은 잘 받았지만 산속의 승려가 어떻게 이런 물건을 구하여 서울의 사대부에게 보낼 수 있단 말이오. 받고서도 마음이 불편하오. 형식을 갖추지 못하오.

임술년(1742, 영조18) 12월 15일. 소공동에서 답하오.

해 설

윤득화尹得華(1688～1759)가 남붕南鵬 선사에게 보낸 편지이다. '상인上人'은 지혜와 덕을 갖춘 사람이라는 뜻으로 고승高僧을 말한다. 윤득화는 밀양 표충사비 중 서산대사비명의 서자書者이다. 비석 건립을 주도한 남붕 선사에게 비명을 새로 써서 보내주면서 비석 제작에 신중을 기할 것을 당부하는 내용이다.

윤득화는 애초에 병을 핑계로 서산대사비명의 글씨를 써달라는 남붕 선사의 요청을 거부하였지만 남붕과 가까운 관계에 있던 김재로金在魯와 비문을 찬술한 이우신李雨臣 등의 요청으로 마지못해 글씨를 써서 보냈는데, 표충사에서 돌에 새기는 과정에서 종이를 잘못 배열하여 비석 건립이 중단되는 일이 발생하였다. 기존에 써준 글씨가 훼손되어 표충사 측에서는 다시 써달라고 요청하였지만 윤득화는 여러 차례 거절하다가 이우신의 간곡한 요청을 받은 후에야 새로 써서 보내주었다. 편지글 안에는 상대방을 당신(汝)이라고 칭하고 남붕이 보낸 선물을 받는 것이 불편하다고 이야기하는 등 승려들의 어처구니없는 실수로 내키지 않는 일을 거듭해서 해야 하는 상황에 대한 불만이 은연중 드러나고 있다.

밀양시 무안면 홍제사 경내에 있는 표충사비는 갑오농민전쟁 때에 3말 1되, 경술국치 때에 4말 6되, 3·1운동과 광복 때에 각기 5말 7되, 한국전쟁 때에 3말 8되 등 나라에 중대한 일이 있을 때마다 많은 양의 땀을 흘리는 신비한 비석으로 알려져 있다. 이 비석은 네 면 모두에 내용이 기록된 4면비인데, 앞면과 뒷면에는 서산대사와 송운대사(사명당)의 비명, 양 측면에는 표충사사적기와 비석 건립에 관여한 관료와 승려들의 명단이 새겨져 있다. 송운대사비명은 이의현李宜顯 찬술, 김진상金鎭商 글씨, 유척기兪拓基 전액이고, 표충사사적기는 이덕수李德壽 찬술, 서명균徐命均 글씨, 조명교曺命敎 전액이며, 서산대사비명의 전액은 조명교曺命敎가 썼다. 당대의 대표적 문인들로부터 글과 글씨를 받아 완성한 이 비는 사명당 유정惟政의 적통을 둘러싸고 합천 해인사와 경쟁하던 밀양 표충사에서 자신들의 정당성을 분명하게 하기 위하여 건립한 것이다.

태허 남붕대사 진영, 표충사 소장

사명당의 고향이었던 밀양에서는 사족들의 주도로 1714년(숙종40)에 사명당의 사당을 새로 짓고 제사를 지내다가, 1721년(경종1)부터는 정부로부터 일반 사우에 준하여 춘추제향의 비용을 지급받게 되었다. 그 후 사명당의 5대손을 자처하는 남붕南鵬은 1738년(영조14)에 표충사를 크게 중창하면서 이곳에 사명당의 스승인 서산대사와 동문인 영규대사를 합사하는 것을 허락받고 아울러 토지와 수호 군정도 지급받았다. 남붕은 이후 표충사에서 임진왜란 당시 사명당이 남긴 글을 모은 『분충서난록奮忠紓難錄』과 사명당 생존시에 문인들이 사명당의 충절을 칭송한 시를 모은 『증송운시첩贈松雲詩帖』, 그 시에 대한 당대 문인들의 차운시를 의뢰하여 모은 『표충사제영』(본래 10권, 현재 8권 전존) 등을 잇달아 편찬하면서 표충사를 서산대사와 사명당의 전통을 잇는 조선불교의 중심지로 자리매김하고자 하였다. 이처럼 밀양 표충사가 사명당 사우로서의 위상이 높아지자 사명당의 말년 주석 사찰로서 그 전통을 계승한다고 자부하던 해인사는 위기의식을 느끼고 표충사를 사명당의 부도와 비를 봉안하고 있는 해인사 홍제암으로 옮기게 해줄 것을 조정에 요청하였다. 조정에서는 검토 끝에 표충사의 밀양 존치를 결정하였지만 해인사는 계속 이견을 주장하였다. 이러한 상황 속에서 남붕을 비롯한 밀양 표충사의 승려들은 자신들의 정통성을 확실하게 하기 위해 서산대사와 사명당의 행적과 밀양 표충사의 내력을 정리한 사적기를 새긴 비석 건립을 추진하였고, 그 결과 표충사비가 건립되게 되었다.

윤득화가 보낸 편지는 남붕이 여러 문인들로부터 받은 간찰들을 모아놓은 현재 표충사 박물관에 소장되어 있는 『간독簡牘』(6책)의 제1책에 수록되어 있다. 『간독』에는 남붕이 여러 사대부들과 교류하며 사명당과 표충사 현창을 위해 노력한 내용이 잘 나타나고 있는데, 표충사비의 건립과 관련된 내용들도 다수 수록되어 있다. 이 편지는 동국대 불교기록문화유산 아카이브사업단에서 간행한 『표충사서간첩』(동국대출판부, 2017년, 58쪽)에 수록되어 있다.

(최연식)

11 김윤겸金允謙이 소촌 찰방召村察訪 시절에 쓴 한글편지

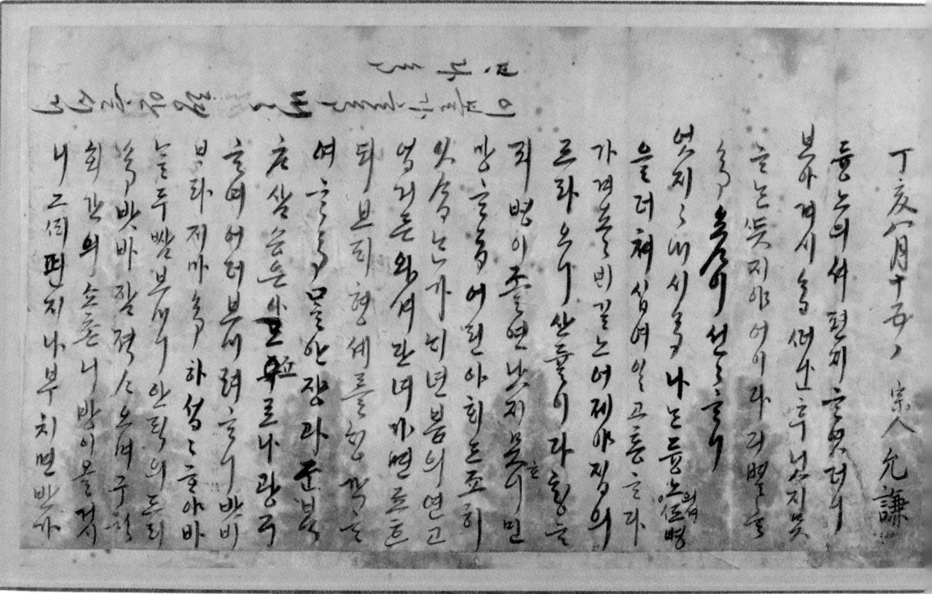

김윤겸 언간, 개인

듕노의셔 편지하엿더니 보아겨시읍. 써난후 닛지못ᄒᆞᄂᆞᆫ 뜻지야 어이다 긔별ᄒᆞ읍. 요ᄉᆞ이 선선ᄒᆞ니 엇지지내시읍. 나는 듕노의셔 또 병을 더쳐 십여일 고통ᄒᆞ다가 겨우 ᄒᆞᆫ빈길노 어제야 집의 도라오니 산듈이 다힝ᄒᆞ되 병이 졸연 낫지 못ᄒᆞ니 민망ᄒᆞ읍. 어린 아ᄒᆡ도 죠히 잇삽ᄂᆞᆫ가. ᄂᆡ년 봄의 연고업거든 와셔 단녀가면 죠흐되 보ᄃᆡ 형세를 ᄉᆡᆼ각ᄒᆞ여 ᄒᆞ읍. 몰안장과 군복 차 삼승은 아모죠로나 광구ᄒᆞ여 어더 보내려 ᄒᆞ니 밧비 ᄇᆞ라지 마읍. 하섭섭ᄒᆞ야 바늘 두빰 보내니 안덕의 드리읍. 밧바 잘 적ᄉᆞ오며 구월 회간의 쇼촌니방이 올거시니 그ᄯᅴ 편지나 부치면 반가이 볼가ᄒᆞ읍. 내내 평안ᄒᆞ시기 ᄇᆞ라읍.

丁亥八月十五日 宗人允謙

중간 길에서 편지하였으니 보아 계시오. 떠난 후 잊지 못하는 뜻이야 어이 다 기별하오. 요사이 선선하니 어찌 지내시오. 나는 중간 길에서 또 병을 얻어 십여 일 고생하다가 겨우 아래 뱃길로 어제야 집에 돌아오니 산들이 다행하되, 병이 쉽게 낫지 않으니 민망하오. 어린아이도 좋게 있습니까. 내년 봄에 연고 없거든 다녀가면 좋은데, 형세를 생각하여 하오. 말안장과 군복, 그리고 석새 삼베三升(성글고 굵은 삼베)는 아무쪼록 널리 구해 얻어 보내려 하니 바삐 바라지 마오. 그래도 섭섭하여 바늘 두 쌈 보내니 안댁에 드리오. 바빠 잘 적사오며, 9월 회간晦間에 소촌역召村驛 이방吏房이 올 것이니, 그때 편지나 부치면 반가이 볼까 하오. 내내 평안하시기 바라오.

정해년(1767) 8월 15일. 종인宗人 윤겸允謙.

해 설

진재眞宰 김윤겸金允謙(1711～1775)이 종인宗人에게 보낸 한글편지이다. 편지를 쓴 게 1767년 8월 15일이니, 김윤겸 나이 57세 때 추석날이다. 말안장과 군복, 그리고 삼베를 구해주기로 했는데 서둘지 말고 기다리라는 내용이 눈길을 끈다. '말안장과 군복'을 구하는 일은 김윤겸이 무과 출신으로 소촌 찰방으로 근무했던 사실을 그대로 드러낸 처사이기 때문이다. 또 편지 발신인을 '윤겸允謙'만 썼기에 타성일 수도 있으나, 편지 내용에 '소촌'이 등장해 '김윤겸'임을 확인시켜준다. 마지막 줄에 편지를 쓴 시기와 이름은 한자로 썼다. 봉투가 전하지 않아 수신인을 알 수 없어 아쉽고, 편지지의 하단이 약간 오염되어 있다.

편지를 받는 상대방의 어린아이 안부를 묻고 섭섭하지 않게 안부인에게 바늘 두 쌈을 선물하고, 말미의 이름 쓰기에서 성을 생략한 점들을 보면, 김윤겸이 평소 절친하게 지내던 연하의 남성 친척에게 보낸 편지이다. 이 한글편지는 관료인 김윤겸이 남자에게 보낸 것이어서 주목된다. 잘 알다시피 조선시대 한글편지는 대부분 부녀자가 썼고, 사대부 양반층 남자의 한글편지는 대체로 부녀자에게 썼음을 염두에 둘 때 그러하다.

대체로 난삽하게 써서 읽기 어려운 조선 후기 한글편지와 달리, 김윤겸의 한글 문투와 서풍은 읽기에 적당한 흘림체이다. 개의치 않고 자연스레 수정한 부분들도 눈에 띈다. 사선으로 흐르는 한글 글씨들의 붓끝 각과 탄력이 살아 있고, 서체의 흐름이 여유로우며 율동적이다. 중간 먹으로 시작해 4분의 1지점 "요ᄉᆞ이 선선ᄒᆞ니"에서 진한 먹으로 지면에 시각적인 강조점을 두는 등 전체적으로 강약 조절이 유연하다. 편지를 펼치면, 화가의 솜씨답게 필묵 감각이 격조 높다.

김윤겸은 당대 서인, 노론계의 명문가인 안동 김씨 김상헌金尙憲 집안의 후예이며, 화가로 유명했다.(李泰浩, 「眞宰 金允謙의 眞景山水」, 『考古美術』 152, 한국미술사학회, 1981.) 자는 극양克讓, 호는 진재眞宰 외에도 묵초墨樵 혹은 산초山樵 등도 사용했다. 김수항金壽恒의 넷째 아들 노가재老稼齋 김창업金昌業(1658~1721)의 서자로 태어났다. 김창업은 벼슬에 관심을 두지 않고 도성의 동쪽 밖 송계松溪에서 농사를 지으며 살았다. 농업으로 삶의 터전을 갖추어, 당대 사대부 양반층의 새로운 생활 방식을 꾸린 문인으로 손꼽힌다.(구본현, 「노가재 김창업의 동장에 대하여」, 『퇴계학논집』 14, 퇴계학연구원, 2008. ; 이종묵, 「김창업의 채소류 연작시와 조선 후기 한시사의 한 국면」, 『한국한시연구』 18-18, 한국한시학회, 2010.) 연행록과 금강산 유람 시 등의 명저를 내었다. 그 또한 이름난 문인화가였다. 김윤겸의 아들 석파石坡 김용행金龍行(1753~1778)도 박제가, 이덕무, 유득공 등 북학파들과 어울려 시서화를 즐긴 문사였다.

김윤겸은 집안과 교분이 두텁던 겸재謙齋 정선鄭敾(1676~1759)의 영향을 받은 정선 일파로 분류된다. 금강산과 관동, 영남, 경기, 강원, 황해, 도성 내외의 명승을 두루 찾아 맑은 담묵과 담채로 현장 사생을 즐기며 개성을 뚜렷이 드러낸 진경산수 화가이다. 필자가 조사한 바로는 조선 후기에 여행 스케치를 가장 많이 남겼다. 김윤겸의 명승도 화첩으로는 1770년경의 『영남기행화첩』(동아대학교 석당박물관 소장, 보물 제1929호)과 추사 김정희가 화첩의 제목을 달아 애장했던 1768년 작 금강산화첩 『진재봉래도권眞宰蓬萊圖卷』(국립중앙박물관 소장)이 대표작으로 알려져 있다.

『영남기행화첩』은 「몰운대」, 「영가대」, 「홍류동」, 「해인사」, 「태종대」, 「송대」, 「가섭암」, 「가섭동폭」, 「월연」, 「환아정」, 「순암」, 「사담」, 「하용유담」, 「극락암」 14점으로 꾸며져 있다. 김윤겸이 소촌(현재 진주시 문산읍) 찰방을 지낸 이력과 관련된 탐승 화첩이다. 소촌 근처의 함양과 산청, 합천 해인사와 입구의 계곡, 그리고 부산 해변의 명소와 절경 등을 그린 점이 그러하다. 이외에도 한산 「제승당」, 산청 「내원암」(개인 소장), 함양의 「와룡정」과 「엄천」, '金臺對智異山'이라고 쓴 「금대암에서 본 지리산 전경도」(이상 국립중앙박물관 소장) 등 영남 지역을 유람해 사생한 작품들이 전한다.

푸른빛이 감도는 점묘의 담채화 「금대암에서 본 지리산 전경도」는 『영남기행화첩』에서 분리됐을 법한 소품이다. 금대암金臺庵에서 남쪽

[도판1] 금대암에서 본 지리산전경도, 국립중앙박물관 소장

천황봉과 마천 계곡의 첩첩한 능선들을 높은 위치에서 조망한 이 작품은 사실적 부감법을 보여준다.([도판 1]) 이 같은 부감 사생은 겸재 정선이 상상해 재구성한 「금강전도」(삼성미술관 리움 소장) 부감법과는 또 다른 새로운 시각의 진경산수화법이다.(이태호, 「實景에서 그리기와 記憶으로 그리기」-朝鮮 後期 眞景山水畵의 視方式과 畵角을 중심으로, 『미술사연구』 257, 한국미술사학회, 2008.3.)

김윤겸과 필자의 인연은 각별하다. 족보를 뒤져 김창업의 서출로 태어난 김윤겸의 생졸년을 밝히고, 동아대학교 박물관 소장 화첩의 영남 지역 실경그림 현장을 확인해 1981년 5월 미술사학회에서 발표한 바 있다. 생애 첫 학회 발표였다. 산청, 함양, 거창 지역에서 김윤겸 사생화의 현장을 답사하던 도중 안의安義에서 돈이 떨어져 개인택시를 외상으로 대절해 마무리했었고, 차비까지 꾸어 광주로 귀가했던 해프닝을 벌였기에 더욱 기억에 남는다.

그때 발표한 논문을 돌아보면 미흡한 점들이 많아, 몇 년 전부터 『영남기행화첩』 실경 현장을 틈틈이 다시 답사해왔다. 예전과 달리 요즘은 자료 검색도 쉬워져 김윤겸의 교우 관계나 벼슬살이 등을 새로이 찾았다. 김윤겸 관련 글을 다시 써야 할 참이었다. 이에 관해서는 우선 2017년 6월 22일 동아대학교 석당박물관에서 마련한 『영남기행화첩』의 보물 지정 기념 "김윤겸의 회화세계" 강연콘서트에서 소개했다.('감성콘서트로 엿보는 영남기행화첩', 부산일보, 2017. 6. 18.)

그러던 중 2017년 가을 어느 옥션에서 김윤겸이 소촌 찰방 시절에 쓴 한글편지를 만났다. 인연이라는 반가움에, 생각보다 엄청 비싼 값을 치르고 구했다. 이 편지는 1767년 8월 15일 친척에게 한글로 써 보낸 것이다. 김윤겸은 소촌 찰방에 부임해 2년 5개월 가량 근무한 상태였다. 『승정원일기』를 확인해 보니 1765년, 곧 영조 41년 3월 6일자 식년시 문무과式年試文武科 급제자 명단 가운데 김윤겸이 있다. 무과 갑과에 제일인으로 합격해 소촌 찰방으로 임명되었다.

김윤겸은 소촌 찰방 발령 이전에 벌써 영조 30년(1754) 부사용副司勇,

영조 36년 전옥서 참봉典獄署參奉, 영조 38년 전생서 봉사典牲署奉事와 내섬시 직장內贍寺直長, 영조 40년 사재감 주부司宰監主簿 등을 거쳤다. 특히 서얼도 관직의 문을 열어주어야 한다고 주장했던 권세가문의 서자답게 벼슬길에 들어서 10년 만에 종6품직으로 식년 무과에 급제한 것이다. 찰방 퇴임 이후 1770~75년 김윤겸의 말기 행적은 연대기에는 보이지 않는다.

소촌역은 진주의 동쪽에 있는데 서부 경남 남쪽 지역의 역로를 총괄하던 곳이다. 서부 경남의 북쪽은 1747년 능호관 이인상이 찰방을 지냈던 사근역沙斤驛이 맡았다. 역의 책임자인 찰방은 공무에 필요한 공문서나 말을 관리하던 종6품직으로, 지금으로 치자면 우체국장과 역장을 겸한 자리이다. 김윤겸은 역참의 싱싱한 말을 내어 신났던 모양이다. 부산과 경남의 명소를 샅샅이 유람하며 그린 작품이 『영남기행화첩』을 비롯해 20여 점이 넘는다.

김윤겸은 찰방 근무 3년째 되던 해 금강산 화첩 『진재봉래도권』을 그렸다. 이 화첩을 1768년 겨울에 완성했기에, 김윤겸이 찰방을 마치고 금강산에 갔지 않았을까 추정했었다. 이번 기회에 다시 생각해보니 임기 중 예전에 다녀온 추억의 금강산을 그렸을 수도 있겠다. 1756년 6월에 내금강을 부채에 그린 「선면 진주담도」(국립중앙박물관 소장)가 전한다. 또 1768년에 금강산 유람을 새로이 다녀왔을 수도 있겠다. 소촌 찰방 시절 싱싱하고 좋은 말을 몰아 유람했을 법하다. 통상 찰방 임기가 5년인 점으로 미루어 볼 때, 1770년까지 근무했으리라 짐작된다.

김윤겸이 소촌 찰방 부임 이전에 그린 1748년 작 삼각산 아래의 「동산계정」(간송미술관 소장), 1756년 작 내금강 「선면 진주담도」, 1763년 작 단양의 「석문도」(국립중앙박물관 소장) 등 40~50대 전반 진경산수화 작품들은 화면 구성이나 필치가 미숙하다. 1768년 금강산 화첩을 제작하며 본격적으로 겸재의 진경산수화법을 공부한 듯하다. 또 실경을 닮게 그리는 묘사 기량이나 화풍을 살펴보면, 『진재봉래도권』이 『영남기행화첩』보다 먼저 그린 것이다.

『진재봉래도권』은 김윤겸의 금강산 그림들에 관아재 조영석의 풍속도 두 점이 함께 꾸며져 있다. 김정희 소장 이전에, 김상용金尙容 후손으로 김이례金履禮(1740~1818)가 소장했던 모양이다. '金履禮印'이라는 음각 네모 도장이 「장안사」와 「마하연」 그림에 찍혀 있다. 마지막 폭 「묘길상」에는 "歲戊子冬 漫寫奉岱翁 盖有宿約也 畵凡十二幅"이라고, '오래된 약속을 지켜 1768년 겨울에 12폭 화첩을 그려준다'는 내력이 간단히 밝혀져 있다.

현재 화첩에는 「장안사」, 「정양사」, 「원화동천」, 「보덕굴」, 「명경대」, 「내원통암」, 「마하연」, 「묘길상」 등 8점만 남아 있다. 이 그림들을 그려준 '대옹岱翁'이 누군지 아직 모르겠으나, 김윤겸과 친교가 있었던 지산 심익운芝山 沈翼雲(1734~?)의 『백일집百一集』에 유일하게 등장한다. 심익운은 문과에 장원 급제했으나, 과거 부정과 역모에 연루된 심익창沈益昌의 손자 심사순沈師淳의 양자로 들어가는 바람에 벼슬길은 순탄치 못했다. 김윤겸의 아들뻘인 심익운은 소촌 찰방 부임을 기념하여 '송김독우서送金督郵序'를 지어 보냈고, 시문에 까다로워 은일 처사인 '대옹'만을 인정했다고 한다. 혹여 김윤겸의 이 한글편지도

'대옹'에게 쓴 것이 아닌가 싶다.

『진재봉래도권』은 대상의 변형을 일삼는 겸재화풍을 크게 벗지 못하고, 아직 김윤겸다운 사생미가 형성되지 않은 상태이다. 이에 비추어, 『영남기행화첩』에는 가볍고 맑은 수묵담채의 개성이 뚜렷한 사생화법이 구사되어 있다. 실경 현장을 빼닮게 그린 진경산수화 방식은 금강산을 다녀온 뒤 완성한 것임을 확인시켜준다. 1769~1770년 찰방 말기나 퇴임 후 현장스케치를 토대로 추억해 그린 것이다. 『영남기행화첩』의 진경산수화풍은 김윤겸다운 후기의 진경작품 가운데 1771년 작 황해도 평산의 「총수산도」(국립중앙박물관 소장)와 가장 흡사하다. 화면 상단에 "신묘유월 묵초초辛卯六月 墨樵艸"라 밝힌 「총수산도」는 '돌 이빨[石齒] 같다'는 바위 산세를 가벼이 반복한 담묵담채 구사가 두드러진 걸작이다.

[도판2] 소촌역 찰방관사건물, 1906~1923년

소촌역 자리는 현재 경상남도 진주시 문산읍 소문리이다. 이곳에는 천주교 마산교구의 문산 성당이 들어서 있다.([도판 2]) 조선말부터 신자들이 몰렸던지, 1906년 소공 분소에서 본당으로 승격했다. 첫 본당신부로 부임한 프랑스 출생의 권유량 마리오 신부가 찰방 관사를 비롯해 소촌역 관원들의 마을에 성당

[도판3] 소촌역에 들어선 문산 성당

의 터전을 마련했다.(『문산성당 100년사 1905~2005』, 천주교 마산교구 문산성당, 2007.) 교세가 확장되면서 1923년에 근대식 한옥의 교당이, 1937년에 서양식 건물이 들어섰다. 현재 강당으로 사용하는 한옥 교당은 경남 등록 문화재 35호로 지정되었다. 한옥 교당과 붉은색 벽돌 건물 사이의 거목 느티나무만이 소촌역 옛터를 웅변하는 듯하다.

성당이 들어설 때 남아 있던 찰방 관사의 사진이 전해져 반갑다. 높은 축대 위에 지은 팔작지붕의 기와집에 기와 차양을 덧대고 난간을 설치하였으며, 유리문을 달아 개수했음이 확인된다. 또 사진의 중앙계단에 검은 의상의 외국인 신부가, 오른쪽 계단에 흰옷의 조선 남성이 보여 1906~1923년 사이 한옥교당을 짓기 전에 찍은 사진으로 추정된다. 관사의 옛 모습은 김윤겸이 소촌찰방으로 지냈던 250년 전의 공간을 유추하게 한다.([도판 3])

(이태호)

12 심염조沈念祖가 아사亞使에게 보낸 칠언율시

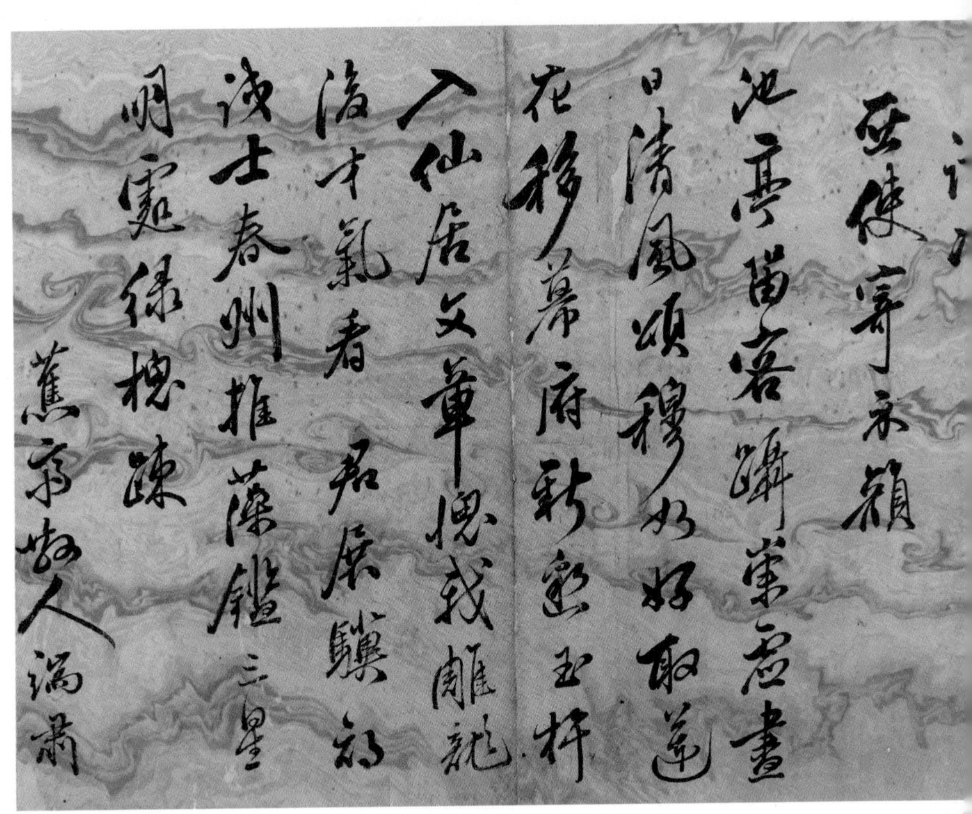

심염조 시고, 개인

謹次亞使寄示韻	삼가 아사가 보내 주신 시에 차운次韻하다

池亭留客躡崇虛	못 가 정자에 머물던 나그네 높은 터에 오르니
盡日淸風頌穆如	온 종일 따스하게 맑은 바람이 불어오네
好取蓮花移幕府	연꽃을 데려와 막부에 옮겨 심고

新邀玉杵入仙居　새로 옥절구를 맞아다 신선 거처에 들였네
文章愧我雕龍後　공의 아름다운 문장은 나를 부끄럽게 만들고
才氣看君展驥初　공의 재기才氣는 천리마가 첫발을 내딛는 듯하네
試士春州推藻鑑　춘천春川에서 선비를 선발하며 감식안 발휘하고 나면
三星明處綠槐踈　삼태성 밝은 곳에 홰나무 잎도 성글었으리

蕉齋散人 端肅　초재산인이 공경히 짓다

해 설

초재산인蕉齋散人 심염조沈念祖(1734~1783)가 아사亞使에게 보낸 칠언율시이다. 편지를 받는 아사亞使는 누구인지 확인되지 않는데, 도사都事를 아사라고 부르므로 춘천에 새로 벼슬살이하러 간 사람으로 과거 시험의 시험관을 겸임한 것으로 보인다.

이 시고詩稿는 시의 내용이나 격조보다도 물결무늬의 시전지詩箋紙가 너무도 아름답다. 여러 갈래의 물결이 넘실거리는 모습인데 거의 현대적인 아름다움이 있다. 이런 시전지는 종이를 만들 때 닥지가 젖은 상태에서 쪽물을 흘려 자연스럽게 물결지으며 흘러가게 하면서 만든 것이다.

이 시전지를 보면 내가 중학생 시절에 장난삼아 유리잔에 만년필 잉크 한 방울을 넣으면 파란 무늬를 지으며 흘러내리는 것을 재미있게 보던 것을 생각게 한다. 그리고 현대 추상화에서 우연적인 효과를 끌어들였던 앵포르멜 회화를 연상케도 한다. 이 모두가 아름다운 조형을

추구하는 거의 본능적 동기에서 나온 것인데, 아마도 18세기 작품으로 보이는 이 시고에서 이처럼 선구적으로 보여주었다는 것이 신기롭기도 하다.

심염조沈念祖는 본관이 청송靑松, 자는 백수伯修, 호는 함재涵齋이다. 심봉휘沈鳳輝의 증손으로, 할아버지는 이조 판서 심성희沈聖希이고, 아

창덕궁 측우대 : 심염조가 글을 짓고 정지검이 썼다

버지는 심공헌沈公獻이며, 어머니는 이도진李道鎭의 딸이다. 1776년(영조52) 별시 문과에 을과로 급제하였다. 1777년(정조1) 관서암행어사, 이듬해에는 강화어사로 파견되었다. 이 해에 사은 겸 진주사謝恩兼陳奏使 채제공蔡濟恭의 서장관書狀官이 되어 청나라에 다녀온 뒤 『서장문견록書狀文見錄』을 지어 정조에게 바쳤다. 왕이 청나라 문물에 대하여 묻자 "건륭제乾隆帝는 영주英主이나 연로하고 정령政令이 가혹하여 백성이 불안에 떨고 있으며, 중화中華의 문물이 땅에 떨어져 강남 한족漢族도 오랑캐 풍습을 따르고 있다."라고 하였다.

청나라에서 돌아와 홍문관 교리에 임명되었으며, 1780년 함종 부사, 규장각 직제학, 이조참의를 거쳐, 1782년 홍문관 부제학으로 감인당상

監印堂上에 임명되었으나, 대사간의 탄핵을 받아 홍주洪州로 유배되었다가 곧 풀려났다. 1783년 황해도관찰사로 있다가 임지에서 사망하였다.

시고詩稿의 마지막 '단숙端肅'이라고 하는 표현은 공경을 표하는 말이다. 『성호사설星湖僿說』권22권 경사문經史門 단배端拜에 "홍무洪武 3년 조서詔書에, 요즘 서차書箚에 흔하게 돈수頓首 · 재배再拜 · 백배百拜라고 칭하는데, 모두 실제로 하는 것이 아니니, 의식을 정하여 사람들에게 준수하도록 하라고 하였다. 이에 예부禮部에서 의논하여, 무릇 윗사람에게 편지를 쓸 때는 '단숙봉서端肅奉書'라 하고, 답서에는 '단숙봉복端肅奉復'이라 칭한다(洪武三年詔 今人於書箚 多稱頓首再拜百拜 皆非實 其定爲儀式 令人遵守 於是禮部定議 凡致書於尊者 稱端肅奉書 答箚稱端肅奉復云云)."라는 말이 보인다.

(유홍준)

13 1808년 성천부사成川府使 신현申絢이 아버지에게 보낸 간찰과 아버지 신대우申大羽의 연길涓吉 혼서지

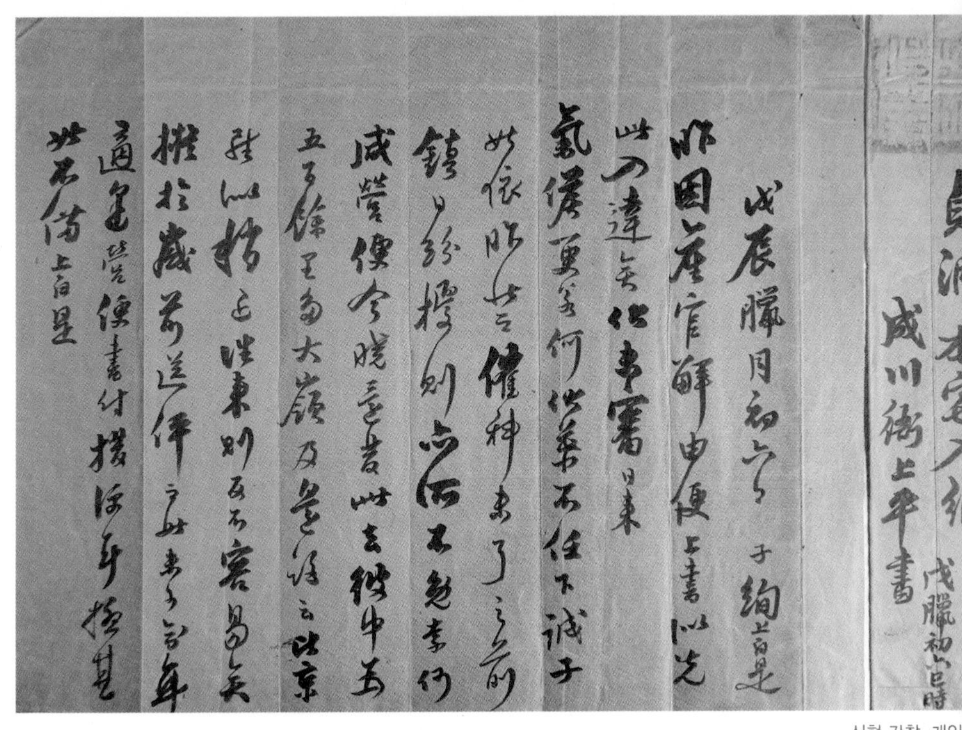

신현 간찰, 개인

貞洞本宅入納	戊臘初六巳時
成川衙上平書	

昨因舊官解由便上書 似先此入達矣 伏未審日來氣候更若何 伏慕不任下誠 子姑依昨狀 而催科未了之前 鎭日紛擾 則亦所不免 奈何 咸營便 今曉還發 此去彼中爲五百餘里 多大嶺及邊路云 比京雖似稍近 往來則反不容易矣 擬於歲前送伻 而姑未可知耳 適逢營便 書付撥便耳 擾甚姑不備 上

白是
戊辰臘月初六日 子絢上白是

정동 본댁 입납 무진년 납월 초6일 사시
성천 관아에서 안부 편지를 올림

어제 구관의 해유 문서를 가지고 가는 편에 편지를 올렸는데, 아마 이 편지보다는 먼저 도착할 것 같습니다. 요즈음 건강은 또 어떠신지요. 그리운 마음을 이길 수가 없습니다. 자식인 저는 전과 같은 모습입니다만 부세를 독촉하는 것이 아직 다 끝나기 전이어서 종일 분잡하고 혼란스러움을 면하기 어려우니 어찌 하겠습니까? 함경 감영에 가는 사람 편은 오늘 새벽에 되돌아 출발하였습니다. 여기에서 거기까지는 오백 여 리이고 큰 고개가 많고 변방의 도로라고 하니 서울과 비교하면 조금 가까운 것 같지만 왕래하기가 도리어 쉽지 않습니다. 해가 가기 전에 사람을 보낼 생각입니다만 아직은 잘 모르겠습니다. 마침 감영에 가는 편이 있어서 편지를 써서 파발편에 부칩니다. 번잡함이 심하여 이만 줄입니다. 사룁니다.

1808년 12월 초6일. 아들 현絢 사룀.

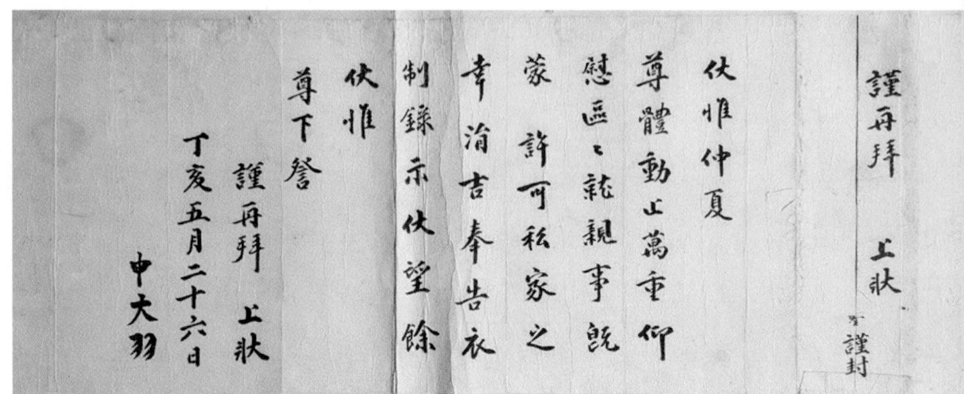
謹再拜 上狀
謹封
伏惟仲夏
尊體動止萬重 仰
慰區區 就親事既
蒙許可私家之
幸 涓吉奉告 衣
制錄示伏望 餘
伏惟
尊下詧
謹再拜 上狀
丁亥五月二十六日
申大羽

신대우 혼서지, 개인

謹再拜 上狀 (手決)謹封	삼가 재배하고 편지를 올림. (수결) 근봉

伏惟仲夏 尊體動止萬重 仰慰區區 就親事既蒙許可 私家之幸 涓吉奉告 衣制錄示伏望 餘伏惟尊下詧

謹再拜上狀

丁亥五月二十六日 申大羽

한 여름에 존체의 동정은 좋으신지요. 우러러 여러 가지로 위로됩니다. 아뢰올 말씀은 혼사를 이미 허가하셨으니 저희 집으로서는 다행입니다. 혼례 날짜를 정해 알려드립니다. 옷 치수[衣制]를 적어 보내주시기 바랍니다. 나머지는 살펴주십시오.

정해년(1767) 5월 26일. 신대우申大羽

해 설

신현申絢(1764~1827)은 1794(정조18)에 문과를 하고 승지, 대호군을 역임하였다. 완구宛丘 신대우申大羽의 아들이다.

피봉에 [貞洞本宅入納 / 成川衙上平書 / 戊臘初六巳時]라고 되어 있어 발신인과 수신인 발신 일시를 알 수 있다. 속지와 피봉이 모두 함경도의 특산품인 귀리로 만든 황색 고정지藁精紙이고 피봉에 [成川府使之印]이라는 朱印이 찍혀 있다. 본문 말미에는 '戊辰臘月初六日 子絢 上白是'라고 하여 아버지에게 올리는 편지에 붙이는 용어 '상술이上白是'라고 맺고 있다.

아래 글은 부친인 신대우의 글씨인데, 연길涓吉(혼례 날짜)을 알리면서 의제衣制(의양이라고도 하는데 폐백으로 할 옷의 치수를 재서 기록한 것)를 알려달라는 혼서지이다. 연길지는 없고 혼서지만 남았다.

신대우와 신현 부자와 관련해서는 이유원의 『임하필기林下筆記』「춘명일사春明逸史」에 신작申綽이 과거에 급제한 뒤 벼슬하지 않은 일과 관련하여 다음과 같은 기이한 설화를 전해주고 있다.

> 신작申綽은 판서 신현申絢의 형이다. 그의 대인大人은 호가 완구宛丘이며 문장으로써 세상에 알려졌는데, 맏아들의 성천도호부成川都護府 임소任所에 취양就養을 갔다가 우화문羽化門에 들어서면서 크게 놀라며 말하기를, "나는 집에 돌아가지 못하겠구나." 하였다. 그의 이름이

'대우大羽'였기 때문이었는데, 그로부터 얼마 안 되어 부음訃音이 이르렀다.

위 간찰은 바로 아들 신현이 아버지 신대우에게 성천에 부임한 직후에 소식을 전하는 편지이다. 신대우(1735~1809)는 본관이 평산平山, 자는 의부儀夫, 호는 완구宛丘이다. 할아버지는 우승지 신택하申宅夏이며, 아버지는 의영고 판관義盈庫判官을 지낸 신성申晟이다. 1784년(정조8)에 음보蔭補로 선공감역繕工監役에 기용되어 사도시 주부司導寺主簿, 동부 도사東部都事, 경릉 령敬陵令을 거쳐, 9년 동안 음성 · 강동 · 청도의 수령을 지냈다. 1799년에 학문과 덕행의 훌륭함을 인정받아 원자궁元

宛丘遺集卷之一

雜著

皐陶執法疑

男 縉綽絅 編校

桃應問於孟子曰舜爲天子皐陶爲士瞽瞍殺人則如之何孟子曰執之而已矣然則舜不禁與曰夫舜惡得以禁之舜視棄天下猶敝屣也竊負而逃遵海濱而處終身訢然樂而忘天下說者曰有君臣然後法生焉法者所以衛其君也苟爲無君法不徒行瞽瞍者何爲者也吾君之父也知吾君之不安於位而執之與弗忠孰之而不知吾君之不安於位與弗孝爲人臣有一於此爾將自執之不假而假執人乎哉是故法有時乎屈伸輕重之謂也輕重不相奪而法立于中徒能區區三尺之末而莫恤有所重安用法爲商鞅後世一酷吏猶曰君嗣不可刑曾謂皐陶而不知君之父之不可刑也且方舜之竊負也天下之人不當一日無君將復迎舜而

신대우의 『완구유집』

子宮의 요속寮屬으로 발탁되어 동궁東宮(뒤의 순조)을 보필하였으며, 3년 뒤에 동궁이 세자로 책봉되자 세자익위사世子翊衛司의 익위에 제수되었다. 순조가 즉위한 뒤에 그 공로로 1801년(순조1)에 우부승지에 제수되었고 그로부터 수년간 열세 번이나 승지에 임명되었다.

젊은 시절에 이덕윤李德胤을 비롯하여 이광려李匡呂 · 남건복南建福 · 이영익李令翊 · 이충익李忠翊 등과 교유 관계가 깊었다. 시문詩文과 서예書藝에 능하였다. 저서로는『완구유집宛丘遺集』이 전해지는데, 아들 신작과 신현이 부친이 생전에 편집한 문집에 편차를 수정하여 사각형의 예서체로 목판에 새겨 1820년 간행하였다.

(김현영)

14 김영작金永爵이 송정옥宋鼎玉에게 보낸 편지

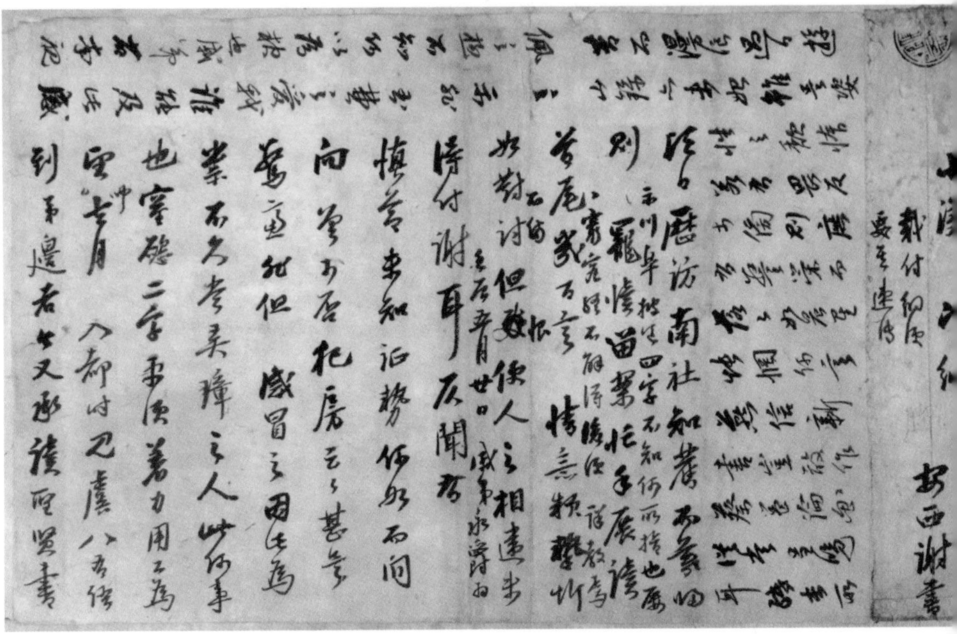

김영작 간찰, 「간독簡牘」

小渼卽納	安西謝書
裁付綱便 要其速傳	

頃日 歷訪南社知舊而暮歸 則寵牘留案 忙手展讀 首尾幾百言 情意款摯 忻如對討 但恨便人之相違 未得付謝耳 仄聞有愼節 未知証勢何如 而間向差可否 犯房云云 甚是驚慮 非但感冒之因此爲祟 不久當弄璋之人 此何事也 窒慾二字 更須著力用工爲望 聞去月入都時 見虞八有語到弟邊者 今又承讀聖賢書之示 非玉壺之愛我 誰能及此 感佩之極 不知何以爲報也 戚弟省率視昔 而漫浪過日 遊山錄亦未始 雖是姿性之頹惰 若有畏友於傍 則庶

有警策 而落落如晨星 悵惘何言 燕信新書 豈敢作 蔡邕論衡 從當呈覽耳 紙末所示 川皐披送四字 不知何所指也 屢屢窮究 終不解得 後便詳敎焉 不備

壬辰五月卄日 戚弟永爵拜

소미에 곧장 보냄.	안서에서 답장
경재의 편에 부치니 속히 전달하기를 바람.	

지난 번 남사南社의 오랜 벗들을 만나고 늦게야 돌아왔는데 보내주신 편지가 책상에 놓여 있어 바삐 펼쳐보았습니다. 앞뒤 몇 백자에 정다운 뜻과 반가움이 가득하였으니 마치 마주 보고 말하는 것과 같았습니다. 다만 인편이 어긋나 답장을 부칠 방법이 없는 것이 한스러울 따름입니다. 얼핏 듣기로 병환이 있다고 하던데, 증세가 어떠신지 모르겠습니다. 근래에 차도가 있으신지요? 범방犯房 운운하는 것은 심히 놀라고 염려가 되었는데, 이는 감기의 원인이 되는 빌미가 되었을 뿐만이 아니니, 오래지 않아 아들이 태어나게(弄璋) 될 사람이 이 무슨 일이란 말입니까? '질욕窒慾' 두 자에 대해 다시금 모름지기 힘써 공부하시기를 바랍니다. 듣건대 지난달 도성에 들어오셨을 때 우팔虞八을 보고 말씀을 나누셨다고 하고 저에 대한 얘기를 하셨는데, 지금 또한 성현의 책을 읽으라는 가르침을 받았으니, 그대(玉壺)가 저를 아끼는 마음이 아니라면 누가 이처럼 하겠습니까? 감사드리는 마음이 지극하여 어떻게 보답해야 할지 모르겠습니다.

저는 부모님을 모시면서 예전처럼 지내며 허랑하게 날을 보내고 있으니, 유산록遊山錄은 아직 시작도 못하고 있습니다. 비록 타고난 성격이 나태하더라도 만일 곁에 경외하는 벗이 있다면 아마도 나를 꾸짖고 깨닫게 하는 바가 있을 텐데 그러한 친구가 새벽 별처럼 드무니, 근심스럽고 걱정되는 마음을 어찌 말하겠습니까? 연신燕信의 『신서新書』같은 책은 어찌 감히 짓겠습니까? 채옹蔡邕이 보급한 『논형論衡』 정도의 수준으로는 마땅히 바치어 보여드리도록 할 따름입니다. 편지 끝에 말씀하신 '천고피송川皐披送' 네 글자는 무엇을 가리키는지 모르겠으니 누누이 궁구해도 끝내 풀 수가 없습니다. 다음 인편을 통해 상세히 말씀해 주시기 바랍니다. 이만 줄입니다.

임진년(1832) 5월 20일. 척제戚弟 영작永爵이 절하고 올립니다.

해 설

이 편지는 조선 후기의 문신인 김영작金永爵(1802～1868)이 성재시成載詩의 편에 자신의 친구인 송정옥宋鼎玉(1801～?)에게 보낸 편지이다. 김영작金永爵은 본관이 경주慶州, 자는 덕수德叟, 호는 소정邵亭이다. 충주 목사 사직思稙의 아들이며, 영의정 홍집弘集의 아버지이다. 1838년(헌종4) 음보蔭補로 정릉 참봉靖陵參奉이 되었고, 1843년 식년문과에 갑과로 급제, 이조 참판 및 사헌부 대사헌, 홍문관 제학, 목사牧使 등을 역임한 뒤 고종 초기에 개성 유수를 지냈다. 경사經史에도 밝았으며 시문에도 능하였다. 저술로는 『소정고邵亭稿』 6권과 『청묘의례淸廟儀禮』 10권이 있다.

편지가 쓰여진 1832년은 김영작이 아직 관직에 제수되기 전으로, 이 세 명은 같은 시사에서 활동하며 두터운 친분을 유지했던 것으로 보인다. 이들이 활동했던 시사는 편지 첫머리에 '남사南社의 벗들을 만나고 돌아왔다.'는 구절을 통해 알 수 있는데, 여기서 말하는 남사는 바로 이도사履道社를 가리킨다. 시사의 명칭은 그의 칠언율시인 「추우 기이도사제우秋雨寄履道社諸友」라는 작품에서도 드러난다. 당나라 회창會昌 연간에 백거이白居易(772~846)가 태자 소부太子少傅로 치사致仕한 후, 낙양에 거처하면서 여섯 명의 벗과 이도리履道里의 집에서 함께 연회를 열어 연장자를 받드는 모임인 '구로상치지회九老尙齒之會'를 가졌는데, 이 모임에서 '이도'란 글자를 취하여 시사의 이름으로 명명한 듯하다. 이도회에는 성재시와 송정옥을 비롯하여 김정집, 성원호 등 여러 인물들이 함께 하였다. 송정옥과 김영작은 집안끼리의 교류나 사제관계 등의 기

김영작의 『소정시집』

김영작의 묘소, 고양시 덕양구 대자동

록이 특별히 보이지 않는 점으로 보아, 이러한 시사와 같은 친목 모임을 통해 두터운 교분을 나누었던 듯하다.[(박상환, 『소정 김영작의 한시와 시사활동 연구』(성균관대학교, 석사학위논문, 2011)]

이 편지의 곳곳에서 두 사람 간의 격의 없는 대화 내용이 이어지는데, 그 중 흥미로운 것은 '범방犯房'과 관련한 것이다. 범방은 남녀가 성관계를 갖는 것을 의미하는데, 아마도 송정옥은 김영작에게 이전에 보낸 편지에서 자신의 외도에 대해 솔직하게 털어놓은 듯하다. 이를 알고 놀란 김영작은 송정옥에게 '질욕窒慾' 두 글자에 대해 다시금 힘써 공부하라는 은근한 조언을 하였다. 이와는 반대로, 송정옥 또한 친구인 우팔虞八 성원호成元鎬를 통해 성현의 책을 많이 읽으라고 김영작에게 말하였다. 서로를 향한 조언을 주거니 받거니 하면서 이 두 사람의 우정은 점차 쌓여갔다.

하지만 두 사람은 이러한 시답잖은 얘기만 나누던 사이가 아니다. 김영작의 문집인 『소정고邵亭稿』를 살펴보면, 송정옥에게 보낸 편지인 「답송옥호서答宋玉壺書」가 실려 있는데 여기에서 두 사람은 '경敬'에 대해 토론하였다. 이 편지를 전달한 성재시에게 쓴 「여성경재서與成絅齋

書」 또한 『소정고』에 나란히 실려 있는데, 여기에서 김영작은 성재시와 육롱기陸隴其의 학문에 대해 논하였다. 이처럼 김영작과 그의 벗들은 편지를 통해 자신의 일상 생활을 공유한 것뿐만이 아니라, 치열한 학문적 교류도 게을리 하지 않았음을 알 수 있다.

절친한 사이였던 이 둘은, 후에 김영작의 넷째 아들인 김증집金增集과 송정옥의 딸이 혼인을 하게 되면서 사돈 관계를 맺기에 이른다. 막역하게 교유하던 벗에게 자신의 자식을 혼인시킨 김영작과 송정옥. 나태한 자기 자신을 꾸짖고 깨닫게 하는, 새벽 별처럼 드문 경외할만한 벗. 두 사람에게 서로는 아마도 이러한 의미가 아니었을까.

피봉의 '재부경편'의 경은 경재絅齋 성재시成載詩를 가리킨다. 편지의 발신인인 김영작, 수신인인 송정옥과 함께 교분이 두터웠다. 옥호玉壺는 수신인인 송정옥宋鼎玉(1801~?)의 호인데, 얼음을 담는 옥병으로 사람의 인품과 덕성이 맑고 깨끗함을 비유하는 말이다.

(윤선영)

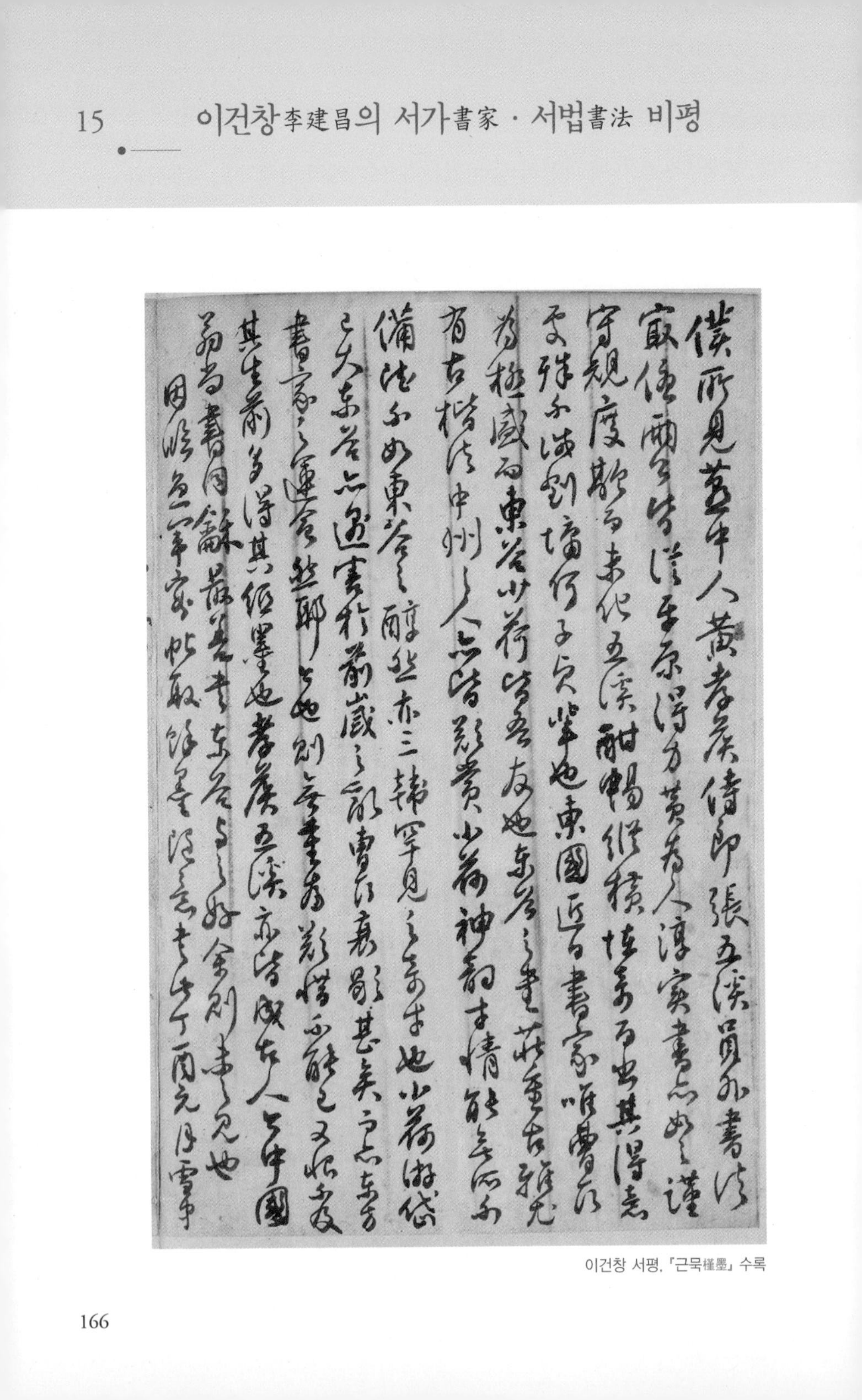

이건창 서평, 『근묵槿墨』 수록

僕所見燕中人 黃孝候侍郎張五溪員外 書法最優 兩公皆從平原得力 黃爲人淳實 書亦如之 謹守規度 融而未化 五溪酣暢縱橫 怪奇百出 其得意處殊不減劉慵何子貞輩也 東國近日書家 唯曹氏爲極盛 而東谷少荷皆吾友也 東谷之書 莊重古雅 尤有古楷法 中州之人 亦皆歎賞 少荷神韻才情 能無所不備 雖不如東谷之醇然 亦三韓罕見之奇才也 少荷游岱已久 東谷亦遇害於前歲之亂 曹氏衰歇甚矣 而亦東方書家之運會然耶 今也則無 重爲歎惜不能已 又恨不及其生前多得其紙墨也 孝候五溪亦皆成古人 今中國翁尙書同龢最善書 東谷與之好 余則未之見也
因臨魚軍容帖 取餘墨隨意書此
丁酉元月 雪中

제가 연경에서 본 사람 중에 황효후黃孝侯 시랑과 장오계張五溪 원외의 서법이 가장 우수했습니다. 두 공은 모두 평원平原 태수 안진경에게서 필력을 얻었습니다. 황은 위인이 순실淳實한데, 글씨 또한 인품과 같아 법도를 삼가 지키기 때문에 융합하기는 하나 변화하지는 않습니다. 오계의 글씨는 시원하고 활달하여 온갖 기괴함이 표출됩니다. 그의 잘된 글씨는 유용劉墉, 하자정何子貞 무리에 못지않습니다. 요즘 동국의 글씨는 오직 조씨曹氏만이 극성한데, 동곡東谷과 소하少荷가 모두 저의 친구입니다. 동곡의 글씨는 장중하고 고아한데, 고해법古楷法에 더욱 뛰어나 중국 사람들도 모두 보고는 감탄합니다. 소하는 신운과 재능을 갖추지 않은 것이 없어, 비록 동곡의 순수함에는 미치지 못하나 역시 우리나라에 드문 훌륭한 인재입니다. 소하는 타계한 지 오래 되었고 동곡도 작년 난리에 해를 입어 조씨의 쇠퇴가 심한데, 동방 서가書家의 운명 또한 그런 것 아니겠습니까? 이제는 그들이 없어 더욱 탄식과 안타까움을 금할 수 없습니다. 또 그들의 생전에 글씨를 많이 얻어 두지 못한 것이 아쉽습니다. 효후와 오계도 모두 고인이 되었습니다. 지금 중국에는 옹동화翁同龢 상서尙書가 글씨를 제일 잘 쓰는데, 동곡이 그와 잘 지냈으나 나는 만난 적이 없습니다.

어군용첩魚軍容帖을 임서하고 남은 먹으로 생각나는 대로 쓰다.

1897년(광무1) 정월 눈이 내릴 때.

* 황효후(黃孝侯) : 청나라 서화가 황옥(黃鈺)을 가리킴. 조선의 강위(姜瑋) 등과 교류가 많았음.
* 장오계(張五溪) : 청나라 서화가 장세준(張世準, 1823～1891). 오계는 그의 출신지. 자는 숙평(叔平), 호는 이유산인(二酉山人). 강위 등과 교류하였음.
* 평원(平原) : 당나라 안진경(顔眞卿)을 가리킴. 평원태수를 지냈음.
* 유용(劉墉) : 1719～1805. 청나라 서화가. 자는 숭여(崇如), 호는 석암(石庵). 진한 먹을 애용하였고, 첩학파의 대성자임. 그의 글씨체는 조선 후기의 현판, 주련 등에 많은 영향을 끼쳤음.
* 하자정(何子貞) : 청나라 서예가 하소기(何紹基, 1799～1873). 자정은 그의 자, 호는 동주거사(東洲居士). 안진경을 배우고 완원을 사사하여 금석비첩에 전념하였음.
* 동곡(東谷) : 조인승(曺寅承, 1842～1896)의 호. 자는 경빈(景賓), 본관은 창녕.
* 소하(少荷) : 조경승(曺慶承, 1846～?)의 호. 자는 동보(同甫), 본관은 창녕.
* 옹동화(翁同龢) : 1830～1904. 청말의 학자이자 서예가. 자는 숙평(叔平), 호는 운재(韻齋)·송선(松禪)·병암거사(瓶庵居士).
* 어군용첩(魚軍容帖) : 당나라 안진경의 『쟁좌위첩(爭座位帖)』의 별칭. 어군용에 관한 이야기가 실려 있음.

해 설

이 작은 종이에 필사된 글씨는 조선 말기의 대문장가인 영재寧齋 이건창李建昌(1852~1898)이 작성한 초고본이다. 이건창은 본관이 전주全州, 자는 봉조鳳朝(또는 鳳藻), 호는 영재寧齋 · 명미당明美堂이다. 할아버지는 이조 판서를 지낸 이시원李是遠이고, 아버지는 증 이조 참판 이상학李象學이다. 선대 때부터 강화에 살았으므로 지행합일知行合一을 주장하는 양명학陽明學을 추종한 강화학파江華學派의 학문태도를 실천하였다.

이건창은 1866년(고종3) 15세의 어린 나이로 별시 문과別試文科에 병과로 급제했으나 너무 일찍 등과했기 때문에 19세에 이르러서야 홍문관직에 나아갈 정도로 어려서부터 영민하기 비할 데 없었다. 한말의 문장가 김택영金澤榮이 우리나라 역대의 문장가를 추숭하여 여한구대가麗韓九大家라 하여 아홉 사람을 선정하였는데, 그 마지막으로 이건창을 꼽은 것을 보면, 이건창이 당대의 문장가일 뿐 아니라 우리나라 역사를 통해 몇 안 되는 대문장가의 한 사람이라고 해도 과언이 아니다. 이건창은 글씨에도 뛰어났으며 성품이 매우 곧아, 병인양요 때에 강화에서 자결한 할아버지의 유지를 받들어 개화를 뿌리치고 철저한 척양척왜주의자로 일관하였다. 저서로 『명미당집明美堂集』과 『당의통략黨議通略』을 남겼다.

이 글은 형식으로 보아 어떤 편지에 첨부되었던 별지別紙로 볼 수도 있고, 내용을 감안하면 어떤 사실을 잊지 않기 위해 적은 비망록備忘錄, 즉 차기箚記에 속하는 글로 보아도 좋다. 조선의 학자들은 이런 형식의 차기를 적극 활용하였으니, 독서하며 마음에 드는 구절을 적기도 하고, 견문한 바를 메모하기도 하였으며, 어떤 사안을 논증하기 위해 적기도 하였다.

글의 내용은 영재가 살던 당시의 중국과 조선의 유명한 서가書家와 그 작품에 대해 자신의 평가를 적은 것이다. 이건창이 중국 인사들의 글씨에 관심이 많은 것은 1876년(고종13) 25세의 나이에 서장관書狀官에 발탁되어 청나라에 가서 황옥黃鈺·장가양張家驤·서보徐郙를 비롯한 청나라 인사들과 교유하며 시를 다수 수창한 것이 계기가 되었다. 그 후로도 이건창은 중국 인사들의 소식이나 학문 등에 줄곧 관심을 두었던 듯하다.

황효후黃孝侯는 청나라 서화가 황옥黃鈺인데, 조선의 강위姜瑋 등과 교류가 많았던 인사이고, 장오계張五溪는 청나라 서화가 장세준張世準(1823~1891)인데, 이 둘은 영재가 연행시에 직접 만난 사람으로 모두 안진경顏眞卿을 배워 필력을 얻어 서법이 가장 우수했다고 회상하였다. 그 중에 장세준은 청나라의 유명한 서화가 유용劉墉(1719~1805)과 하소기何紹基(1799~1873)보다 못하지 않다고 평가하였다. 그 중 유용은 조선 후기 우리나라 궁궐의 현판과 주련에도 많은 필적이 남아 있기도 하다.

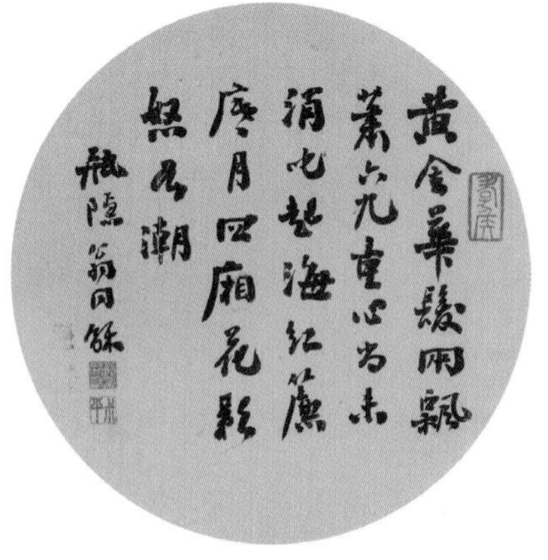
옹동화 글씨

영재가 보기에 현재 중국에

서 가장 글씨를 잘 쓰는 사람은 옹동화翁同龢(1830~1904)로 보았는데, 그는 청말의 학자이며 서예가로 자는 숙평叔平이고 호는 운재韻齋·송선松禪·병암거사瓶庵居士이다. 그의 글씨는 비학파 융성 시대에 안진경을 추종하여 첩학파의 장점을 살렸다고 평가되는데, 결국 영재와 만난 적은 없다고 하였다.

영재가 보기에 근래 우리나라의 글씨는 오직 조씨曹氏 집안만이 극성하여 동곡東谷 조인승曺寅承(1842~1896)과 소하少荷 조경승曺慶承(1846~?)이 모두 친구라고 하였다. 동곡의 글씨는 장중하고 고아한데, 고해법古楷法에 더욱 뛰어나 중국 사람들도 모두 감탄하고, 소하는 신운과 재능을 갖추지 않은 것이 없어, 비록 동곡의 순수함에는 미치지 못하나 역시 우리나라에 드문 훌륭한 인재라고 하는데, 이는 이 둘의 글씨 세계에 대한 믿을만한 평이라 하겠다.

그런데 특이한 점은 조인승이 1896년(고종33) 춘천부 관찰사가 되었는데, 그 해 명성황후明成皇后 시해사건으로 전국적으로 의병이 봉기하자, 춘천의 이항로李恒老의 문인 이소응李昭應의 의병부대에 의해 살해되었다. 이를 영재는 조씨의 쇠퇴만이 아니라 우리나라 서가書家의 운명이 침체된 것이라고 애통해하였다.

초서로 된 이러한 자료는 이건창의 예술세계를 논할 때 매우 중요한 자료가 될 뿐만 아니라, 조선 말기의 서예계와 서예가에 대한 권위 있는 평론을 제공하는 면에서 매우 귀중하다 하겠다.

(김채식)

汝者如何是佛眼云汝是惠超

僧云如何保任證得則[illegible]師云

云一翳在眼空花亂墜[illegible]

便問此法何時證得發[illegible]

一字毫詳細知須從悟生

생각과 실천

방한암
한용운
최익현
기정진
김정희
이서구
박제가
유득공
성대중
이중환
송시열
이이
이황
법장

01 당나라 숭복사崇福寺 승려 법장法藏이 동문 선배인 신라 의상義相 스님에게 보낸 편지

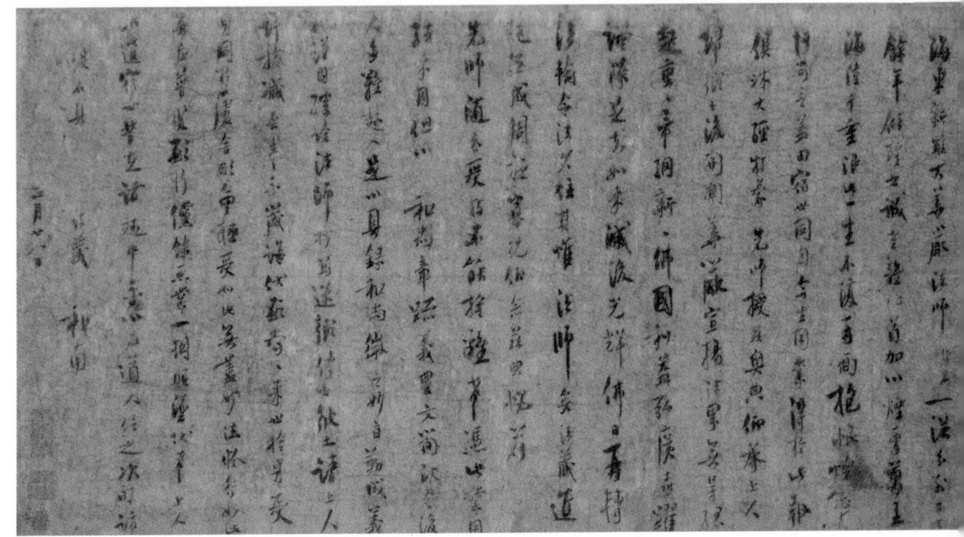

법장 간찰, 천리대 도서관

唐西京崇福寺僧法藏致書於海東新羅大華嚴法師侍者 一從分別 二十餘年 傾望之誠 豈離心首 加以煙雲萬里 海陸千重 限此一生 不復再面 抱恨懷戀 夫何可言 蓋由宿世同因 今生同業 得於此報 俱沐大經 特蒙先師授玆奧典 仰承上人 歸鄉之後 開闡華嚴 宣揚法界無㝵緣起 重重帝網 新新佛國 利益弘廣 喜躍增深 是知如來滅後 光輝佛日 再轉法輪 令法久住 其惟法師矣 法藏進趣無成 周旋寡況 仰念玆典愧荷先師 隨分受持 不能捨離 希憑此業 用結來因 但以和尙章疏 義豊文簡 致令後人多難趣入 是以具錄和尙微言妙旨 勒成義記 謹因勝詮法師 抄寫還鄉 傳之彼土 請上人詳檢藏否 幸示箴誨 伏願當當來世 捨身受身 同於盧舍那會 聽受如此無盡妙法 修行如此 無盡普賢願行 儻餘惡業 一朝顚墜 伏希上人 不遺宿世共在諸趣中 示以正道 人信之次 時訪[存]沒 不具 法藏和南

正月廿八日

당나라 서경西京 숭복사崇福寺의 승려 법장은 바다 동쪽 신라의 대화엄법사님 시자에게 글을 전합니다. 한번 헤어진 후 이십여 년이지만 그리워하는 마음이 어찌 마음에서 떠나겠습니까. 더욱이 구름 멀리 만리 바깥으로 바다와 육지가 천 겹이나 되어, 이번 생애에는 다시 뵙지 못할 듯하니 가슴 속의 안타까움과 그리움을 어찌 다 말할 수 있겠습니까. 아마도 과거 생에 같은 인연을 맺고 이번 생에 같은 업業을 쌓아, 이와 같이 함께 대경大經(화엄경)에 목욕하는 과보를 받았고, 특별히 선사先師(지엄智儼)께서 심오한 경전을 가르쳐주시는 은혜를 입은 것이겠지요. 듣건대 스님(上人)께서는 고향에 돌아가신 후에 화엄의 가르침을 크게 열고 법계무애연기法界無礙緣起의 가르침을 선양하여, 제망帝網을 더욱 두텁게 하고 불국佛國을 더욱 새롭게 하면서 크고 넓게 이익을 베푸신다고 하니 기쁘기 한량없습니다. 이에 여래께서 열반에 드신 후에 불일佛日을 빛나게 하고 법륜法輪을 다시 굴려서 (부처님의) 법이 오랫동안 지속되게 하는 사람이 바로 법사라는 것을 알겠습니다. 저(法藏)는 나아감에 이룬 것이 없고 노력도 부족하지만, 이 경전(의 가르침)을 선사로부터 외람되게 받은 은혜를 생각하면서 자기 분수에 맞게 간직하면서 거기에서 벗어나지 못하고, 이 노력에 기대어 내세에 좋은 인연을 맺게 되기 바라고 있습니다. 다만 스승님(和尙)의 글들이 뜻은 풍부하지만 문장이 간략하여 뒷사람들이 따라서 이해하는데 많이들 어려워하므로, 이에 스승님의 은밀한 말과 오묘한 가르침을 자세히 기록하여 의기義記로 묶었습니다. 이제 승전勝詮 법사가 (그것을) 베껴 고국으로 돌아가 그곳에 전하고자 하니 스님(上人)께서는 그 잘되고 못됨을 자세히 살펴보시고 가르침을 주시기 바랍니다. 삼가 바라건대 미래의 생애에 몸을 버리고 새로 받을 때마다 함께 비로자나불의 회상에서 이와 같은 다함이 없는 오묘한 가르침을 듣고, 이러한 다함이 없는 보현보살의 원행願行을 닦고자 합니다. 혹시라도 남은 악업으로 어느 날 나쁜 곳에 떨어지더라도 스님께서는 과거의 인연을 버리지 마시고 어느 곳에서나 바른 길로 인도해주시기 바랍니다. 사람에 글을 부쳐 안부를 여쭙니다. 형식을 갖추지 못합니다. 법장 화남和南.

정월 28일.

* 화남(和南) : 승려들이 편지 말미에 붙이는 인사말.

해 설

당나라 화엄학을 집대성한 법장法藏(643~712) 스님이 중국 유학을 마치고 신라로 귀국하는 승려를 통해 동문 선배 의상義相(625~702) 법사에게 부친 편지이다. 편지에는 보낸 해가 기록되어 있지 않지만 편지 내용 중에 헤어진 지 20여 년이라는 구절이 있는 것으로 보아 의상이 신라로 귀국한 때로부터 20여 년이 지난 690년대에 작성된 것으로 생각된다.

의상 법사는 661년(문무왕1) 당나라에 건너가 장안長安 남쪽 종남산終南山 지상사至相寺의 지엄智儼(602~668) 스님으로부터 『화엄경』의 가르침을 배웠는데, 같은 시기에 아직 정식으로 출가하지 못한 사미의

지상사

신분이었던 법장 스님도 함께 공부하였다. 지엄 스님이 입적한 후에도 지상사에 머물며 스승의 가르침에 따라 수행하고 있던 의상 법사는 백제 고토의 영유권을 둘러싸고 신라와 당나라 사이에 갈등이 심화되는 상황에서 당나라가 신라의 사신들을 억류하고 신라 침공을 준비하는 상황을 전하기 위해 671년(문무왕11) 급히 귀국하였다. 의상의 보고를 통해 당나라의 침공 계획을 알게 된 신라는 군사적으로 대비하는 한편 사죄사를 파견하여 당나라 황실에 유화적 태도를 보임으로써 위기를 벗어날 수 있었다. 신라 왕실은 의상의 공로를 인정하여 토지와 노비 등을 내려주며 우대하였지만, 의상은 이를 사양하고 경주에서 멀리 떨어진 태백산으로 들어가 스승 지엄이 그리하였던 것처럼 문도들과 함께 청정하고 소박하게 생활하며 명상수행을 통한 삼매의 깨달음을 추구하였다. 한편 지엄 스님 입적 이후 뒤늦게 정식 출가한 법장 스님은 학문적 재능을 인정받아 측천무후에게 발탁되었고, 이후 측천무후가 건립한 주요 사찰에 주석하면서 화엄학을 강의하는 동시에 스승의 가르침을 선양하는 많은 문헌을 찬술하였다. 의상 법사가 신라에 돌아온 이후 두 사람은 다시 만날 기회를 갖지 못하였지만 같은 스승의 문하에서 오랜 기간 함께 공부했던 두 사람은 서로에 대한 경모의 마음을 잃지 않고 서로를 염려하며 배려하였다. 의상 법사는 중국에 유학가는 승려를 통해 법장 스님에게 금 9푼을 보냈는데, 법장은 그에 대한 답례로 자신의 문하에서 공부하고 신라로 귀국하는 승전勝詮 스님 편에 자신이 찬술한 저술들과 인도의 정병 하나를 선물하며 이 편지를 보내었다.

이 편지는 19세기 초에 중국 베이징의 골동품 상가인 유리창에서 발견되어 청나라 고종高宗의 아들인 성철친왕成哲親王의 소장품이 되었다가 이후 여러 소장가를 거쳐 1950년대에 일본으로 흘러들어가 현재는 텐리대天理大 도서관에 소장되어 있다. 편지 원문은 세로 34.8cm · 가로 68.7cm 크기의 마지麻紙로 되어 있으며, 그 앞과 뒤에 표지와 후대인의 발문이 첨부된 두루마리 형태를 하고 있다. 원나라 말기의 문인 12인과 19세기 초의 청나라 명사 6인이 쓴 발문에는 이 편지의 전래 과정을 알 수 있는 내용들이 수록되어 있다. 원나라 말기의 발문들은 1354년(공민왕3)에서 1364년(공민왕13) 사이의 것으로, 당시 이 편지가 절강성 소흥紹興 보림사寶林寺의 승려 별봉別峯에 의해 소장되고 있음을 이야기하고 있고, 19세기초의 발문들은 이 편지가 유리창에서 발견된 이후의 상황에 대하여 이야기하고 있다. 이들로 볼 때 이 편지는 13세기 중엽에 처음 세상에 나타난 후 오랫동안 잊혀졌다가 19세기에 다시 세상에 나와 주목을 받게 된 것을 알 수 있다.

종이의 지질과 서체 등으로 볼 때 당나라 시기의 것으로는 평가되고 있지만, 이 편지가 법장이 의상에게 보낸 편지 원본인지에 대해서는 다양한 의견이 제시되어 있다. 원본으로 보는 사람들은 의상의 문도들이 소장하고 있던 것이 신라 혹은 고려시대에 중국에 유학 온 승려에 의해 중국으로 역수입되었을 것으로 이야기하고 있고, 원본이 아닌 것으로 보는 입장에서는 법장에 의해 작성된 편지의 초고본이거나 법장의 문도들에 의해 작성된 부본副本일 가능성을 제시하고 있다. 이 편지가 중국에 처음 출현한 원나라 시기에는 고려와 원나라의 교류가 매우 활발하였고, 특히 절강성 지역으로 유학하는 고려 승려나 고려를 방문하는 절강성 출신 승려들이 많았다. 이러한 불교계의 교류 속에 의상의 문도들에게 전래되던 편지의 원본 혹은 그것을 베낀 사본이 중국으로 전해진 것이 아닌가 생각된다.

이 편지의 내용은 대각국사 의천이 편찬한 『원종문류圓宗文類』(권22)와 일연이 편찬한 『삼국유사』(의해편 「義湘傳教」)에도 전재되어 있는데, 약간 글자의 차이가 있다. 옮겨 적는 과정에서 생긴 오류로 생각된다. 『원종문류』와 『삼국유사』에는 법장이 보낸 책의 목록과 두 사람이 주고받은 선물 내역이 적힌 별폭別幅의 편지 내용도 함께 수록되어 있다.

(최연식)

퇴계退溪 이황李滉의 편지

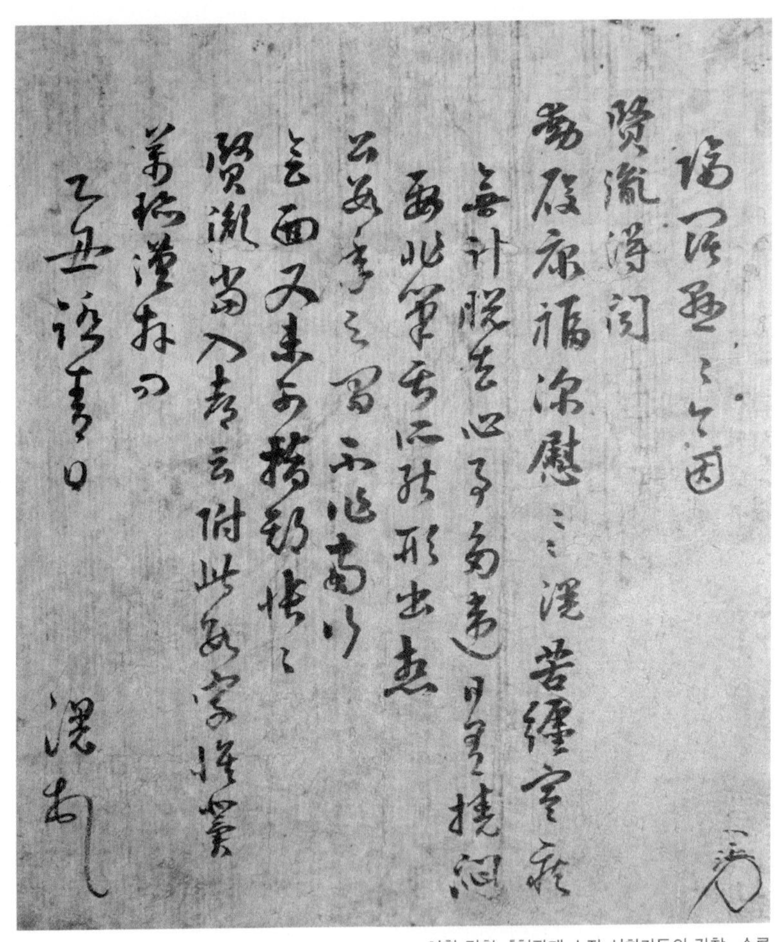

이황 간찰, 『청관재 소장 서화가들의 간찰』 수록

隔闊懸懸 今因賢胤 得聞動履康福 深慰深慰 滉苦纏寒疾 無計脫去 心事多違 日有撓悶 要非筆舌所能形出 想公數年之間 不作南行 會面又未可指期 悵悵 賢胤當入都云 附此數字 惟冀萬珍 謹拜問

乙丑踏靑日 滉 頓

소식이 격조하여 그리워하던 중에 지금 아드님을 통해 편안히 지내신다 들으니 매우 위로가 됩니다. 저는 괴롭게도 감기에 걸려 벗어날 계책이 없습니다. 마음에 품은 일은 어긋나는 일이 많아 날로 고민이 됩니다만 필설로 다 할 수 있는 것이 아닙니다. 생각해보니 공께서는 수년 동안 남쪽으로 오시지 않으니 얼굴 볼 날도 기약할 수 없어 안타깝습니다. 아드님이 마침 서울로 간다고 하기에 몇 자 적어 보냅니다. 여러 가지로 잘 되시기를 바라면서 삼가 안부를 묻습니다.

을축년(1565) 답청일. 황滉 올림.

해 설

퇴계退溪 이황李滉(1501～1570)이 답청일에 지인에게 보낸 편지이다. 답청일踏靑日은 음력 2월11일이다. 개울이나 강에 나가 물고기를 잡고 들에 나가 쑥을 뜯으러 쏘다니며 푸른 풀을 밟는다하여 답청일이라 한다.

이 편지는 수신인이 누구인지 알 수 없지만, 편지 내용으로 볼 때 서울에 있는 사람으로 수 년 동안 이황이 살고 있는 남쪽에 오지 않은 상황임을 알 수 있다. 마침 수신인의 아들이 와서 부친의 소식을 전하고, 그가 서울에 가는 편에 안부 편지를 보내고 있다.

이황은 본관이 진성眞城, 자는 경호景浩, 호는 퇴계退溪이다. 조선의 대학자로 많은 저술과 간찰과 시문을 남겼다. 『퇴계전서退溪全書』가 있지만 그의 전체 작품을 포괄하지 못하고 있다. 『정본 퇴계전서定本退溪

全書』를 편성하여 전체 작품을 포괄하려는 작업이 진행 중이다.

"퇴계 선생에게 서법은 도덕 가운데 하나의 기예일 뿐이었다. 그러나 세상에서 선생의 도덕을 존경하여 사모하는 사람들에게는 지극하지 않은 것이 없었다. 비록 한 조각 말과 한 개의 글자라도 보배롭게 여겨 간직하여 널리 전하려고 하지 않는 사람이 없었다.(退溪先生之於書法 特其道德中一藝爾 然而世之知敬慕先生之道德者 無所不至 則雖片言隻字 莫不寶藏而欲其廣傳焉)"

도선서당

최흥원崔興源(1529~1603, 자는 復初, 호는 松泉)은 퇴계가 베낀 주희朱熹(1131~1200, 자는 元晦, 호는 晦庵)가 지은 「칠선생유상찬七先生遺像贊」을 퇴계의 조카인 이교李喬에게 얻어 돌에 새겨 복사하여 여러 사람들과 공유하고자 하였다. 심대沈岱(1546~1592, 자는 公望, 호는 西墩)는 그 앞에 지志를 지었다. 만력 갑신년 1584년의 일이다. 목판본이 『퇴계학문헌전집4』(계명한문학연구회 연구자료총서1)에 실려 있고 『퇴계학연구총서21』(퇴계학연구원)에 번역문과 자료가 실려 있다. 퇴계는 2500수 이상의 시를 남기고, 3000통 이상의 편지를 남겼다. 『주자서절요』와 『송계원명이학통록』 『성학십도』 등의 방대한 저술과 많은 논설문도 남겼다. 퇴계는 선인들의 문장이나 시구 가운데서 귀감이 될 만한 것은 친히 써서 자신이 읽거나 제자들에게 나누어주곤 하였다. 그가 남긴 글씨를 그의 300여 문인들과 그 후학들은 보배로 여기지 않음이 없었기 때문에 퇴계의 경우에는 많은 친필본이 발견되고 있다. 월천 조목이 받은 편지를 모은 『사문수간斯文手簡』, 퇴계가 직접 쓴 『매화시첩』, 『도산잡영』, 『퇴계잡영』 등이 대표적인 작품이다. 고간찰연구회에서 20년 동안 강독하며 그의 친필을 많이 접할 수는 없었다. 그러나 『청관재 소장 서화가들의 간찰』에 실린 두 통의 간찰은 『퇴계집』에서는 볼 수 없는 수결이 분명한 귀한 작품들이며, 두 편의 시도 『퇴계집』에는 실려 있지 않지만 『퇴계집』의 간찰에서 그 내용이 언급되고 있는 작품들이다.

(이광호)

03 이이李珥가 이 직장李直長에게 보낸 편지

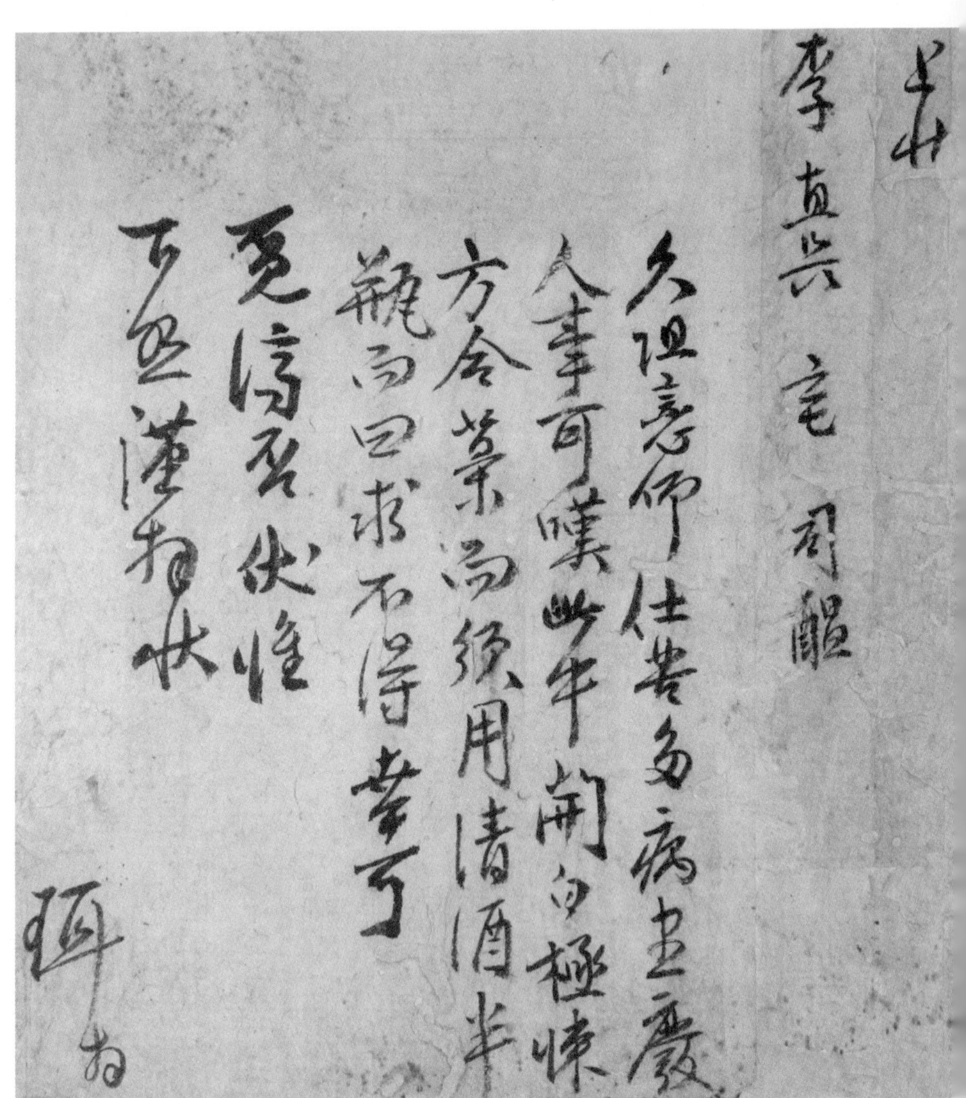

이이 간찰, 『청관재 소장 서화가들의 간찰』 수록

上狀 李直長宅 司醞	사온서 이 직장 댁에 편지를 올립니다

久阻戀仰 仕苦多病 盡廢人事 可嘆 此中開白極悚 方合藥 而須用淸酒半瓶 而四求不得 幸可覓濟否 伏惟下照 謹拜狀
珥 拜

오랫동안 소식이 없어 그립습니다. 벼슬하느라 고생하고 병이 많아 사람 도리를 모두 폐하였으니 안타깝습니다. 여기에서 말씀드리기 매우 죄송합니다만, 지금 막 약을 짓고 있는데 청주 반 병이 꼭 필요합니다. 사방으로 구해 보았으나 구하지 못하였습니다. 혹 구하여 보내주실 수 있겠습니까? 살펴주시리라 생각하며 삼가 서신을 올립니다.

이珥 올림

해 설

율곡栗谷 이이李珥(1536~1584)가 사온서 직장 이 아무개에게 보낸 편지이다. 고달픈 벼슬 생활과 많은 병으로 사람 도리를 못한다고 탄식을 하면서, 지금 약을 짓고 있는데 약에 쓸 청주 반 병이 꼭 필요하니, 구해서 보내달라는 내용이다. 사온서司醞署는 궁중에서 쓰는 술과 관련된 일을 맡은 관아여서 여러 가지 물자가 풍부하였으리라고 생각한다. 율곡은 사온서의 이 직장에게 요청하기 이전에 이미 사방으로 구해 보았으나 구하지 못하였다는 구절에서 그가 처한 상황과 심리적 불편함이 그대로 감지된다. 9번이나 장원을 한 모범생 이미지로만 알려져 있는 이이의 일상적이고 감성적인 측면을 들여다 볼 수 있는 간찰이다.

이이는 본관이 덕수德水, 자는 숙헌叔獻, 호는 율곡栗谷 · 석담石潭이다. 이황과 함께 조선시대 성리학을 대표하는 학자이다. 이조 판서를 역임하였으며 저서로 『율곡전서栗谷全書』가 있다.

율곡의 생애는 그렇게 길지 않은 가운데 여러 관직을 거치며 많은 책문과 상소문을 지어올렸다. 왕명을 받들어 『성학집요』를 지어 올리고, 『격몽요결』 등을 지어 아동들의 교육에도 힘썼다. 간찰과 시문의 양은 퇴계와 비교할 수 없다. 그러나 율곡은 시詩 · 서書 · 화畵에 모두 능력이 있는 어머니 신사임당申師任堂(1504~1551)의 영향을 받지 않을 수 없었다. 율곡의 시적 재능은 8세에 지은 화석정花石亭 시와 23세에 도산을 방문하여 퇴계와 주고받은 시를 통해서 알 수 있다.

신사임당-초충도, 국립중앙박물관 소장

율곡의 글씨체는 『삼현수간三賢手簡』과 『석담일기石潭日記』 등의 친필본을 통하여 볼 수 있다. 구봉龜峯 송익필宋翼弼(1534~1599) 우계牛溪 성혼成渾(1535~1598)과 율곡栗谷 이이李珥(1536~1584) 사이에 왕래한 편지를 후대에 4첩帖으로 제작한 『삼현수간』에는 율곡이 구봉에게 보낸 12통의 편지가 실려 있다.

『석담일기』는 명종에서 선조 연간의 17년 간 율곡이 경연에서 강론한 내용을 친필로 기록한 글이다. 『청관재 소장 서화가들의 간찰』에는 간찰 1통과 시 한 수가 실려 있다.

(이광호)

04 송시열宋時烈이 김만증金萬增에게 보낸 편지

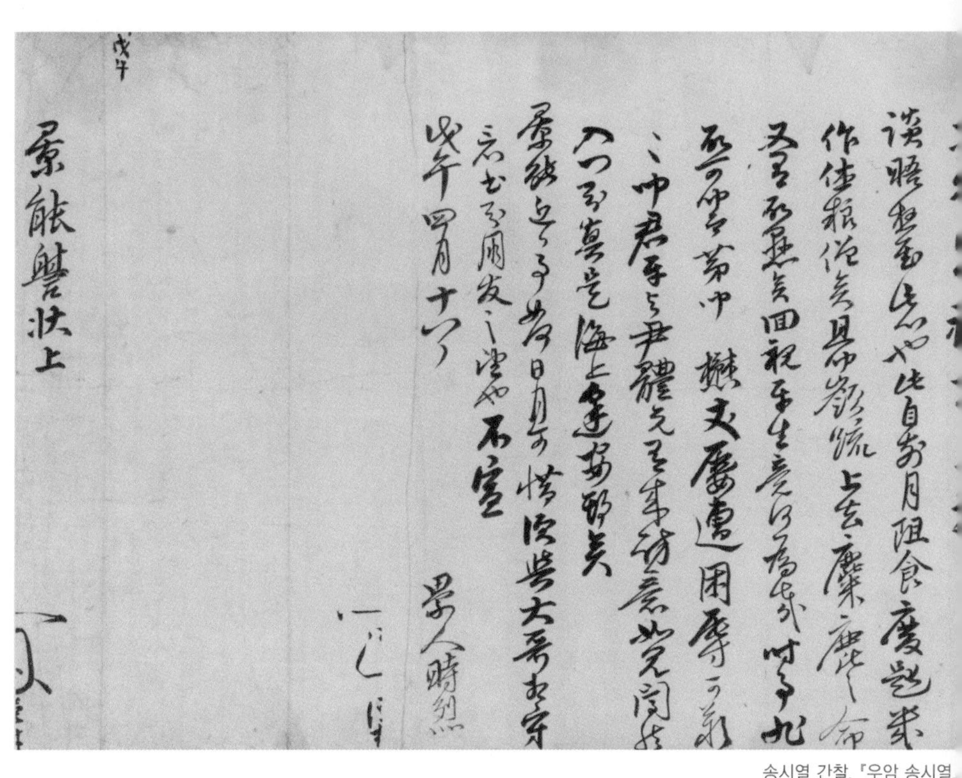

송시열 간찰, 『우암 송시열』

景能謝狀上 (手決)	경능에게 답장 올림 (수결)

戀中得見褫來書 如奉談晤 極慰此心也 此自前月 阻食廢匙 幾作休粮僧矣 且聞嶺疏上去 麋鹿之命 又有所懸矣 回視平生 竟何爲哉 時事非所可聞 而第聞懋丈屢遭困辱 可歎可歎 聞君平與尹體兄 有來訪意 如見闖然入門 則眞是海上逢安期矣 景能近日事如何 日月可惜 須與大哥相守看書 則

朋友之望也 不宣

戊午四月十八日 纍人時烈

그리워하던 중에 인편을 거쳐 보내온 편지를 받고 보니, 마치 만나서 이야기를 나누는 듯하여 이 마음이 매우 위로되는구나. 나는 지난달부터 식음을 전폐하였으니, 거의 단식하는 스님에 가깝게 되었다네. 그런데 듣자하니 영남嶺南의 소장疏章이 올라갔다니, 사슴 고라니(麋鹿) 같은 나의 목숨이 또 거기에 달려 있게 되었네. 평생을 되돌아 보건대, 끝내 무엇을 하였단 말인가. 시사時事는 듣는 바가 없지만, 듣자하니 무숙懋叔[金益勳(1619～1689)의 자字, 호는 광남(光南)으로 김장생의 손자] 어른께서 여러 차례 곤욕을 당하셨다니 매우 한탄스럽네. 듣건대 군평君平[金萬埈의 자(字). 김장생의 증손]과 윤체원尹體元[윤이건(尹以健), 체원(體元)은 그의 자(字), 송시열의 문인]이 방문할 뜻이 있다 하는데, 만약 갑자기 문 안으로 들어오는 일을 보게 된다면, 참으로 해상에서 안기생安期生[고대 전설상의 신선으로, 동해(東海) 상에서 노닐었다 한다.]을 만나는 격이리라. 경능은 근일의 일이 어떠한가. 세월이 아까우니, 모름지기 만형과 더불어 지조를 지키면서 독서를 하시게. 이것이 붕우로서 바라는 바이네. 이만 줄이겠네.

무오년(1678, 숙종4) 4월 18일. 유배된 사람 시열時烈이 씀.

해 설

이 간찰은 송시열宋時烈(1607～1689)이 제자인 김만증金萬增(1635～1720)에게 보낸 답장이다.(국립청주박물관 도록, 『우암 송시열』, 통천문화사,

김만증 초상, 작자 미상, 조선 후기
광산 김씨 돈촌공 종중 소장

2007) 주지하다시피 송시열은 송익필, 율곡 이이와 사계 김장생金長生의 학맥을 계승한 기호 사림의 중추적 인물이면서 조선 후기를 대표하는 학자이자 사상가, 정치가이다.

김만증의 본관은 광산光山, 자는 경능景能, 호는 둔촌遯村, 충청도 연산連山 출신이다. 아버지는 판서 김익희金益熙이고, 김장생金長生의 손자이다. 학문적인 가정의 분위기에 젖어 학문이 일찍이 성숙하였으며 송시열의 문하에서 수학하였다.

이 편지는 유배 중인 노스승의 안부를 묻는 제자의 편지에 대한 답신으로 간결하게 안부를 주고받는 내용이다. 당시 송시열은 2차 예송 논쟁으로 파직되어 1675년 덕원德源으로 유배되었고, 같은 해 6월, 경상도 장기長鬐에 위리안치圍籬安置되었다. 편지를 쓴 해는 1678년(72세), 장기에서 유배 중인 때로 생각된다. 글에서 영남의 소장疏章으로 해배解配에 대한 희망을 얘기했듯이 실록에는 송시열을 옹호하는 측과 반대하는 측의 상소가 꾸준히 기록되어 있다. 위 편지의 내용에서 무숙懋叔 어른은 김만증의 작은 아버지이며, 숙종의 정비 인경왕후의 종조부로서 특채로 금영대장禁營大將을 맡게 되어 징계 상소를 받은데

송시열 초상, 작가 미상, 18세기 후반
국립중앙박물관 소장

대해 걱정하는 내용으로 보인다. 김익훈 또한 송시열의 문하에 있으면서 정치적으로도 매우 가까운 사이였다.

1680년(74세), 마침내 송시열은 합천에서의 유배를 끝으로 무사히 풀려나게 되는데, 이는 제자 김만증의 보필도 한 몫 한 것으로 보인다. 『송자대전宋子大全』에 실린 김만증의 편지에는, 스승에게 매달 쌀말을 보내주었다는 내용[권71, 서(書) 이택지(李擇之)에게 답함. 병진년(1676) 6월 16일]이 있고, 풍토병을 앓고 있던 송시열은 김만증에게 직접 한약재를 요청하기도 하여[권84, 서(書) 김경능金景能에게 보냄. 을묘년(1675) 8월 29일], 스승과 제자 사이에 오간 살가운 마음을 엿볼 수 있다.

(박효정)

05 청담淸潭 이중환李重煥의 편지

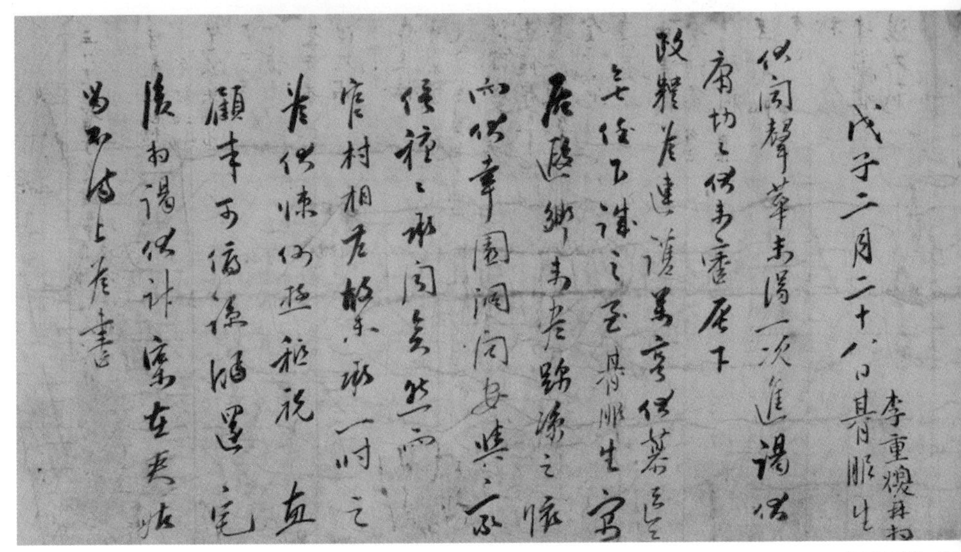

이중환 간찰, 개인

伏聞聲華 未得一次進謁 伏庸切切 伏未審辰下政體候 連護萬亨 伏慕區區 無任下誠之至 朞服生 寓居遐鄕 未盡蹈凉之懷 而伏幸園洞問安與家信 種種承聞矣 然而官村相左 故未承一時之候 伏悚何極 秖祝惠顧 或可俯諒 餘還宅後 拜謁伏計 實在夾 姑留不備 上候書

戊子二月二十八日 朞服生李重煥再拜

훌륭한 소식을 듣고도 한 번도 찾아뵙지 못하니 그리운 마음 간절합니다. 요즈음 정무를 살피시는 형편이 계속 좋으신지 모르겠습니다. 사모하는 저의 구구한 마음은 내려주시는 정성을 감당하기 어렵습니다. 기년상朞年喪(일년상)을 치르고 있는 저는 먼 타향에 나와 있어 쓸쓸한 회포를 풀지 못하지만, 원동園洞(서울 원동) 사람의 문안과 집안 소식을 종종 듣고 있습니다. 그러나 관아와 마을이 떨어져 있기 때문에 일시에 안부 편지를 받지 못하니, 송구스런 마음 어찌 끝이 있겠습니까? 다만 한 번 찾아주시는 걸음을 해주실 수 있을런지요? 나머지 일은 집에 돌아간 뒤에 찾아뵐 생각입니다. 실제 내용은 협지에 있습니다. 이만 줄이며 편지를 올립니다.

무자년(1708) 2월 28일. 기복생 이중환 올림.

해 설

『택리지』의 저자로 알려진 이중환李重煥(1690~1756)의 편지이다. 일상적인 문안 편지로 특별한 내용은 보이지 않고, 원래 있었던 협지夾紙도 사라진 상태라서 다소 밋밋한 점이 아쉽다. 하지만 그의 필체를 살펴볼 수 있는 자료로서 그 의미가 있지 않을까?

협지(별지)에 수령인 상대방에게 무슨 사정을 말한 것 같은데, 협지가 없어져서 그 내용은 알 수가 없다. 사실상 조선시대의 간찰에서 본 편지에는 의례적이고 형식적인 안부, 문안을 묻는데 그치고 실질적인 내용 – 청탁이나 구청 등은 협지에 쓴다. 예의나 체면 때문에 그러한가?

(기근도)

06

단원檀園에게 그림을 부탁하는 성대중成大中의 편지

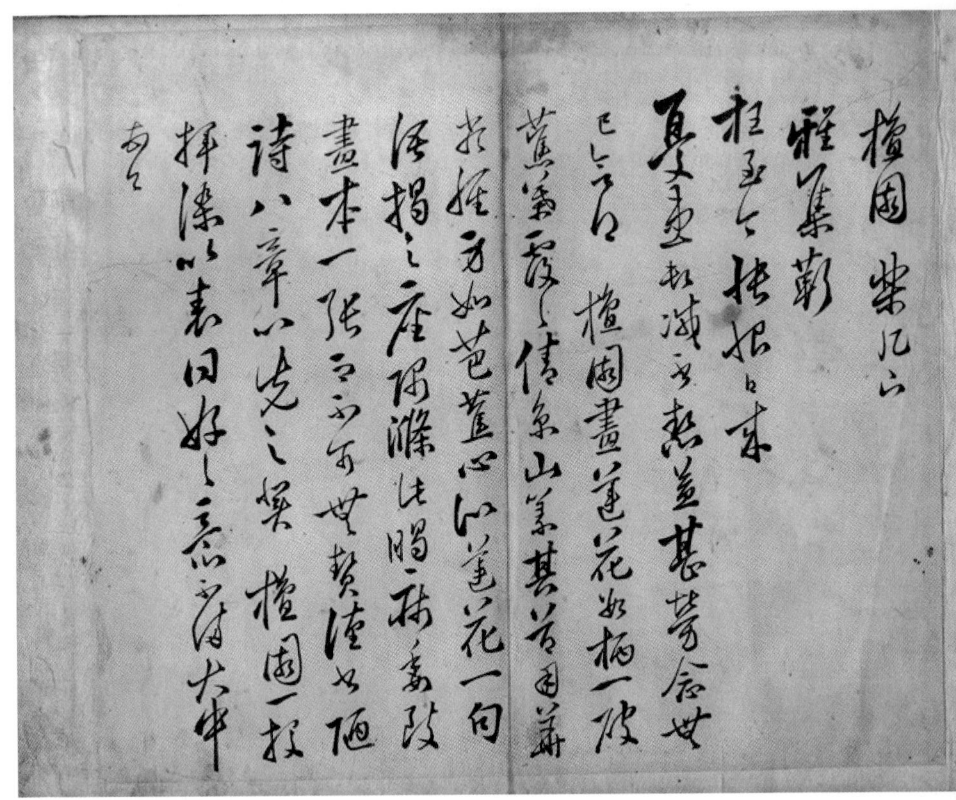

성대중 간찰, 개인

檀園 棐几下

雅集靳枉 至今悵恨 日來憂患頓減否 熱益甚 勞念無已 欲得檀園畵 蓮花數柄 一破蕉葉覆之 倩京山篆其首 用華嚴經身如芭蕉心似蓮花一句語 揭之座隅 滌此暍病 委致畵本一張 而不可無贊 謹書陋詩八章以先之 冀檀園一投揮染 以表同好之意 不備 大中頓首

단원檀園의 책상 아래 부칩니다.

모임에 오시지 않으셔서 지금껏 못내 유감입니다. 근래에는 우환이 싹 가셨겠지요? 더위가 날로 심해져 짜증이 그치질 않습니다. 연꽃 여러 대궁을 부서진 파초 잎 하나가 덮은 단원의 그림을 얻고, 경산京山에게 부탁하여 화엄경華嚴經에 나오는 '몸은 파초 같고, 마음은 연꽃 닮아' 라는 한 구절을 그림 위에 전서체로 쓰게 한 다음, 앉은 자리 모서리에 걸어두어 더위에 지친 병을 씻고자 합니다. 화본畵本 한 장을 인편에 보냅니다. 예물이 없을 수 없는지라, 삼가 못난 시 여덟 편을 써서 앞세웁니다. 단원께서 붓을 한번 휘둘러 그려서 동호인의 마음을 드러내주세요. 나머지는 갖추지 못합니다. 대중은 머리를 조아립니다.(이 편지는 안대회, 「김홍도에게 그림을 부탁하는 편지」, 『문헌과 해석』49 (문헌과 해석사, 2011)에 소개된 바 있음)

해 설

성대중成大中(1732~1812)이 흥해 군수 시절, 안기 찰방 김홍도에게 쓴 편지로 보인다. 단원檀園 김홍도金弘道(1745~1806?)는 정조 7년(1783) 12월 28일 안기 찰방安奇察訪에 임명되었다. 정조 5년(1781) 8~9월 정조 어진 제작에 동참화사同參畵師로 참여한 공로로 동빙고 별제東氷庫別提를 2년여 지낸 직후이다. 정조 8년(1784) 정월 김홍도는 안기 찰방에 부임하였고, 정조 10년(1786) 5월까지 2년 5개월간 안동부安東府에 있던 안기역 찰방직을 수행했다.

이때 김홍도는 경상도 관찰사 이병모李秉模(1742~1806)와 지방관들의 모임에 참석하며 인맥을 넓혔다. 이병모는 영의정까지 오른 문신으로 본관은 덕수德水이고, 호는 정수재靜修齋이다. 김홍도는 안기 찰방을 마무리하는 1786년 5월 안기역 근처 이천동 암벽면에 관찰사 이병모의 영세불망비永世不忘碑를, 그 이전 관찰사 김상철金尙喆과 더불어 새겨 넣기도 했다.(암벽에 새긴 비는 쓰레기 매립지가 되는 바람에 분리되어 현재 안동민속박물관 뜰에 진열되어 있다. 145×100cm크기이다. 오주석, 『단원 김홍도』, 솔, 1998.)

경상도 관찰사 이병모는 영남의 자연과 벗하며, 술과 시서화악詩書畵樂을 즐겼던 낭만적 문인 관료였던 모양이다. 김홍도는 관찰사 이병모가 주관하여 성대중과 홍신유 등을 1784년 여름 대구 감영에 불러 모은 징청각 아집澄淸閣雅集에 참여했다. 같은 해 관찰사 이병모를 모시고 흥해 군수 성대중, 봉화 현감 심공저, 영양 현감 김명진, 하양 현감 임희택 등과 어울린 8월 청량산淸凉山 유람 아회雅會에도 동참했다.(成大中, 『青城集』; 오주석, 『단원 김홍도』, 솔, 1998.; 진준현, 『단원 김홍도 연구』, 일지사, 1999.) 징청각 아집에는 김홍도와 친한 홍신유洪愼猷(1722~1785)가 참여하기도 했고 모임이 정례화 되었던 것 같다. 그 사실은 '이병모가 관찰사로 부임하여 징청각 아집이 계속되게 되었다'는 성대중이 태화太和 홍원섭洪元燮(1744~1807)에게 보낸 편지에서 확인된다.("이 즈음은 사람 마음 기쁘게 할 일이 적은데, 오직 다행한 것은 정수재 관찰사 이병모 공이 여기 계셔서 '징각 아집'이 계속되기에 이른 것입니다. 태상 홍신유의 글씨와 찰방 김홍도의 그림은 풍류가 난만하여 가히 영남 지방의 성대한 문물이라 일컬을 만하고, 청량산에서 놀고 완상한 것 또한 대단한 두루마리가 되었습니다. 다만 집사께서 이 모임에서 멀리 떨어져 계신 것이 유감입니다. 지금은 관찰사 공 역시 서울로 되돌아가시고 태상 홍신유도 남쪽 동래 바닷가로 돌아갔으니, 대구의 아취 있는 풍류 모임은 이제야 비로소 끝난 듯합니다." 成大中, 『靑城集』 卷五, 答洪太和書) 이로 미루어 볼 때, "아집雅集에 오시지 않으셔서 지금껏 못내 유감입니다"로 시작되는 성대중의 편지는 흥해 군수 시절에 안기 찰방 김홍도에게 썼던 것으로 추정된다.(성대중과 김홍도는 영남에서 만난 이후 친분이 도타웠다. 1788년 이덕무의 칠순 잔치에 이한진, 이광섭, 성대중 성해응 부자가 함께 참여하였다.(李德懋, 『靑莊館全書』 附錄, '先考積城縣監府君年譜') 1800년 단오날 성대중의 집에서 이한진과 심공저와 김홍도가 모여 아집을 열기도 했다.(成海應, 『研經齋全集』, '送金時明序') 이처럼 서울에서도 자주 모임을 함께 했으니 아래 편지에 언급한 '아집'은 찰방 시절 이후일 가능성도 있다.

김홍도, 「선인취적도仙人吹笛圖」, 국립중앙박물관 소장

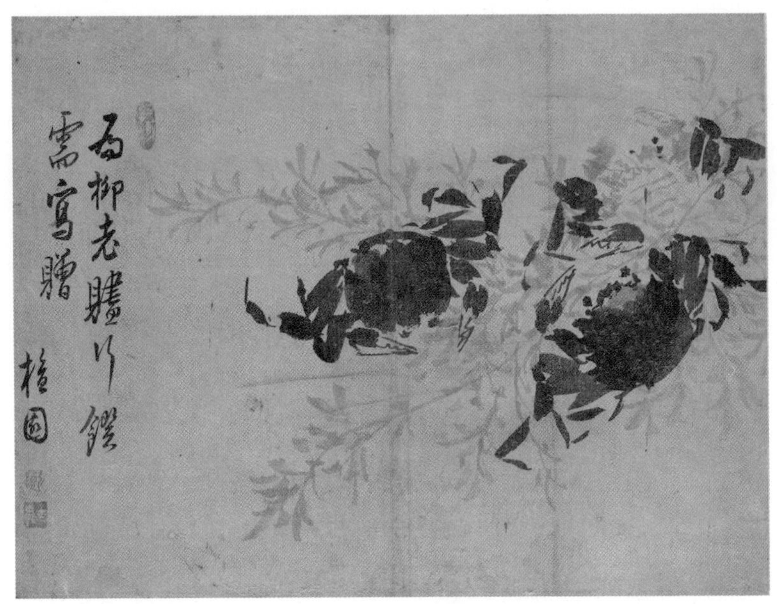

김홍도, 「개갑도介甲圖」, 국립중앙박물관 소장.

김홍도를 위한 여덟 편의 시를 예물로 보낼 정도로 단원에게 보낸 편지의 내용은 더위를 잊고자 그림을 부탁하는 간절함이 담겨 있다. 자신이 직접 스케치한 파초와 연꽃 그림 화본畵本을 보내며, 김홍도의 연화와 파초 그림에 경산京山 이한진李漢鎭(1732~?)의 전서篆書로 '몸은 파초요 마음은 연꽃이라(身如芭蕉 心似蓮花)'는 화제를 곁들이겠다는 의견을 낸다. 이처럼 화본을 구체적으로 제시하며 그림을 요청하는 사례여서 또한 흥미롭다. 성대중의 화본이나 김홍도의 그림이 같이 현존하면 재미있을 터인데.

'신여파초身如芭蕉'와 '심사연화心似蓮花'는 『화엄경』의 깊숙한 곳에 따로 있는 문장이다.('身如芭蕉'는 『大方廣佛華嚴經隨疏演義鈔』卷33에, '心

似蓮花'는『大方廣佛華嚴經疏』卷17) 두 구절을 연계한 것은 소동파蘇東坡였던 듯, 남송 대 이후 문헌에 자주 보인다.(蘇軾,『東坡志林』; 賈善翔,『東皐雜錄』) 썩어 없어지거나 껍질을 벗기면 남는 게 없는 파초를 연상하여, 육신의 헛됨이나 사물의 실체가 없다는 비유가 '신여파초'이다. '심사연화'는 잘 알다시피 진흙 밭에서 피는 맑고 깨끗한 꽃의 이미지와 같이, 세상에 물들지 않는 불염진不染塵을 상징한다.

여기에서 언급된 이한진李漢鎭(1732~?)은 성산 이씨星山 李氏로 자는 중운仲雲, 호는 경산京山이다. 조선 후기에 전서篆書를 가장 잘 쓴 문인으로 꼽힌다. 성대중이 구상한 김홍도의 그림과 이한진의 글씨는 당시 가장 인기 있는 조합이었던 모양으로, 김홍도의 그림과 함께 한 이한진의 전서체篆書體 화제畫題가 적지 않다.

이한진은 사족의 명맥을 이어온 집안 출신으로 "체구가 작고 왜소하였으며, 온화하고 가냘파 마치 처자와 같았다. 겸손하여 자신을 낮추었으며, 말과 웃음이 조용하여 … 사람들도 공을 매우 아꼈다"고 한다. 또 퉁소를 잘 불어 당시 홍대용의 거문고를 짝할 정도로 예인의 면모를 지니고 있었던 것 같다. 그런 탓에 폭 넓은 교우관계 속에서 김홍도와 자주 문인들의 아집에 합류했다.(洪稷榮,『小洲集』, '京山李公傳'; 조시형,「경산 이한진의 생애와 문예활동」,『대동문화연구』71, 성균관대학교 대동문화연구원, 2010)

그런데 이 편지는 원본이 아니다. 성대중이 김홍도에게 편지를 보내며, 자신이 다시 한 벌 베껴 서첩에 삽입한 부본이다. 자기 편지 글조차 기록물로 챙기려는 성대중의 성향을 잘 보여주는 자필自筆 복사본이다. 쪽물을 짙게 들인 모시로 서첩을 포장하고, 앞 표지에 '청성첩靑城帖'이라는 서첩 이름이 붙어 있다. 청성은 성대중의 아호이다. 원본이 손상되어 후대에 다시 붙인 것 같다. 성대중이 직접 제작한, 미공개 10면의 필사본 서첩이다. 서첩에 '성대중成大中', '대중大中', 성대중의 자字인 '사집士執' 등 음양각 도장을 곳곳에 찍거나 오려 붙인 점으로 미루어볼 때 그렇다.

청성靑城 성대중成大中(1732~1812)은 본관이 창녕昌寧이고, 아버지 성효기成孝基(1701~?)가 부제학을 지낸 성이문成以文(1546~1618)의 서손庶孫이다. 서얼 출신이면서도 성대중은 영조, 정조 시절 생원시와 문과에 급제하는 등 문사로서의 역량을 발휘한 인물로 꼽힌다. '외모가 아름답고 총명하고, 낙천적이고 친구와 사귐이 돈독하였다. 말하는 풍세가 날카롭고 협사의 풍모가 있었다. 시문과 서화에 재주가 있었지만 그림은 잘 그리지 않았다'고 전한다.(이상 성대중에 대한 내용은 李奎象, 『一夢稿』, '并世諸彦錄'의 儒林錄과 文苑錄에서 재정리. ; 민족문학사연구소, 한문분과 옮김, 『18세기 조선 인물지』, 창작과 비평사, 1997.)

연암 일파와 친밀한 교분을 유지했으면서도, 세상을 풍자하거나 현실감을 짙게 드러낸 그들의 글쓰기와는 사뭇 달랐다.(손혜리, 「청성 성대중 기문 연구」, 『한문학보』18, 우리한문학회, 2008.) 정조가 '성대중의 시문은 규범이 잘 지켜진 글'로 칭찬했을 정도로, 성대중은 정조의 문체반정(文體反正) 정책에 부합하는 모범생 글쟁이였고, 고전에 정통했다고 한다. 신분적 제약 탓에 높은 벼슬에 오르지는 못했다. 교서관 교리校書館校理를 지냈고, 1763년 통신사 조엄趙曮(1719~1777)을 수행하여 정사

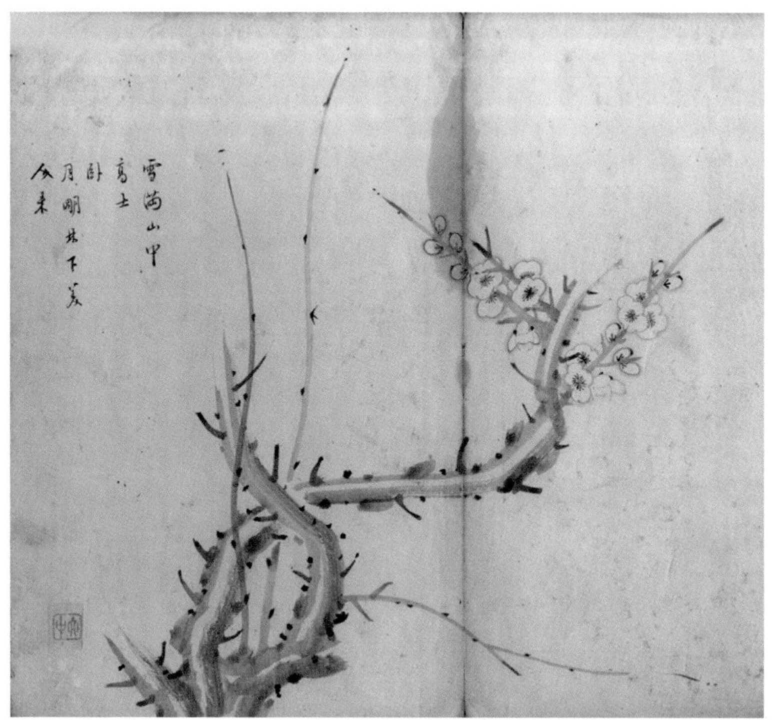

성대중 「묵매도」 『청성집』

서기로 일본에 다녀왔다. 1784년부터 흥해 군수에 부임하여 영남 지방에서 이병모와 김홍도를 만나게 된 것이다. 최근 성대중과 그의 아들 성해응(成海應, 1760~1839)의 문학과 예술론에 대한 평가가 이루어졌다.(손혜리, 「연경재 성해응 산문의 연구」, 성균관대학교 박사학위논문, 2005. ; 손혜리, 「청성 성대중 기문 연구」, 『한문학보』18, 우리한문학회, 2008. ; 박정애, 「연경재 성해응의 서화취미와 서화관 연구 - 서화잡지를 중심으로」, 『진단학보』115, 진단학회, 2012. ; 박정애, 「書畵雜識를 통해 본 성해응의 서화감평 양상과 의의」, 『온지논총』 33, 온지학회, 2012.)

서첩에는 위의 단원에게 그림을 부탁하는 편지 외에, 이광섭李光燮(1760~?)이 부령 부사로 부임할 때 쓴 송별시 '송이화중지관부령送李和仲之官富寧'을 비롯해서 많은 시고들이 포함되어 있다. 이 송별시는 이광섭이 부령 부사로 부임한 1788년에 쓴 것이다. 이광섭은 이덕무의 족질(族姪)로 무과 출신이며, 이덕무의 칠순 잔치에 성대중, 김홍도 등과 함께 참여한 적이 있다. 1792년 9월에 부임한 충청 병마절도사 시절에는 서울에서 이한진이 내려와 연풍 현감 김홍도, 연기 현감 황운조와 밤새 술과 음악과 시와 그림으로 서원 아집西園雅集을 가진 일도 있었다.(李奎象, 『一夢稿』, '并世諸彦錄' ; 민족문학사연구소, 한문분과 옮김, 『18세기 조선 인물지』, 창작과 비평사, 1997.) 이광섭과 김홍도는 같이 호서 위유사(湖西慰諭使) 홍대협(洪大協, 1750~?)의 탄핵으로 1793년과 1795년 각각 파직당한 바 있다. 이광섭은 전서를 잘 쓰고 통소와 양금을 잘 연주했다고 전하며, 문집 『상암유고(橡庵遺稿)』가 남아 있다.

단원에게 보낸 편지가 딸린 『청성집』의 필체는 행서와 초서이다. 이들 성대중의 글씨들은 당시 유행한 원교(圓嶠) 이광사(李匡師, 1705~1777)의 서풍과 닮아 있다. 조선 서체로 꼽히는 갸우뚱한 필세와 활달한 흐름이 그러하다. 시고에 이어 성대중의 서체에 관한 글이 한 꼭지 실려 있다. '파격십이조波格十二条'라는 제목아래 '乀'자의 필획 쓰는 법 12가지를 기술해 놓았다. 성대중의 서예에 대한 관심을 엿볼 수 있는 대목이다. 붓글씨를 쓰면서 정형과 여러 가지 변형의 개성화 방안을 모색하려는 의도가 읽혀진다.

화첩의 맨 뒷면에는 네모 양각도장 전서체 '대중大中'이 찍혀 있는

「묵매도墨梅圖」가 그려져 있다. '대중' 도장은 별지에 찍어서 붙인 것이다. 고매古梅에 새로 자란 가지들이 뻗고 오른쪽 가지 상단에만 꽃이 몰려 핀, 단출하지만 문인의 아마추어적 개성미가 흠씬한 그림이다. 그림의 왼편에는 성대중이 행서체로 '설만산중고사와雪滿山中高士臥 월명임하미인래月明林下美人來' 라는 명나라 문인 고계高啓의 7언시를 써놓았다. 매화를 고사와 미인에 비유한 조선 후기 문인들이 상당히 좋아했던 유명 매화시이다. '시서화에 재주가 있었으나 그림은 잘 그리지 않았다' 지만, 이 묵매도를 보면, 김홍도에게 '파초잎이 덮은 연꽃그림' 화본畵本을 제시했던 성대중의 그림 실력이 수긍된다.

(이태호)

07 영재泠齋 유득공柳得恭이 용강 현령龍岡縣令으로 나가는 자하紫霞 신위申緯를 전별하는 시

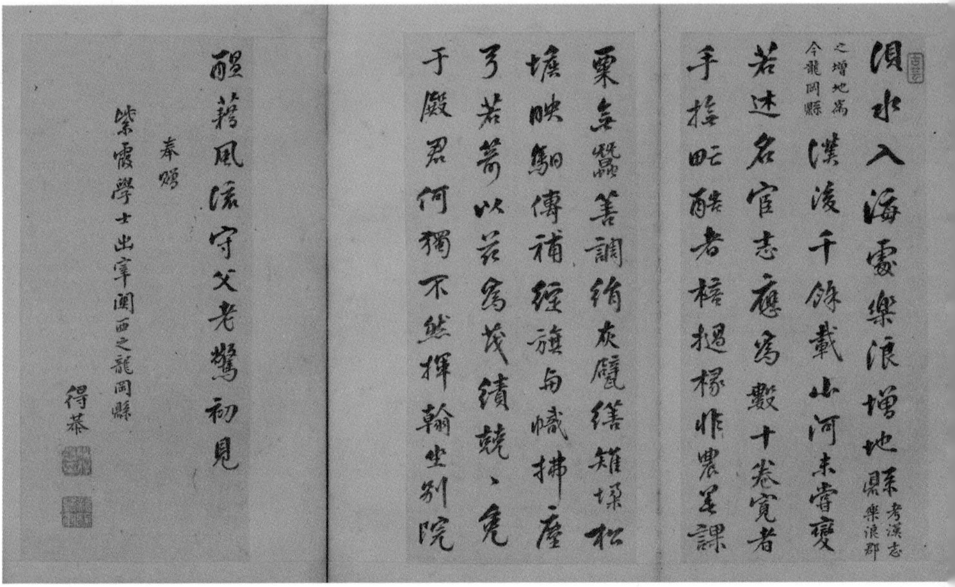

유득공 시고, 『암연첩黯然帖』

奉贈紫霞學士出宰關西之龍岡縣

관서 용강현 수령으로 나가는 자하학사에게 주다

浿水入海處　　패수가 바다로 들어가는 곳

樂浪增地縣　　바로 낙랑군의 증지현이다

考漢志 樂浪郡之增地 爲今龍岡縣 (『漢書 · 魏志』를 상고해보면 낙랑군의 증지현으로 지금의 용강현이다.)

漢後千餘載　　한나라 뒤 천여 년 흘러왔으나

山河未嘗變　　산과 하천 아직도 변함이 없네

若述名宦志　만약에 명환지를 서술한다면
應爲數十卷　마땅히 수십 권이 될 수 있으리
寬者手撫甿　어진 이는 친히 백성 어루만지나
酷者棓撾椽　독한 자는 몽둥이로 서까래 치듯
非農善課粟　농사가 안 된 해엔 걸맞게 세금 걷고
無蠶善調絹　누에 난 것 없으면 비단도 덜 거둘 일
灰甓繕雉堞　회벽돌로 성 위 담벽 수선하고
松堠暎馹傳　소나무 이정표로 역말 길을 비춰주며
補綻旗與幟　깃발의 터진 곳을 기워 때우고
拂塵弓若箭　활과 화살 먼지를 털어내어
以玆爲茂績　이렇게 해 좋은 치적 쌓아놓아야
兢兢免于殿　전전긍긍 꼴찌 수령 면할 것이네
君何獨不然　그대 어찌 그러하지 않으오리까
揮翰坐別院　붓 놀리며 별원에 앉아 있으면
醞藉風流守　온화하고 너그러운 풍류 태수에
父老驚初見　처음 보는 일이라고 부로들 놀라리

해 설

이 시는 1806년 자하紫霞 신위申緯(1769～1845)가 평안도 용강 현령에 부임할 때, 영재泠齋 유득공柳得恭(1748～1807)이 전별하며 지어 준 것이다. 이때 신위를 전송하며 지은 시문을 모아 만든 전별시첩이 『암연첩黯然帖』(개인 소장)인데, 이 첩에는 기옹寄翁이란 호를 가진 신위의 계구季舅가 지은 송서送序를 비롯해, 천수경千壽慶 등 22인의 전별시가 함께 실려 있다. 이 작품은 한 운韻으로 내달려 쓴 고시 형식의 전별시다. 조선 후기 한문 사대가漢文四大家이고 시인으로 일컬어진 유득공의 유장한 필치를 느끼게 한다. 시인은 신위가 현령으로 가는 용강현의 산천과 유구한 역사부터 서술하기 시작한다. 용강이 대동강 하구 근처에 자리한 바닷가 고을이지만 역사적으로 유서 깊은 지역이라 하여 이곳에 벼슬살이하게 될 신위를 축하한다. 이어 현령으로서 가져야 할 목민관牧民官의 치도, 곧 인정仁政, 의식衣食의 안정적 수급, 방위 시설 정비 등을 잘 시행하여 치적을 쌓아서 연말의 고과평가에서 낭패를 당하는 일이 없도록 하라고 당부한다. 그런데 신임 현령은 그런 수령의 임무를 기꺼이 해내면서도 풍류를 즐기는 수재가 될 것이라고 했다. 이처럼 수령으로서의 자질과 풍류를 겸비한 수재를 바닷가 용강 고을의 부로들은 처음 보게 되어 놀랄 것이라고 했다. 이제 처음 목민관의 길에 오른 젊은 신진 수령을 신칙하면서도 그의 능력을 칭송하고 격려하는, 나이든 선배의 전별의 정이 느껴지는 시이다.

신위는 조선 후기 시詩 · 서書 · 화畵 삼절三絕로 일컬어진 예술인이었다. 그는 이미 31세에 문과에 급제하고 30대 초반에 초계문신抄啟文臣과 강제문신講製文臣이 되고 홍문록弘文錄에 뽑힐 정도로 문장력이 있었다. 신위보다는 20여 세가 많은 유득공이 전별시를 지어 준 것은 신위의 이러한 문인적 면모와도 무관하지 않을 것이다.

이 전별시는 유득공이 세상을 뜨기 1년 전에 지은 작품으로, 그의

「이십일도회고시二十一都懷古詩」, 「열하기행시熱河紀行詩」 등과 같은 연작시連作詩의 고거적考擧的 시풍이 느껴진다. 또한 단아한 글씨체가 옷깃을 여미게 한다. 유득공의 이러한 시인적 면모와 서법 역량이 그로 하여금 세 차례의 청나라 연경燕京 여행을 가능하게 하여 기윤紀昀, 반정균潘庭筠, 이조원李調元 같은 청나라 건륭乾隆시대의 중심 문인들을 만나 그들의 고평을 받고 명성을 드러내게 한 것이 아닌가 한다.

(김상일)

08 초정楚亭 박제가朴齊家의 편지

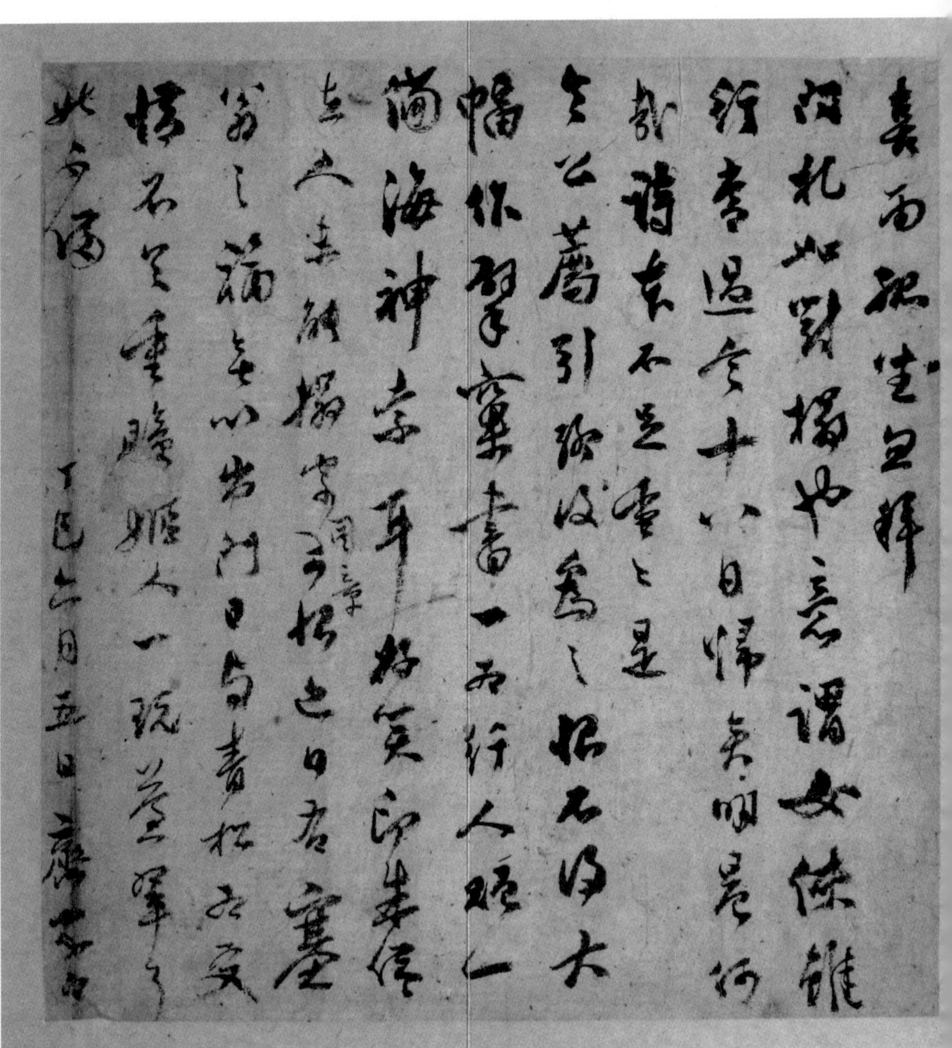

박제가 간찰, 개인

喜雨孤坐 忽拜問札 如對榻也 意謂女俠雖行 當過今十八日歸矣 明晨何哉 詩本不足重 重是令公薦引 聊復爲之 恨不得大幅 作擘窠書 一爲行人贈 一備海神索耳 好笑 印朱借在人 未能榻寄圖章 可恨 近日有塞翁之福 無以出門 日與靑松爲交 惜不令重瞳姬人 一玩蒼翠耳 姑不備
丁巳六月五日 齊家白

기쁘게 내리는 빗 속에 홀로 앉아 있는데 갑자기 문안 편지를 받으니 마치 마주 앉은 듯합니다. 생각건대 여협女俠이 비록 간다고 해도 아마 이번 18일이 지나서 돌아갈 것입니다. 내일 아침은 어떻습니까? 시는 본래 대접받을 정도는 아니지만, 거듭 영공께서 끌어 추천하셨으니 애오라지 다시 한번 지어보았습니다. 큰 종이 폭에다 큰 글씨를 쓰지 못한 것이 한입니다. 작은 글씨를 써서 하나는 행인에게 드리고 하나는 해신海神이 구하는 데 대비하였습니다. 웃어주십시오. 인주가 다른 사람에게 가 있어서 도장을 찍어보낼 수가 없으니 한탄스럽습니다.

근일에는 새옹의 복이 있어서 문밖을 나가지 않고 한결같이 푸른 소나무와 사귀고 있습니다. 중동重瞳의 여장부와 함께 한번 푸르름을 즐기지 못한 것이 안타까울 뿐입니다. 이만 줄입니다.

정사년(1797) 6월 5일. 제가齊家 아룀.

해 설

이 편지는 박제가朴齊家가 어느 관인官人에게 보낸 편지이다. 제주 만덕이 진휼에 공이 있어 정조가 그녀의 소원을 말하게 하자 서울과 금강산 구경을 하고 싶다고 하여 서울과 금강산 구경을 하고 돌아가는 길에 써준 전별시에 대해서 논의한 것이다. 이 편지의 수신자는 내용의 중간에 글씨로 박제가를 천인薦引한 것이 당신이라고 한 것으로 보아 아마도 금대錦帶 이가환李家煥일 것으로 추정된다.(「승정원일기」 정조 18년 12월 5일 무오조에 이가환이 박제가가 글씨를 잘 쓴다고 추천하는 기사가 나온다.) 박제가는 이때 호상胡床 사건으로 당로자인 심환지의 비위에 거슬러 벼슬에서 쫓겨나 근신 중에 있었다. 이 편지 마지막 부분에서 문 밖에 나가지 않고 푸른 소나무와 지내고 있어서 새옹지마의 복이 있다고 언급한 것은 이를 말하는 것이다.

박제가가 만덕을 제주로 보내며 지은 시가 마침 남아 있다. 현재 원본의 소장처는 알 수가 없지만 국사편찬위원회의 유리 필름으로 남아 있는 박제가의 글씨가 있는데, 그중에 만덕을 보내는 박제가가 쓴 시고가 있다. 이 시의 말미에는 박제가가 시를 쓴 날짜와 장소가 쓰여 있는데, '丁巳夏季之三日 貞蕤居士書于長慶橋西 解語畫齋'이라 하여 1797년 9월 3일에 장경교 서쪽의 해어화재에서 정유거사가 썼다고 하였다. 장경교는 지금 서울대학병원 앞의 개천에 있었던 다리이다. 박제가는 젊었을 때에는 남산 밑 성명방誠明坊에서 살다가 검서관이 된 이후 중년에 장경교長慶橋 서쪽에 살았다. 여기에서 박제가는 '정유거사'라고 하여 '거사'를 칭하고 있는데 호상 사건으로 관직을 잃은 상태이기 때문이다. 또 '해어화재解語畫齋'라고 하여 '말하는 그림' 즉 시를 쓰는 집이라고 하였다.

다음은 「송만덕귀제주시送萬德歸濟州詩」의 서문과 시이다.

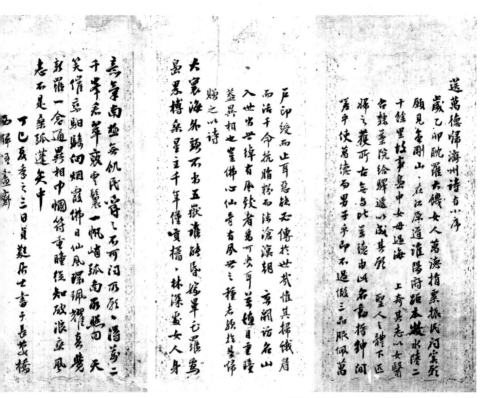

박제가, 『송만덕귀제주시』, 국사편찬위원회 유리필름

送萬德歸濟州詩 有小序

歲乙卯耽羅大饑 女人萬德捐粟賑民 問奚願 願見金剛山 山在江原道淮陽府 距本牧水陸二千餘里 故事島中女毋過海 上奇其志 以女醫召隸藥院 給驛遞以成其願 聖人之體下 匹婦之獲所 古無與比 萬德由此名動搢紳間 嗟乎 使萬德男子乎 卽不過假三品服佩萬戶印授而止耳 惡能必傳於世哉 惟其掃蛾眉而活千命 抗脂粉而涉滄溟 朝京闕訪名山 入世出世 綽有風致者 爲可貴耳 萬德目重瞳 蓋異相也 豈佛心仙骨 有夙世之種者歟 於其歸 贈之以詩

大寰海外頭不出 五嶽誰能昏嫁畢 乇羅爲島界榑桑 星主千年僅貢橘

橘林深處女人身 意氣南極無饑民 爵之不可問所願 願得萬二千峰看
翠袖雲鬟一帆峭 弧南所照回天笑 催乘馹騎向煙霞 佛日仙風環佩耀
眞覺新羅一念通 異相巾幗符重瞳 從知破浪乘風志 不是桑弧蓬矢中
丁巳夏季之三日 貞蕤居士書于長慶橋西 解語畵齋

제주로 돌아가는 만덕을 전송하며 지은 시(짧은 서문이 있다)

을묘년(1795)에 탐라에 큰 기근이 들었는데, 여인 만덕이 곡식을 내어 백성을 구휼하였다. 소원이 무엇이냐고 물으니 금강산을 구경하고 싶다고 하였다. 그러나 산이 강원도 회양에 있어서 제주목과의 거리가 수륙으로 이천 리나 되는데다가 고사에 섬에 사는 여자는 바다를 건너지 못한다는 관례가 있었다. 임금께서 그 뜻을 가상히 여겨서 여의로 불러 약원에 예속시키고 역말을 주게 하여 그 소원을 이루어 주었다. 성인께서 아랫사람의 뜻을 살피고 보통의 부인에게도 제자리에 있게 한 것은 옛날에도 없던 일이다. 만덕이 이로 말미암아 이름이 진신간에 유명하게 되었다. 아! 만덕이 남자였다면 3품 관복을 입고 만호의 인수를 차는 데 불과하였을 것이니 어찌 세상에 전해질 수 있었겠는가? 눈썹을 깍고 천 사람의 목숨을 살렸으며 연지분을 버리고 푸른 바다를 건너 서울의 궁궐에 조회를 하고 이름난 산을 탐방하였다. 세상에 들거나 나거나 넉넉히 풍치가 있으니 귀하다고 하겠다. 만덕은 눈동자가 둘이니 대개 기이한 관상이다. 아마 부처의 마음과 신선의 풍골로 전생의 종자였던가 보다. 그녀가 돌아감에 시를 써준다.

大寰海外頭不出	바다 밖에는 머리를 못내밀고
五嶽誰能昏嫁畢	오악이라고 그 누가 다 보겠는가
乇羅爲島界榑桑	탁라(제주의 옛이름)는 섬나라로 부상과 경계이니
星主千年僅貢橘	천년 동안 성주는 귤만을 조공했네
橘林深處女人身	귤밭 깊은 곳에 여인의 몸이 있어
意氣南極無饑民	남방에서 의기로 굶주린 백성 없게 했네
爵之不可問所願	관작을 줄 수 없어 소원을 물으니
願得萬二千峰看	일만 이천 봉을 보고 싶다고
翠袖雲鬟一帆峭	푸른 소매 구름같은 머리 날렵한 배타고
弧南所照回天笑	남극성 비추는 곳 하늘도 웃는다네
催乘馹騎向煙霞	역마를 재촉하여 연하로 향하노니
佛日仙風環佩耀	불일폭포 신선 풍골 패옥이 빛나누나
眞覺新羅一念通	신라와 한마음으로 통합하나니
異相巾幗符重瞳	기이한 관상의 여인이 겹눈동자에 부합하네
從知破浪乘風志	파랑 헤쳐 바람 타고 뜻하는 것이
不是桑弧蓬矢中	남자만의 것이 아니로구나

만덕이 서울과 금강산을 방문하고 돌아가는 길에 쓴 전별시는 박제가 뿐만 아니라, 정조의 지시로 이가환李家煥, 정약용丁若鏞, 김희락金熙洛, 이의발李義發, 조수삼趙秀三 등이 전별시를 남기고 있고 채제공蔡濟恭은 그의 전기를 썼다.

박제가의 이 시고와 함께 어애송御愛松이 있는 장경교 서쪽 자신의 집에서 의궤청의 실무에 분주하면서도 국왕과 측근 초계문신들이 경모궁에 배종하였다가 자신의 집 어애송에 들러 시를 남기는 모습을 그리고 있다. 조상을 모시는 술그릇도 변변치 못하고 시도 별로 훌륭하지 않으면서 20여 년을 벼슬살이를 했다. 어애송이 있는 것은 선배들이 어떤 뜻이 있는 것이어서 자연에서 고와하며 쉬려고 해도 생계 때문에 쉽게 은퇴를 하지 못한다. 그러나 마지막 부분에서는 멀리 중국 청나라 대종백大宗伯 기효람紀曉嵐이 자신을 찾아주었지만, 국내에서는 교류가 끊기고 있음을 안타까워 하고 있다.

酒器零星三四事	술그릇 서너 가지 영성하고
詩卷叢殘五七字	시권 모은 것 오언칠언 나부랭이
頭上烏沙二十年	머리에 관모 쓰고 이십 년이나
自信胸中非俗意	가슴 속에 속된 뜻 없다 자신한다네
囪前朝夕御愛松	창가에는 조석으로 어애송 있으니
此是先生小排置	이는 바로 선생께서 배치한 거지
從玆高臥計亦得	이제부터 높이 누워도 만족하지만
但恐廚煙青未易	다만 주방 연기 푸르기가 쉽지 않다네
頗怪鄰居絕往還	괴이한 것 이웃들 왕래 끊어졌는데
大邦宗伯留紅刺	큰 나라 예조판서 붉은 편지 남겼네
當日雄心輕萬里	당일의 웅장한 마음 만 리가 가벼웠고
三度幽燕馳駟騎	세 번이나 연경 길을 말달렸다네

박제가, 『어애송』, 국사편찬위원회 유리필름

지금 임금께서는 말을 하면 문장이 되었다. 접때 시인 신광하를 강화 경력으로 보임하면서는 책망하는 말씀 4언을 불러 적었는데 자연스럽게 운에 맞았다. 이어서 금중에서 직숙하는 여러 신하들에게 갱진하도록 하였는데 며칠 후에 초계문신 6인이 왕의 반차를 모시고 온 길에 나의 어애송에 들러서 연구로 6운을 쓰고 돌아갔다. 내가 의궤청에서 저녁에 돌아와서 그에 차운하고 사실을 기록한다.

1795년 4월 21일 신 제가는 삼가 씀.

(김현영)

09 이서구李書九의 편지

이서구 편지, 『근묵槿墨』

謹謝 (書頓拜) 趙 敬菴 文几前	답장 올림 (서돈배) 조경암의 서탁 앞에

耑信來到 䨟札行披 情悰欵洽 勉誨丁寧 之慰如何 惠我醍醐 矧審寒令道體起居益有平安 不佞眷焉之際 禫期遽經 節候安寧 景物悽惻 念此惸獨亦何以聊 承示先生以不佞文辭不能縝密 慚愧無容 不佞非爲古文詞者也 學未窔沈 才乏菁華 臨文露醜 誤讀爾雅 捻筆成癡 蹢類啞羊 平居恧蹙 貽

笑大方 況此潯常書赤 隨例說去 又何足道 字學則不佞嘗以爲聖人之道肇自格物 思格物莫先乎六藝 學六藝舍書何以 經禮三百曲禮三千 非書弗文 黃鍾大呂韶濩咸英 非書不節 世儒訾之日形體已著 意義奚論 若是則無情木石皆可稱人 自古傳籍不必成文 無有是處 然不佞豈以此爲專治之業哉 粗解其義理而已 送來三典 寒囱一閱 高心細眼 可見玉趨 敢不莊誦 只冀杖屨儼臨 慰我翹思 不備 恭惟照亮 謹謝
壬辰十一月十六日 李書九頓拜

일부러 심부름꾼을 시켜 보내신 편지가 와서 금옥 같은 사연을 읽으니 제 마음이 기쁩니다. 그리고 간절한 가르침에 마음의 위로가 이루 말할 수 없어, 제게 제호醍醐를 주신 것과 같습니다. 게다가 추운 계절에도 도체道體의 기거가 더욱 평안하심에 있어서겠습니까.

저는 어느새 담기禫期를 지냈습니다. 지내는데 별일은 없으나 경치와 사물이 처량하고 슬프며 고독한 이 신세를 생각하면 누구를 의지할 수 있겠습니까. 저의 문장이 치밀하지 않다는 선생의 말씀을 들으니, 부끄러움이 말할 수 없습니다. 저는 고문古文을 하는 사람이 아닙니다. 학문이 깊지 않으며 재주도 정채가 부족하여, 글을 대하면 추함이 드러나고 이아爾雅조차 틀리게 읽고, 붓을 잡으면 바보가 되어 무지한 자와 흡사하니, 평소에 부끄럽고 위축되어 식견이 뛰어난 사람들의 웃음거리가 되곤 하였습니다. 하물며 예사로 쓰는 평소의 짧은 편지에 대해 무슨 말할 만한 가치가 있겠습니까.

자학字學(문자학)에 대해서 저는 일찍이 다음과 같이 생각하였습니다. 성인의 도는 격물格物에서 출발하는데, 격물을 사고하는 데는 육예六藝보다 앞서는 것이 없고, 육예를 배우는데 글자를 버리고 무엇으로 하겠는가. 경례經禮 삼백과 곡례曲禮 삼천을 글자가 아니면 표현할 수 없으며, 황종黃鍾과 대려大呂, 소호韶濩와 함영咸英도 글자가 아니면 박자를 맞출 수 없습니다.

세상의 유자儒者들이 이를 헐뜯어 "형체가 이미 드러나 있는데 뜻과 의미를 논해서 무엇 하겠는가?"라고도 하는데, 만약 이와 같다면 감정이 없는 나무나 돌도 모두 사람이라고 일컬을 수 있어, 예로부터 전해오는 서적들이 반드시 글을 이루지 못할 것이니, 이런 이치는 없다고 생각하였습니다. 그러나 제가 어찌 문자학을 전문으로 연구하는 업으로 삼았겠습니까. 그 뜻과 이치를 겨우 알 뿐입니다. 보내 주신 삼전三典을 추운 창가에서 한 번 보니, 높은 마음과 세밀한 안목으로 잰걸음으로 달리며 연구하시는 모습을 엿볼 수 있었습니다. 감히 공경히 외지 않을 수 있겠습니까. 그저 근엄하게 왕림해주시어 저의 그리움을 달래주시기 바라며 이만 줄입니다. 헤아려주시기 바라며 삼가 답장 올립니다.

1772년(영조48) 11월 16일 이서구李書九 올림.

* 조경암(趙敬菴) : 조연귀(趙衍龜)의 호. 菴(암)은 庵(암)과 통용됨.
* 제호(醍醐) : 원래 우유를 가공하여 만든 식품인데, 불교에서는 지혜나 깨달음을 말함.
* 담기(禫期) : 삼년상을 마치는 담제(禫祭)를 지내는 기일.
* 이아(爾雅) : 중국에서 가장 오래 된 문자학 사전의 이름인데, 문자를 가리키기도 함.
* 격물(格物) : 사물에 나아가 이치를 궁구하는 것.
* 육예(六藝) : 유가(儒家)의 여섯 가지 경전. 『예기(禮記)』, 『악기(樂記)』, 『서경(書經)』, 『시경(詩經)』, 『주역(周易)』, 『춘추(春秋)』.
* 황종(黃鍾)과 대려(大呂) : 황종(黃鍾)은 12율 중의 첫 번째이고, 대려(大呂)는 두 번째임.
* 소호(韶濩)와 함영(咸英) : 소호(韶濩)는 은나라 탕왕(湯王)의 음악이고, 함영(咸英)은 요(堯)의 음악인 함지(咸池)와 제곡(帝嚳)의 음악인 육영(六英)을 가리킴.

해 설

이서구 초상, 국립중앙박물관 소장

이 간찰은 정조와 순조 연간의 문신 이서구李書九(1754~1825)의 간찰이다.

이서구는 본관이 전주全州, 자는 낙서洛瑞, 호는 척재惕齋 · 강산薑山 · 소완정素玩亭 · 석모산인席帽山人 등이다. 21세 되던 1774년(영조50)에 문과에 급제, 내외직을 두루 역임하고 벼슬이 판서에까지 올랐다.

이서구는 조선 후기에 이덕무李德懋 · 유득공柳得恭 · 박제가朴齊家와 함께 사가시인四家詩人이며 실학사대가實學四大家라는 칭호를 얻었다. 사가시인 중 나머지가 서얼 출신인데 반하여 이서구만 유일한 적출이었고 벼슬도 순탄하게 올라갔다. 특히 한자의 구조와 의미를 연구하는 데에 조예가 깊었으며 글에 쓰이는 전고典故 또한 널리 알고 있었다. 한 번도 중국에 다녀오지 않았으나 홍대용洪大容과 박지원朴趾源의 문하에 출입하면서 북학파 문인들과도 깊이 사귀며 최신의 동향을 함께 호흡하였다.

이 편지를 받은 사람은 조연귀趙衍龜(1726~?)이다. 조연귀의 본관은 배천白川, 자는 경구景九, 호는 경암敬菴이다. 우암 송시열계의 저명한 성리학자인 윤봉구尹鳳九의 문하에서 수학하고 평생 은거하며 저술에 힘써, 『학용도설學庸圖說』과 『위학지방도爲學之方圖』 등의 저술이 있다. 또한 임배후林配垕, 이희경李喜經, 이덕무, 박제가, 이서구 등과 교분이 깊었다.

이 편지는 바로 이서구가 19세 때에 조연귀에게 보낸 답장인데, 이서구가 문자학에 얼마나 관심을 가졌는지를 대변하는 편지이다. 그리고 내용에 등장하는 삼전三典이란 조연귀가 저술한 3종의 책으로 보이는데, 상세한 내용은 알기 어렵지만 이서구가 조연귀와 평소 저술이나 의견을 주고받으며 학문을 축적해 나가는 과정을 보여준다고 하겠다.

이서구가 보기에 성인의 도는 격물格物에서 출발하는데, 격물을 사고하는 데는 육경六經보다 우선적인 것이 없으며, 육경을 배우는데 글자가 아니고선 불가능하고, 수백 수천 가지 경례經禮와 곡례曲禮를 글자가 아니면 어떻게 표현할 것이며, 심지어 아무리 훌륭한 음악일지라도 글자가 아니면 표기할 방도가 없다고 생각하였다.

조선 후기에 청조 고증학의 영향을 받아 조선의 신예학자들 사이에 문자학에 대한 관심이 지대해졌다. 실학시대의 찬란한 업적도 문자에 대한 탐구가 없었다면 성립하기 어려웠다고 보아도 좋을 것이다. 실사구시實事求是로 대변되는 고증학도 한漢나라 훈고학訓詁學의 전통을 이어 기존의 경전해석을 재평가한 것으로 보아도 과언이 아니다.

공교롭게도 『근묵』에는 이서구의 선배인 이덕무李德懋(1741~1793)가 조연귀趙衍龜에게 보낸 편지도 실려 있어서 도판으로 첨부하여 이해를 돕고자 한다.

이덕무의 편지를 보면 조연귀는 확실히 한 세대의 선배로서 후진들을 아끼고 격려하는 장덕長德의 역할을 하였음을 알 수 있다. 편지에서는 "낙서 이서구는 어린 시절에도 자질이 뛰어나고 재주와 인품이 모두 아름다워, 그를 사랑함이 아름다운 벽옥에 못지않았습니다. 이것이 제가 나이를 잊고 그를 외우畏友로 삼은 까닭입니다. 저는 스스로를

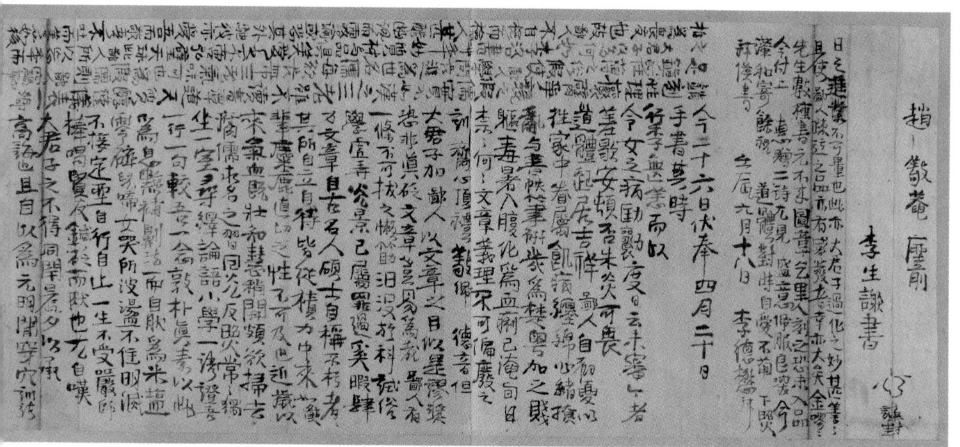

이덕무가 조연귀에게 보낸 편지, 『근묵槿墨』 수록

절제하지 못하지만, 남에 대해서는 혹독하게 단속하고 넌지시 풍자하거나 노골적으로 타이르는데, 이것은 그가 바깥으로만 내달릴까 두려워하기 때문입니다. 그런데 이서구 또한 나를 사랑하고 나를 공경하여 내 말을 거부하지 않고 잘 받아들이니, 앞날의 학문의 발전을 이루 헤아릴 수 없습니다.[李洛書冲年妙質 材與品俱美 愛之不啻弘璧天球 此鄙人所以忘年而推爲畏友也 故鄙人不自檢而檢人甚酷 幽諷而露論 或恐其外馳 彼亦愛吾而敬吾 不吐而善茹 後日之進業不可量也]"라고 하여 이덕무가 13세 아래의 이서구를 얼마나 사랑하고 신뢰하는지 여실이 볼 수 있다.

이들은 학문과 시문으로 평생의 교유를 지속했거니와 문자학을 탐닉한 면에서도 동일하다. 이덕무가 언어와 문자를 궁구한 흔적은 이덕무가 초록한 국립민속박물관 소장의 『간록자서干祿字書』와 『금호자고金壺字考』를 통해서도 확인할 수 있다. 『간록자서』는 당나라 안원손顔元孫이 지은 책이고, 『금호자고』는 송나라 승려 적지適之의 책인데 모

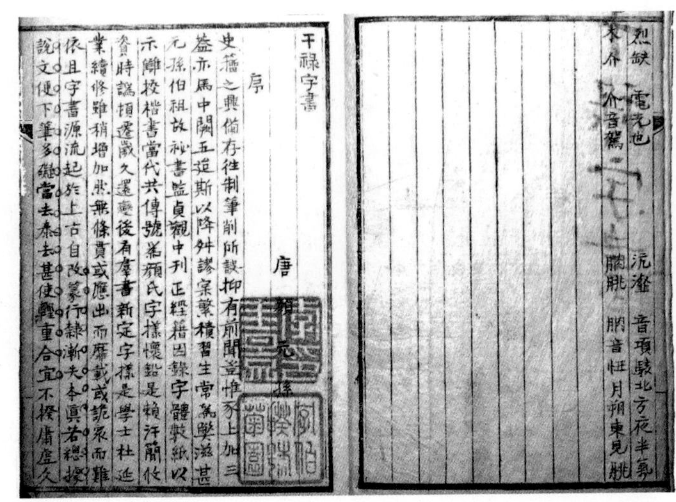

간록자서 필사본, 국립민속박물관 소장

이덕무가 필사한 책으로 고졸한 글씨체가 이서구의 편지와 닮아 보인다. 이 책은 손자 이규경의 소장이 되었는데, [家有弊帚 享之千金], [李圭景印], [字伯揆號菊園]이란 이규경의 도장이 선명하다.

두 문자의 자형과 의미를 궁구한 서적이다. 이덕무는 『간록자서』를 1783년(정조7) 이문원摛文院 즉 규장각에 숙직할 때 『도서집성圖書集成』의 자학전字學典에 실린 것을 3일에 걸쳐 필사하였다고 한다.

이덕무는 평생 수천 권의 책을 필사했다고 알려져 있거니와, 정조가 구축해놓은 규장각은 이들 신예 실학자들의 놀이터이며 도서관이었던 것이다. 이덕무의 학문은 아들 이광규李光葵(1765~1817)에게 전승되었는데, 이광규 또한 대를 이어 검서관에 뽑혀 규장각을 출입하였다. 이광규는 이덕무를 대신해 많은 서적을 초록하였는데, 그의 필적으로 현재 남은 것으로 국립민속박물관 소장의 『경적고략經籍考略』 4책(유물번호 : 24319~22)이 있다. 이 책은 송나라 말기에서 원나라 초기에 활동한 마단림馬端臨의 『문헌통고文獻通考』 중의 경적고經籍考에서 중요한 부분만을 선별하여 해서로 정갈하게 필사한 것이다. 이덕무 집안과 깊이 교유한 성해응成海應은 이광규의 학문이 섬민贍敏하였다고 높이 평가하였고, 평소 이덕무가 미처 정리하지 못한 원고가 있으면 이광규가 가지런히 정리하고 필사하여 보관하였다고 회상하였다.

이덕무와 이광규가 2대에 걸쳐 필사해 모은 책들은 자연히 아들 이규경李圭景(1788~1856)에게 전해졌다. 이규경이 평생에 걸쳐 주력한 변증辨證의 결과가 『오주연문장전산고』라는 거질의 박물고증서로 정리되었는데, 2대에 걸친 지난한 노력이 없었다면 불가능했을 것이다. 이규경은 거질의 책을 저술하면서 명물名物, 즉 사물의 명칭과 성격을 규명하는 데에 주안점을 두었는데, 역대로 전승되는 문헌에 보이는 '문자'들을 재검토하는 것에서 시작하였다. 따라서 이규경이 남긴 거질의 박물고증서는 문자에 대한 탐구에서 구축된 것이라 해도 과언이 아니다. 앞서 이서구가 편지에서 "성인의 도는 격물格物에서 출발하는데, 격물을 사고하는 데는 육예六藝보다 앞서는 것이 없고, 육예를 배우는데 글자를 버리고 무엇으로 하겠는가."라고 한 말은 '자학字學'을 탐구한 것이 조선 후기에 실학이 꽃피게 된 원동력이었음을 대변하는 말이라 하겠다.

우연인지는 모르겠으나, 이서구와 이덕무의 편지는 일반 문인의 초서 편지와 글씨체가 다르다. 예서隸書의 필획에 전서篆書의 요소를 가미하여 전에 없는 고졸하면서 창신한 기분을 전해준다. 이 두 사람의 글씨체 또한 문자를 고증하는 과정에서 연마된 것으로 보아야 할 것이다. 비록 두 사람이 비교적 젊은 시절에 쓴 편지이지만, 문자학에 매진한 그들의 학문여정을 보여줌은 물론 18~19세기에 실학과 박학의 학문이 꽃필 수 있었던 저간의 이유를 직접 대변하고 있음을 알 수 있다.

(김채식)

10 김정희金正喜의 편지

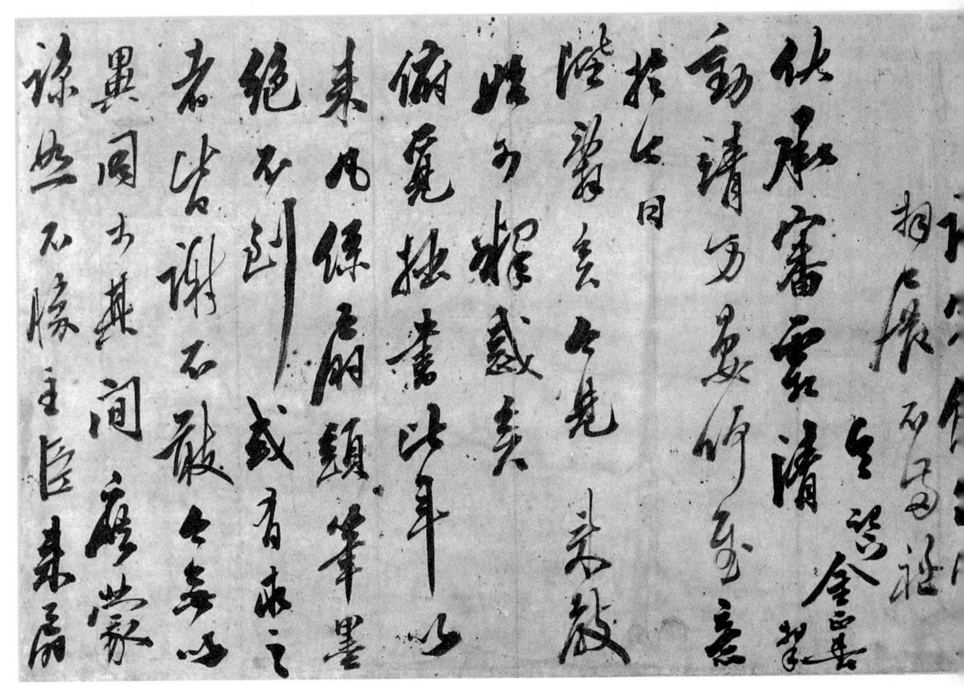

김정희 간찰, 『조선시대 간찰첩 모음

伏承審霜清動靖萬晏 仰慰 意於今日陛辭矣 今見來教 始可釋惑矣 俯覓拙書 比年以來 凡係扇頭 筆墨絕不到 或有求之者 皆謝不敢 今無以異同於其間 庶蒙諒恕 不勝主臣 來扇謹完 餘留明日拜展 不備禮

卽日 記下金正喜拜手

소식을 듣고서 서리 내리는 맑은 가을 날씨에 일상의 동정이 편안하심을 알게 되었으니 안심이 됩니다. 오늘 임금께 하직 인사를 올리려고 합니다. 오늘 편지로 내려 주신 가르침을 보니 비로소 의혹이 풀립니다. 저의 글씨를 구하신다고 하셨는데 저는 최근 몇 년 전부터 일상의 부채에 쓰는 글씨는 필묵을 뚝 끊어 쓰지 않고 있습니다. 간혹 구하는 사람이 있지만 모두 사양하고 감히 쓰지 않고 있습니다. 지금도 그간의 상황과 다름이 없으니 헤아려 용서하시기 바랍니다. 죄송함을 견딜 수 없습니다. 보내주신 부채는 그대로 돌려보냅니다. 나머지 드릴 말씀은 남겨 두었다가 내일 찾아뵙고 말씀드리겠습니다. 예를 갖추지 않습니다.

편지 받은 즉시 기하記下 김정희金正喜 올림.

해 설

먼저 간찰에 쓰인 주요한 용어를 해설해둔다. '伏承'은 소식을 듣거나 편지를 받았음을 의미하는 상투어이다. '審'은 흔히 '살필 심'이라고 훈독하는 글자이나 편지에서는 '훤히 알게 되었다.'는 뜻으로 사용한다. '動靖'의 '靖'은 흔히 '편안할 정'이라고 훈독하는 글자이나 여기서는 '靜(고요할 정)'과 같은 의미로 사용되었다. '動靜'이나 '擧止'는 다 '움직임과 멈춤'이라는 뜻으로서 사람의 일상생활을 칭하는 말이기 때문에 상대방의 근황을 물을 때 주로 사용한다. '仰慰'의 '仰'은 흔히 '우러를 앙'이라고 훈독하는 글자인데 '믿다'라는 뜻도 있다.

상대방이 편지를 통해 한 말을 듣고 '하신 말씀을 믿게 되었다'는 의미로 사용하는 글자이다. 따라서 '믿어'라고 번역하는 것이 좋겠다. '慰'는 '위로할 위'라고 훈독하는 글자이지만 상대의 글을 받고 내가 위안이 되는 상황을 표현하는 글자이므로 '위로'라고 번역하기 보다는 '위안' 혹은 '안심'이라고 번역하는 것이 좋을 성 싶다. '意'가 문장의 맨 앞에 쓰일 때는 '내가 생각하기에'라는 의미이다. '竊想(슬며시 생각해 보건대)', '遙知(멀리서 그려 짐작해 보건대)', '遙想(멀리서 생각해 보건대)' 등과 비슷한 의미로 사용한다. '陛辭'의 '陛'는 '섬돌 폐'라고 훈독하는 글자로서 여기서는 '폐하陛下' 즉 왕을 칭하는 말로 사용되었다. '陛下'는 본래 황제가 거처하는 곳의 섬돌 아래에 대기하고 서있는 侍從을 뜻하는 말이었다. 신하가 황제를 뵙기 위해서는 직접 황제를 부르지 못하고 섬돌 아래의 시종을 불렀는데 이때 '섬돌 아래'에 있는 사람이라는 뜻에서 '폐하'라고 부르던 것이 나중에는 황제를 직접 부르는 칭호가 되었다. 후에 폐하는 황제에 대한 칭호로, '殿下'는 왕이나 황태자에 대한 칭호로 굳어졌다. 명나라 때부터는 폐하와 함께 '皇上'이라는 말이, 전하와 함께 '主上'이라는 말이 사용되면서 '황상폐하', '주상전하'라는 말이 생겨나게 되었다. '辭'는 '말씀 사'라고 훈독하는 글자로서 '말하다'가 이 글자의 본뜻이어서 원래는 '訟'과 같은 의미였으나 후에 '告(알릴 고)'와 같은 뜻으로 쓰이면서 '告別(이별을 고함)'의 의미가 더해져 '辭'는 '떠나다', '사직하다'라는 의미도 갖게 되었다. '陛辭'는 '폐하를 떠나' 즉 '왕의 곁을 떠나'라는 뜻이다. 이 편지에 나오는 '陛'자를 통해 조선 후기부터는 조선에서도 황제에게 사용하던 '陛下'의 개념을 조선의 왕에게도 적용했음을 짐작할 수 있다. '來敎'는 직역하자면 '내게 온 가르침'이라는 뜻이다. 상대방이 편지로 알려준 내용에 대한 높임말이다. '俯覓拙書'의 '俯'는 상대방이 자신을 '내려 굽어보는 위치에 있다'는 뜻으로 쓴 글자로서 상대에 대해 자신을 낮춘 겸사이다. '拙書'는 자신의 글씨에 대한 겸사이다. '比年以來'의 '比年'은 每年이라는 뜻도 있고 近年이라는 뜻도 있다. 여기서는 近年이라는 뜻으로 쓰였다. '以來'는 과거의 어느 시점부터 지금까지 줄곧 해왔음을 나타내는 시간부사이다. 比年以來는 '최근 몇 년 전부터'라는 뜻이다. '凡係扇頭'의 '凡係'는 '예사로 매는(붙이는, 쓰는)'이라는 의미로 보인다. 扇頭는 '부채'를 말한다. '頭'는 명사에 붙이는 접미사일 뿐 특별한 뜻이 없다. 굳이 우리말로 번역하자면 '부채머리'라고 할 수 있는데 이는 '책상머리', '밥상머리' 등의 '머리'와 같은 용도의 접미사이다. '庶蒙諒恕'의 '庶'는 '여러'라는 뜻으로 주로 사용하지만 편지에서는 '바라건대'라는 의미로 사용한다. 蒙은 주로 '어릴 몽, 어리석을 몽'이라고 훈독하지만 '입다', '당하다'라는 의미의 피동사로 쓰이기도 한다. 그러므로 '庶蒙諒恕'를 직역하자면 '양해와 용서를 입기를 바랍니다.'이다. 즉 '헤아려 용서해 주십시오.'라는 뜻이다. '主臣'에서 '主'는 '임금 주'라고 훈독하며 '主臣'은 임금 앞에 선 신하처럼 황공하다는 뜻이다. '謹完'은 상대로부터 받은 물건을 원래 상태 그대로 완전하게 돌려보낸다는 뜻이다. '拜展'은 직역하자면 '절하고 펼침'이다. 절을 하는 것은 직접 마주했을 때라야 가능한 것이므로 拜展은 직접 찾아뵙고 마음에 담겨 있는 말을 펼쳐 보인다는 뜻이다. '不備禮'는 편지 끝에 쓰는 상투어로 제대로 예를 갖추지 못했다는 뜻이다. '卽日'은 편지를 받은 당일에 답신을 썼다는 뜻이다. '記下'는 '記下生'의 약칭이다. 직위나 계급, 신분 등이 자신보다 높은 사람에 대하여 자신을 겸손하게 칭하는 겸칭이다. 굳이 번역하자면 '당신의 기억 속에 있는 사람'이라는 뜻이다. '拜手'는 두 손을 맞잡고 공손하게 절함. 편지 끝에 쓰는 상투어로서 오늘 날의 '올림'에 해당하는 말이다.

이 편지는 추사 김정희 선생이 누군가 자신보다 지위가 높은 사람에게 쓴 편지이다. 이 편지의 특징은 상대방이 부채에 글씨를 써달라고 한 부탁을 정중하면서도 단호하게 거절하는 내용에 있다. 조선시대의 화가들은 대부분 중인계급이었다. 따라서 신분이 높은 양반들이 불러들여 그림을 그리라고 하면 하루에도 수십 폭씩 그리는 혹사를 당하는 경우가 적지 않았다. 이러한 다작으로 인하여 같은 작가의 작품임에도 수준차가 심하게 발생하기도 했다. 달마도로 유명한 김명국이 그러한 다작의 대표적인 피해자라고 한다. 이처럼 회화에서 만연했던 '작품 강요'의 풍조가 글씨에도 번져 글씨를 잘 쓰는 사람에게 무턱대고 글씨를 요구하는 경우가 많았다. 요구를 한 사람은 자신 한 사람으로 생각하지만 요구를 받은 사람은 수십 명이 되다보니 중압감이 적지 않았다. 게다가 이른 바, '윤필료潤筆料'라고 하는 사례비도 정해져 있지 않아서 상대방의 처분만 바라볼 뿐 수고로움의 대가를 제대로 요구할 수도 없었다. 서화시장이 형성된 것은 더욱 아니었기 때문에 '친분'을 핑계 삼아 글씨를 요구하면 체면상 거절하지 못하여 난감한 경우가 적지 않았다. 이 편지도 당시의 그런 사회적 분위기를 그대로 반영하고 있다. 누군가가 추사에게 부채를 몇 자루 사다주며 그림을 그리거나 글씨를 써 달라고 부탁을 한 모양이다. 이에 대해 추사는 "최근 몇 년 전부터 부채에 쓰는 글씨는 필묵을 뚝 끊어 쓰지 않고 있다."는 말로 정중하면서도 단호하게 거절하고 있는 것이다.

같은 시기, 중국은 우리와 사정이 많이 달랐다. 소주蘇州와 양주揚州 일대는 상업경제가 매우 발달하여 휘상徽商(안휘성 상인), 양상揚商(양주지역 상인), 진상晉商(산서성 상인) 등이 다 이곳으로 몰려들었다. 이들 상인들은 문인예술가와는 왕래하지 않고 단지 서화상을 통해서 서화를 수집하여 문화애호자로 행세하며 서화를 활용하여 관료사회의 인사들과 교제하였다. 이러한 시대적 요구에 의하여 소주와 양주 일대에는 서화시장이 형성되었다. 이때부터 서예작품은 문인의 서재에서 벗어나 사회에 공급되는 예술품으로 변하였고, 창작의 주체인 서예가의 신분에도 변화가 생겼다. 오문吳門(소주 일대를 지칭하는 말)에는 직업 서화가 그룹이 형성되었다. 그룹의 리더였던 문징명文徵明(1470~1559)을 비롯한 대다수의 구성원들은 과거시험에 실패했거나 설령 합격했더라도 정치적인 이유로 일찍 관직에서 물러나 서화를 팔아 생계를 유지하는 사람들이었다. 이들의 활동으로 말미암아 소주나 양주지역에서는 서화 작품이 활발하게 거래되었다.

오늘날의 상해 지방에서는 동기창董其昌(1555~1636)을 중심으로 하는 서화집단이 자리를 잡고 서화시장을 형성하였다. 청나라에 들어서는 이른 바 양주팔괴揚州八怪를 중심으로 서화시장이 더욱 활성화되었다. 양주팔괴는 양주지방의 여러 서화가들을 선도하며 화풍을 주도하던 8명의 참신한 서화가를 합칭하는 말인데 실제 구성원에 대해서는 여러 해석이 있다. 대체로 화암華嵒(1682~1756), 고봉한高鳳翰(1687~?), 왕사신汪士愼(1686~1759), 이선李鱓(1686~1756), 황신黃愼(1560~1617), 금농金農(1687~1763), 고상高翔(?~?), 정섭鄭燮(1693~1765) 등 8인을 말한다. 이들은 모두 직업화가로서 작품값 관리를 엄격하게 했다. 작품의 크기와 형식별로 작품의 가격을 정하여 써서 걸어 두었다. 이러한 '가격표'를 '윤례潤例'라고 불렀다. '윤필료 예시'라는 뜻이다. 그 중에서 정섭鄭燮(號 : 板橋)의 윤례를 보면 그 내용이 적잖이 노골적이면서도 해학적이다.

판교 정섭, 묵죽괴석

대폭 작품은 여섯 냥, 중폭은 넉 냥, 소폭은 두 냥, 편지 종이만 한 작은 크기의 대련 작품은 한 냥, 부채나 시고詩稿 크기 작품은 5전. 예물이나 음식물을 주는 것은 결코 현금 은전銀錢을 주는 것보다 좋은 일이 아닙니다. 그대가 주는 것이 반드시 내가 좋아하는 것과 일치하지는 않을 테니 말입니다. 만약 현금을 주신다면 내 마음이 기뻐서 그대는 좋은 작품을 얻을 수 있을 것이오. 예물이란 본시 가격을 가늠할 수 없고 필요한 물건인지 아닌지도 맞출 수 없어서 시비의 소지가 있습니다. 외상도 두렵거니와 작품 값을 떼이는 것은 더욱 두렵소. 나도 이제 나이가 들어 정신이 피곤하니 그대들과 더불어 한가하게 내게 잇속 없는 이야기를 할 수는 없습니다.[大幅六兩 中幅四兩 小幅二兩 書條對聯一兩 扇子斗方五錢 凡送禮物食物 總不如白銀爲妙 蓋公之所送 未必弟之所好也 若送現銀 則中心喜悅 書畫皆佳 禮物旣屬糾纏 賒欠尤恐賴帳 年老神倦 不能陪諸君子作無益語言也 - 마종곽(馬宗藿), 『서림기사書林紀事』 권2]

이러한 윤례에 이어 다음과 같은 시가 적혀 있었다고 한다.

畵竹多於買竹錢　그림 속의 대나무가 실지 대나무보다 비싸고
紙高六尺價三千　종이 길이 여섯 자에 불과하지만 그 값은 3천 냥일세
任渠話舊論交接　이러쿵저러쿵 옛날 교분을 들추지 마시게
只當春風過耳邊　다 귓가를 스치는 봄바람쯤으로 여길 테니까

중국에서는 이처럼 서화시장이 형성되고 작품 거래가 노골적으로 이

루어질 때 조선에서는 아직 이렇다 할 서화시장도 형성되지 않은 상태에서 친분을 내세워 작품을 요구하는 경우가 많았던 것이다. 이런 상황에서 추사 김정희는 부채에 글씨를 써달라는 누군가의 부탁을 단호하게 거절하는 편지를 썼다. 추사 성격의 일단을 볼 수 있는 편지이다.

서예작품에 가격이 형성되어 있지 않은 상황은 지금도 마찬가지다. 전주한옥마을에는 서예작품으로 제작한 현판이 적지 않은데 이 일을 추진하는 공무원들이 나무에 글씨를 새기는 목각 장인의 인건비와 재료비는 수백만 원씩 책정하면서도 글씨를 쓰는 서예가에 대한 윤필료는 그야말로 '종이값' 수준으로 책정하는 경우가 허다했다. 한옥마을을 조성하던 초기에는 이런 현상이 더욱 심하였는데 지금도 크게 개선된 점은 없다. 동료 교수들이 저서를 내면서 '제자題字' 즉 책표지 글씨를 써달라고 부탁하는 경우도 종종 있다. 대작 작품보다 더 신경이 쓰이고 어려운 게 책표지를 쓰는 것이고, 그 보다 더 어려운 게 부채에 글씨를 쓰는 일인데 애써 써주면 그에 대한 보답은 으레 점심 한 끼, 그것도 '간단한' 점심 한 끼로 때우려 든다. 속이 상하지만 '선비(?)의 체면' 상 말도 못한다. 여름철이 되면 부채에 글씨를 써달라는 사람은 최소한 서 너 명씩 줄을 서 있고, 심지어는 자신의 별장을 지었다고 자랑하며 문패를 써달라며 잘 다듬은 목재를 들고 오는 사람도 있다.

자본주의 사회인 오늘날도 서예가에 대한 대접이 이러하고 서예가 자신도 '작품값' 달라는 얘기를 똑 부러지게 하지 못하는 분위기이니 추사 선생 시절에는 오죽했을까? 짐작컨대 추사 선생께 부채를 보낸 게 한 두 자루가 아닌 성싶다. 무례하게도 대략 열 자루쯤 보낸 게 아닐까? 추사 선생은 편지로 단호하게 거절해 놓고서도 마음이 편치 않았나 보다. 편지 끝에 남은 이야기 즉 자세한 얘기는 내일 찾아뵙고서 하겠다고 했으니 말이다. 다음날, 그 사람을 만난 추사는 뭐라고 했을까? 부채를 써달라는 청을 들어 드리지 못해서 죄송하다는 의례적인 인사를 했을까? 아니면 시치미 뚝 떼고 모르는 척 아무 말도 하지 않았을까?

(김병기)

11 노사심획蘆沙心畫, 기정진奇正鎭이 보낸 두 편의 편지

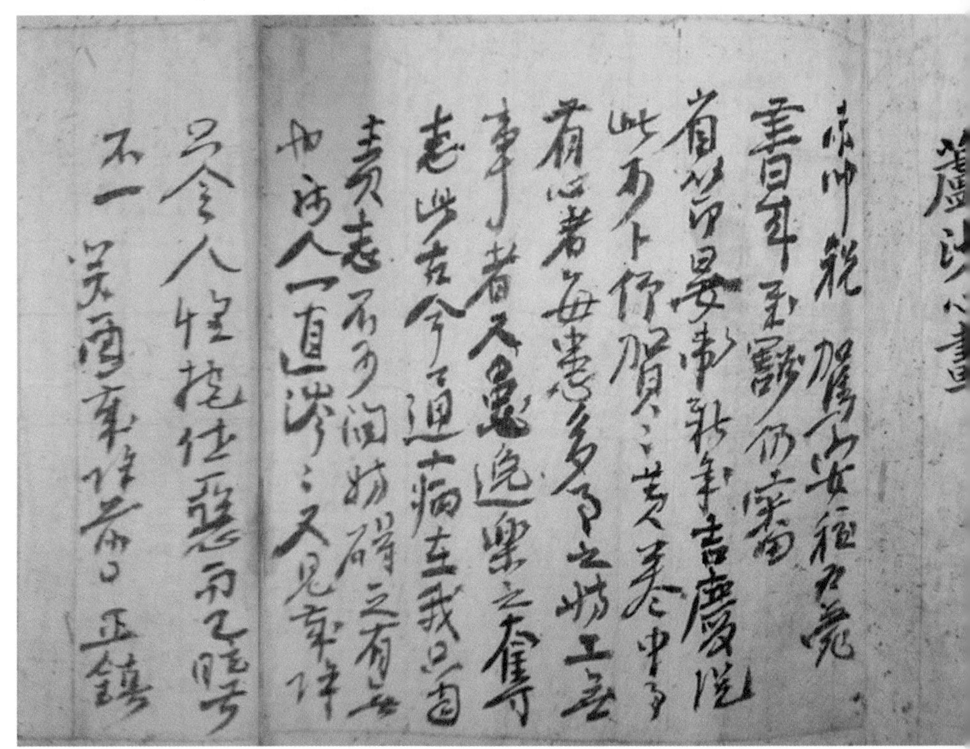

기정진 간찰, 개인

未聞稅駕安穩 爲鬱 書來慰豁 仍審省節晏衛 新年吉慶 從此可卜 仰賀仰賀 黃卷中事 有心者 每患多事之妨工 無事者 又患逸樂之奪志 此古今通病 在我只當責志 不可問妨碍之有無也 病人一直涔涔 又見歲除 只令人懷抱作惡而已 眩甚不一

癸酉歲除前日 正鎭

무사히 도착했다는 소식을 듣지 못해 답답했는데, 편지가 오니 위로가 되고 마음이 풀립니다. 편지를 통해 부모를 모시고 지내는 형편이 좋으신 줄 알게 되니 새해의 경사를 이로써 상상할 수 있어 우러러 축하를 드립니다. 책을 읽는 일은, 마음을 둔 경우에는 번다한 일이 공부를 방해할까 매번 근심이고, 일이 없을 적에는 또한 안락하게 지내고 싶은 마음이 의지를 빼앗을까 근심입니다. 이는 고금에 걸친 병폐로 자신에게 달려있어 의지를 다져야 할 따름이지, 방해가 있는지 없는지를 물어서는 안 됩니다. 병든 나는 계속 골골대고 있는데 다시 세모가 되니 회포를 우울하게 할 뿐입니다. 현기증이 심해서 일일이 다 말하지 않겠습니다.

계유년(1873) 새해 이틀 전날. 정진正鎭.

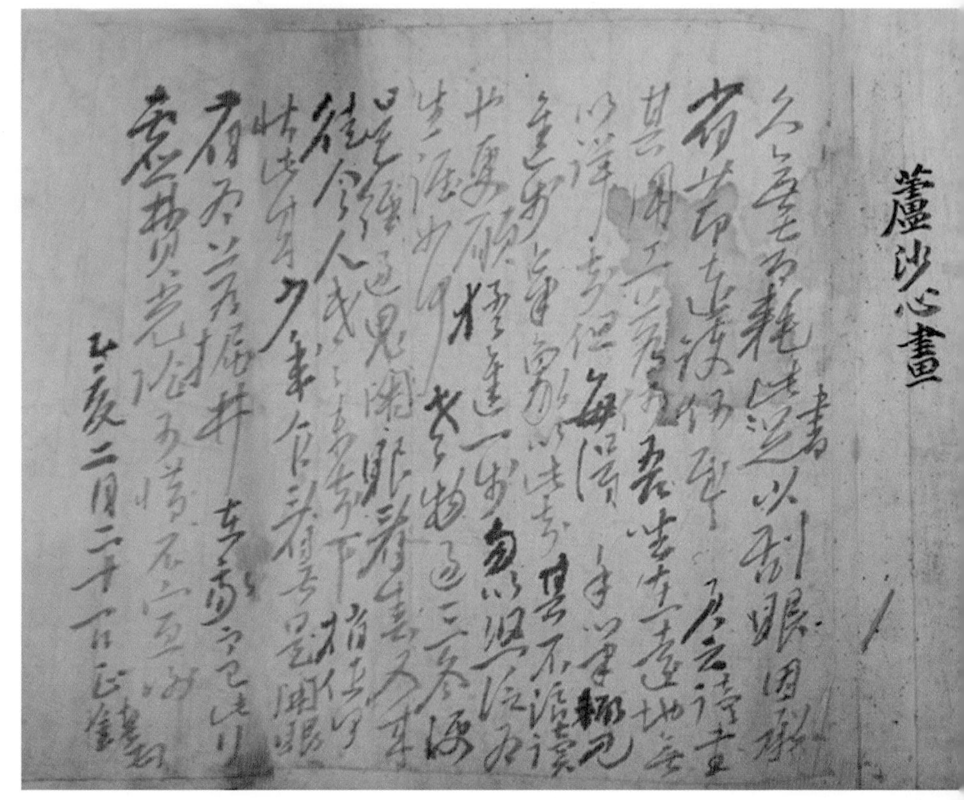

기정진 간찰, 개인 소장

久無音耗 此書足以刮眼 因承省節連護 何慰何慰 君之讀書 其用工若何 吾坐在遠地 無以詳知 但每得手筆 輒見進步氣象 以此知其不浪讀也 更願猛進一步 勿以悠泛爲生涯 如何 老物過三冬 便是經過鬼關 眼看春又來 徒令人昏昏 未知下梢作何狀 此來少年乍看 甚是開眼 有爲若掘井 在我而已 此行虛費光陰 可惜 不宣謝

乙亥二月二十一日 正鎭頓

오랫동안 소식이 없었는데 이 편지가 오니 눈을 비비고 보기에 충분하네. 편지를 보고서 부모를 모시고 지내는 형편이 계속 좋은 줄을 알게 되었으니 얼마나 위로가 되는지. 그대의 독서는, 그 공력을 기울임이 어떠한지 내가 멀리 있어서 상세히 알 수가 없네. 다만 편지를 받아볼 때마다 진보하는 기상을 문득 보게 되니, 허투로 독서하는 것이 아님을 알 수가 있네. 다시 바라건대, 용맹하게 진일보하여 그럭저럭 세월을 보내지 않는 것이 어떠하겠는가? 이 늙은이는 삼동을 나면서 죽음의 문턱을 지나왔네. 봄이 또 오는 것을 보니 정신을 흐릿하게 할 뿐, 끝내 어떤 모습이 될지 모르겠네. 요즈음 젊은이들을 문득 보면 눈을 번쩍 뜨게 하네. 큰일을 하는 것은 우물을 파는 것과 같으니, 그 일은 나에게 달려있을 따름일세. 이번 걸음은 시간을 허비하는 것이 애석할 만하네. 이만 줄이며 답장을 하네.

을해년(1875) 2월 21일. 정진正鎭.

해 설

노사蘆沙 기정진奇正鎭(1798～1879)이 보낸 두 통의 편지이다. 두 편지 모두 퇴계가 쓴 『도산기陶山記』 인본印本 말미에 '노사심획蘆沙心劃'이라 하여 첨부된 간찰이다. 도학자들은 글씨를 배움의 표현으로 생각하여 심획心劃이라고 하였다. 『도산기』에 노사의 편지 글씨 2점이 첨부된 것은 『도산기』 발문을 고봉高峰 기대승奇大升이 썼고, 말미에 기대승의 글씨도 같이 판각되어 있기 때문으로 생각된다. 『도산기』는 퇴계가 자신이 머물고 있는 도산에 대하여 서술한 기문과 시를 자필로 쓴 것을 판각한 것이다.

앞 편지는 세밑 문안 인사 편지로 글귀를 인용하여 공부에 매진하기를 독려하고 있다. 그 공부의 내용이 무엇인지는 구체적으로 모르겠으나 학문 궁구를 통한 인격의 완성이 아닐까 싶다. 뒤 편지는 기정진이 말년에 어린 후학에게 열심히 공부할 것을 당부하는 편지이다. 늘 공부를 강조하는데, 그 내용이 구체적으로 나타나 있지는 않다. 두 편 모두 공부에 매진하라고 독려하는 내용이다.

대상이 누구인지 알 수 없어 구체적인 내용과 전후 관계를 알 수 없어 아쉽다. 노사 연보를 통해 편지를 썼던 시기의 사회적 상황과 그의 성품을 헤아릴 수밖에 없다. 노사 연보에 따르면, 1866년(고종3) 69세에 6조의 상소를 올려 양이洋夷의 침범에 대비할 것을 건의하기도 하였다. 또한 1876년(고종13) 79세에는 병자늑약丙子勒約의 소식을 듣고도 아무런 대책을 제시하지 못하는 자신을 한탄하며, 붓과 벼루를 문밖으로 내갈 것을 명하였다고 전한다.

더불어 기정진의 생애와 일화들을 통해 편지에 담긴 그의 인품을 조금이나마 느껴볼 수 있을지 모르겠다.

그의 초명은 금사金賜, 자는 대중大中, 호는 노사蘆沙, 시호는 문간文簡이다. 1798년(정조22) 출생하여 1879년(고종16) 12월 82세로 장성군 진원면에서 타계하였다. 그는 5세 때 천연두를 앓아 한쪽 눈을 실명하였으며, 15세부터 학문을 익히기 시작하였다. 1831년(순조31) 생원시에서 1등 2위로 합격, 동부승지, 호조 참판 등 40여 차례의 벼슬이 내렸으나

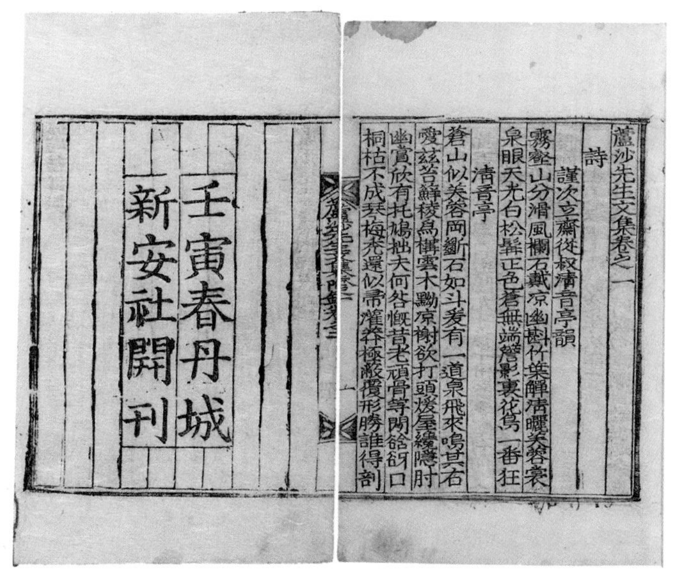
壬寅春丹城
新安社開刊

蘆沙先生文集卷之一
詩
謹次立齋從叔淸音亭韻
霧谿山分滑風欄石戴凉幽斟竹葉觶淸曬芙蓉裳
泉眼天光白松髯正色蒼無端鸞影裏花鳥一番狂
淸音亭
蒼山似芙蓉岡斷石如斗爰有一道泉飛來鳴其右
霎玆苔蘚稜鳥構雲木黝凉榭欲打頭燧屋纔隱肘
幽賞欣有托鳩拙夫何咎慨昔老頑骨等閒谽谺口
桐枯不成琴梅老還似帚濯斧極蒙翳形勝誰得剖

기정진, 『노사선생문집』

출사하지 않고 오로지 강학과 저술에만 몰두하였다. 그는 「병인소丙寅疏」를 올려 위정척사사상의 기초를 마련하였고, 「납량사의納涼私議」와 「외필猥筆」 등에서 이일분수理一分殊와 유리론唯理論에 의한 독창적인 주리철학을 수립하여 조선의 6대 성리가로 일컬어지고 있다. 또한 강학에 힘써 김석구金錫龜(1835~1885)나 정재규鄭載圭(1843~1911), 정의림鄭義林(1845~1910) 등 이른바 노문삼자를 비롯한 600여 명의 문인을 배출하였다.

고산서원高山書院에 보관된 그의 부친 기재우奇在祐(1769~1818)가 1793년 10월부터 1807년 4월까지 기록한 일기日記에는 아들 기정진의 출생과 성장 과정이 상세히 담겨 있으며 시문도 들어 있다. 이 일기는 누군가가 정자正字로 필사한 것이다. 1803년 6월 기재우의 일기에는 기정진이 천연두를 앓아 눈을 잃게 되는 과정이 상세하다.

계해년(1803년) 6월 7일. 금사金賜(기정진의 아명)가 천연두에 걸려 드러누웠다. 24일에 이르러서는 온 몸에 땀이 흐르고 얼굴에 부기가 가라앉지 않는데다 눈을 뜨지 못해 찬기운의 약을 썼다.

26일. 부기가 조금씩 가라앉기 시작했으나 왼쪽 눈은 아직도 뜨지 못한다. 억지로 눈꺼풀을 젖혀보니 흰자위가 검은 눈동자를 가리고 있다. 백방으로 여러 가지 약을 썼다.

30일. 그 사이에 눈 전체를 덮었던 뿌연 기가 점점 없어졌으나 눈동자가 완전히 고정되어 움직이지 않았다. 계속 탕제와 환약을 썼지만 차도가 없다.

기정진의 학문 깊이를 알려주는 다음 일화도 유명하다. 1803년(순조 3)에 청나라 사신이 조선에 인물이 있는지를 시험하기 위해서 조선 조정에 시 한 편을 보내 뜻을 물어왔다. "龍短虎長 五更樓下夕陽紅" 직역하면 "용은 짧고 호랑이는 길다. 오경루 아래 석양은 붉네."가 되는데, 조정에서는 그 뜻조차 짐작하지 못하고 난감해 했다. 그때 전라도 신동인 노사에게 물으니 7살의 노사는 "東海有漁 無頭無尾無脊 畵圓書方 九月山中春草錄(동해에 고기가 있는데 머리도 없고 고리도 없고 등뼈도 없다. 그리면 둥글고 글씨로 쓰면 각이 졌는데 구월 산중에 봄풀이 푸르다.)"라고 답하여 청나라 사신들을 놀라게 했다는 것이다. 그리면 둥글고 쓰면

네모진 것은 해[日]인데 12간지에서 용[辰]은 진시를 뜻하니 진시에 해가 뜨면 낮이 짧고 호는 인이니 인시에 해가 뜨면 낮이 길게 되니 해라고 해석한 것이다. "五更樓下夕陽紅"에 대해서는 '한밤중에 석양빛이 붉다' 는 것은 이치에 맞지 않으므로 노사도 "九月山中春草綠"이라고 하여 이치에 맞지 않게 대답한 것이다. 순조 임금과 조정 대신들이 크게 감탄하여 "長安萬目 不如長城一目(서울사람 만 명의 안목이 장성의 한사람을 못당한다)"라는 말로 극찬했다고 전한다.

『기씨가승奇氏家乘』(필사본, 1832년)은 행주 기씨가의 계보와 역사 기록이다. 1832년에 기정진이 쓴 서문이 실려 있는데 "호남의 행주 기씨 가문이 높은 벼슬을 하지는 않았지만, 산림에서 덕을 길러 호남의 유종儒宗이 된 인물이 대를 이었고, 후손들이 조상들의 뜻을 받들어 가풍을 지키고 불의不義한 일을 하지 않았다."고 적고 있다.

(기근도)

12 최익현崔益鉉의 편지

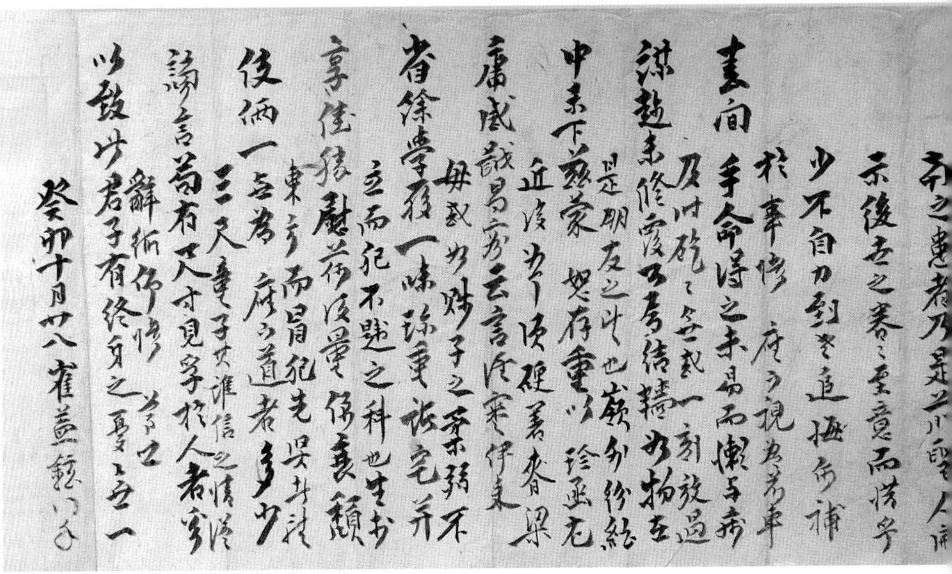

최익현 간찰, 개인

校洞 省座 回納 　　龜溪 謝狀

春間手命 得之未易 而懶與病謀 趁未修覆 心爲結轖 如物在中未下 玆蒙恕存 重以珍函 尤庸感戢 曷容云言 謹審伊來 省餘學履 一味珍重 諸宅并亨佳勝 慰荷沒量 僕衰頹 伎倆一無爲座下道者 多少謗言 苟有尺寸見孚於人者 奚以致此 君子有終身之憂 無一朝之患者 乃是前聖人開示後世之眷眷至意 而惜乎少不自力 到老追悔 何補於事 惟座下視爲前車 及時矻矻無或一刻放過 是朋友之望也 嶺外紛紜 近復如何 須硬着脊梁 毋或如賤子之柔弱不立 而犯不韙之科也 生於東方 而冒犯先賢者 雖三尺童子 其誰信

之 情溢辭縮 仰惟尊照
癸卯十月廿八 崔益鉉拜手

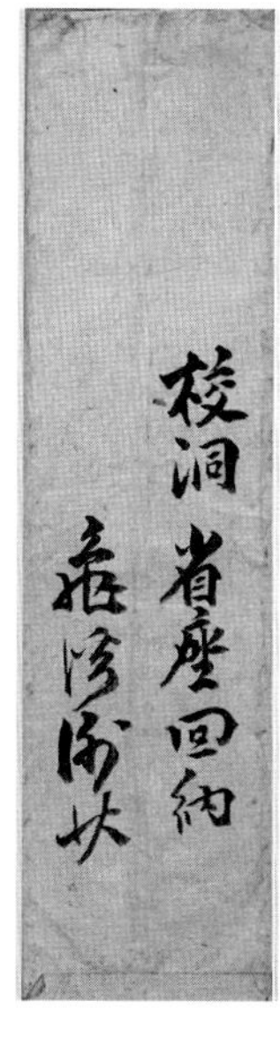

교동에서 부모님 모시고 지내시는 자리에 회납
구계에서 보낸 답장

봄에 손수 보내신 서신은 얻기가 쉽지 않은 것인데 게으름과 질병이 서로 꾀하여서 아직까지 답장을 올리지 못하여 마음에 맺힌 기운이 무언가 가슴에 걸려 내려가지 않은 듯하였습니다. 지금 용서해주시고 편지까지 보내주시니 더욱 감사한 마음을 어찌 다 말씀 드리겠습니까? 보내주신 편지에 부모님을 모시고 학문에 매진하는 생활이 한결같이 편안하시고, 집안 여러분들도 잘 지내신다니 크게 위로가 됩니다.

저는 쇠약한 노인네라 좌하座下를 위해 말할 수 있는 기량이 한 가지도 없습니다. 다소간의 비방이 있더라도 다른 사람에게 조금의 믿음을 얻었다면 어찌 이리 되었겠습니까? [『맹자(孟子)』 이루하(離婁下)에서] "군자는 종신토록 근심은 있으나 하루아침의 걱정은 없다"고 한 것은 바로 옛 성인이 후세에 펼쳐 보인 지극한 뜻입니다. 안타깝게도 젊어서 스스로 노력하지 않고 늘그막에 후회한들 일에 무슨 보탬이 되겠습니까? 좌하께서는 앞사람들의 일을 본보기로 삼아 때맞추어 부지런히 힘써 한시도 헛되이 보내시지 않는 것이 이 친구의 바람입니다.

영남 지방이 소란스러웠는데 요즘은 어떠한지요? 마땅히 지조를 굳게 지키셔야 합니다. 혹시라도 저처럼 유약하여 뜻을 굳건히 세우지 못하여 옳지 못한 죄를 범하지 말아야 합니다. 우리 동방에서 태어나 선현들을 욕되게 한다면, 비록 삼척동자라 하여도 누가 믿어주겠습니까? 정은 솟아나지만 말을 줄입니다. 잘 살펴주십시오.

계묘년(1903) 10월 28일. 최익현 올림.

해 설

최익현崔益鉉(1833~1906)이 교동에 사는 사람에게 보낸 편지이다. 피봉을 통해 편지를 쓸 당시 최익현은 구계龜溪에 있었음을 확인할 수 있다. 『면암선생문집』 권22에 구계정기龜溪亭記가 수록되어 있어 그 위치 및 주변 경관을 파악할 수 있다. 이에 의하면, 구계는 황해도 해주 근처 벽성碧城에서 서쪽으로 30리 거리에 있는 검봉劍峯 아래 다보多寶 서쪽에 위치하였다. 그의 표현을 빌리자면, 세상에 드러나지 않고 깊이 파묻혀 은둔하는 군자가 노닐 만한 곳이고 외딴 시골에 위치해 귀한 이들의 수레가 이르지 않는 곳이었

최익현 초상, 국립제주박물관 소장

다. 구한말의 급변기 속에서 굴곡진 삶을 살았던 그가 진정으로 지향했던 삶은 이런 모습이 아니었을까 생각해 본다.

첫 구절의 '수명手命'은 남이 보낸 편지를 높여 부르는 말이다. '전거前車'는 '전거복후거계前車覆後車戒'의 준말로, 앞 수레가 넘어지면 뒷수레가 조심한다는 뜻이다. '척량脊梁'은 척추. 등골뼈라는 의미로, 사람의 의지나 절조를 비유하는 말이다.

최익현은 본관은 경주, 자는 찬겸贊謙, 호는 면암勉庵이며, 이조정랑 등을 역임하였다. 1905년 을사늑약에 항거하여 74세의 고령으로 전북 태인, 순창에서 400여 명의 의병을 이끌고 항일의병운동을 하다가 체포되어 대마도에 유배되어 단식으로 항거하다 사망하였다.

(이광호)

13 만해卍海 한용운韓龍雲의 편지

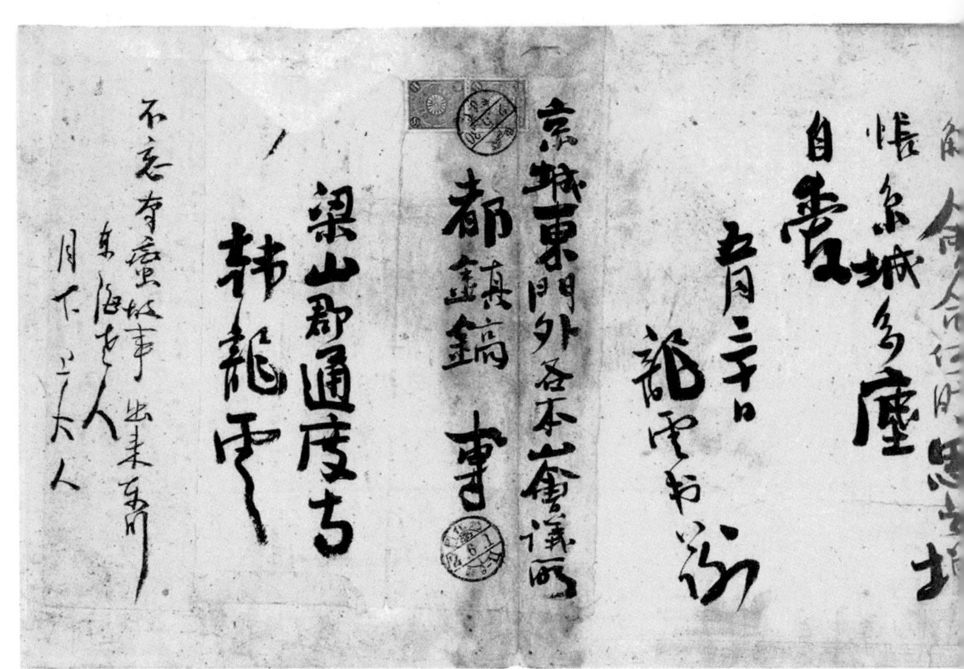

前書未謝 再書荐至 千里兩情 固若是也 以家事未遂東渡之學云 可惜可惜 所謂家事 視天下事甚少 幸一擲勉學 勿負初志焉 弟則七顚八倒 何足道 藏經所抄 方在校正精書中 近因通度寺之堅請 寓於講堂之祖室 所抄之精書 未得專一耳 所謂維新論者 區區何足道也 實佛教界之恥也 雖然僞維新乃眞維新之母也 以是自解 會合何時 思之增悵 京城多塵 自愛

五月三十日 龍雲弟拜謝

京城東門外 各本山會議所 都鎭鎬 專

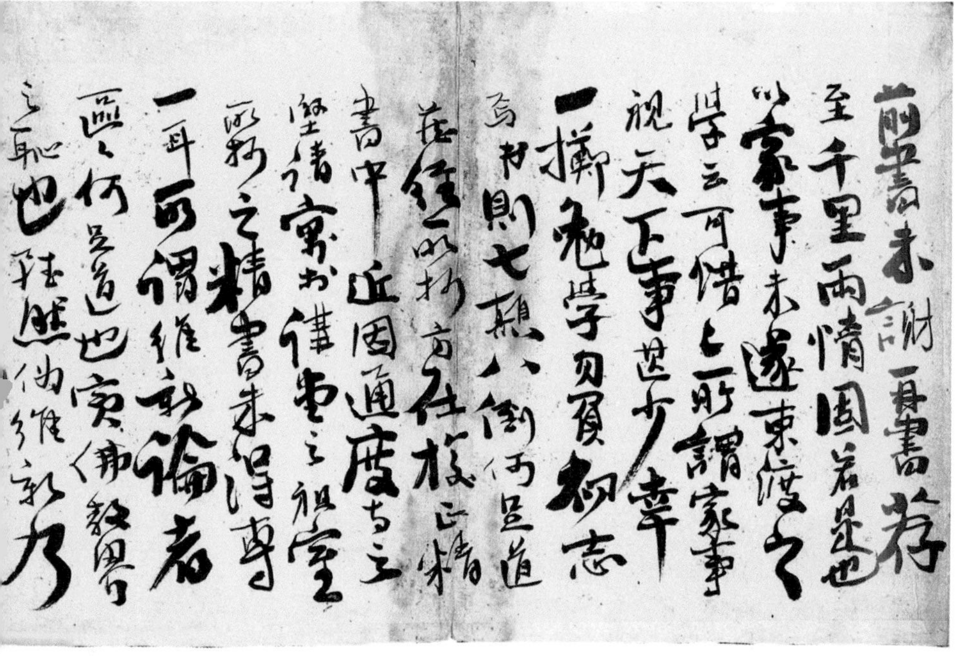

한용운 간찰, 『고승유묵』 수록

이전 편지에 아직 답장을 못했는데 두 번째 편지가 다시 왔으니, 천리가 떨어져도 양쪽의 정이 이와 같습니다. 집안 일 때문에 일본 유학을 가지 못했다고 하시니, 매우 애석합니다. 집안 일이라는 것은 천하의 일에 비하면 아주 작은 것이므로 하나같이 던져버리고, 학문에 힘쓰고 처음 가졌던 뜻을 저버리지 말았으면 하고 바랍니다. 저는 일곱 번 넘어지고 여덟 번 거꾸러지고 하였는데, 어찌 말로 다 할 수 있겠습니까? 불교 대장경을 초록한 것은 막 교정하여 정서하고 있습니다. 근래에는 통도사의 간청으로 강당의 조실에 머무르고 있어서 대장경을 초록하여 정서하는 일에 아직 전념하지 못하고 있습니다. 유신론維新論이라는 것을 어찌 일일이 설명할 수 있겠습니까만, 실로 불교계의 부끄러움입니다. 그러나 거짓 유신은 참 유신의 어머니(바탕)라고, 이렇게 스스로 이해하고 있습니다. 어느 때나 만날 수 있을런지 생각할수록 슬픔만 커져 갑니다. 서울은 혼란한 일들이 많으니, 자애하십시오.

5월 30일 아우 한용운, 절하고 답서 올립니다.

해 설

이 편지는 만해 한용운(1879～1944)이 절친한 친우인 도진호都鎭鎬에게 쓴 것이다.(『고승유묵』, 예술의전당, 2005) 만해는 한국 불교 개혁과 민중불교를 주창했던 한국 근대를 대표하는 불교 사상가이자, 끝까지 절개를 굽히지 않고 일제에 항거한 독립운동가, 그리고 민족을 노래한 시인이었다.

1910년 한일합병이 된 뒤 해인사 주지 이회광이 한국 불교를 일본 불교의 지배하에 두기 위하여 일본 조동종과 연합맹약을 체결하였을 때, 만해는 송광사에서 승려대회를 주도하며 친일승 이회광을 몰아내는 데 앞장섰고, 1913년 백담사에서 『조선불교유신론』을 집필하여 발행하였다. 그는 이 유신론에서 유신운동의 기본적인 목표와 방향이 정신문화의 혁명에 있다고 보고, 불교인이건 아니건 인간은 누구나 정신의 유신을 시켜야 하며 그 길만이 조선이 살아갈 수 있는 길임을 강조하였다. 중생 구제를 위한 승려 교육의 문제, 포교의 문제, 경전의 해석 등을 유신론을 통해 불교 개혁의 의지로 천명하였다. 당시 불교계의 비사회적, 비합리적, 미신적인 요소와 인습을 타파하고, 시대적 변화에 부응한 새로운 진로를 개척해 나가야 한다고 주장한 것이다.

이 편지는 만해가 1913년『조선불교유신론』을 발행한 직후에 쓴 글로 보여진다. 따라서 그는 이 글에서 당시『유신론』을 둘러싼 세간의 논의에 대해, 자신의 견해를 "일일이 설명하고자 하는" 마음이 없는 것은 아니지만 실제로는 불가능한 상황을 안타까운 마음으로 표현하고 있는 것으로 보여진다. 그는『유신론』이라는 불교 개혁론을 제기할 수 밖에 없는 상황 자체가 불교계의 부끄러운 상태를 반영하는 것이라고 보고,『유신론』의 발행이 진정한 유신, 즉 진정한 정신의 변혁을 이루어내는 바탕이 될 것으로 믿고 있음을 말하고 있다.『유신론』에 나타난 불교 개혁론은 계몽주의와 합리주의와 같은 진보적 근대사상에 입각해 쓰여진 것으로, 불교와 근대 사상의 만남이라는 사상적 접촉점을 보여준다고 할 수 있다.

이후 만해는 불교 대중화를 위한 작업으로 양산 통도사에서 방대한 팔만대장경을 모두 열람하여 1914년『불교대전』을 편찬, 발행하였다. 이 책은 재래식 장경 위주의 편찬 방법에서 벗어나 주제별로 엮어진 최초의 불교 서적이다. 이 편지를 쓸 때 그는『불교대전』발간을 준비하고 있었던 상황이었던 듯하다. "최근에 통도사의 요청으로 강당의 조실에 머무르고 있지만, 대장경을 초록하여 정서하는 일에 아직 전념하지 못하고 있습니다"는 내용이 바로 『불교대전』 작업을 가리킴을 알 수 있다. 이러한 작업들을 통해 그는 역사 현실을 외면한 불교, 시대정신이 없는 불교는 종교가 아니라고 선언하는 한편 불교 본연의 정신을 찾고자 하는 작업을 게을리 하지 않았음을 알 수 있다. 그리하여 팔만대장경을 모두 읽은 몇 안 되는 인물들 중 한 명으로 후대에 전해지고 있다.

1919년 민족대표 33인의 발의로 3.1운동 '독립선언서'가 발표되었을 때 만해의 '공약' 3장이 추가되었다. 최후의 1인까지 민족의 정당한 의사를 발표하라는 공약삼장은 불법승 삼보 정신의 표현이기도 하다. 이 일로 그는 1년 6개월의 옥살이를 한 뒤 1925년 『십현담주해』, 1926년 『님의 침묵』을 발표하였고, 불교 청년 운동, 창씨개명 반대 운동, 조선인 학병 출정 반대 등 저항 운동

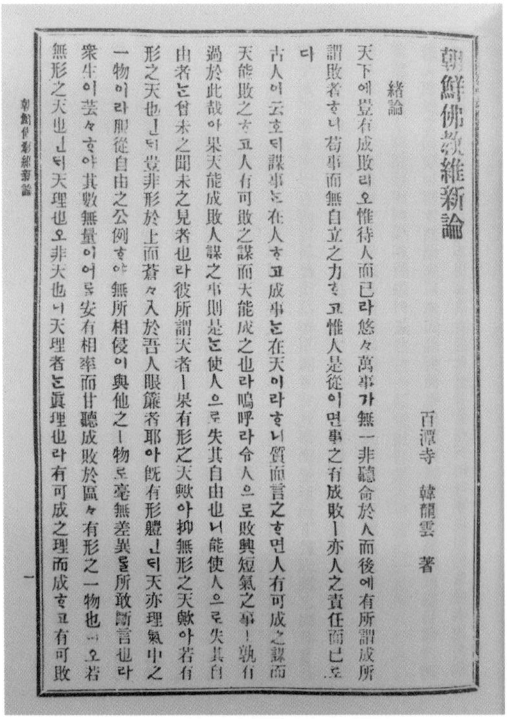
朝鮮佛敎維新論

百潭寺 韓龍雲 著

緖論

天下에 豈有成敗리오 惟待人而已라 悠々萬事가 無一非聽命於人而後에 有所謂成所
謂敗者ᄒᆞ니 苟事而無自立之力ᄒᆞ고 惟人是從이면 事之有成敗ㅣ 亦人之責任而已로
다
古人이 云호ᄃᆡ 謀事ᄂᆞᆫ 在人ᄒᆞ고 成事ᄂᆞᆫ 在天이라ᄒᆞ니 質而言之ᄒᆞ면 人有可成之謀而
天能敗之ᄒᆞ고 人有可敗之謀而天能成之也라 嗚呼라 令人으로 敗興短氣之事ㅣ 孰有
過於此哉아 果天能成敗人謀之事則是ᄂᆞᆫ 使人으로 失其自由也니 能使人으로 失其自
由者ᄂᆞᆫ 曾未之聞未之見者也라 彼所謂天者ㅣ 果有形之天歟아 抑無形之天歟아 若有
形之天也ㄴᄃᆡ 豈非形於上而蒼々入於吾人眼簾者耶아 旣有形體ㄴᄃᆡ 天亦理氣中之
一物이라 服從自由之公例ᄒᆞ야 無所相侵이 與他之一物로 毫無差異를 所敢斷言也라
衆生이 芸々ᄒᆞ야 其數無量이어ᄂᆞᆯ 安有相率而甘聽成敗於區々有形之一物也ㅣ리오 若
無形之天也ㄴᄃᆡ 天理也오 非天也니 天理者ᄂᆞᆫ 眞理也라 有可成之理而成ᄒᆞ고 有可敗

朝鮮佛敎維新論 一

한용운, 『불교유신론』

을 계속하다 1944년 심우장에서 입적하였다. 만해의 이러한 일관된 생애는 이 편지글의 "집안일이라는 것은 천하의 일에 비하면 아주 작은 것이므로 하나같이 던져버리고, 학문에 힘쓰고 처음 가졌던 뜻을 저버리지 말았으면 하고 바랍니다"는 자세를 실천한 결과라고 할 수 있을 것이다.

(김제란)

14

방한암方漢巖 선사가 경봉鏡峰 스님에게 답하는 편지 3통

방한암 간찰, 『한암 탄허선사 서간문』

①

細讀來書及頌四首하오니 字字眞情 句句活意 何期大丈夫活男兒復出於後五百歲後哉릿가 讚仰不已 歡喜踊躍 不可勝言 如此悟人分上에난 譬如一圓火相似하와 物觸便燒어니 有何閑言指導方便之爲哉릿가 雖然悟後注意가 更加於悟前이어니 悟前則將有悟分이어니와 悟後에 若不精修하야 墮於懈怠 則依前流浪生死 永無出頭之期 故古人悟後 隱跡逃名 退步長養者 以此也 或對人 則揮劍降魔 或人來則面壁背坐 或三十年四十年乃至一生 永不出山 古人上上機도 如是온 況末葉吾輩乎잇가 又大慧和尙云 往往利根之背 不費多力 打發此事 便生容易心 更不修治 日久月深 永爲魔所攝持라하시니 如是苦口丁寧 指導後生하야 不打邪網케하신 言句를 不可枚擧외다 且如是方便을 兄亦非不知矣로대 旣有下問 而又此最上希有事에 對하야 隨喜之心이 自然泉 湧 故不得不披露肝膽이옵기 略擧古祖師悟後修行門一二段하오니 幸勿以慣聞已知로 爲疏忽하시고 更加詳審細思焉하쇼서 僧問歸宗和尙 如何是佛 宗云卽汝是 僧云 如何保任하리잇고 宗云 一翳在眼에 空華亂墜라하셨씨니 此法門에 對하야 翳之一字를 詳細知得하오면 悟後生涯가 自然滿足이올씨다 又石鞏和尙參馬祖得法 仍薙髮 侍奉一日 在廚下作務 忽忘務而坐 馬祖問云 汝在此作甚麼鞏云牧牛 祖云 牧牛事作麼生 鞏云一回落草去 把鼻拽將回 祖云汝善牧牛라 하셨나니 此에 對하야 把拽兩字를 詳細知得하오면 悟後生涯를 不必問人이올시다 然詳細知得後에 知得도 亦無올시다 到這裏하여 如人飮水에 冷暖自知 拈出呈似人不得 眞所謂只可自怡悅 不堪持贈君이요 任從滄海竭 終不爲君通者也 雖然如是 有人問漢岩 悟後 如何保任하리잇고 하면 岩은 卽通與一棒호리니 與上來古聖語로 同가 別가 呵呵라 且置是事只此而已옵고 不備世諦上例套하노이다

戊辰三月初七日 門弟方漢岩拜辭

보내주신 편지와 게송 4수를 자세히 살펴보니, 글자마다 진정이 느껴지고 구절마다 생기가 보입니다. 이렇게 활기찬 대장부가 오백세 뒤에 다시 태어날 줄 어찌 기대했겠습니까? 끝없이 찬탄하고 뛸듯이 기쁜 심정을 말로 다 표현할 수 없습니다.

이처럼 깨달은 사람의 마음(分上)은 비유하자면 하나의 큰 불덩어리 같아서 대상이 닿으면 바로 타버리니, 어찌 한가로운 말로 지도 편달할 수 있겠습니까? 그러나 깨달은 뒤에는 깨닫기 전보다 더욱 주의해야 합니다. 깨닫기 전에는 깨달을 가능성이 있지만, 깨달은 뒤에 정진 수행하지 않고 게으름에 빠지게 되면 전처럼 생사生死를 유랑하여 영원히 벗어날 기약이 없게 됩니다. 그러므로 옛사람들이 깨달은 뒤에 자취와 명성을 숨기고 물러나서 자신을 길이 수행하며 길렀던 것은 이러한 이유였습니다. 사람들을 대할 때 칼을 휘둘러서 마군을 항복시키는 경우도 있었고, 사람이 올 때 면벽하고 뒤돌아 앉아 있는 경우도 있었고, 30년, 40년에서 평생 동안 영원히 산에서 나오지 않는 경우도 있었습니다. 옛사람들 중 최상의 근기를 가진 분들도 이와 같았는데, 말세의 우리들이야 어떻겠습니까? 또한 대혜 화상은 이렇게 말한 적이 있습니다. "예리한 근기를 가진 자들이 큰 힘을 들이지 않고 이 일을 밝히고는 쉽다고 생각하여 수행하지 않다가, 세월이 가면서 영영 마군에게 잡힌다." 이처럼 수고를 마다하지 않고 간곡히 후생들을 지도하여 삿된 그물에 걸리지 않게 하신 말씀을 일일이 다 열거할 수 없습니다. 또한 이같은 방편을 사형께서도 모르지 않으시겠지만 물어보셨고, 또 매우 드문 최상의 일에 대해서 기뻐하는 마음이 저절로 솟아

나서 어쩔 수 없이 속마음을 드러내어 예전 조사들이 깨달은 뒤에 한 수행의 방법을 한두 가지 말씀드립니다. 행여나 익히 들어서 이미 아신다고 소홀히 여기지 마시고, 거듭 상세히 살펴보고 생각해주십시오.

어떤 스님이 귀종 화상에게 "무엇이 부처입니까?"라고 물으니, 화상은 "네가 부처이다"고 대답하였습니다. 스님이 "어떻게 보임保任해야 합니까?" 물으니, 화상은 "눈에 티끌이 있으면, 허공의 꽃들이 어지러이 떨어진다" 하셨습니다. 이 법문에 대하여 '티끌'이라는 글자를 상세히 알게 되면, 깨달은 뒤의 생애가 저절로 만족하게 될 것입니다. 또 석공 화상이 마조 선사를 참례하여 법을 얻고는 머리를 깎고 시봉을 하던 어느날, 부엌에서 일하다가 갑자기 할 일을 잊어버리고 앉아 있었습니다. 마조가 "그대는 여기에서 무엇을 하는가?" 물으니, 석공은 "소를 키웁니다" 대답하였습니다. "소를 키우는 일은 어떻게 하는가?" 물으니, "한 번 풀밭에 들어가면 고삐를 잡아끌어 되돌아오게 합니다" 하였습니다. 마조 선사는 "그대는 소를 잘 키운다"라고 칭찬하셨습니다. 여기에서 '고삐를 잡아끈다'는 문구를 상세히 알게 되면, 깨달은 뒤의 생애를 다른 사람에게 물어볼 필요가 없을 것입니다. 그러나 상세하게 안 뒤에는 안다는 것도 없어야 합니다.

이러한 경지는 사람이 물을 마실 때 물이 차고 더운 것을 스스로 아는 것과 같아서 다른 사람에게 알려줄 수 있는 것이 아닙니다. 참으로 "스스로 기뻐할 수는 있지만 그대에게 가져다 줄 수는 없고", "푸른 바다가 다 말라도 끝내 그대를 위하여 통하게 할 수는 없다"는 말입니다. 이렇기는 하지만, 어떤 사람이 나에게 "깨달은 뒤에 어떻게 보임해야 합니까?"라고 묻는다면, 나는 바로 몽둥이 한 방을 주어서 통하게 할 것입니다. 이것이 위의 옛 성인들의 말과 같습니까 다릅니까? 하하. 이 일은 여기에서 그치고 이만 줄입니다. 세상에서 쓰는 예의의 인사는 갖추지 못합니다.

무진(1928년) 3월 7일 불문佛門의 아우, 방한암이 절하고 답서 올립니다.

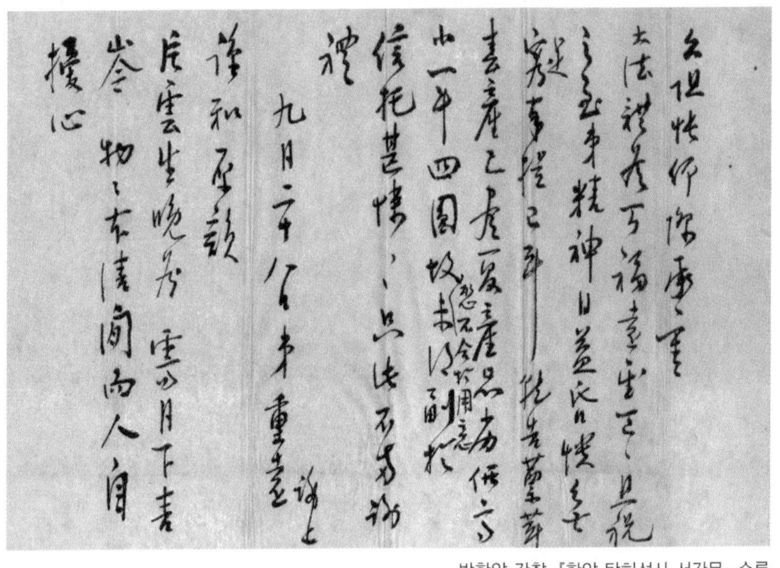

방한암 간찰, 『한암 탄허선사 서간문』 수록

②

久阻悵仰 際承審大法體候萬福 遠慰區區且祝之至 弟精神日益昏憒 無 足容奉提已耳 就告藁茸 春産已盡 夏産品劣價高 小一斗四圓 故恐不合於用意 未得副於信托 甚悚甚悚 只此不備謝禮

九月二十八日 弟重遠謝上

謹和原韻

오랫동안 소식이 막혀 그리웠는데 편지를 받고서 스님의 건강이 매우 좋음을 알게 되니, 멀리서 위안이 되고 축하드리는 마음이 지극합니다. 저는 정신이 날이 갈수록 혼미하여져서 무어라 말씀드릴 상태가 못됩니다. 표고버섯은 봄에 난 것은 다 끝났고, 여름에 난 것은 품질은 안 좋고 값이 비싸서 소두 한 말에 4원이나 합니다. 따라서 마음에 드실지 몰라서 부탁받은 것을 들어드리지 못합니다. 매우 죄송스럽습니다. 이만 줄이고, 예를 갖추지 못합니다.

9월 28일, 아우 중원(한암)이 답서를 올립니다.

삼가 원운原韻에 화답함

片雲生晚谷　　조각 구름은 저무는 골짜기에서 피어나고
霽月下青岑　　맑은 달은 푸른 봉우리에서 지네
物物本清閒　　만물은 하나하나 본래 맑고 한가로운데
而人自擾心　　사람은 스스로 마음을 흔들어대네

방한암 간찰, 『한암 탄허선사 서간문』 수록

③

謹承審大法體候 隨時萬安 寺內諸節 俱爲泰旺 伏慰區區且祝 門弟僅保劣狀 何足奉提 就告示意謹悉 而宗門興廢 佛法隆替 主法人不無憂慮 而亦是吾儕之自作自受之一件事也 悶歎奈何 昌守之來 雖曰喜迎 鄙院生 活甚

困苦 夏間著農諸般運役 實難忍耐 且學道聽受 元不如本寺極樂高會也 以此諒燭焉

惠送原韻讀之 不覺牙頰生香 弟本不善手 而近日精神昏憒 文字衰落 且無生意 然感其送意 謹構荒辭以呈 一笑焉

十方塵刹眼前開 恍覺此身坐佛臺 太虛空裏絕今古 一道場中無去來

自慙識淺虛名累 惟願年豊泰運回 千理鄕心君已得 綺窓幾看着寒梅

靈鷲已花開 雪猶滿五臺 莫道溪山異 同看日月來

走馬加鞭去 牧牛把鼻回 夜聞風雨急 靜坐惜庭梅

己丑三月二十六日 門弟 漢岩 謝上

삼가 편지를 받아보니, 스님의 건강이 때에 따라 매우 좋으시고 절 일들도 모두 편안히 잘 되고 있다니, 크게 위안이 되고 축하드립니다. 저는 겨우 못난 몸을 유지하고 있으니, 어찌 드릴 말씀이 있겠습니까?

삼가 말씀드릴 것은 종문宗門(조계종)의 발전과 쇠퇴, 불법佛法의 흥망은 법을 주관하는 사람으로서 근심할 일이지만, 또 저희들이 스스로 지어서 스스로 받는 하나의 일이니, 걱정하고 탄식한들 무엇하겠습니까? 창수가 온다니 기뻐서 맞이할 일이지만, 여기의 생활이 매우 어렵고 힘들어서 여름에는 감자 농사와 노동 일들이 실로 참아내기 어렵습니다. 그뿐 아니라 도를 배우고 가르침을 받는 것은 원래 본사의 극락암 회상보다 못합니다. 이 점을 헤아려 주시기 바랍니다.

보내주신 원운을 읽어보니, 모르는 새 읊조리는 사이에 입에서 향기가 납니다. 제가 본래 시를 잘 짓지도 못하고 또한 요즈음 정신이 혼미해서, 문자가 쇠락할 뿐더러 생기도 없습니다. 그러나 보내주신 뜻에 감사해서 삼가 거친 글을 얽어서 보내드리니, 한번 웃으소서.

十方塵刹眼前開　시방세계 티끌처럼 많은 절들 눈앞에 펼쳐있고
恍覺此身坐佛臺　깨어보니 이 몸은 부처님 대에 앉아 있네
太虛空裏絕今古　태허의 허공에는 고금古今이 끊어졌고
一道場中無去來　하나의 도량에는 오고 감이 없네
自慙識淺虛名累　식견은 얕은데 허명만 높은 것이 스스로 부끄러워
惟願年豊泰運回　풍년 들고 태평세월 다시 돌아오기만을 바라네
千里鄕心君已得　천리 고향 그리워하는 마음을 그대가 가졌으니
綺窓幾看着寒梅　비단 창가에서 찬 매화를 몇 번이나 바라보았소

靈鷲已花開　영축산에는 꽃이 피었지만
雪猶滿五臺　오대산에는 아직 눈이 가득하네
莫道溪山異　계곡과 산이 다르다고 말하지 마오
同看日月來　해와 달 떠오르는 것 함께 본다오
走馬加鞭去　달리는 말에 채찍질을 더하고
牧牛把鼻回　소를 먹일 때는 고삐를 당기지
夜聞風雨急　깊은 밤 세찬 비바람소리 들으며
靜坐惜庭梅　정좌하고 정원의 매화가 질까 애석해하네

기축년(1949) 3월 26일. 불문의 아우, 한암이 답서를 올립니다.

해 설

여기에 실린 3통의 편지는 모두 『한암 탄허선사 서간문』(월정사 성보박물관, 2014)에 실린 것이다. 바로 위의 ③번 편지는 한암 중원漢岩重遠

방한암 스님

(1876~1951) 선사가 통도사 극락암에 주석했던 경봉 스님鏡峰(1892~1982)에게 답한 글이다. 한암 선사는 근대 한국 불교계를 대표하는 인물 중 하나로서, 대한불교조계종의 초대 종정을 지냈다. 그는 22세 되던 1897년에 출가하였고, 출가한 2년 뒤인 1899년 이미 보조 지눌의 『수심결』을 읽고 깨쳤다고 한다. 그러나 미심쩍은 것이 남아 있던 그 해 경허를 만난 뒤 서너 해에 걸쳐 수행을 함께 하였고, 만행을 계속하다 1912년 결정적인 깨달음을 얻었다고 한다. "혼자 부엌에 앉아서 아궁이에 불을 붙이다가 홀연히 깨달았다." 그는 1921년 건봉사 조실, 1923년 서울 봉은사 조실로 주석하다가, 1925년에 오대산 상원사로 들어가 두문불출하였다. 이때 그는 "천고에 자취를 감춘 학이 될지언정 춘삼월에 말 잘하는 앵무새는 배우지 않겠다"는 말을 남겼다고 전한다. 이후 한국 불교 종단의 방향은 모두 상원사에서 나왔다는 평가를 받고 있다. 1941년 조계종 종정으로 추대되었고, 26년간 오대산 밖을 나가지 않고 수행하였으며 한국전쟁 중인 1951년 보름간 곡기를 끊고 좌탈 열반하였다.

구한말과 일제 시기, 즉 일본 불교의 한반도 점령이 전면적으로 진행되고 있던 시기가 한암 선사가 주로 활동하던 시기였다. 1895년 승려의 도성 출입 금지령이 해제되자마자 일본 불교는 물밀듯이 밀려들어왔고, 한일합방 이후 일본 불교는 조선 불교를 병합하여 자신들의 수중에 넣으려 하였다. 이러한 사태에 맞서 조선 불교의 개혁을 꿈꾸는 조선의 승려들이 있었는데, 예컨대 한암의 스승인 경허는 조선 불교의 체질을 정비하기 위해 1899년에서 1903년까지 해인사를 중심으로 선풍을 진작하는 데 진력하였고, 1929년 신학문을 익힌 백성욱과 권상로 등 45인의 주동으로 조선불교 선교양종 승려대회가 개최되었다. 이 때 한암은 오대산에 들어가 있을 때였지만, 자신의 이름을 대표자 7인에 올리고 있다. 1937년에는 당대의 고승들이 유교 법회를 열고 조선 불교의 개혁 방안을 모색해 보고자 하는 등 많은 개혁의 시도들이 존재하였다.

그러나 이 개혁의 방향이 모두 같은 것은 아니어서, 만공과 백용성 등 유교법회에 참여했던 이들은 보수적이고 근본주의적 개혁 노선 아래 조선 불교 전통의 수호를 주장하면서 사찰령에 반대하고 대처승에 대한 전면적이고 급진적인 정리를 주장하였다. 반면에 신식 강학 및 포교에 적극적으로 임하면서 현실 반영적인 유연한 개혁을 추진했던 이들이 있었는데, 한암 선사는 이러한 흐름에 속하였다. 그는 경허의 마지막 제자였지만, 선 근본주의를 고수하기보다 선가의 새로운 모델과 외형적 기준이 필요하다는 판단에서 조선 불교 수행의 원칙과 기준을 마련하기 위해 노력하였다. 1921년부터 이미 참선, 염불, 간경看經, 의식儀式, 가람 수호를 그 내용으로 하는 승가오칙과 선원 규례를 제정하였다. 이는 엄격한 계행 중심주의로 이어졌다.

①번 편지는 경봉 스님이 깨달은 뒤의 수행, 즉 보임保任에 대해 한 질문에 한암 선사가 대답한 내용으로 보인다. 여기에서 한암은 귀종

화상(『전등록』 10권 芙蓉靈訓 章)과 석공 화상(『조당집』 14권 石鞏和尙 章)의 수행담을 인용하며, 깨달은 뒤에 번뇌 망상에 빠지지 않도록 더욱 자신을 잘 지키고 수행할 것을 당부하고 있다. 편지글에서 '티끌'의 존재를 강조한 것은 수행의 필요성을 강조하기 위해서이고, '고삐를 잡아끈다'는 것은 분심忿心 등 내적인 동력에만 모든 것을 맡기는 것이 아니라 계율, 계행, 의식 등 체계적이고 외형적인 방법들도 그 수행의 방법론으로 받아들인다는 의미이다. 한암 선사의 엄격한 수행 생활을 반영하는 것이며 계행 중심주의의 표현이라고 할 수 있다. 이는 보조 지눌의 '돈오점수頓悟漸修', 즉 한 순간 깨달았다고 해도 점진적인 수행이 뒤따라야 한다는 내용과 일맥상통하는 설명이다. 어쩌면 돈오를 기초로 하고 있으면서도 '깨달음 뒤의 수행'이 더 중요하다는 것을 강조하는 내용이기도 하다. 깨달음 그 자체보다 깨달음 뒤의 수행을 강조함으로써 한국불교의 법맥과 법통을 지키려 하였던 것이 한암의 의도였음을 이 편지에서 미루어 짐작해 볼 수 있다.

편지의 문체를 보면 한글로 현토를 달아서 쓴 글로서, 조선시대까지의 전통 서간문과는 전적으로 형식을 달리한다. 편지 원문에 그대로 한문과 한글을 섞어 쓴 문자 그대로의 '국한문 혼용체'이고, 이것이 1920년대 개화기 시대의 분위기를 느끼게 해준다. 마치 이광수의 글을 읽는 듯도 한데, 이 편지글의 현토가 조선시대 문헌의 현토와는 느낌이 다르기 때문일 것이다. 한암 선사는 근대라는 시기에 걸맞게, 순한문체나 국한문 혼용체 외에도 한글체 편지들도 남기고 있다.

경봉 스님

②번 편지도 경봉 스님에게 보내는 답서이다. 그런데 그 내용이 마치 중년의 여인네들이 서로 찬거리를 사달라고 부탁하고 또 그 부탁을 들어주지 못한 연유를 설명하고 하는 것과 다를 바 없이 무척이나 소박하고 정겹다. 또한 이 편지에는 9월 28일이라고 날짜만 쓰여 있어서 보낸 연도를 알 수 없다. 그러나 경봉 스님 일기인 「삼소굴일지」에 보면 1942년 9월 12일에 "한암 스님에게 표고버섯 2근을 사달라고 청구하다"는 기록이 남아 있어서, 이 편지가 1942년에 쓰여진 것임을 추측해 볼 수 있다. 1942년이면 한암 선사가 조계종 초대 종정에 추대된 뒤인데, 당시 경봉 스님과 격의없이 이런 소박한 생활 이야기를 나누는 것이 무척 보기좋고 따뜻하게 느껴진다. 표고버섯을 좀 사달라는 경봉 스님의 부탁에 "표고버섯은 봄에 난 것은 다 끝났고, 여름에 난 것은 품질은 안 좋고 값이 비싸서 소두 한 말에 4 원이나 한다"는 한암 선사의 말은 종정이라는 높은 지위의 큰스님이 하는 말씀 같지가 않다. 그러면서도 이러한 생활인의 모습에 그치는 것이 아니라, 그 생활 속에서의 깨달음을 선시로 표현해 보내고 있는 것이 감동을 준다. 경봉 스님과 주고받은 편지글에서는 이처럼 서로 시의 운을 주고 받으며, 그 당시의 자신의 깨달음이나 생각을 선시를 통해 주고받은 경우가 많았다.

(김제란)

張公給二十有作石以符[illegible]其十五其[illegible]
與
先芬體芸符合卿石樓其一篇手
雜然而先祖所乎嘉於伊時道有信
為示先祖而做來親墅圖在也今於道
二百年之六月從而今於有心
今見之手而以至劉先而賢之風采之遺
物者憬然而結其人使之者挂於後迹

그림과 글씨

서주청완
조유수
백진남
윤두서
이인상
김상숙
김정희
김정희
옥당
김가진
이도영
군필
정우민
협지와물목

01 청풍계清風溪와 역사를 같이 한 서첩, 「서주청완書廚清玩」

「서주청완」은 창백헌蒼白軒 권적權𥛚이 장첩한 선현의 유묵첩이다. 서첩의 첫 면에 찍힌 「안동安東」(주문), 「권적權𥛚」(백문), 「경하景賀」(주문)라는 장서인을 통하여 이 서첩이 자가 경하이고 본관이 안동인 권적이라는 사람의 소장품임을 알 수 있다. 능화판菱花板 감지紺紙로 표지를 한 조그만 서첩으로 표지에는 '서주청완書廚清玩'이라고 썼고, 책등에는 후대에 누군가가 쓴 것으로 보이는 '선현필先賢筆'이라는 책제冊題가 보인다.

첫 면에는 두목杜牧의 시 두 편 「제선원題禪院」, 「노사鷺鷥」가 수록되어 있는데, 옥봉玉峯 백광훈白光勳(1537~1582)이 쓴 글씨라고 한다. 다음 2~4면에는 백광훈과 교유를 한 청강淸江 이제신李濟臣(1536~1583)의 「필마고편匹馬孤鞭」 시 한 수와 그 시의 '춘春', '진津', '인人' 자 운을 따서 쓴 연구聯句가 한 수 있는데, 이 시는 이제신李濟臣과 이후백李後白(1520~1578) 그리고 또 한 사람의 친구가 함께 쓴 시이다. 이어서 역시 이제신의 시로 보이는 '행로탄行路歎'이 한 수 실려 있다. 4~5면에는 상촌象村 신흠申欽(1566~1628)이 청포학사淸浦學士 김상용金尙容(1561~1637)에게 화답을 구하며 지은 시 한 수가 실려 있다. 상촌은 청강 이제신의 제자이자 막내 사위이다. 6~9면은 동객峒客 이의건李義健(1533~1621)이 소오헌嘯傲軒 김상용金尙容에게 써준 시 한 수와 이의건의 글씨로 쓴 만당晩唐 변새시인邊塞詩人 고적과高適과 잠삼岑參의 당시唐詩 3수가 실려 있다.

상촌의 행장은 선원 김상용의 아우인 청음淸陰 김상헌金尙憲이 썼고 선원 김상용의 유고집인 『선원유고仙源遺稿』의 서문은 상촌의 아들 동양위東陽尉 신익성申翊聖이 썼다. 신익성은 '아버지와 선생이 상투를 틀면서 사귀기 시작하여 50년 동안 출처出處와 신굴伸屈을 처음부터 끝까지 같이 하였다.'고 하였고 선원 선생의 시고나 서찰을 진중하게 생각하여 모두 협사篋笥에 보관하였으며, 김포[金陵]에 은거하였을 때에는 '행로탄行路歎' 시 한 편을 벽에 붙여 놓고 '이는 금세今世 사람의 말이 아니다.'라고 하여 그 시도 『선원유고』에 포함시킨다고 하였다. 상촌과 선원이 얼마나 친밀한지를 보여주는 일화이다.

이 서첩에 수록된 인물 중 제일 연장은 동객峒客 이의건李義健인데, 동객峒客은 동은峒隱이라고도 하고 청련靑蓮 이후백李後白(1520~1578), 고죽孤竹 최경창崔慶昌, 옥봉玉峯 백광훈白光勳, 우계牛溪 성혼成渾 등과 교유하였다. 이제신, 백광훈은 이의건과 동년배이고, 김상용과 신흠은 한 세대 뒤의 연배이다. 그러나 이들은 시와 글씨에서 당대 최고의 명성을 얻은 사람들이었다. 그러한 점에서 이 「서주청완」은 특별한 의미를 가진다고 하겠다.

이 서첩에 장서인을 찍은 권적權𥛚(1675~1755)은 이 글씨의 주인공들보다 100년 후의 인물이다. 본관은 안동安東, 자는 경하景賀, 호는 창백헌蒼白軒·남애南厓이다. 할아버지는 사간司諫 권양權讓이고, 아버지는 승지 권수權燧이며, 어머니는 이상응李尙膺의 딸이다. 1710년 생원이 되고, 1713년 증광 문과에 을과로 급제, 홍문관 정자弘文館正字가 되었다. 1716년 검열檢閱이 된 뒤 대교待教 · 봉교奉教 · 정언正言 등을 거쳐 청요직을 역임하였다. 도암陶菴 이재李縡, 포암浦巖 윤봉조尹鳳朝 등 노론계 학자들과 교유하였다.

첫 면에는 옥봉玉峰 백광훈白光勳이 쓴 두목杜牧의 시 두 편, 「제선원題禪院」과 「노사鷺鷥」가 '구슬 갈고리와 옥 끈(瓊鉤玉索)' 같은 영화체永和體로 쓰여 있다.

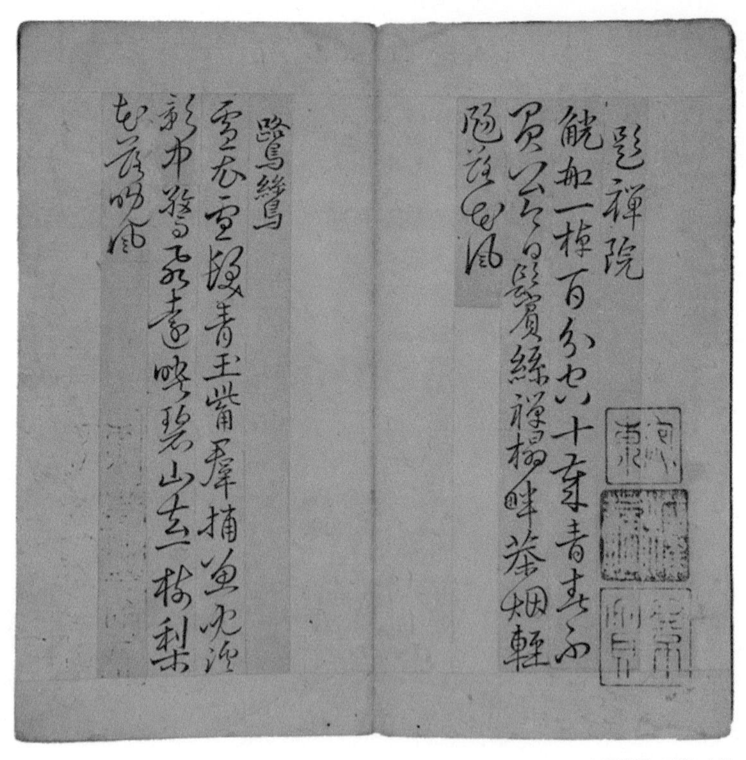

서주청완, 개인 소장

題禪院

觥船一棹百分空 十歲青春不負公 今日鬢絲禪榻畔 茶烟輕颺落花風

鷺鶿

雪衣雪髮青玉嘴 群捕魚兒溪影中 驚飛遠映碧山去 一樹梨花落晩風

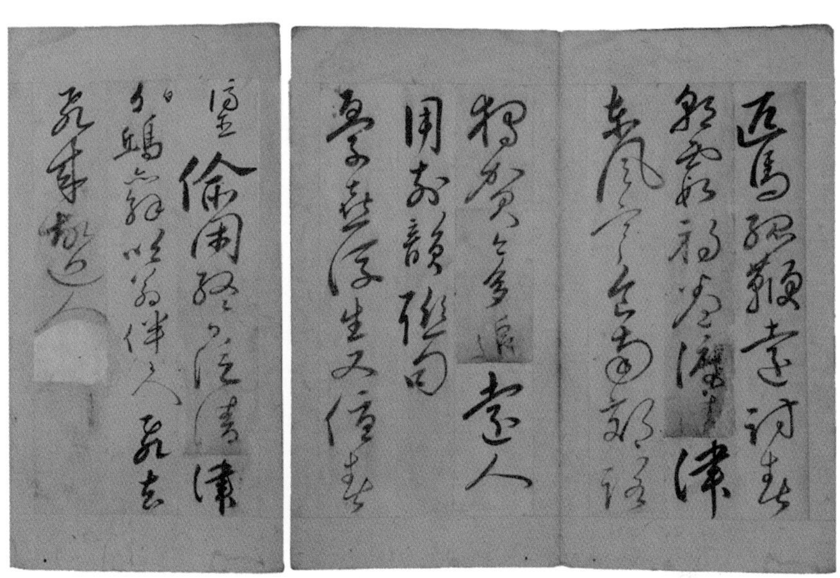

다음은 청강 이제신의 글씨로 보이는 「필마고편匹馬孤鞭」 시 한 수와 그와 같은 운자韻字를 쓴 연구聯句가 한 수 붙어 있다.

匹馬孤鞭遠訪春	필마로 채찍 잡고 멀리 봄 찾아가니
朝霞初卷渡淸津	아침 안개 처음 걷혀 맑은 나루 건너노라
東風寒食南郊路	동풍 부는 한식날 남쪽 교외길
獨賀今多追遠人	지금 옛 사람 추모함을 홀로 축하하노라

用前韻聯句

憂喜浮生又優春(濟臣)	슬프고 기쁜 인생 또 봄을 맞았으니(이제신)

偷閑終日泛淸津(白)	종일 한가로이 맑은 나루 건너노라(이후백)
鷗亦解吟翁伴人	갈매기도 소리 알아 늙은이의 동반되어
飛去飛來故送人(□)	날아가고 날아오며 친구를 보내노라

첫 구는 이제신이 지었고 다음 구는 이후백, 다음 두 구는 편집자가 도할刀割을 할 수 밖에 없는 처지의 사람이 쓴 연구 두 구이다. 도할을 해야 할 사람은 누구였을까? 모반 혐의로 처형이 되었거나 이 서첩을 첩장한 노론 안동 권씨와 같이 하기 어려운 인물이었을지도 모르겠다.

다음 시는 「행로탄行路歎」으로 앞의 필마시匹馬詩와 같은 글씨체로 역시 이제신의 시로 추정할 수 있겠다.

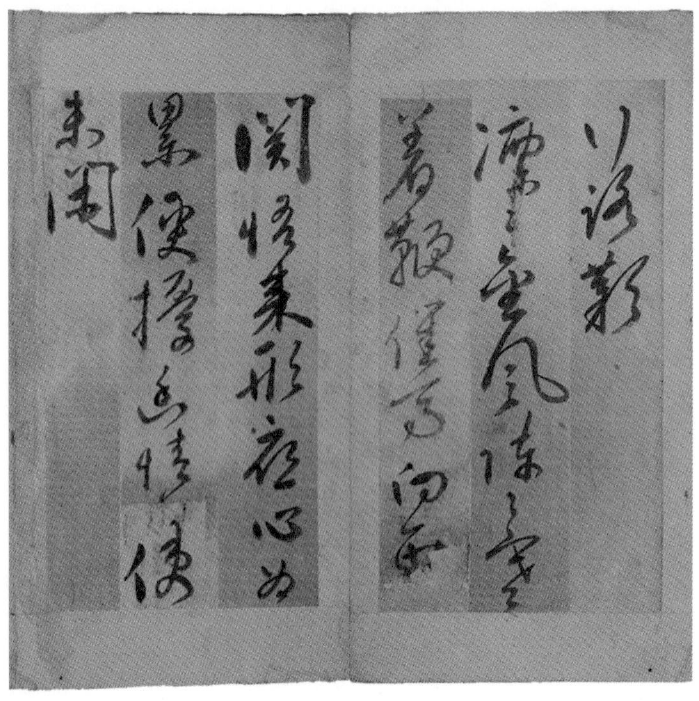

凜凜金風陳陳寒　늠름한 가을바람 한바탕 추위
着鞭催馬向西關　채찍 잡아 말달려서 서관에 가네
悟來形應心爲累　생각하면 이 몸은 마음의 누가 되니
便擾幽情使未閑　그윽한 정 흔들리며 한가롭지 않네

이제신李濟臣(1536~1583)은 본관은 전의全義, 자는 몽응夢應, 호는 청강淸江이다. 영의정 상진尙震의 손자사위이다. 시문에 능하고 글씨는 행서 · 초서 · 전서 · 예서에 모두 뛰어났다고 한다.

다음은 기명記名 시고詩稿가 한 수 들어있다. 상촌象村이 청포학사淸浦學士에게 구화求和한 시이다. 마지막에 상촌이라고 기명을 하였고 병중에 청포학사에게 화운和韻을 요청한 것이다. '선원이 다행히도 내집 가까이 있으니 / 어느 때 지팡이 짚고 함께 모셔보나(仙源幸與吾廬近 杖屨何年得共陪)'라는 말구末句 뒤에 주석註釋으로 자신의 농장이 금릉金陵(김포의 古名. 상촌이 김포에 있다)에 있어서 강화江華의 선원仙源과 멀지 않다는 것을 말하고 있다. 잘 알듯이 선원은 지금의 강화 선원리에 농장과 별서가 있었다.

상촌은 어렸을 때에는 경당敬堂, 백졸百拙, 혹은 남고南皐라고 하기도 하고 현헌玄軒이라고도 하였다. 별업別業이 김포金浦의 상두산象頭山 밑에 있어서 상촌거사象村居士라고도 하였으며 늦으막에는 현옹玄翁이라고 하고, 향리로 돌아와서는 방옹放翁, 유배를 가서는 편액에 여암旅菴이라고 썼다. 신흠의 서법書法은 준미遒美하였으나 한 번도 남에게 써주

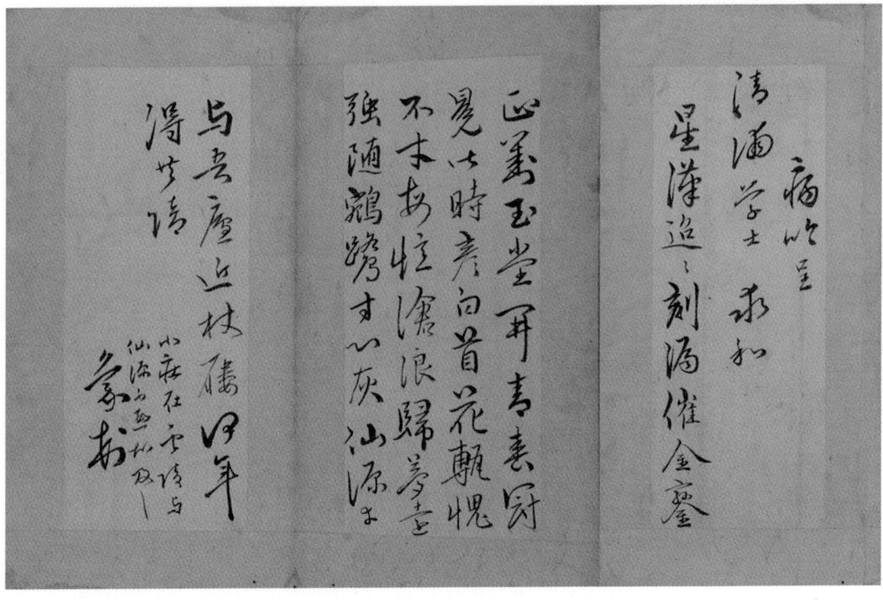

지 않아서 사람들이 그의 서간을 얻으면 상자에 보배로 여겨 보관하였다고 한다. 이 시고를 받은 선원 김상용도 문사文辭가 뛰어났고 시詩는 청유清腴하였으며 글씨는 이왕二王을 본받았고 모든 서체에 해박하였지만 함부로 써주지는 않았다고 한다. 상촌이 쓴 시는 다음과 같다.

病吟呈清浦學士求和 병 중에 읊어 올리고 청포학사에게 화운을 요청하다

星漢迢迢刻漏催　　총총한 별 아스라이 밤은 깊어 가는데

金鑾正對玉堂開　　금란전은 똑바로 옥당과 마주해 있네

青春冠冕皆時彥　　청춘의 관면차림 모두 당시의 재사였는데

白首花甎愧不才　　백수가 되어 화전 위에 무능함이 부끄럽네

每憶滄浪歸夢遠　　푸른 강 그릴 때마다 돌아갈 꿈 아련하고

强隨鵷鷺寸心灰　억지로 백관 뒤따르자니 마음은 재가 되어 있다네

仙源幸與吾廬近　선원은 다행히도 나의 집과 가까우니

杖屨何年得共陪　어느 해에 지팡이 짚고 우리 서로 모실고

小庄在金陵 與仙源不遐 故及之 象村

나의 농장이 금릉에 있어 선원과 멀지 않아 언급한 것이다. 상촌.

* 억지로 백관 뒤따르자니 : 봉황의 새끼와 해오라기. 백관이 조회에 반열을 지어 벌여 선 모양.(<隋書 音樂志>) 祿隱何妨鴛鷺序 道心寧爽馬牛呼(벼슬에 숨었으니 백관 반열 차례가 무슨 상관인고 도심으로 보면 '말이요, 소요' 하고 대답하는 그까짓 이름 다툴 것 없으리.<釋 眞靜 次韻答秘書閣金坵>)

그런데 『상촌고象村稿』(권13)에는 상촌이 '홍문관에 직숙하고 선원은 승정원에 직숙하고 있어서 써준 것(余直玉堂 仙源直銀臺有贈)'이라는 제목의 시로 같은 시가 실려 있는데, 제목뿐만 아니라 글자에 상당한 차착差錯이 있다. '금란정대金鑾正對'가 '금란정직金鑾正直'으로, '개시언皆時彦'이 '구제언俱諸彦'으로, '백수白首'가 '오일午日'로, '득공배得共陪'가 '공왕래共往來'로 바뀌어 있다.

星漢迢迢刻漏催 金鑾正直玉堂開

青春冠冕俱諸彦 午日花甎愧不才

每憶滄浪歸夢遠 强隨鵷鷺寸心灰

仙源幸與吾廬近 杖屨何年共往來

이 시는 상촌 신흠이 34세, 선원 김상용이 39세 때인 1599년(선조32)

봄에 지은 시이다. 상촌은 그해 2월 홍문관 교리가 되었고 선원은 형조참의가 되었다가 바로 좌부승지로 옮겼다. 승지들이 근무하는 승정원을 금란에 비유하여 금란전이 바로 옥당에 마주하고 있다고 표현하였다. 상촌은 21세 때인 1586년에 문과에 합격하였고 선원은 30세 때인 1590년에 문과에 합격하였다. 나이는 상촌이 다섯 살 위이지만 문과에는 선원보다 네 해 먼저 합격하였다. 젊은 청춘 시절을 되돌아보면 모두 당시의 재사들이었지만 이제는 재주가 없음을 부끄러워 하며 억지로 벼슬살이 하는 것에 속이 타면서 매번 고향에 돌아갈 꿈을 가지고 있는 것이다. 다행히도 선원은 고향이 강화[江華]여서 자신의 농장이 있는 김포[金浦]에서 가깝다. 모두 은퇴하여 지팡이 짚고 서로 왕래하자고 하는 다짐인 것이다.

다음 시는 동객 이의건이 1615년 늦가을에 김상용의 청풍계淸風溪에서 가을 구경을 하고 써준 시이다. 시제詩題는 "風溪賞秋 偶吟一律 奉呈嘯傲軒吟案"이라 하여 풍계風溪에서 가을 구경을 하고 소오헌에게 써준 시라는 의미이다. 이 시는 "乙卯(1615, 광해7) 九秋 峒客"이라고 되어 있어 1615년 9월에 동객 이의건이 썼다고 밝히고 있다. 이의건李義健(1533~1621)의 본관은 전주全州, 자는 의중宜中, 호는 동은峒隱이다. 세종의 다섯째 아들인 광평대군廣平大君 서璵의 5대손이다. 이 시를 받는 사람은 소오헌인데, 소오헌은 청풍계에 새로 지은 선원 김상용 별서別墅 이름이기도 하다.

이의건은 벼슬하기를 싫어하고 자연에 은거하였다. 상촌 신흠과도

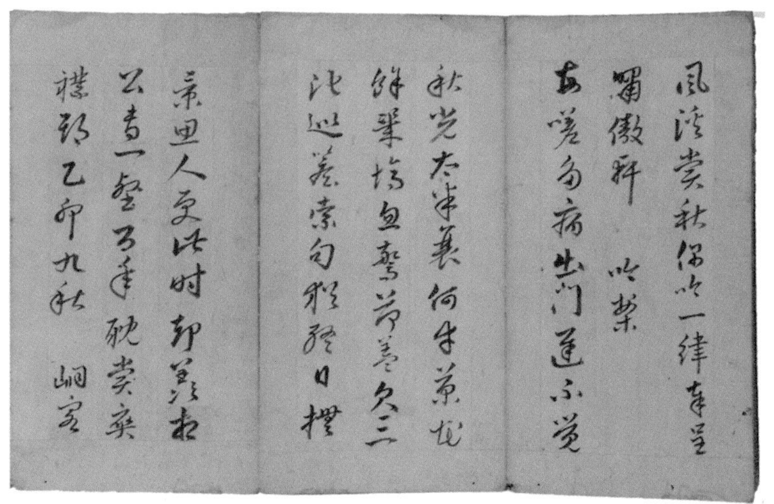

인척 관계로 얽혀 있다. 상촌의 큰 자형姊兄인 임경기任慶基의 외숙이 이의건이다. 일찍 과부가 된 상촌의 누이를 위해 이의건은 온갖 물력을 다 내서 도와주었다. 항상 약품을 준비해두고 위급한 사람을 구해주었으며, 곤궁함을 호소하는 사람이 있으면 조금도 아낌없이 희사하면서 자신은 평생 동안 남들에게 요구한 적이 없었다. 선을 좋아하고 악을 미워하여 그 마음은 늙어서도 여전하였으며, 불의不義를 보면 반드시 대면하여 여지없이 견책하고 그래도 고치지 않으면 관계를 끊어버렸다. 특별히 즐기는 것은 없고 다만 이름난 산수山水를 매우 사랑하였으니, 젊었을 때 풍악楓岳과 백운白雲 등의 산을 유람하면서 아름다운 경관을 만나면 그 속에 심취하여 돌아갈 것을 잊곤 하였다. 시를 짓는 것은 평온하고 소박하여 도잠陶潛, 위응물韋應物의 품격이 있고 필법은 굳세고 아름다워 대령大令 왕헌지王獻之의 법도를 얻었다고 평가

되었다. 이의건의 묘갈명墓碣銘은 상촌 신흠이 찬하고 신익성이 썼으며 전액篆額은 선원 김상용의 아들 김광현金光炫이 썼다.

每嗟多病出門遲 不覺秋光太半衰
何幸菊花餘幾場 忽驚荷盖欠三池
巡簷索句猶終日 撫景思人更此時
却羨相公專一壑 百年耽賞爽襟期

결구結句에서 이의건은 김상용이 청풍계 한 골짜기를 잡아서 별서別墅 지은 것을 부러워하고 있다. 김상용은 1608년(선조41), 48세 때에 청풍계淸風溪에 별업別業을 지었다. 잘 알다시피 청풍계는 겸재 정선의 그림으로도 유명하지만, 서울 도성 내의 명승으로 그만한 곳이 없었다. 청풍계와 더불어 청송대聽松臺, 필운대弼雲臺, 탕춘대蕩春臺, 백석동천白石洞天 모두 서울의 명소였던 것이다. 미수眉叟 허목許穆은 1676년(숙종2) 권대운權大運이 연행에서 귀국하자 홍제원까지 마중나갔다가 돌아오는 길에 탕춘대를 거쳐 성안으로 들어와 백운동白雲洞, 사의정四宜亭, 청풍계淸風溪의 절경을 구경하였다. 이 청풍계의 시내 옆에 소오헌嘯傲軒이 있고 시내 위에 세 개의 연못이 있으며 못 가에는 태고정太古亭, 태고정 서쪽에 석대石臺가 있다고 말하고 있다. 미수가 이곳을 방문하였을 때는 선원仙源이 작고한지 40년이나 되어서 고적古跡이 되고 말았다.

이 시는 선원이 동은과 교유하던 당시의 청풍계의 가을을 묘사한 시

「청풍계」『장동팔경첩』, 국립중앙박물관 소장

이다. 영평 백운동에 은거하던 동은이 늦가을 서울을 방문하여 국화가 다행히도 몇 바탕 피어 있고, 세 군데 연못에 핀 연꽃을 보고 놀라기도 한다.

이어서 이의건의 청풍계 시와 같은 필체의 시가 세 수 있는데, 첫 수는 고적高適의 「삭방 판관으로 가는 유 평사를 보내며(送劉評事充朔方判

官 賦得征馬嘶)」이고 두 번째와 세 번째 수는 모두 잠삼岑參의 「회주에 오 별가를 보내며(送懷州吳別駕)」 「무위에서 모춘에 우문 판관이 서쪽 사신으로 갔다가 이미 진창에 돌아왔다는 소식을 듣고(武威春暮 聞宇文判官西使還 已到晋昌)」라는 시이다. 모두 같은 필체여서 이의건의 필임을 알 수 있다.

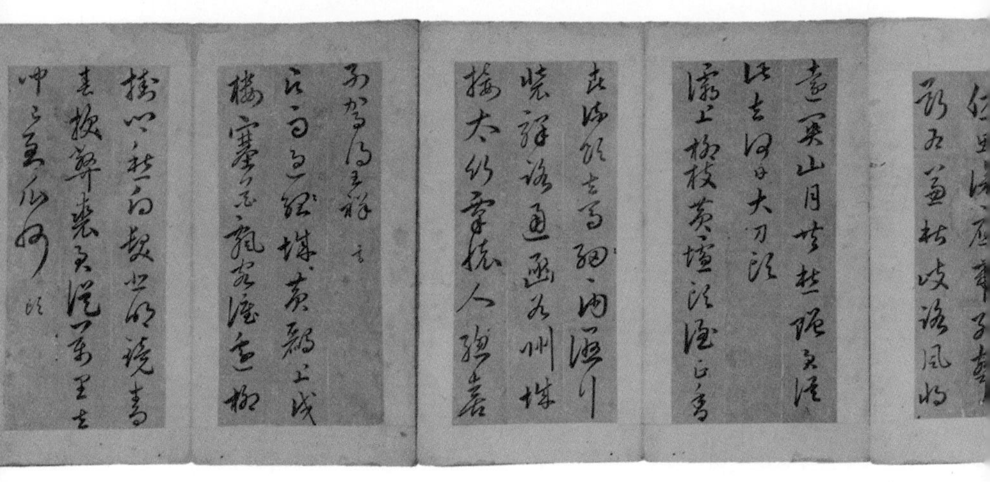

征馬向邊州　　원정 가는 말은 변주로 향하니
蕭蕭嘶未休　　씩씩대며 말울음 그치지 않네
思深應帶別　　여러 생각 이별을 하려니
聲斷爲兼秋　　처절한 울음소리 가을처럼 스산하네

岐路風將遠　　갈림길에 바람은 멀어져 가고
關山月共愁　　관산의 달을 보며 함께 슬퍼하네

贈君從此去　　그대여 이번에 떠나가면
何日大刀頭　　어느 날에 다시 돌아올 건가

灞上柳枝黃　　파강에 버드나무 노랗게 되고
壚頭酒正香　　노두의 술 익어 한창 향기롭네
春流飮去馬　　봄 시내물에 가는 말 먹이고
細雨濕行裝　　저녁비에 행장이 다 젖누나
驛路通函谷　　역로는 함곡관에 통하여 있고
州城接太行　　읍성은 태항산에 접하여 있네
覃懷人總喜　　담회인은 모두들 기뻐하나니
別駕得王祥　　별가 벼슬 왕상을 얻었다 하네

片雨過頭城　　한바탕 비 두성을 지나고
黃鸝上戍樓　　꾀꼬리는 수루에 올라가네
塞花飄客淚　　변방 꽃은 떠돌이의 눈물일거나
遠柳掛鄕愁　　먼 버들에 향수를 담아본다네
白髮悲明鏡　　거울 속 백발에 마음 슬퍼져
靑春換弊裘　　청춘은 헌옷으로 바뀌었다네
君從萬里去　　그대는 만 리를 떠나갔으니
聞已至瓜州　　벌써 과주에 닿았다고 소식 왔다네

(김현영)

02 후계后溪 조유수趙裕壽의 『구학첩丘壑帖』 발문跋文

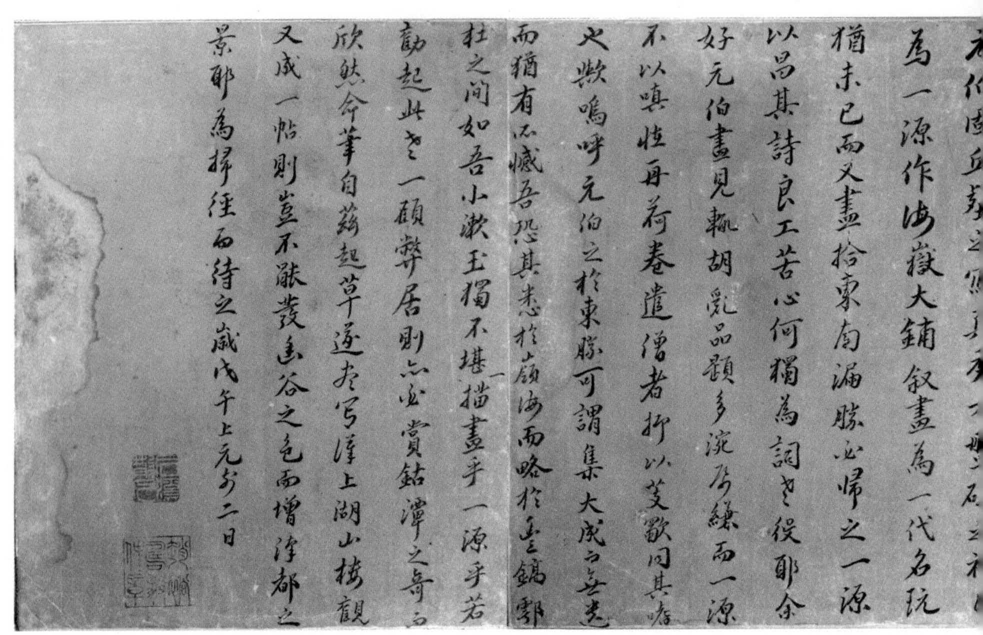

조유수 발문, 『청관재소장 서화가들의 간찰』 수

元伯 固丘壑之寫眞秀才 盤礴之初 已爲一源作海嶽大鋪叙畫 爲一代名玩 猶未已而又盡拾東南漏勝 必歸之一源 以昌其詩 良工苦心 何獨爲詞老役耶 余好元伯畫 見輒胡亂品題 多涴紙縑 而一源不以嗔恠 再荷卷遺僧者 抑以芟歠 同其嗜也歟 嗚呼 元伯之於東勝 可謂集大成而無遺 而猶有所憾 吾恐其悉於嶺海 而略於豐鎬鄠杜之間 如吾小漱玉 獨不堪一描畫乎 一源乎 若勸起此老 一顧弊居 則亦必賞鈷潭之奇 而欣然命筆 自玆起草 遂盡寫漢上湖山樓觀 又成一帖 則豈不能發幽谷之色 而增漢都之景耶 爲掃徑而待之

歲戊午上元前二日

원백元伯(謙齋 鄭敾의 자字)은 참으로 산수자연 그림에 있어서 수재秀才이다. 화가로서 활동을 시작한 초기에 이미 일원一源(槎川 李秉淵의 자)을 위해 해악海嶽(海金剛을 포함한 금강산 일대)을 크게 펼친 풍경을 그림으로 제작하였는데, (그 화첩은) 한 시대의 명품이 되었다. 그런데도 오히려 여기에 그치지 않고 거기에서 누락된 우리나라 동남쪽의 승경勝景들을 낱낱이 그림으로 수습해서는 반드시 일원에게 보내 (각각의 작품에) 시를 붙이도록 하였으니, 어찌 이 탁월한 화가의 고심苦心이 단지 노시인을 위해서만 쓰였더란 말인가.

내가 원백의 그림을 좋아해서 보기만 하면 문득 어지럽게 제발題跋을 붙임으로써 종이와 비단을 많이도 더럽혔건만, 일원은 성내거나 괴이하게 여기지 않고 또 다시 화첩을 짐 지워 스님을 보내왔으니, 이는 마름김치(芰歜)를 좋아하는 기호가 같아서인가.[기잠(芰歜)은 마름으로 담은 김치. 비슷한 말에 '창포김치(昌歜)'가 있다. 문왕文王이 창잠을 즐겼는데, 공자가 문왕을 사모하는 마음이 일어나면 창잠을 먹었다고 한다. 나중에는 앞 시대의 현인이 즐기던 물건을 이르는 말로 쓰이기도 하고, 특별히 좋아하는 물건을 이르는 말로도 쓰였다. 따라서 여기서는 "겸재 그림을 좋아하는 기호가 같기 때문에 그것을 함께 즐기자고 보내온 것인가"라는 의미인 듯하다.]

오호라, 원백은 우리나라의 승경을 남김없이 집대성하여 그렸다고 할 수 있지만 그림에도 유감스러운 바가 없지 않다. 나는 그가 산과 바다의 경치를 두루 갖추었지만 풍호豐鎬와 호두鄠杜 사이의 경관을 빠트린 점을 아쉬워하노니, 예컨대 내가 사는 소수옥小漱玉은 유독 한 번 그림으로 그리기에 적합하지 않다는 말인가?[풍호(豐鎬)는 중국의 고대국가주周의 수도로, 문왕文王 때의 수도인 풍경豐京과 무왕武王 때 천도遷都한 호경鎬京을 아울러 일컫는 말이다. 현재의 섬서성陝西省 서안西安 서남쪽 풍하豐河의 서쪽에 풍경, 그 동쪽에 호경이 있었다. 호두鄠杜는 중국 한대漢代의 서도西都 근방 부풍扶風에 있던 호현鄠縣과 두양현杜陽縣을 말한다. 여기서는 도읍의 근교, 즉 수도 한양漢陽에서 가까운 지역을 뜻하는 말로 쓰였다. 중국 당대唐代의 문장가로 이른바 '당송팔대가唐宋八大家'의 한 사람으로 꼽히는 유종원柳宗元(773~819)은 『고모담서소구기鈷鉧潭西小丘記』에서 "아, 이 언덕의 승경을 풍호나 호두로 옮긴다면 유람하기 좋아하는 사람들이 다투어 사들이려고 해서 날마다 천금씩 값이 올라도 얻기 어려우리라(噫 以玆丘之勝致之灃鎬鄠杜 則貴游之士爭買者 日增千金而愈不可得)."라고 하였다.]

일원이여, 만일 이 노인을 권유해 일으켜서 내 사는 곳을 한 번 찾아오게 한다면 반드시 고담鈷潭의 기이한 경치를 감상하고는 기꺼이 붓을 들어 이곳부터 밑그림을 시작하여 마침내 한강 상류의 산과 호수, 누각과 정자의 경관을 남김없이 그려내어 또 하나의 화첩을 이룩하게 될 터이니, 어찌 능히 숨겨졌던 골짜기의 풍치를 드러내어 우리 한도漢都(한양 漢陽)의 아름다움을 한층 드높이지 않겠소? 내 길을 쓸고 기다리리다.[고모담(鈷鉧潭)은 중국 호남성(湖南省) 영주시(永州市) 서산(西山)의 서쪽 기슭에 있는 못이다. 폭포 아래 이루어진 못이 예전의 둥근 다리미(鈷鉧)처럼 생겼다 하여 붙여진 이름인데, 당송팔대가의 한 사람인 유종원(柳宗元)이 영주에 좌천되어 있을 때 지은 「고모담기(鈷鉧潭記)」로 세상에 널리 알려졌다. 우리나라에서는 모양새가 비슷한 폭포와 못을 일컫는 말로 많이 사용하면서, 줄여서 흔히 '고담(鈷潭)'이라고 했다.]

무오년(1738) 정월 보름을 이틀 앞둔 날.

해 설

후계后溪 조유수趙裕壽(1663~1741)가 겸재謙齋 정선鄭敾(1676~1759)이 그린 『구학첩丘壑帖』에 부친 발문跋文이다.(『청관재소장 서화가들의 간찰』 수록) 얼핏 보아서는 글을 쓴 날짜만 밝혀져 있을 뿐, 누가 쓴 글인지 알 수 없어서 후계가 쓴 글인지 단정할 수 없을 듯하다. 그러나 말미에 찍힌 두 점 도장의 인문印文을 살펴보면 실마리가 풀린다. 위에 찍힌 백문방인白文方印의 인문은 '후계산인后溪散人'이고, 아래에 찍힌 주문방인朱文方印의 인문은 '조유수의중장趙裕壽毅仲章'이다. 후계는 조유수의 호이고 '의중毅仲'은 그의 자이니, 이로써 의심은 어느 정도 가신다. 그러나 무엇보다 확실한 증거는 글의 내용이다.

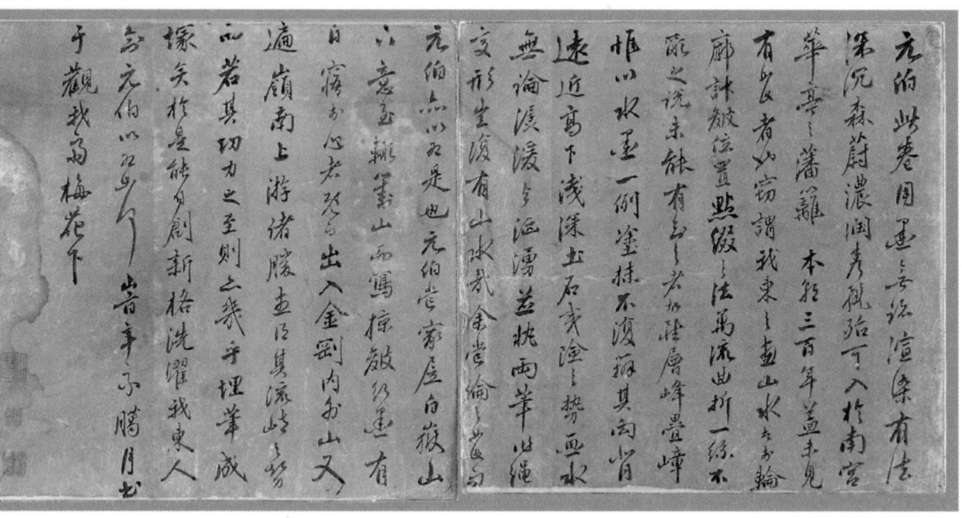

관아재 조영석의 『구학첩』 발문 : 1731년, 『청관재소장 서화가들의 간찰』 수록
이 글은 조영석의 문집인 『관아재고』에 「구학첩발」이라는 제목으로 실려 있다.
다만 문집에 실린 글과 비교해 보면 몇몇 글자의 출입이 있고, 일부 내용도 잘려나갔음을 알 수 있다.
잘려나간 부분은 끝에서 둘째 줄과 셋째 줄 사이인데, 108글자가 누락되었다.

조유수의 관향貫鄕은 풍양豐壤으로, 할아버지가 예조판서를 역임한 조형趙珩(1606~1679)이고, 숙부가 우의정을 지낸 조상우趙相愚(1640~1719)이다. 그는 1683년(숙종9) 진사시에 합격한 뒤 희릉 참봉禧陵叅奉, 장흥고 주부長興庫主簿 등을 거쳐 연풍 현감延豐縣監, 옥천 군수沃川郡守, 회양 부사淮陽府使 등 외직을 역임했다. 1732년(영조8) 아들 조적명趙迪命(1685~ ?)이 참판이 되자 통정대부에 올라 첨지중추부사가 되었으며, 돈녕부 도정敦寧府都正을 거쳐 판결사判決事에 이르렀다.

그는 벼슬보다는 시와 문장으로 이름이 더 알려진 사람이었다. 8권으로 이루어진 그의 시문집인 『후계집后溪集』 가운데 여섯 권을 시가 차지하고 있음이 그 좋은 방증이 되겠다. 그는 또 그림을 그릴 줄을 몰랐지만 그림을 좋아했다. 그 가운데서도, 이 글에서 직접 밝히고 있듯이 특히 겸재 그림을 애호했다. 그러했기 때문에 겸재의 절친한 벗이자 당대 최고의 시인으로 꼽히던 사천槎川 이병연李秉淵과의 교류는 자연스럽고 당연한 일이었다. 그는 사천과 시로써 마음을 나누는 시우詩友였다. 또한 그는 사천을 통해 겸재의 그림을 구하여 소장했고, 사천이 소장한 겸재 그림들에 많은 제발을 달았다. 『후계집』만 대충 훑어보아도 이런 사실을 어렵잖게 확인할 수 있으니, "원백의 그림을 좋아해서 보기만 하면 문득 어지럽게 제발題跋을 붙임으로써 종이와 비단을 많이도 더럽혔다"는 말이 겸사만은 아니라고 할 수 있다.

이제까지 확인된 바에 따르면 겸재의 그림을 모아 첩으로 꾸민 것은 적어도 13종 이상인 것으로 알려져 있다. 개중에는 국립중앙박물관 소장의 『신묘년 풍악도첩辛卯年楓嶽圖帖』이나 간송미술관 소장의

『경교명승첩京郊名勝帖』·『정묘년 해악전신첩丁卯年海嶽傳神帖』처럼 그 전모가 소상히 알려진 것도 있지만, 문헌이나 소문으로만 전해지던 것들, 과연 현존하는지 분명치 않은 것들도 더러 있다. 대표적인 예를 들자면 『사군첩四郡帖』이나 『영남첩嶺南帖』 따위가 이에 속한다. 이들 두 화첩은 『해악전신첩』과 함께 일찍이 관아재觀我齋 조영석趙榮祏(1686~1761)이 겸재의 대표작이라고 언급한 바 있는 문헌상의 명작이다. 하지만 『사군첩』은 단양·영춘·영월·청풍 네 군의 명승을 그린 화첩이라는 점 말고는 그 밖의 정보가 거의 알려진 바 없고, 『영남첩』 또한 마찬가지로 영남 지방의 여러 승경을 그린 화첩이라고 짐작만 할 뿐 더 이상의 사실은 별로 드러난 바 없었다.

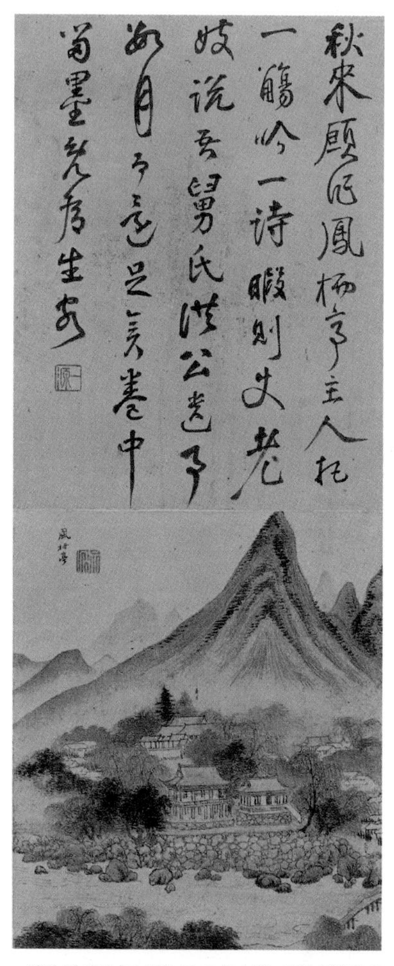

겸재 정선의 「봉서정」과 그에 부친 사천 이병연의 제발. 『구학첩』에 들어있던 겸재 그림이다. 지금은 없어진 봉서정은 예전 시인묵객들이 즐겨 찾던 단양읍내의 유명한 정자였다.

바로 이들 두 화첩의 내용을 언뜻 엿볼 수 있는 시가 『후계집』에 실려 있다. 이 시문집의 제5권에는 「일원이 소장하고 있는 정선 그림의 '사군' '영남' 두 화첩에 제하다(題一源所藏鄭畫四郡嶺南二帖)」와 「다시 정선 그림의 '영남첩'에 제하다(又題鄭畫嶺南帖)」라는 제목 아래 각각 여섯 편씩, 도합 열두 편의 제화시題畫詩가 올라 있는 것이다. 전자는 「수옥정漱玉亭」, 「월탄홍정月灘洪亭」, 「한벽루寒碧樓」, 「구도옥순봉龜島玉筍峯」, 「봉서정鳳棲亭」, 「하선암下船巖」에 부친 시들이고, 후자는 「홍류동紅流洞」, 「취적봉吹笛峯」, 「해인사海印寺」, 「청량산淸凉山」, 「도산서원陶山書院」, 「고산정孤山亭」을 읊은 작품들이다. 이로써 우리는 비록 일부이긴 하지만 신화처럼 떠돌던 두 화첩이 어떻게 구성되었는지 어렴풋이나마 짐작할 수 있게 되었다. 다만 여기서 '월탄홍정'이 과연 어디를 가리키는 것인지는 좀 불분명하다. 함께 언급된 곳들이 모두 남한강 일대에 흩어져 있는 경관이라는 점과 '월탄'이 곧 '달

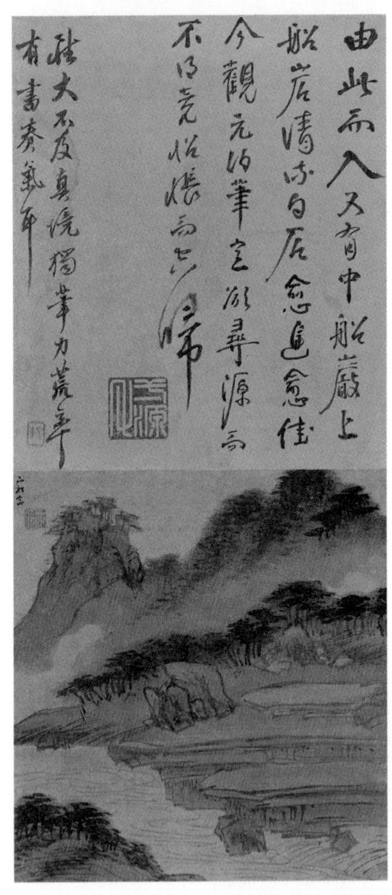

겸재 정선의 「하선암」과 그에 부친 사천 이병연과 관아재 조영석의 제발. 종이에 수묵담채. 『구학첩』에 들어있던 겸재 그림이다. '하선암'은 오늘날 단양팔경의 하나로 널리 알려진 '하선암'이다

여울'이므로 이곳 또한 한강 상류의 충주 가까운 어느 곳이 아닐까 싶기도 하지만, 그렇게 되면 영남 지역은 단 하나도 없게 되어 제목과 상응하지 않으니 단정하기 어렵다. 그렇다고 이곳을 경북 영주와 청량산을 잇는 길목의 홍정으로 보는 것도 조심스럽다. 이때는 그렇다면 월탄은 대체 무엇인지 애매하기 때문이다. 좀 더 조사가 이루어져야 할 부분이다.

『후계집』 권8의 「잡저雜著」에는 「이일원의 해산일람첩 발문李一源海山一覽帖跋」이라는 글도 담겨 있다. 역시 화첩의 그림에 부쳤던 짤막한 글들로 이루어져 있는데, 무려 20편의 제사題辭가 열거되어 있고 말미에 짤막한 발문이 붙어 있다. 제발題跋로 묘사된 스무 곳은 모두 금강산 그림에 단골로 등장하는 경관들이다. 따라서 제목에서 말하는 '해산일람海山一覽'이 곧 '금강산 일대를 한 차례 유람함'임을 알 수 있다. 조금 더 구체적으로 말하자면 조유수가 말하는 '해산일람첩'은 곧 겸재 37세 때인 1712년(숙종38)에 완성된 『임진년 해악전신첩』을 지칭하는 것이 아닌가 싶다.

겸재는 일생을 통해 세 차례 금강산을 다녀온 것으로 알려져 있다. 36세 때인 1711년(숙종37)과 그 이듬해, 그리고 35년의 세월이 흐른 뒤인 1747년이 그 해이다. 첫 번째 여행은 사천 이병연과 함께 스승으로 섬긴 삼연三淵 김창흡金昌翕(1653~1722) 일행의 금강산행에 동행하여 이루어졌다. 이 해에 사천은 금강산 입구의 고을인 김화 현감金化縣監으로 부임해 있었으니, 말하자면 '사제동행師弟同行'의 유람이었던 셈이다. 이 금강산 탐승의 회화적 결과물이 곧 『신묘년 풍악도첩』이었다.

겸재의 두 번째 금강산 여정은 사천의 배려로 이루어졌다. 사천이 아버지를 모시고 형제들이 함께하는 금강산 구경에 겸재를 초청한 것이다. 그 사례로 겸재가 그려준 금강산 그림들로 꾸민 화첩이 바로 『임진년 해악전신첩』이었다. 그리고 마지막으로 겸재는 자신보다 먼저 아우를 떠나보낸 울적한 심사를 안고 일흔둘의 노구로 금강산을 다녀온다. 노성한 겸재의 필치가 유감없이 발휘된 『정묘년 해악전신첩』이 이때의 소산이다.

『임진년 해악전신첩』은 사천이 겸재로부터 선물 받은 그림에 스승인 삼연에게 폭마다 제발을 붙여줄 것을 청하고, 자신 또한 그렇게 하여 첩으로 꾸민 것이었다. 이리하여 진경산수眞景山水와 진경시眞景詩가 만난 미증유의 '진경시화 합벽첩眞景詩畫合璧帖'이 탄생했다. 사천은 이 화첩을 '해악전신海嶽傳神'이라고 이름지었다. 한 해 전의 풍악도첩에 이어 이 화첩이 사대부 사회에 알려지자 겸재는 일약 화단의 기린아로 떠올랐다.

조유수는 「해산일람첩 발문」의 말미에서 "이 화첩에는 삼연의 짤막한 제사들이 있어서 명산名山 · 명화名畫와 더불어 이미 삼절三絕이 갖추어져 있다(此卷中三淵小題 已與名山名畫 三絕備矣)."고 말하고 있다. 여기서 말하는 '삼연의 짤막한 제사들(三淵小題)'은 아마도 김창흡의 『삼연집三淵集』 권25의 「제발題跋」에 실려 있는 「이일원의 해악도 뒤에 제하다(題李一源海嶽圖後)」를 가리키는 듯하다. 이 글은 금강산 일대뿐만 아니라 삼연 집안과 관련 있는 곳까지 30군데 경관에 부친 제발들로 구성되어 있는데, 조유수가 「해산일람첩 발문」에서 언급한 곳은 하나도 빠

짐없이 포함되어 있다. 뿐만 아니라 조유수가 제사를 부친 곳은 사선정四仙亭을 제외하고 담헌澹軒 이하곤李夏坤(1677~1724)의 『두타초頭陀草』 14책에 올라 있는 「일원이 소장한 해악전신첩에 제하다(題一源所藏海嶽傳神帖)」에서 언급한 22군데에 모두 들어 있기도 하다. 나아가 이하곤은 이 글을 통해 "이 일원이 김화의 읍재로 있을 때 정선과 동행하여 동쪽으로 유람하면서 산과 바다의 빼어난 곳을 마주치면 문득 붓을 들어 그림을 그리게 하여 30여 폭을 얻었다. 이윽고 김자익金子益(자익은 김창흡의 자) 어르신과 사군使君 조의중趙毅仲(의중은 조유수의 자)에게 그림에 맞춰 제발을 지어 줄 것을 요청하였다. 또 나에게도 제발을 붙이도록 하여 사양하지 못하고 마침내 이렇게 종이를 메우는 바이다(李一源宰金化時挾鄭敾元伯東游 遇海山奇處 輒拈筆模寫 凡得三十餘幅 旣要金丈子益 趙使君毅仲逐段作跋語 又俾余武着 不獲辭 遂書此塞白)."라고 술회하고 있다.

이상의 사실을 두루 엮어 추정하면 김창흡이 말하는 '해악첩'이나 조유수가 지칭하는 '해악일람첩' 모두 『임진년 해악전신첩』을 가리킴이 분명해 보인다. 그렇게 불렀던 까닭은 이 화첩이 성첩되기 전에 이병연의 부탁에 응해 제발을 작성했기 때문인 듯하다. 반면 이하곤은 화첩이 완성된 뒤 사천으로부터 제발 추가의 요청을 받은 것이 아닌가 싶다. 또 삼연의 제발로 보면 『임진년 해악전신첩』은 30점 안팎의 그림들로 이루어졌을 가능성이 크지만, 조유수나 이하곤의 제발을 고려하면 20점 남짓으로 꾸며졌을 개연성도 얼마든지 있다. 이 점은 실물이 등장하지 않는 한 쉽사리 단정하기 어렵지 않을까 싶다.

이 밖에도 『후계집』 권5에는 그림에 부친 시들이 몇 수 더 실려 있다. 먼저 「죽서팔경에 제하면서 다시 그의 시를 청함(題竹西八景 更請其詩)」이란 시를 소개하면 다음과 같다.

將完海嶽傳神帖	해악전신첩을 완성하더니
又値滄洲老畫師	또 다시 창주의 노화사를 맞아들여서
太守以詩爲粉本	태수는 시로써 밑그림을 그리고
良工寫勝入烏絲	화가는 검은 줄 비단 위에 좋은 경치 그렸네
若言八景都收此	만일 여덟 곳 경치 여기 모두 담겼다면
何得一僧能負之	어떻게 한 스님이 그것을 짊어질 수 있으랴
嶺翠溟嵐元不重	비취빛 산기운 바다 위 아지랑이 무겁지 않으니
添擔須是百篇詩	아울러 짐 지워서 백편의 시를 요구하네

내용이나 상황으로 보자면 아마도 이 시는 이병연이 삼척 부사로 있을 때 겸재에게 부탁하여 그려 받은 죽서루竹西樓와 그 주변 풍광 그림들에 인편을 통해 화제畫題를 청하자 조유수가 그에 응해 지은 것으로 짐작된다.

「일원이 소장한 화권에 제한 절구 두 수(題一源藏畫卷二絕)」라는 제목이 붙은 오언절구五言絕句 두 수도 있다. 시의 내용에는 화가가 누구인지 짐작할 만한 단서가 없지만, 화첩의 소장자가 사천이었고 그림은 산수화였음을 알 수 있어서, 이들 그림 또한 겸재의 작품으로 봄이 타당하지 않을까 싶다.

조유수는 겸재 그림을 좋아하여, 자신이 말한 바대로, 이렇듯 겸재 그림에 적지 않은 제발을 남겼을 뿐더러 직접 소장하고 거기에 제발을 달기도 하였다. 그 좋은 예가 『후계집』 권2에 나오는 「네 폭 그림으로 만든 작은 병풍에 오언절구로 제하다(題四帖小屛五絕)」이다. 이들은 금강산 그림에서 거의 빠지지 않는 네 곳 - 삼부연三釜淵 · 불정대佛頂臺 · 삼일포三日浦 · 시중대侍中臺를 그린 겸재 그림에 각 폭마다 오언절구 세 수씩, 합하여 12수로 이루어져 있다. 이 가운데 불정대를 읊은 마지막 시가 "천추의 불정대 폭포(千秋佛頂瀑) 두 정씨가 그 이름 떨쳤네(二鄭發揮之) 뒤에는 원백의 그림이 있고(後有元伯畫) 앞에는 계함季涵(송강 정철의 자)의 노래가 있지(前有季涵詞)"로 되어 있다. 이를 통해 우리는 이 그림들이 겸재의 솜씨임을 추측할 수 있다. 당연히 이것만으로 네 폭 그림이 겸재의 작품이라고 단정하는 것은 섣부른 판단임은 물론이다. 좀 더 확실한 근거가 사천에게 보낸 조유수의 편지이다. 그 서찰이 「이일원에게 답함(答李一源)」이라는 제목으로 『후계집』 권8 「간독簡牘」에 편집되어 있다.

지난날 그대가 소장한 화첩을 보면서 매번 벗 정선의 득의작을 대할 때마다 문득 잘라내어 (저에게) 남겨둠으로써 기꺼이 '풍류의 범죄'를 저지르고 싶었지만, (겸재에게 그림을) 청탁하여 주신다는 응낙이 있었기에 일단 그리 하지 않았습니다. 이에 네 폭짜리 작은 병풍을 갖추어 보내며, 아울러 얼마간의 술과 전복도 함께 덧붙여 보내오니, 그림 그릴 때 한 차례 주안상이라도 마련하시기 바랍니다. 감히 여느 범상한 화가들에게 하듯 어떤 제목의 그림을 그려 달라고 요구하지는 못하겠으나, 반드시 (금강산 안팎) 산과 바다의 가장 아름다운 네 곳을 골라 그려 주길 바라며, 아울러 시중호侍中湖도 빠트리지 말기를 부탁드립니다. 명주 바탕천(紬本)은 비록 빨아서 궁색함을 가리긴 했습니다만, 감상가賞鑒家들은 이것을 귀하게 여기기도 합니다.

저는 가을 들어 병이 심해져서 관아의 업무를 내려놓고 흙덩이처럼 지내고 있습니다. 호수와 바다가 지척인데도 수레를 준비시켜 돌아볼 수 없어서 부득이 그 모습들을 그림에 옮겨 와유臥遊할 계책이나 세우고 있으니, 자못 가련할 뿐입니다. 반면 그대는 그(겸재)를 권면하여 그가 우선 붓을 들도록 해야 하니, 비로소 고심해야 하는 사람이 단지 그림 그리는 사람만이 아님을 알겠습니다. 어릴 때 조지운趙之耘(1637~? 耘之는 조지운의 자) 어르신이 묵매墨梅 그리는 것을 본 적 있습니다. 매번 남의 집에 들어서면 애시당초 (주인이) 그림에 대해서는 이야기하지 않고 다만 술과 안주, 비단과 종이만을 늘어놓고 부추기므로 처음에는 비록 점잖게 버티다가도 끝내는 술기운에 얹혀 붓을 휘두름을 면치 못한답니다. 그대가 원백을 구슬림도 이 방법과 같지 않은지요? 가난한 고을이라 붓을 윤택하게 할 새로운 물건이 없어 또 다시 술과 전복을 보내니, 술을 사고팔 때 권하면 누구나 끼어드는 법이니 이번에는 지난번처럼 남의 입에 양보하고서 거꾸로 제 탓을 하지 마시기 바랍니다. 하하.

向於貴藏帖 每到鄭友得意幅 輒欲割留 甘犯風流罪罰 而以有倩惠之諾姑未焉 玆具四幅小屛子以送 兼付些酒鰒 以備盤礴時一醉 而不敢命某題如衆史 要揀寫海山最佳四處 而亦乞不漏侍中湖耳 紬本雖浣補寒儉 賞鑒家亦

以此爲貴也 弟入秋病甚 放衙塊處 湖海咫尺 絕未命駕 不得已爲移畫臥遊之計 殊可憐也 而兄能爲之勸迫 恕先得其下筆 始知用苦心者 非獨畫工也 童時 及見趙耘之丈 寫墨梅 每至人家 初不言畫事 但列酒肴縑紙以撩之 則始雖莊矜 終不免乘酣揮灑 兄之調元伯 亦如此法否 貧縣潤毫無新物 又呈酒餽, 此如買賣酒 勸者皆參 勿如前徒讓人啗而反咎弟也 呵呵

앞부분 일부를 제외한 조유수 편지의 전체 내용이다. 이 정도면 조유수 소장 네 폭 병풍 그림의 작가가 겸재임은 논란의 여지가 거의 없어 보인다. 그 밖에도 우리는 이 글을 통해 몇 가지 사실을 더 유추할 수 있다. 조유수가 남의 화첩에 담긴 겸재의 그림을 도려내어 지니고 싶어 할 만큼 그의 그림을 애호했다는 점, 그가 소장했던 네 폭 병풍 그림은 사천의 주선으로 겸재에게 청하여 그려졌다는 사실, 먼저 그림을 그린 뒤 병풍을 꾸미는 일반적인 순서와 달리 병풍을 먼저 만들어 그림을 청했다는 것, 이와 같은 요청은 조유수가 흡곡 현령歙谷縣令으로 재직할 때 있었다는 따위를 두루 짐작하는 것이 가능하다. 실로 이 서간은 적지 않은 정보를 담고 있는 흥미로운 글이라 하겠다.

조유수가 『구학첩』 발문에서 자신의 거처라고 말한 곳, 겸재가 방문해 주기를 바랐고 그림으로 그려 주기를 소망했던 소수옥은 어디에 있는 어떤 곳일까? 문경새재 조령 제3관의 바로 밑, 행정구역상으로는 충북 괴산군 연풍면 원풍리의 좁은 골짜기에 있는 수옥폭포가 그곳이다. 폭포 아래에는 팔각의 정자도 하나 있다. 지금의 정자는 1960년대에 새로 지은 것이지만, 조선시대에도 여기에 정자는 있었다. 이 자리에 처음 정자를 짓고 '수옥漱玉'이라고 이름을 붙인 사람이 바로 조유수이다.

그는 자신이 지은 아내의 묘지명[「숙부인 류씨 묘지명(淑夫人柳氏墓誌銘)」, 『후계집』 권7]에서 "병술년(1706)에 (아내는) 나를 좇아 새재 아래의 작은 고을로 왔다(丙戌歲 從余赴鳥嶺下小縣)"고 술회하고 있다. 여기서 말하는 '새재 아래 작은 고을'이 곧 연풍이며, 이 해에 그는 연풍 현감延豐縣監으로 이곳에 부임했다. 여기서 현감으로 재직하는 동안 조유수는 수옥정을 지었는데, 당시의 상황을 이계耳溪 홍양호洪良浩는 「후계 조공 묘갈명后溪趙公墓碣銘」을 통해 이렇게 전하고 있다.

공이 우연히 덤불과 잡목이 우거진 벼랑에서 폭포수가 쏟아져 내리는 것을 발견하고는 수원지를 넓혀 물줄기를 끌어들이도록 하니, 흩날리는 물보라가 구슬을 흩뿌리는 듯하고 물줄기가 방아를 찧는 곳은 깊고 맑은 못이 되었다. 마침내 작은 정자를 짓고 그 이름을 '수옥漱玉'이라 하였으며, 순여筍輿에 대지팡이로 물소리와 여라 덩굴 그림자 속에서 술잔을 기울이고 시를 읊조렸다. 그곳 백성들이 돌아보고는 놀라 말하길, "우리들은 이곳에서 태어나 늙었는데도 이렇게 기이한 곳이 있는 줄 몰랐습니다."라고 하였다. 연풍은 이때부터 '산수의 고장(山水窟)'으로 일컬어졌다.

公偶見斷崖叢榛 有懸瀑淙瀉 卽命抉其源而導其湍 噴如撒珠 舂成澄泓 遂壓以小亭 名曰漱玉 筍輿竹笻 觴咏於水聲蘿影之中 民皆環視而驚曰 吾輩生老此山 不知有此奇境 延自是稱山水窟

이밖에도 조유수는 「수옥정가漱玉亭歌」, 「소수옥정가小漱玉亭歌」,「수옥정 기우제문漱玉亭祈雨祭文」, 「수옥정중수상량문漱玉亭重修上樑文」 등을 지어 수옥정에 대한 자신의 애호를 드러냈다. 그러니 지금도 외진 연풍의 한 골짜기가 겸재 그림의 소재가 되기에 손색이 없다고 생각했을 조유수의 심사를 조금은 이해할 것도 같지 않은가.

이제까지 조유수의 『구학첩』 발문과 연관된 소소한 사실들을 추적하면서, 특히 겸재 정선으로 이어진 실마리를 풀어 보았다. 줄여 말하자면, 후계 조유수의 『구학첩』 발문은 겸재 그림으로 통하는 조출한 오솔길이라 해도 무방하지 않을까 모르겠다.

(흥선)

03 송호松湖 백진남白振南의 편지

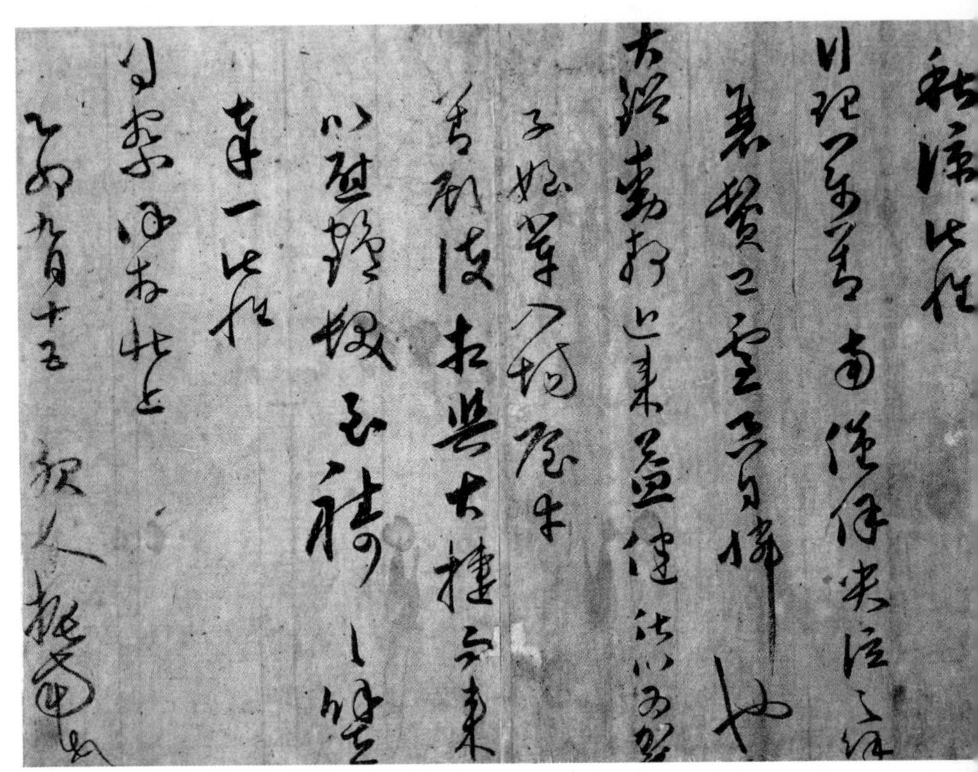

백진남 간찰, 「제가유독諸家遺牘」 수록

秋涼 伏惟行理萬善 南僅保 哭泣之餘 衰鬢已雪 只自憐也 大鑑動靜 近來益健 伏以爲賀 子姪輩入場屋 幸善顧護 相與大捷而來 以慰鶴髮 至禱至禱 餘在奉一 伏惟尊察 謹拜狀上

乙卯九月十五 服人振南頓

쌀쌀한 가을날에 가시는 길이 편안하셨기를 바랍니다. 저는 겨우 지내고 있습니다. 소리를 내어 서럽게 통곡한 뒤에는 눈처럼 머리가 쇠었으니 그저 스스로 가련할 뿐입니다. 대감의 형편은 근래 더욱 강건하시니 엎드려 축하드립니다.

자식과 조카들이 과장에 들어갔습니다. 바라건대 잘 보살펴주시어 함께 합격하고 돌아와 늙은 이 몸을 위로해 주기를 간절히 기도하고 간절히 기도합니다. 나머지는 한번 만나 뵙고 말씀드리겠습니다. 살펴주시기 바랍니다. 삼가 절하고 편지를 올립니다.

을묘년(1615, 광해7) 9월 15일 상중의 진남振南 올림.

해 설

백진남白振南(1564, 명종19～1618, 광해군10)은 본관이 해미海美, 자는 선명善鳴, 호는 송호松湖이다. 문집에 『송호유고松湖遺稿』가 있다. 아버지인 백광훈과 함께 부자父子 2대에 걸쳐 예술적인 재능을 떨쳤다. 양대에 걸쳐 예술로 이름을 남기기는 매우 쉽지 않으니, 대부분 자신의 대에서 끊어진다. 당나라의 구양순歐陽詢(557～641)과 구양통歐陽通(625～691)부자, 송나라의 미불米芾(1051～1107)과 미우인米友仁(1074～1151) 부자는 모두 문장과 글씨에 뛰어났다. 백진남白振南의 아버지인 옥봉玉峯 백광훈白光勳(1537～1582)은 삼당시인三唐詩人에 속할 뿐만 아니라 글씨도 일가를 이룬 사람이다. 백광훈의 재능을 고스란히 이어받은 사람이 바로 백진남이다. 부자 모두 문장과 글씨로 한 시대를 풍미했다고 할 수 있다.

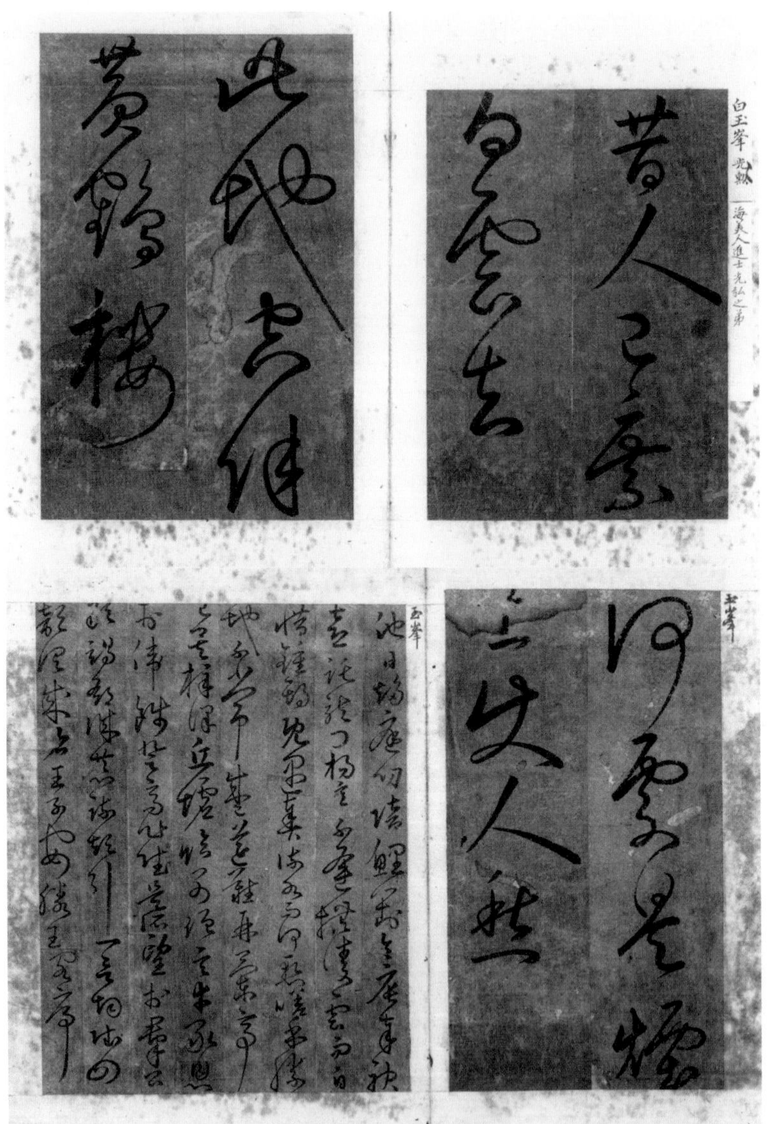

옥봉 백광훈 글씨, 국사편찬위원회 유리필름

본 편지는 백진남이 자신의 아들과 조카가 과거를 보러 가자, 상대방에게 잘 좀 보아달라고 청탁을 한 것이다.

조선왕조실록 을묘년(1615, 광해7) 9월 21일 기사에 "왕이 알성謁聖한 다음 문과文科에 권계權啓 등 8명과 무과武科에 황진黃津 등 33명을 뽑았다."고 하였다. 당시 문과 합격자는 장원 권계權啓를 비롯하여, 을과 1위 이재영李再榮, 을과 2위 서국정徐國楨, 병과 1위 이유일李惟一, 2위 허친許?, 3위 나무송羅茂松, 4위 이기조李基祚, 5위 고부천高傅川이다. 백진남의 아들과 조카는 백씨가 방목에 없는 것으로 보아 떨어진 것을 알 수 있다.

일부 다른 편지에서도 과거와 관련된 청탁 내용이 많이 있다. 시험과 관련된 청탁 문제는 어느 시대를 막론하고 항상 있었음을 알 수 있다.

(임재완)

04 공재恭齋 윤두서尹斗緖의 편지

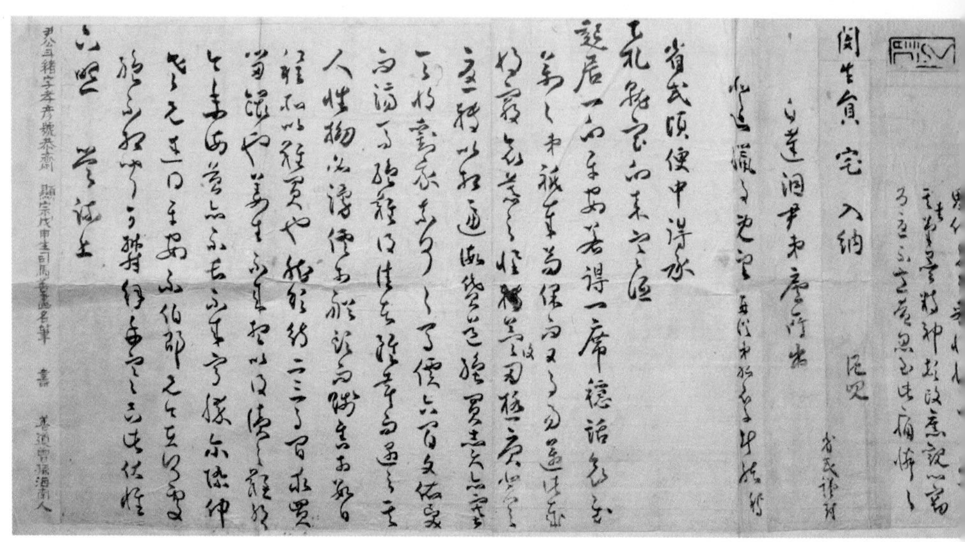

윤두서 간찰, 『청관재 소장 서화가들의 간찰』

閔生員宅 入納 泥峴 (省式謹封) 白蓮洞 尹弟廬所出	민생원 댁에 드림 니현 (생식근봉) 백련동 윤제의 여막에서

省式 頃便中 得承下札 就審向來寒沍 起居一向平安 若得一席穩話 哀慰萬萬 弟秖奉苟保 而日月易邁 此歲將窮 哀慕之懷 益復罔極 庚癸之憂 轉以相逼 假貸道絕 買賣亦塞 天將劉我 奈何奈何 馬價六百文依受 而濟馬絕難得佳者 雖幸而遇之 其人性拗 必謾價於船頭 而賤售於數日程 所以難買也 然欲待二三月間 求買留餵也 姜生不來 想以得債之難耶 今年海苔亦不長 不來寧勝爾 際仲老兄連得平安不 伯邵兄今在何處 絕不相聞 可鬱 餘手寒只此 伏惟下照監 疏上

癸巳臘月既望 再從弟孤哀子斗緖稿

思仲兄之喪 慘憐何言 夏間得其書 筆墨精神 頓改舊觀 心窃爲憂 不意奄忽至此 痛憐痛憐

예는 줄입니다. 지난 번 인편에 보내 주신 편지를 받고 얼어붙는 추위에 지내시는 형편이 늘 평안하심을 알고 한 자리에서 따뜻한 얘기를 나눈 것 같아 매우 위로가 되었습니다. 저는 그럭저럭 지내고 있습니다. 세월이 빨라 금년도 다 가려고 하니 애닯고 그리운 마음이 그지없습니다. 흉년이라 양식을 확보하는 일이 더욱 어려워져 빌릴 길도 끊어지고 매매도 막혔습니다. 하늘이 나를 해치려 하니 어찌하겠습니까?

말 구입비용 600문은 잘 받았습니다만 제주도 말은 좋은 것을 구하기가 어렵습니다. 요행히 만난다 해도 그 주인의 성정이 고약하면 반드시 선두船頭에게 값을 속입니다. 그러니 며칠 내에 싼 값에 사는 것은 어렵습니다. 그러니 이삼 개월 기다렸다 말을 사서 두고 먹이는 것이 좋을 듯합니다. 강생姜生이 오지 않은 것은 자금을 마련하지 못해서인 것으로 생각되는데 올해 김의 생육이 좋지 않으니 오지 않는 것이 오히려 나을 것입니다. 그 사이 중로仲老 형은 계속 평안하십니까? 백소伯邵 형은 지금 어디 계신지 소식이 끊겼으니 울적합니다. 나머지는 손이 시려 이만 줄입니다. 살펴 보아주시기 바랍니다. 편지를 올립니다.

1713년 12월 16일. 재종동생 고애자 두서斗緖 올림.

사중思仲 형의 상을 생각하면 참담함을 어찌 말로 다하겠습니까? 여름에 편지를 받았을 때 필묵에 어린 정신이 옛 모습과 너무 달라서 매우 근심이 되었었는데, 뜻하지 않게 갑자기 이렇게 되니 아프고 슬픕니다.

해 설

이 윤두서尹斗緖의 편지는 서울 진고개의 민 생원에게 보낸 편지인데, 서로의 상사喪事에 대해서 안부를 묻고 나서 구체적인 용건이 나오는데 조선시대 간찰 중에서 이만큼 구체적인 용건이 묘사되어 있는 것은 흔치 않다. 편지가 쓰여진 1713년은 전라도에 가뭄이 든 해인데 해남의 부자였던 윤씨 집안이 양식을 빌릴 궁리를 해야 했고, 빌릴 방도도 없고 매매도 끊겼다고 할 정도였던 모양이다. 또 윤두서는 바로 이 해에 낙향을 했는데 그의 행장에 보면 "가세가 기울어 여러 식구를 먹여 살릴 계책이 없어서 어쩔 수 없이 낙향한다."라고 되어 있다. 아들 윤덕희尹德熙의 기록에 의하면 논밭이 2,400마지기가 있었다고는 하나 노비가 500명 있었다고 하니 이 많은 가속을 먹여 살리고 서울 살림을 유지하기는 어려웠던 것으로 보인다.

민 생원이 제주 말을 사달라고 돈을 보낸 것 같은데 해남이 제주로 오가는 출입구여서 제주의 품질 좋은 말을 싸게 사 달라는 부탁을 받은 것 같다. 당시의 말은 양반가에 승용차와 같은 필수품이었는데 그 무렵 쌀이 한 가마에 5량, 즉 500문이었다고 하니 600문이라면 상대적으로 덜 비쌌다고 할 수도 있겠다. 어쨌든 고가의 거래라 잘 처리해 주려고 노력하는 모습을 볼 수 있다. 김도 구입을 하려고 생각한 것 같은데, 올해의 김은 흉작이니 오지 말라고 하는 것 등을 볼 때 서울 진고개의 민 생원은 장사를 하거나 양반 치고는 상업에 관심이 많은 사람이었던 것 같다. 해남 유지의 가장이 글씨를 쓰기에 손이 시려울 정도로 난방도 제대로 하지 못했다는 것도 당시의 사정을 가늠케 하는 대목이다.

공재 윤두서 초상

잘 알 듯이, 윤두서尹斗緖(1668~1715)의 본관은 해남海南, 자는 효언孝彦, 호는 공재恭齋이다. 윤선도尹善道의 증손자(입양되어 봉사손이 되었다.)로 녹우당(효종이 봉림대군 시절 스승이었던 윤선도에게 하사한 해남 집)에서 태어나 녹우당에서 세상을 떠났다. 정약용의 외증조부인데 다산이 강진 유배 시절에 녹우당의 서적을 많이 가져다 보았다고 한다. 숙종 19년 1693년에 진사시에 급제를 했으나 서인이 세력을 잡고 있던 시절이어서 고산 윤선도 대부터 골수 남인이었던 처지에 벼슬을 하기는 어려웠다. 1713년 낙향했고 15년에 타계했다. 선비로서는 천문, 지리 등 실용적 학문에 많은 관심을 가졌고 화가로서는 겸재 정선, 현재 심사정과 함께 조선 후기의 3재로 불릴 정도로 좋은 작품을 많이 남겼다. 남종 문인화의 화풍을 도입하였고, 인물화와 말 그림을 많이 그렸으며, 서민들의 생활상을 그대로 보고 그리는 속화들을 많이 남겨 김홍도, 신윤복 등 후대의 풍속화의 효시가 되었다. 「동국여지도」, 「일본지도」 등을 제작하기도 했다. 얼굴만 그려서 선비정신을 충실하게 드러낸 자화상을 남겼는데, 선비는 선비대로 문인화나 그리고 화공은 자화상을 남길만한 사회적 지위가 아니었던 우리나라에서는 아주 드문 자화상으로 국보 240호로 지정되었다.

(박병원)

05 능호관凌壺觀 이인상李麟祥의 편지

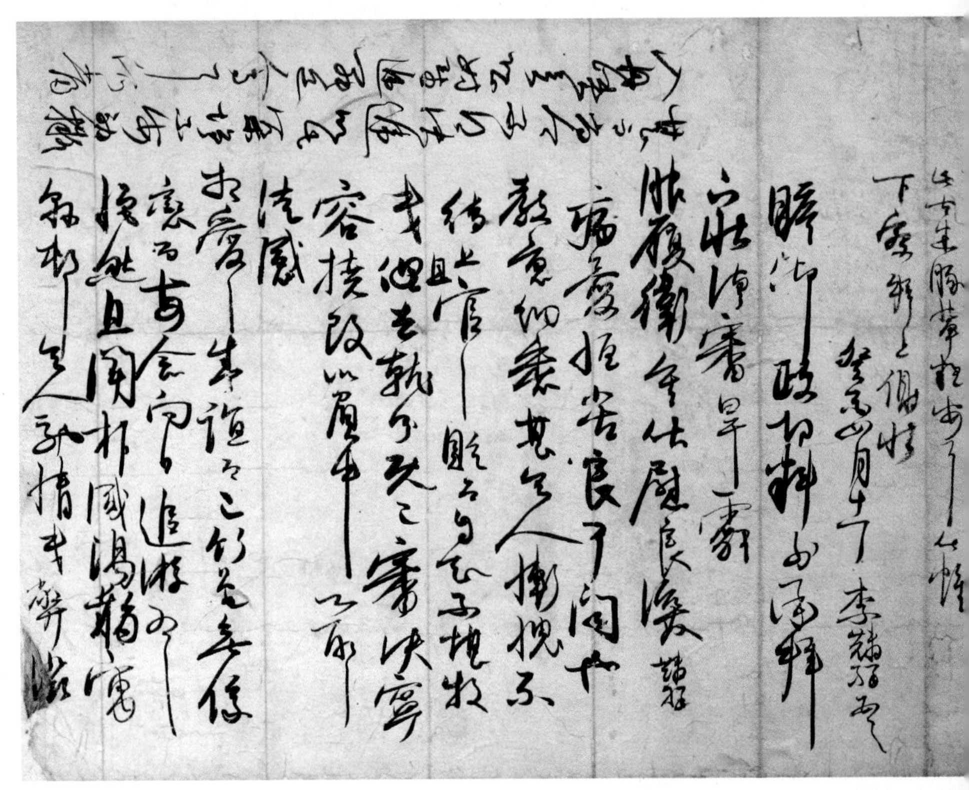

이인상, 와운渦雲, 『청관재 소장 서화가들의 간찰』

瞻仰政切 料外承拜下狀 謹審旱霾 服履衛重 伏慰良深 麟祥病憂恒苦 良可悶也 教意納悉 甚令人慚愧 不待上官之貶 而自知不堪牧民 且去就則旣已審決 寧容撓改以負中心耶 徒感相愛之盛誼而已 竹邑無係戀 而每念向日追游 爲之悒然 且聞朴咸陽移寓縣邨 令人馳情 民弊滋甚 而尙今不得決遞 以此罙增不安 初擬入丹峽矣 恐妨患遞罷 送人馬耳 何當有賦駕耶 比來更無憂患耶 此間迷豚輩粗安耳 伏惟下察 拜上謝狀

癸酉四月十一日 李麟祥頓首

그리움이 간절하였는데 뜻밖에 주신 편지를 받고 가뭄에 상중에 있는 공께서 지내시는 형편이 좋으심을 알고 매우 위로가 되었습니다. 저는 병과 근심으로 늘 괴로우니 참으로 딱합니다. 말씀하신 뜻은 잘 알았으며 매우 사람을 부끄럽게 합니다. 상관上官의 견책을 기다리지 않고도 제 스스로 목민牧民의 소임을 감당할 수 없음을 알고 있습니다. 거취는 이미 결정했으니 어찌 흔들려서 속 마음을 저버리겠습니까? 다만 아껴주신 성의에 감사할 뿐입니다. 죽읍竹邑에 연연해하는 마음은 없으나 지난 날 놀던 것을 생각할 때마다 우울해집니다. 또한 함양咸陽 군수를 지낸 박아무개가 이 고을에 옮겨와 산다는 것을 들으니 사람으로 하여금 그립게 합니다. 민폐가 더욱 심하나 지금까지 체직遞職이 되지 않아 이 때문에 더욱 편하지 않습니다. 처음에는 단양 산골로 들어가려고 했으나 파직되어 교체되는데 방해될 것 같아 인마人馬를 보냈습니다. 어느 날에 말을 타겠습니까? 요즈음에 달리 우환은 없습니까? 이곳에 있는 저의 아이들은 그럭저럭 지냅니다. 삼가 살펴주시기 바라면서 답장을 올립니다.

1753년 4월 11일 이인상李麟祥 올림.

해 설

이인상李麟祥(1710~1760)의 본관은 전주全州, 자는 원령元靈, 호는 능호凌壺, 보산자寶山子이다. 그림과 글씨에 뛰어났으며 저서로 『능호집凌壺集』이 있다.

이안상 초상, 국립중앙박물관 소장

이 편지를 쓴 1753년, 44세의 이인상은 30세 참봉직을 시작으로 갖은 말단직을 전전하다가 얻게 된 음죽陰竹(경기도 이천군 장호원) 현감 자리를 그만두었다. 관찰사와의 불화가 그 원인이었다. 이후로는 더 이상 벼슬을 구하지 않고 자유롭게 살다가 51세의 나이로 죽었다. 이인상은 명문 가문에서 태어났으나 증조부가 서자였기 때문에 뛰어난 학식과 문장력을 갖추었음에도 나갈 수 있는 관직에는 처음부터 한계가 있었다. 그도 명문 양반가에서 태어났으니 배운 사람은 마땅히 관직에 나가 세상을 위해 복무해야 한다고 배웠고 믿었을 것이다. 하지만 동시에 서출이라는 신분적 한계 때문에 자신에게는 그런 기회가 주어지지 않는다는 것도 처음부터 알고 있었으리라. 게다가 교유를 나누었던 벗들이 주로 쟁쟁한 노론 가문의 사대부들이었으니 상대적 박탈감을 떨치기도 쉽지 않았을 것이다. 이런 모순적 상황에서 사람은 어떤 길을 가게 될까? "상관의 견책을 기다리지 않고도 제 스스로 목민의 소임을 감당할 수 없음을 알고 있다."는 이인상의 말이 참으로 쓸쓸하게 들린다. 일견 자신의 부덕함을 시인하는 반성의 말인 듯하지만, 사실 그는 이즈음 별 대단할 것도 없었던 자신의 벼슬생활에 지쳐 다 체념했던 것이 아닐까?

이인상의 문학 세계는 잘 알지 못하지만 미술사 전공자인 만큼 그의 미술 세계에 대해서는 조금은 알고 있다. 「검선도劍僊圖」를 서얼 의식의 발로로 해석한 연구가 있지만 이 작품은 좀 예외적인 경우이고, 대부분 그의 작품들은 중국풍의 남종南宗 문인화이다. 국외자인 서양미술사 전공의 필자가 보기에는 한국회화사의 18세기 조선은 남종화풍과 진경산수화풍이 있었다. 조선의 영역 안에 실재하는 명승을 그린 진경화에 비해서 남종화는 당시의 화가들은 가본 적도 없었을 중국 산수의 전통적 주제와 양식을 추구했다. 이러한 남종화를 사대주의적이다 고루하다는 등으로 말할 수도 있겠지만, 필자는 이것이 비현실적이라 생각했다. 현실의 세계가 아니라 꿈의 세계라는 말이다. 그래서 학생 때부터 진경산수보다 남종문인화를 더 좋아했다. 개인적으로 이러

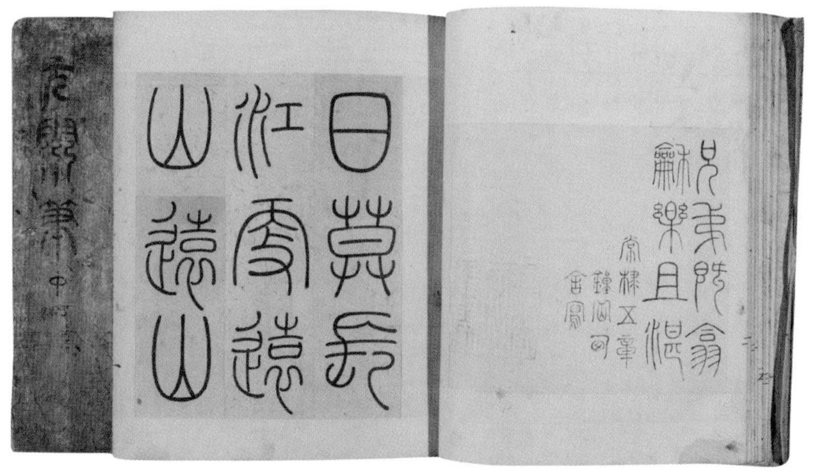

이인상 『원령필첩元靈筆帖』, 국립중앙박물관 소장

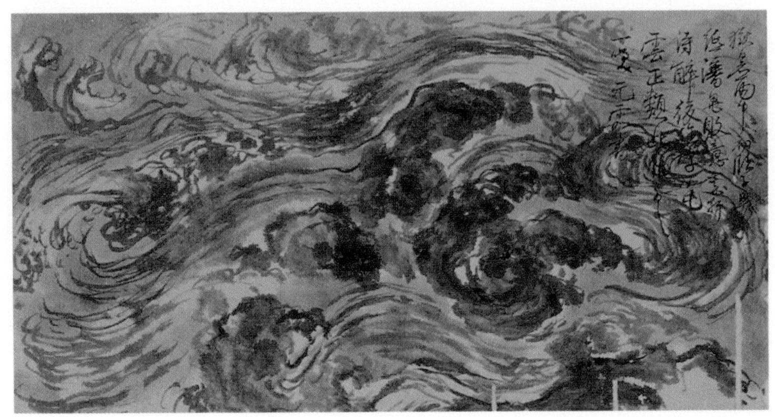

이인상, 「와운渦雲」, 개인 소장

한 비현실적 꿈의 세계를 극단적으로 추구한 화가는 심사정이라고 늘 생각해왔다. 그런데 이번에 이인상의 편지글을 읽다 보니 당시 18세기 조선의 남종문인화를 대표했던 두 화가 이인상과 심사정에게는 공통점이 있음을 깨닫게 되었다. 심사정은 서얼은 아니었으나 몰락한 양반가의 자손이라 관직으로 나갈 길이 막혀 있었던 것이다. 그렇다면 이인상과 심사정은 글공부한 선비로서 펼치고 싶은 포부를 가로막는 현실 세계에서 벗어나 꿈의 세계로 가고 싶어 그림을 그렸을까?

다시 편지로 돌아와서, "처음에는 단양 시골로 들어가려고 했으나"라는 말이 눈에 뜨인다. 이인상은 벗 송문흠과 함께 34세였던 1743년과 그 이듬해에 걸쳐 단양과 제천을 여행했다. 아마 당시의 풍광이 기억에 남아 그리웠던 모양이다. 그리고 이인상의 평생지기인 단릉丹陵, 이윤영李胤永이 단양 군수가 된 부친을 따라가 1751년부터 단양의 사인암舍人巖에 거처하고 있었다. 그리하여 이인상도 단양의 구담龜潭에 별서를 마련하여 뜻을 같이하는 청류淸流 지인들과 사인암과 구담 일대에서 잦은 모임을 갖곤 하였다. 하지만 현감 직을 사직한 후 그가 간 곳은 음죽현 설성雪城의 종강鍾岡이었다. 이곳에 거처를 정하고 서울을 오가며 지내다 작고하였다고 한다. 늘 거처하며 노닐었던 단양의 산수를 그림 속에서 노닐 수 있었을 테니 꿈의 세계 속에서나 회포를 풀 수는 있었으리라 본다.

마지막으로 그의 글씨를 보면 형체가 흐려지는 글자들 사이사이에서 거의 행서에 가깝게 뼈대를 세워주는 글자들이 섞여 있다. 덕분에 글자를 해득하는 데에 도움이 되지만 그보다도 강한 장단과 약한 장단이 번갈아가며 나타나는 리듬감이 있다. 읽으려 애쓰지 않고 붓으로 그려낸 드로잉 작품이라고 생각하고 봐도 지루하지 않은 매력이 있는 것이다.

(신준형)

06 배와坯窩 김상숙金相肅의 편지

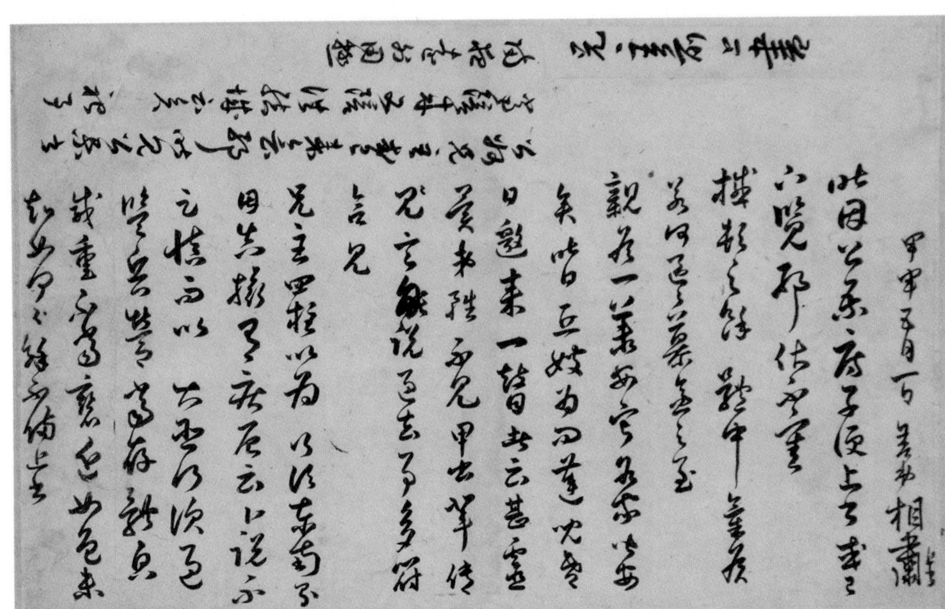

김상숙 간찰, 개인 소장

昨因公衙房子便上書 或已下覽耶 伏不審撼頓之餘 體中氣候若何 區區慕慮之至 親候一樣安寧 各家皆安矣 昨日丘嫂爲問蓮兒昏日 邀來一瞽者 云甚靈異 弟雖不見 甲出輩傳言 能說過去 事多符合 見兄主四柱 以爲行次東南 則因失攝有疾厄云 卜說不足愼 而以大臣行次過監兵營 當存體貌威重 不當褻近女色 未知如何如何 餘不備上書

甲申五月一日 舍弟相肅上書

公州兄主 或已來會耶 昨見公衙書 當陪來又陪往結城云矣 祀事隔夜 遠外罔極 兄主前上書

어제 공주 관아의 방자 편에 편지를 보냈는데 혹 이미 보셨습니까? 여행에 시달린 뒤에 몸 건강은 어떠하신지요? 여러 가지로 그립고 걱정이 됩니다. 어버이는 한결같이 안녕하시고 각 집안도 모두 편안합니다. 어제 형수께서 연아蓮兒의 혼사 날짜를 물어보려고 소경 한 사람을 초청하였다고 하는데 매우 신령스럽고 기이하다고 합니다. 저는 비록 보지는 못하였지만 갑출甲出이의 전언에 의하면 능히 지나간 일을 말하는데 다 맞힌다고 합니다. 형님의 사주를 보더니 동남으로 행차하면 조섭에 실수가 있어 질병을 겪을 염려가 있다고 합니다. 점쟁이의 이야기이니 삼갈 것도 없습니다만, 대신 행차가 감영이나 병영을 방문하실 때에는 마땅히 체모를 위중하게 하여 여색을 가까이 해서는 안될 것입니다. 어떨지 모르겠습니다. 이만 줄입니다.

1764년 5월 1일 사제 상숙相肅 상서

공주의 형님은 혹 이미 와서 만났습니까? 어제 공주 관아의 편지를 보니 마땅히 모시고 와서 결성으로 모시고 갈 것이라고 합니다. 제사날이 하룻밤밖에 안남았으니 멀리서 망극합니다.

형님께 올립니다.

해 설

김상숙金相肅(1717～1792)은 친형님인 김상복金相福과 함께 사직동社稷洞에 살았는데 김상복의 호를 직하稷下라고 하여, 이들의 글씨를 직하체稷下體라고 하였다. 직하체의 전형을 드러내는 배와坏窩 김상숙金

배와 김상숙의 글씨, 국사편찬위원회 유리필름
필사본 사미인곡思美人曲. 배와의 글씨는 서울 노론 글씨 중의 하나로 직하체稷下體라고 하였다.

相肅의 간찰로 친형인 김상복에게 보낸 편지이다. 종요鍾繇의 글씨를 닮은 듯 고졸古拙하고 겸손하다.

김상숙金相肅은 본관이 광산光山이고 자는 계윤季潤, 호는 배와坯窩·초루草樓이다. 아버지는 판윤 김원택金元澤이며, 어머니는 우윤 심정보沈廷輔의 딸이다.

이 편지를 보면 우의정이 된 형 김상복이 제사를 지내러 선산이 있는 충청도 결성을 방문하는데 공주 판관을 하는 셋째 형 상직相稷이 모시고 일을 하는 것처럼 보인다.

또 형수가 조카의 혼삿날을 받기 위하여 소경 점쟁이를 불러 물어본 일, 소경이 과거 일을 잘 맞춘다는 것, 형의 사주를 보니 동남쪽이 안 좋으니 여색을 가까지 하지 말고 정승의 체모를 지키라는 등 충고를 하고 있어서, 당시 양반사대부들도 혼사를 위하여 점쟁이를 불러다가 택일을 하고 또 사주를 보고 은근히 신경을 쓰고 있는 점에서 당시의 생활상을 들여다볼 수가 있다.

(김현영)

07 1822년 태백산 사고를 포쇄하고 돌아가는 길에 직학直學 김정희金正喜가 지인에게 보낸 편지

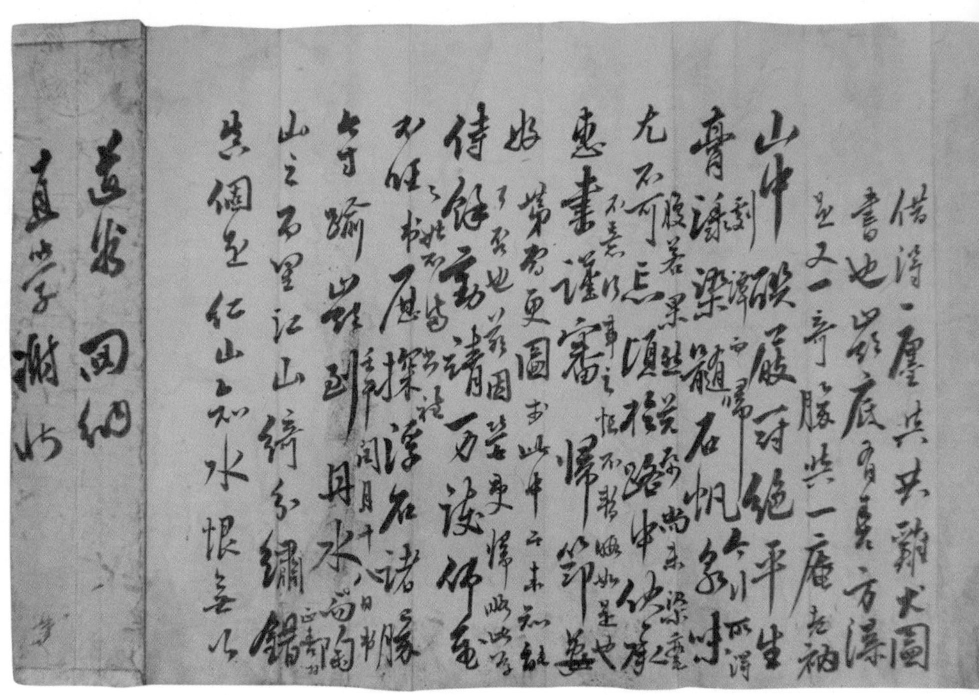

김정희 간찰, 개인 소장

道谷 回納 直学 謝狀	도곡에 회납 직학 답장

山中聯屐 冠絕平生 膏添染髓 石帆泉味 尤不可忘 頃於路中 伏承惠書 謹審歸筇晏好 侍餘動靖万護 仰慰不任 弟歷探浮石諸勝 今方踰嶺到丹水 而陶山之百里江山 綺分繡錯 眞個是仁山知水 恨無以借得一塵 與共鷄犬圖書也 嶺底有喜方瀑 是又一奇勝 與一庵老衲 劇譚而歸 今行所得 腹若果然 苔紙尚未染毫 不意行事之忙不暫暇如是也 第當更圖於此中 而未知能

可否也 玆因營吏歸 略此草草 姑不備書禮
壬午閏月十八日 弟 正喜 頓

산중에서 함께 여행한 것은 평생에 남는 기억이 될 것입니다. 몸 깊이 스며드는 석범石帆의 물맛은 더욱 잊을 수가 없군요. 얼마 전에 보내주신 편지를 여행길에서 받고서, 돌아가신 길이 편안하시고 부모님 모시고 지내는 것이 만 가지로 가호가 있음을 알았으니, 위로됨을 이길 수가 없습니다.

저는 부석사의 여러 승경을 탐방하고 지금 막 고개(죽령)를 넘어 단수丹水(단양 남한강)에 도착하였습니다. 그런데 도산陶山 백리의 아름다운 강산은 정말 인자요산仁者樂山 지자요수知者樂水의 경지인데, 한 자리를 빌려서 닭과 개와 도서를 즐기는 은자의 생활을 하지 못하는 것이 한입니다. 고개 밑에 희방 폭포가 있었는데 이도 또한 기승奇勝입니다. 한 암자의 늙은 중과 재미있게 이야기하다가 돌아왔습니다. 이번 여행의 소득이 한 가득입니다만, 태지苔紙는 아직 글씨를 쓰지 못하였습니다. 뜻하지 않게 하는 일이 바빠서 잠시도 짬을 내지 못한 것이 이와 같습니다. 다만 다시 이곳에서 시도해볼 계획입니다만, 가능할지는 모르겠습니다. 영리營吏가 돌아가는 길에 대강 이렇게 바삐 씁니다. 편지의 예를 갖추지 못하였습니다.

1822년(순조22, 추사 37세) 윤3월 18일 제 김정희金正喜 돈頓.

해 설

1822년(순조22) 김정희가 예문관 검열(기사관) 시절 태백산 사고의 개수를 감독하고 돌아오는 길에 도곡道谷에 있는 아무개에게 부석사의 여러 승경을 탐방하고 이제 죽령을 넘어 단양에 도착한 후 보낸 편지이다. 도산 백 리 강산을 둘러보지 못한 것을 안타까워했지만 고개에 있는 희방사에 들러 폭포의 기승을 보고 암자의 늙은 납자와 재미있게 이야기하고 돌아온 것이 소득이라고 하였다. 수행한 영리가 돌아가는 편에 부치는 편지이니 아마도 도곡은 경상도 상주나 영주 언저리에 사는 사람일 것이다.

김정희 연보가 상세하지 않아서 초년 부분은 거의 공백인데, 특히 이 부분은 더욱 그렇다. 서체를 보면, 말년의 깡마르고 괴기한 글씨와는 달리 중년의 힘있고 단정한 서체를 볼 수 있다. 내용상으로 이 편지가 어떠한 상황인지를 직접적으로 알려주는 자료가 금방 나오지 않아 한참을 찾고서야 이 편지가 태백산 사고의 개수 감독을 하고 돌아오는 길에 보낸 편지라는 것을 확인할 수 있었다. 먼저 '부석' '단수' '희방폭'과 같은 키워드를 넣어서 한국고전종합DB를 검색해도 제대로 나오지 않는다. 물론 『완당전서』에서도 나올 리가 없다. 가장 큰 단서는 '임오 윤월 십팔일'이라는 발신 날짜이다. 임오년은 1822년 순조 22년이고 윤월은 그해 윤3월이 있다. 『승정원일기』에서 '김정희'를 검색해보니 수천 건이 쏟아져 나왔는데, 대부분 그가 처음 문과에 합격하여 가주서, 기사관이 된 시기의 것들이다. 문과 합격 직후 그는 가주

태백산사고

서가 되었고, 1년 후 예문관 검열 즉 전임사관으로서 기사관이 된 것이다. 가주서나 기사관은 국왕의 측근에서 국왕의 언동을 하나하나 기록하여야 하기 때문에 상하번 교대로 매일 입시하여야 했다. 따라서 주서나 기사관 시절에는 거의 매일 이름이 등장하지 않을 수가 없다. 그런데 김정희는 주서, 기사관이 된 이후 거의 이틀에 한번 정도 입시를 하여 기사에 등장하는데, 1822년 3월과 4월 사이에 있는 윤3월 기사에는 전혀 나오지 않았다. 그렇다고 기사관을 그만둔 것도 아닌데...

다시 한번 추리력을 발동하기 위하여 이 편지에 나타난 추사의 여정旅程을 정리하였다. 부석사 – 희방폭포 – 단수로 이어지는 죽령을 넘어가는 여정이다. 그 목적지는 어디일까? 기사관 즉 사관이니 사고와 관련이 되지 않을까 하고 추정할 수 있다. 그렇다면 부석사에 가까운 태백

북한산 순수비 : 추사는 젊은 시절 북한산을 답사하여 이 비가 진흥왕 순수비라는 것을 처음으로 밝히고 옆면에 새겨 넣었다.

산 사고가 떠오른다. 그러나 『승정원일기』에서 '사고'로 검색해도 별다른 기사가 나오지를 않는다. 그래서 다시 '사각史閣'을 검색해보니 그해 3월 5일 태백산 사고와 관련된 김정희의 건의가 있었고 하번 사관인 김정희를 수개修改 감독 및 포쇄관으로 파견할 것을 결정하였다.

이 편지는 김정희가 포쇄曝曬 여행에서 돌아오는 길에 보낸 편지인 것이다. 그의 감독 및 포쇄 여행에는 따라서 경상도 감영의 영리가 수행을 하고 있었고, 경상도 도계道界에까지 수행을 하고 돌아가는 영리營吏에게 직학直學인 김정희가 같이 여행하였던 도곡의 지인에게 보낸 편지인 것이다.

도곡에서 이 편지를 받는 사람은 누구일까? 상주에 도곡 서당이 있었다. 그런데 상주는 조령이고 추사의 경로는 죽령이다. 아마도 '산중연극山中聯屐'이라는 구절로 보아 태백산 사고에 같이 갔던 사람으로 보인다. 그리고 그는 또 추사에게 글씨도 써줄 것을 부탁하였다. 도계道界까지 안내하고 돌아가는 영리營吏에게 이 편지를 전해달라고 하였다. 그래서 '회납回納'이다.

이 편지에는 기괴하고 깡마른 노년의 추사체가 전혀 드러나지 않는다. 활달하면서 강약을 주고 부드러운 글씨체가 십여 년 전 북경에서 찾아본 옹방강翁方綱의 살진 글씨를 닮아 있다.

(김현영)

08 추사 김정희가 북청北靑의 윤 생원에게 보낸 편지

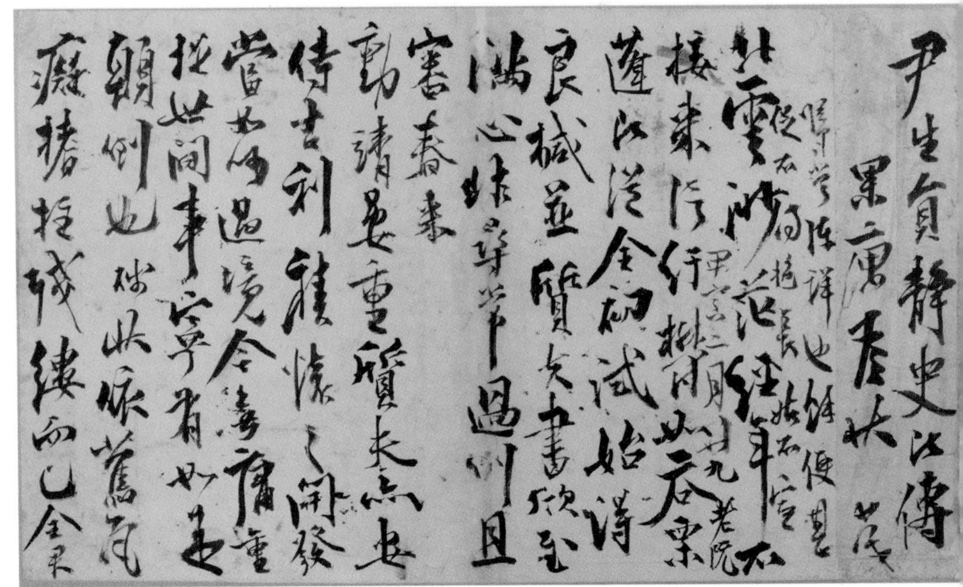

김정희 간찰, 개인 소장

尹生員 靜史 卽傳 果廣 候狀	윤 생원 정사께 바로 전함 과천에서 문안편지 올림

北雲渺茫 經年不接來信 紆鬱如呑栗蓬 卽從全初試 始得良椷 並質夫書 欣慰滿心 非尋常過例 且審春來 動靖晏重 質夫亦安侍吉利 積懷之開發 當如何 過境今無庸重提世間事 寧有如是顚倒也 拙狀依舊瓦癡 揞拄殘縷 而已 全君歸當陳詳也 餘便甚促 不備 抱長 姑不宣

甲寅二月廿九 老阮

북쪽 구름이 아득한데 해를 보내고도 편지를 받지 못하니 우울하기가 마치 밤과 쑥을 씹은 것 같았는데, 지금 전 초시全初試가 와서 비로소 반가운 편지를 받았고 아울러 윤 질부質夫의 편지도 얻으니, 흐뭇함이 가슴 가득하여 평소의 의례적인 편지와 같지 않습니다. 또 이제 봄이 왔는데 지내시는 것이 편안하고 질부 또한 부모님 모시고 평안하다고 하니, 쌓인 회포가 풀어진 것이 응당 어떠했겠습니까? 고비를 넘기고서 지금은 다시 세상일을 거론하지 않으니, 어찌 이처럼 전도될 수가 있겠습니까.

저의 형편은 여전히 낡은 기와 같아서 나머지 한 가닥 목숨만 간신히 버틸 뿐입니다. 전 군이 돌아가서 자세히 알려줄 것입니다. 나머지는 인편이 급하다고 재촉하여 제대로 갖추지도 못하고 길게 쓰지 못합니다.

갑인년(1854) 2월 29일 노완老阮.

해 설

추사 김정희의 간찰은 아주 많이 남아 있어 추사체가 변해가는 편년을 파악하는 기준이 된다. 그러나 추사는 대개 날짜만 쓰고 연도는 잘 쓰지 않는 경향이 있었기 때문에 간기가 밝혀진 편지는 추사체 연구의 중요한 사료로 된다. 이 편지는 추사가 북청 귀양살이 때 가까이 지낸 윤 생원(자가 질부이고 이름은 미상)에게 보낸 이 편지는 평범한 안부 편지에 지나지 않지만 편지를 보낸 날짜를 갑인(1854)년 2월 29일이라 하

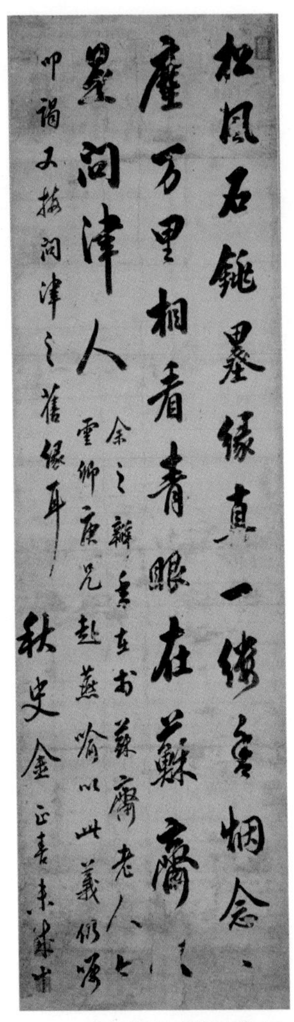

추사전별시, 연행燕行을 하는 조용진曺龍振을 전별하는 시. 추사가 연행하고 돌아온 직후의 글씨여서 옹방강翁方綱의 글씨에 매우 닮아있다.

고 노완老阮이라고 분명히 낙필落筆하여 추사가 타계하기 2년 전 과천 시절 추사체의 모습을 보여주는 기준이 되는 작품이라고 할 수 있다.

피봉에서도 수신인을 윤 생원으로 분명하였고 보내는 자신을 과우果寓라 하여 과천에 살고 있음을 명확히 하였기 때문에 그 가치가 더 크다. 그리고 무엇보다도 서체에 강약이 들어 있는 울림과 리듬이 여실히 드러나 있기 때문에 편지이면서도 마치 서예 작품을 보는 듯한 감동이 있다.

"세상에는 추사를 모르는 사람도 없지만 아는 사람도 없다."라는 말이 있지만 추사 김정희金正喜(1786~1856)를 정확히 아는 것은 매우 어려운 일이다. 금석학, 고증학, 시문학 등에서도 일가一家를 이룬 추사를 단순히 서가書家의 측면에서만 보는 것은 추사를 제대로 평가하지 못하는 것이다.

추사의 글씨는 추사의 일생에 걸쳐서 시기에 따라 커다란 변화가 있었다. 추사의 청장년기의 글씨는 우리나라의 전통적 글씨와 연행燕行을 통하여 익힌 옹방강翁方綱의 예쁘면서도 윤기나는 글씨를 보여준다. 그러나 장년기를 거쳐 제주 유배생활의 쓰라린 고초를 겪고 나온 추사의 글씨는 뼈골이 드러난 듯한 강인하면서도 개성적인 추사체를 형성하게 된다.

이렇게 절차탁마하면서 변화를 거듭한 추사의 글씨에 대해서 환재瓛齋 박규수朴珪壽는 "완옹阮翁(추사)의 글씨는 어려서부터 늙을 때까지 그 서법書法이 여러 번 바뀌었다. 젊었을 때에는 오직 동기창董其昌에 뜻을 두었고 중세中歲에는 옹방강을 좇아 열심히 그의 글씨를 본받았다. (그래서 이 무렵의 글씨는) 너무 기름지고 획이 두껍고 골기骨氣가 적었다는 흠이 있었다. 이후 소동파蘇東坡와 미불米芾을 따르고 ... 드디어는 구양순歐陽詢의 신수神髓를 얻게 되었다. 만년에 바다를 건너갔다 돌아온 다음부터는 구속받고 본뜨는 경향이 다시는 없게 되고 여러 대가의 장점을 모아 스스로 일법一法을 이루게 되니 신이 오는 듯 기가 오는 듯 바다의 조수가 밀려오는 듯하였다."고 평가하였다. 박규수가 잘 평가하였듯이 추사의 글씨는 여러 번 변하였으나 변화의 획기를 말한다면 역시 제주 유배기 전후가 확연히 달라졌음을 알 수 있다.

그러나 추사는 벗 권돈인에게 보낸 편지에서 "70 평생 동안 10개의 벼루를 갈아 구멍나게 하였고 천여 자루의 붓을 다 닳게 하였으나[磨穿十硏 禿盡千毫] 한 번도 간찰의 법식을 익힌 적이 없다."고 하면서 간찰의 체식體式이 따로 있는 것은 아니라고 하였다. 자연스럽게 얻어낸 결과라는 것이다. 그래서 이 간찰에는 서예 작품으로서 가치를 더 느끼게 해 준다.

(유홍준)

09 1829년 옥당玉堂에서 지방관에 진찬도병進饌圖屛 물력物力 예전例錢을 요청하는 간통簡通

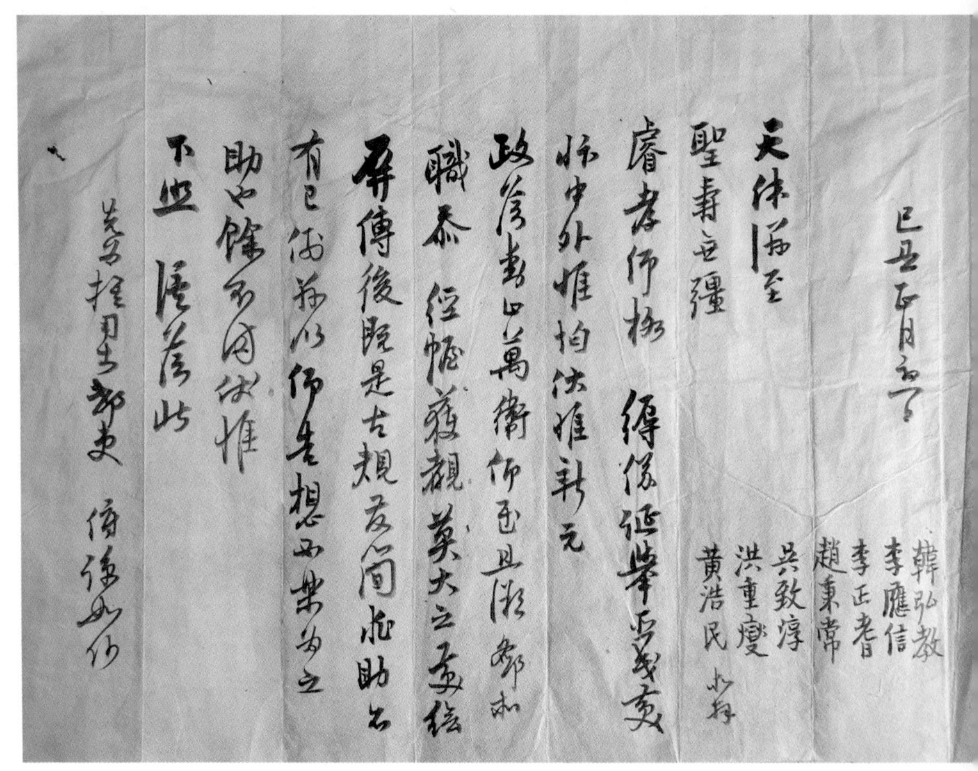

간통簡通, 개인

天休滋至 聖壽無彊 睿孝仰格 縟儀誕擧 臣民慶忭 中外惟均 伏惟新元 政候動止萬衛 仰慰且溯 鄙等 職忝經幄 獲覩莫大之慶 繪/屛傳後 旣是古規 發簡求助 亦有已例 玆以仰告 想必樂爲之助也 餘不備 伏惟下照 謹候狀

先爲推用於邸吏 俯諒如何

己丑正月初一日

韓弘敎 李應信 李正者 趙秉常 吳致淳 洪重燮 黃浩民 等 拜

하늘의 복이 풍성하게 이르고 성상聖上의 수명이 끝이 없습니다. 세자의 효도가 지극하여 성대한 전례典禮를 거행하니, 신민臣民이 경하하고 기뻐하는 것이 중앙과 지방이 두루 균등합니다.

새해에 정사政事하는 일은 두루 평안하신지요. 저희들은 직책에 따라 경악經幄(經筵)을 맡고 있어서 막대한 경사를 목격할 수 있었습니다. 그림 병풍을 그려 후대에 전하는 것은 오래된 규례規例입니다. 간통簡通을 발하여 도움을 구하는 것도 이미 전례가 있습니다. 이에 통고하오니 즐거이 도와주시리라 믿습니다. 이만 줄입니다, 살펴주시기 바랍니다. 삼가 편지를 올립니다.

먼저 저리邸吏에게서 끌어다 쓰니 양해해주시기 바랍니다.

1829년 정월 초1일

한홍교 이응신 이정기 조병상 오치순 홍중섭 황호민 등 배

해 설

우리 역사에서 19세기 전반은 세도정치기로 규정되고 있다. 19세기 전반은 순조, 헌종 시기로 헌종은 순조의 손자이고 그 사이에 권력을 행사한 이가 또 한 사람 있었으니 그가 바로 효명세자孝明世子(1809~1830)가 있다. 이 간통簡通이 있었던 1829년은 순조純祖가 즉위한지 30년째 되는 해이지만 실제로는 효명세자가 대리청정代理聽政을 하는 시기였다. 19세기 궁중의 연향 행사를 기록한 연향도宴享圖는 꽤 많이 남아있고, 이에 대한 연구도 축적되어 있다.

효명세자는 대리청정을 시작한 직후인 1827년부터 갑자기 사망한

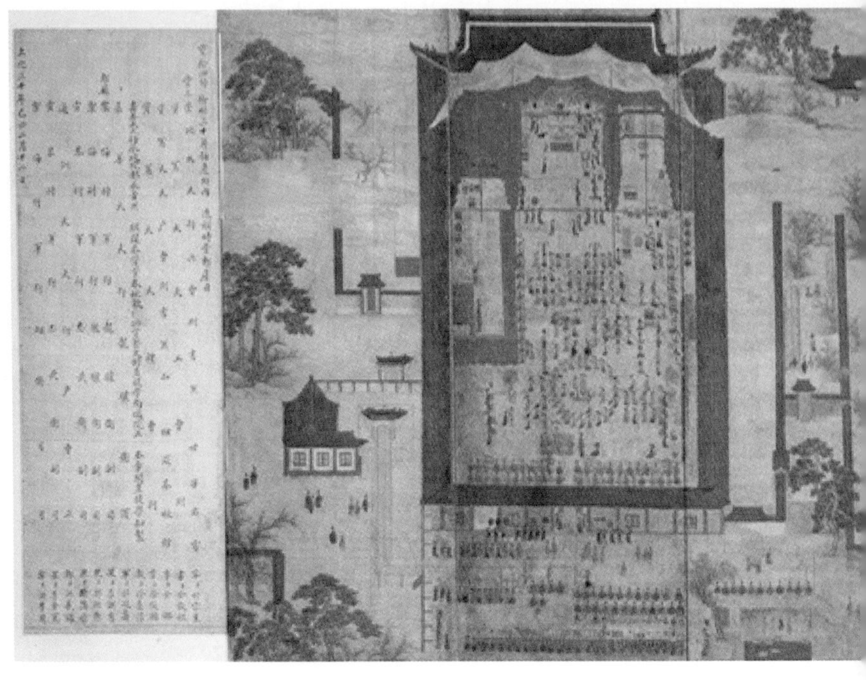

1830년까지 거의 매년 연향을 개최하였다. 첫 번째의 연향은 원손元孫의 탄생과 순조 및 순원왕후純元王后에게 존호를 올리는 것을 기념하는 1827년의 정해 진작연丁亥進爵宴이었고, 그 다음해에는 순원왕후의 40세를 기념하는 무자 진작연이 있었으며, 1829년에는 순조의 사순四旬과 등극 30주년을 기념하는 기축 진찬연이 있었다. 처음 진작연을 하던 1827년에는 전국에 재해災害가 있었기 때문에 순조는 한사코 사양을 하였으나 효명세자는 효孝를 명분으로 내세워 존호를 올리고 진작례를 하는 것을 관철하였다. 기축 진찬에 즈음해서는 세자가 궁궐에

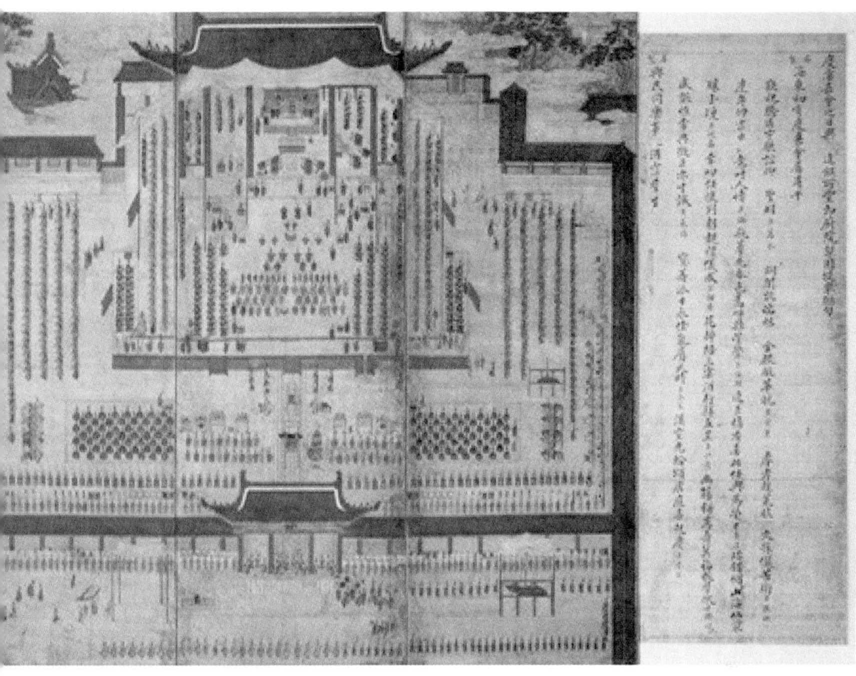

기축진찬도병己丑進饌圖屛, 국립중앙박물관 소장

여령女伶을 들여 습의習儀를 하려 하자 대사헌 박기수朴綺壽의 비판이 있었음에도 불구하고 습의와 진찬연은 강행되었다.

기축 진찬연은 총 6차례 진행되었다. 2월 9일 명정전明政殿에서의 외진찬을 시작으로 2월 12일 자경전慈慶殿에서 내진찬과 야진찬, 13일에는 왕세자 익일 회작이 진행되었다. 순조의 실제 생신일인 6월 19일에는 진찬과 야진찬이 또 진행되었다. 외진찬은 순조가 주빈主賓이 되고 세자와 영의정 이하 조정 관료들이 올리는 진찬이다. 내진찬도 순조가 주빈이고 세자와 명부命婦, 외빈外賓이 올리는 진찬이었다. 효명세자는 이러한 진찬연을 노래의 가사까지 창작하면서 직접 모두 준비, 관장하였다.

『기축진찬도병』는 모두 8폭으로 구성되어 있는데, 1폭에는 세자의 축하시와 참여 당상, 낭청의 갱재시, 8폭에는 참여 당상과 낭청의 좌목을 썼고, 2～4폭에는 명정전 외진찬도를, 5～7폭에는 자경전 내진찬도를 그렸다.

『기축진찬도병』은 순조가 40세 된 것과 즉위한 지 30년이 된 것을 축하하는 진찬연을 그린 기록화인데, 이 편지는 이러한 행사를 그림으로 그리는데 소요되는 비용을 마련하기 위해서 옥당에서 각 지방관에게 예전例錢을 요청하는 간통簡通이다. 이 간통의 발신자는 한홍교(1802년생 / 1821년 문과 / 應教), 이응신(1776년생 / 1819년 문과 / 校理), 이정기(1789년생 / 1825년 문과 / 校理), 조병상(1792년생 / 1826년 문과 / 副校理), 오치순(1792년생 / 1825년 문과 / 修撰), 홍중섭(1786년생 / 1827년 문과 / 修撰), 황호민(1789년생 / 1816년 문과 / 副修撰) 등 7인인데, 모두 문과에 합격하고 1829년 당시에는 홍문관의 관원인 수찬, 교리, 응교 등의 관직을 가지고 있다. 옥당이라고도 칭하는 홍문관은 국왕에 자문하는 근시직 기구로서 청요직 중에서도 청요직에 속하고 이러한 직임을 거치면 출세는 보장되어 있는 기구이다. 이러한 홍문관의 관원이 연명으로 지방관에게 예전을 요구한다면 그 누가 이를 거절할 수가 있겠는가! 하물며 이들은 각 지방관의 서울 연락사무소라고 할 수 있는 경저京邸에 근무하는 저리邸吏에게서 미리 예전을 가져다 쓰고 있다.

『기축진찬도병』은 모두 17건이 제작되었다. 궁중에 내입되는 대병풍 4건, 진찬에 참여한 당상과 낭청에 하사되는 중병풍이 13건이었다. 8폭으로 된 이 병풍은 1폭에는 진찬을 주관한 효명세자의 예제睿製 시와 참여한 당상과 낭청이 갱재賡載한 시가 쓰여 졌다. 2폭에서 7폭까지 6폭에 진찬 과정을 생생하게 재현한 그림이 있다. 앞 2~4폭은 내진찬, 5~7폭은 외진찬의 모습을 그리고 있다.

총 17건의 대병풍과 중병풍을 제작하는 데에는 총 1476량의 비용이 소요되었다. 990량이 병풍 비용이고 나머지는 패장牌將이나 녹사錄事 등 병풍 제작 참여자의 비용으로 쓰였다. 총 1500량에 가까운 계병채契屛債 비용이 소요된 것이다.

당시의 진하와 진찬을 하는 모습을 그림 기록으로 남긴 것은 매우 중요한 일이었고 그 그림들은 오늘날에도 매우 중요한 미술 자료로 남아있다. 그러나 청요직이고 국왕의 근시직인 옥당 관원들이 각 지방관에게 예전을 강제 징수하였다는 것은 나라의 기강과 질서를 위해서는 걱정스러운 일이 아닐 수가 없다. 아닌게아니라 이러한 진연도 그림을 그리는 것은 관례로 정착이 되어갔지만 나라의 모양은 갈수록 꼴이 아니게 되고 말았다. 그러한 의미에서 이 짧은 간찰 한 통은 당시의 정치와 사회상을 이해하는 중요한 자료가 된다고 하겠다.

(김현영)

10 김가진金嘉鎭이 오세창吳世昌에게서 겸재謙齋의 백운동도白雲洞圖를 받고 보낸 편지

積違芝輝 時深葭溯 昨承滿幅心劃 欣抵空谷跫音 惠送謙齋先生所寫白雲洞圖 眞絕世至寶也 其蹟逼眞 其玅入神 而精采濃淡 奪得天工 雖善手搨影家亦莫可企及矣 嘉今得此於是洞是莊 竊有奇遇之曠感焉 白雲洞卽先祖嘐嘐齋公舊居 所以有堂構于此 以寓苑裘慕先之意 非敢自怡悅己也 算其年代 作此圖時 先祖甲紀恰爲二十有九 而謙翁爲五十五歲 則與貴示脗然符合 泉石樓臺一草一木 確然爲先祖所有意 於伊時謙翁偶爲我先祖而倣成魏野圖者也

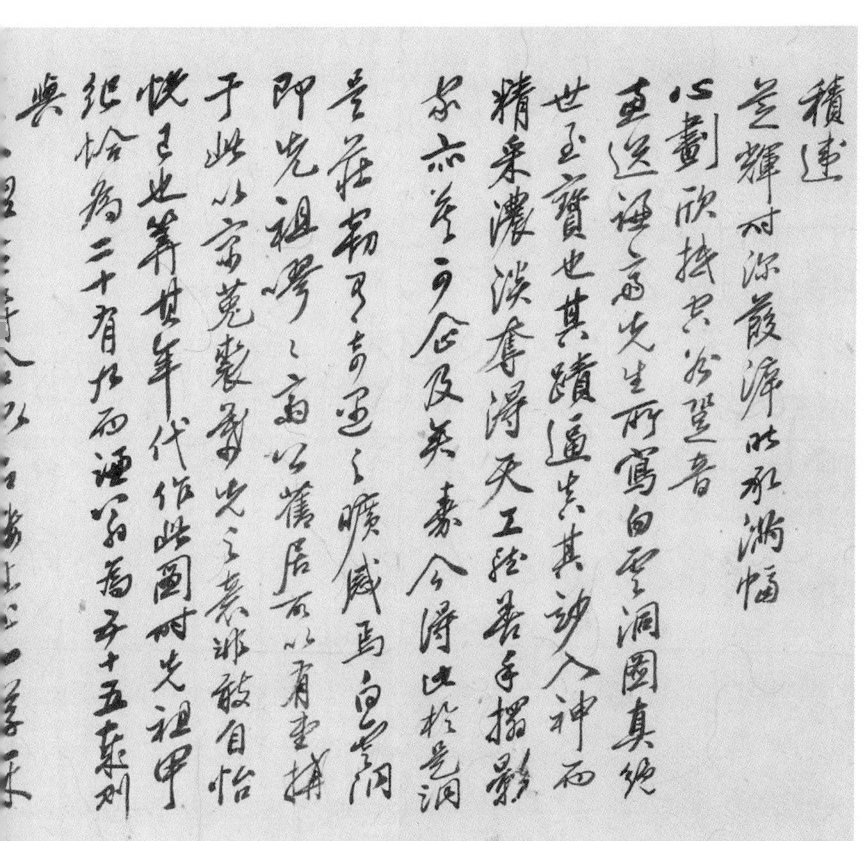

김가진 간찰, 『근묵槿墨』 수록

今於近二百年之下 何從而入於有心令兄之手 而以至割愛而贈之 有若造物者慳秘而待其人傳之者然歟 從此白雲洞天 放光萬丈 而古之居者畫者并今之傳之藏之者之名 愈往而愈著 當爲永世美蹟 苟非令兄雅契炯藻卓乎絕倫 其何以有此不朽之舉哉 感不勝感 莫省所以爲謝也 肅此佈覆 順頌日安

九月廿一日 弟金嘉鎭拜復

葦滄仁兄 令升

오래도록 뵙지 못해 아득한 그리움이 깊어가던 차에 어제 정성이 가득 담긴 편지를 받으니, 기쁨이 빈 골짜기에 지팡이 소리가 이르는 것과 같았습니다. 보내주신 겸재謙齋 선생이 그린 「백운동도白雲洞圖」는 정말로 절세의 보배입니다. 필적은 핍진하고 신묘함은 입신의 경지에 이르렀으며 정채精采와 농담濃淡은 하늘의 재주를 빼앗았으니, 솜씨 좋은 사진사도 미치지 못할 경지입니다. 제가 지금 이 골짜기 이 집에서 이 그림을 얻고 보니, 기이한 만남에 대한 아득한 감동이 일어납니다. 백운동은 바로 선조이신 효효재嘐嘐齋* 공께서 사시던 곳입니다. 제가 지금 이곳에 집을 지으려는 것은 은거하며 선조를 흠모하는 뜻을 붙이려는 것이지, 감히 스스로 즐기려는 것이 아닙니다. 연대를 따져 보니, 이 그림을 그릴 때 선조께서는 29세였고 겸재옹이 55세였으므로 말씀하신 것과 딱 일치합니다. 시내와 바위며 풀 한 포기 나무 한 그루까지 확실히 선조께서 뜻을 두고 계시던 차에, 그때 겸재옹이 우연히 우리 선조를 위해 「위야도魏野圖」를 모방해 그려준 것으로 보입니다. 지금 이백 년 가까이 지난 후에 어떻게 유심有心한 형의 손에 들어가 제게 할애割愛하여 주시기까지 되었는지, 조물주가 아껴 감춰두었다가 임자를 기다려 전해준 것 같지 않습니까? 이제부터 백운동 골짜기에 만장萬丈의 빛이 나며 예전에 거처하던 이와 그림을 그린 이와 지금 전해준 이와 소장한 이의 이름이 세월이 지날수록 더욱 드러나 길이 아름다운 미담으로 남을 것입니다. 진실로 형의 절륜하게 뛰어난 아름다운 우정과 빛나는 교양이 아니면, 어찌 이렇게 사라지지 않을 고상한 행동이 있었겠습니까. 감개무량하여 사례할 바를 알지 못하겠습니다. 공손히 답장을 올리며 날마다 평안하시기를 빕니다.

9월 21일. 제弟 김가진金嘉鎭 답장 올림.

위창葦滄* 인형께 올림.

* 효효재(嘐嘐齋) : 김용겸(金用謙, 1702～1789)의 호.
* 위야도(魏野圖) : 중국 섬주(陝州) 동교(東郊)에 살던 송대(宋代)의 은자 위야(魏野)가 거처하는 모습을 그린 그림.
* 위창(葦滄) : 오세창(吳世昌, 1864～1953)의 호. 자는 중명(重明 · 中銘), 본관은 해주(海州).

해 설

이 편지는 한말의 관료이자 독립운동가인 김가진金嘉鎭(1846～1922)이 위창葦滄 오세창吳世昌(1864～1953)에게 보낸 답장이다. 김가진의 본관은 안동安東, 호는 동농東農이다. 조선의 관직제도로 벼슬이 판서에까지 올랐다. 1905년에 을사조약이 체결되자 민영환 등과 격렬히 반대하기도 하였고 1908년 6월에 대한협회 회장에 취임하여 대한민보의 발행을 주도하여 주권 회수에 앞장섰고, 1910년 일제가 우리나라를 강점한 뒤에는 대외활동을 하지 않았다. 1919년 3·1운동 직후, 비밀조직 대동단이 결성되면서 총재로 추대되었고, 이해 10월에 아들 김의한과 함께 임시정부가 있는 중국 상해로 망명하였다. 김좌진 장군의 북로군정서의 고문이 되어 활동하다가 1922년 7월에 77세를 일기로 상해에서 순국하였다.

편지의 주된 내용은 위창葦滄 오세창吳世昌이 겸재謙齋 정선鄭敾(1676~1759)이 그린 「백운동도白雲洞圖」를 입수했다가 김가진에게 양도해 주어 이를 매우 감사해하는 편지이다. 「백운동도」는 겸재가 그린 『장동팔경첩壯洞八景帖』에도 들어 있는데, 한양의 장동壯洞에 속하는 백운동 즉 백악산과 인왕산이 만나 계곡을 이룬 골짜기를 그린 것이다. 장동이란 현재 서울 종로구 통의동, 효자동, 청운동 등을 일컫는 지명이다. 청와대 서쪽 조용한 지역으로 안동 김씨 집안이 세거하여 장동 김씨란 별칭을 얻었을 정도로 명문가의 세거지이다. 또한 이곳은 겸재 정선이 태어나고 자란 예술의 산실이기도 하다. 겸재가 그린 『장동팔경첩』이 국립중앙박물관과 간송미술관에 각각 한 첩씩 소장되어 있어서 정선이 이곳을 소재로 여러 부를 제작한 것을 알 수 있는데, 팔경에 대해서는 각 첩마다 다르다.

국립중앙박물관 소장본은 청송당聽松堂, 대은암大隱巖, 독락정獨樂亭, 취미대翠微臺, 청풍계淸風溪, 백운동白雲洞, 창의문彰義門, 청휘각晴暉閣으로 구성되어 있고, 간송미술관 소장본은 청송당聽松堂, 대은암大隱巖, 독락정獨樂亭, 취미대翠微臺, 청풍계淸風溪, 자하동紫霞洞, 수성동水聲洞, 필운대弼雲臺로 구성되어 있다. 크기는 두 첩 모두 세로 33.1cm×가로 29.5cm로 동일하나, 백운동을 그린 그림은 국립중앙박물관 소장본에만 들어 있다.

그렇다면 김가진이 오세창으로부터 받은 그림은 과연 무엇일까. 이것은 아마도 정선이 따로 백운동을 그린 그림이거나, 이미 파첩된 낱장의 그림으로 보아야 할 듯하다. 어떤 경우든 겸재가 애호하여 그렸던 장동팔경 중에 하나임에는 틀림없는데, 아마도 국립중앙박물관 소장의 그림과 거의 닮았을 것으로 추정된다.

겸재는 우리나라 최고의 화가로 손꼽히고 있는데, 처음부터 서울의 장동 김씨와 인연이 깊었고 평소 내왕이 잦았다고 한다. 겸재가 중년에 연로한 부모를 위해 벼슬을 구하지 않을 수 없을 때, 바로 도화서에 자리를 마련해준 이가 김창집金昌集이었음을 보면 장동 김씨와 깊숙이 연결된 것을 짐작할 수 있다. 그리하여 벼슬이 현감에 오르고 경향의 명사들과 교유하며 80에 이르도록 왕성한 창작을 하였다. 내용에서 보듯이 겸재가 55세 되던 1730년(영조6)에 29세이던 효효재嘐嘐齋 김용겸金用謙(1702~1789)을 위해 백운동도를 그린 것은 그 유래가 자못 깊은 것이다.

겸재 정선 「백운동도」, 국립중앙박물관 소장

김가진은 이 그림을 받고서 오세창에 대한 감사의 심정과 함께 조상들이 세거하던 땅에 대한 회상에 젖었던 듯하다. 김가진은 "제가 지금 이 골짜기 이 집에서 이 그림을 얻고 보니 기이한 만남에 대한 오랜 감동이 일어납니다."라고 하였듯이, 그림 속의 장소에 거주하면서 그곳을 그린 그림을 보며 더욱 감개무량하였던 것으로 보인다. 그리하여 마침 이곳에 선조를 사모하는 심정으로 새로이 집을 지으려고 계획하고 있던 김가진에게 이 그림은 바로 설계도와 다름없었을 것이다.

이 편지의 작성 시기는 1903년 직전으로 추정된다. 겸재의 「백운동도」에 보이는 바위가 현재도 남아있는데, (자하문 터널 위쪽) 이곳을 지금 '백운동천 바위 및 김가진 집터'라고 일컫는다. 이곳에 가면 커다란 바위에 '白雲洞天'이란 큰 글자가 새겨져 있고, 그 왼쪽에 "光武七年癸卯中秋東農"이란 작은 글자가 새겨져 있다. 이를 종합해보면, 김가진이 1903년(광무7) 가을에 '白雲洞天'이란 글씨를 써서 새긴 것으로 '백운'은 바로 겸재 그림 속의 백운동이고, '동천'은 신선의 세계라는 말이다. 아마도 겸재의 그림을 받고서 그림 속의 자리에 자기 자신이 거주하고 있으므로 이를 기념하여 새긴 것으로 보인다.

백운동천 바위 및 김가진 집터, 서울 종로구 청운동 6-8 일대

이 그림을 선사한 위창 오세창은 조선 말기 중국어 역관이며 서화가·수집가였던 오경석吳慶錫의 장남이다. 이미 어린 시절부터 집안에서 착실히 공부하여 근대적인 사고와 서화에 대한 안목을 키웠다. 일제 강점기에는 독립운동에 종사하였고, 해방 후에 부통령 후보에 오르기까지 한 명사이다.

오세창은 집안에 전해오는 많은 소장품을 통해 서화에 대한 감식안을 길렀고, 자연스레 직접 수집도 하였을 것임은 의문의 여지가 없다. 그리고 일제 강점기에 고서화가 일본으로 헐값에 반출되는 참상을 목도하면서 스스로 서화를 적극 수집하였고, 나중에 간송 전형필이 본격적으로 문화재를 수집하는데 눈이 되어 준 인물이 바로 오세창이었음은 주지의 사실이다.

오세창이 일제 강점기에 수집한 서화자료는 우리나라 미술사의 선성을 열어주고 암울한 시기에 찬란한 빛이 되었다. 그가 편집한 『근역화휘槿域畫彙』는 조선시대 화가의 작은 그림을 모은 것으로 회화사의 보물이다. 그리고 『근역서휘槿域書彙』와 『근묵槿墨』은 조선시대 명인들의 간찰과 시고 등 글씨를 모아 편집한 거질의 간찰첩으로 우리나라 서예사의 기준작으로 활용되어 왔다. 아울러 『근역서화징槿域書畫徵』은 한문으로 된 방대한 문집 속에서 역대 서화가의 기본 인적사항은 물론 서화에 관련된 구절을 뽑아 모은 미술사 자료집이다. 현대 우리나라의 미술사는 이것만으로도 오세창에게 많은 신세를 지고 있다고 해도 과언이 아니다.

(김채식)

11　이도영李道榮이 오세창에게 보낸 편지

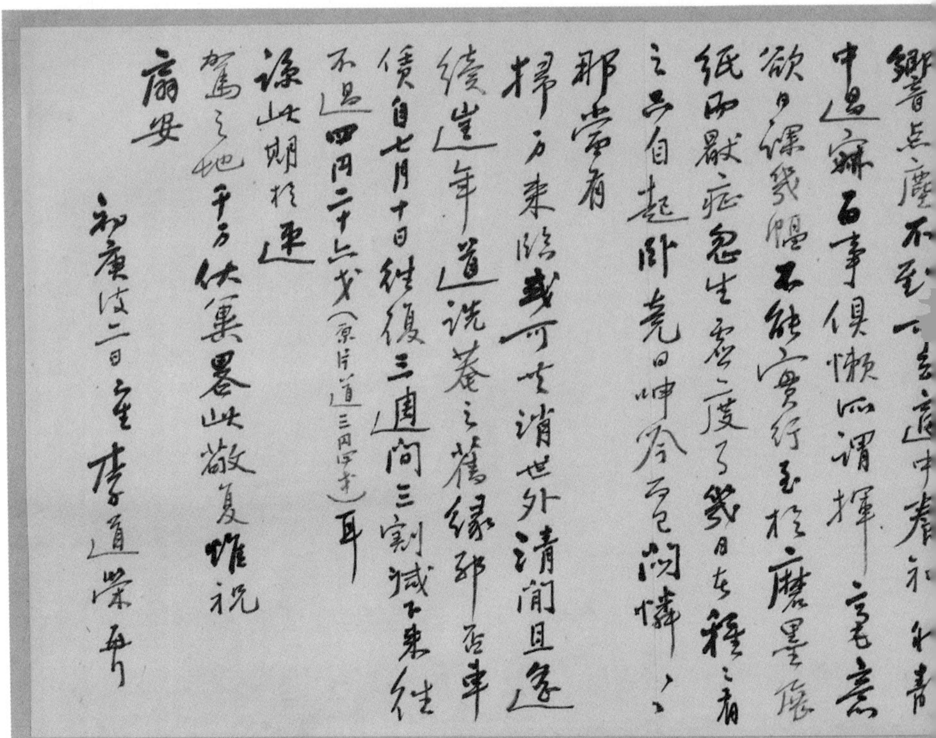

京城府敦義洞四五
　　吳世昌先生閣下
　　京元線釋王寺前 沙器里五一 李道榮

發程時未暇拜退 時常悵悚 瞻慕中忽承惠葉 伏審霖餘酷炎氣候萬康 又有傳燈之壯遊 不勝慰賀健羨之至 下生僦得一座新屋 通暢精灑 兼之松籟泉響 点塵不到 可云適中養神 然靜中過寂 百事俱懶 所謂揮毫 意欲日課幾

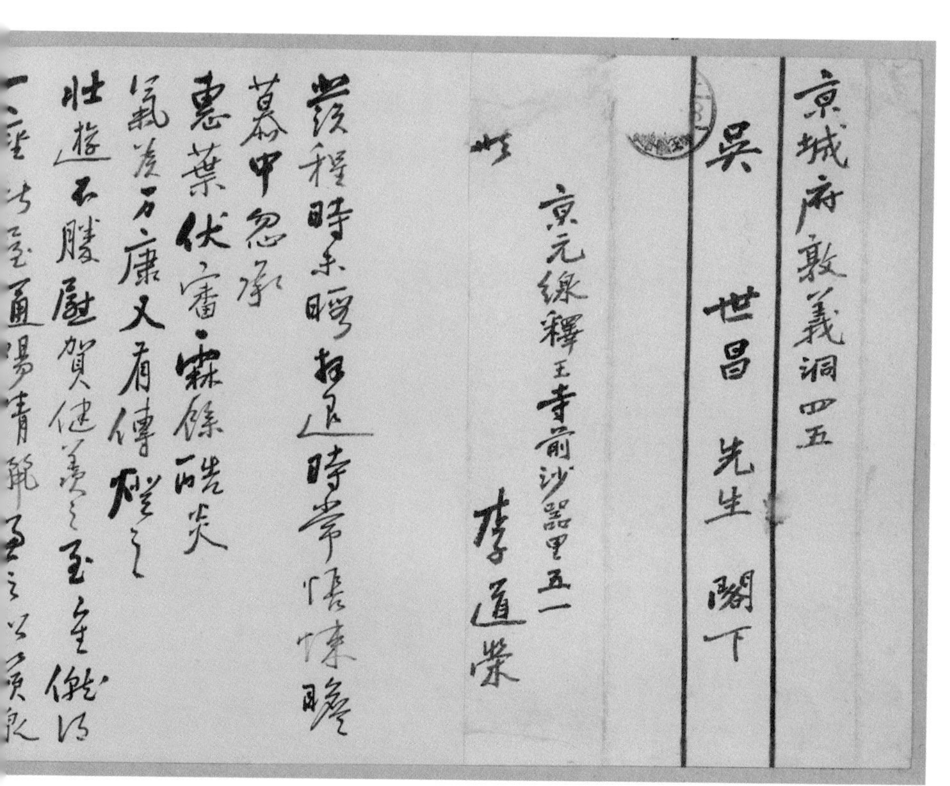
京城府敦義洞四五
吳世昌先生閣下
京元線釋王寺前沙器里五一
李道榮

이도영 간찰, 『근묵槿墨』 수록

幅 不能實行 至於磨墨展紙 而厭症忽生 虛度了幾日者 種種有之 只自起臥 竟日呻吟而已 悶憐悶憐 那當有掃萬來臨 或可共消世外淸閒 且遙續往年道詵菴之舊緣耶否 車賃自七月十日往復 三週間三割減下 來往不過四圓二十六錢(原片道三圓四錢)耳 諒此期於速駕之地 千萬伏冀 略此敬復 惟祝扇安

初庚後二日 下生李道榮再拜

경성부 돈의동 45
오세창 선생 각하
경원선 석왕사전 사기리 51 이도영

길 떠날 때 뵐 겨를이 없었던 것이 늘 송구스러웠습니다. 그리워하던 중에 홀연 엽서를 받아 장마 뒤 무더위에도 안부가 평안하시며 또 전등사傳燈寺의 장쾌한 유람까지 하셨음을 알게 되니, 지극한 위로와 축하와 부러움을 감당할 수 없습니다. 저는 새집 한 채를 세내었는데, 시원하고 깨끗하며 솔바람 소리와 시냇물 소리까지 들리고 속세의 티끌은 한 점도 이르지 않아, 정신을 수양하기에 알맞다고 할 수 있습니다. 그러나 고요함 속에 적막함이 지나쳐 모든 일이 다 게을러졌습니다. 이른바 '휘호揮毫'란 것도 마음으로는 날마다 여러 폭을 쓰고 싶지만 실행하지 못하고, 먹을 갈고 종이를 펼치기만 하면 갑자기 싫증이 생겨 며칠을 허비하기까지 하는 일도 종종 있습니다. 다만 혼자 일어났다 누웠다 하며 종일 신음할 뿐이니, 몹시 걱정스럽고 불쌍합니다. 언제쯤 모든 일을 제쳐두고 오셔서 세상 밖 맑음과 한가함을 함께 즐기고, 또 왕년의 도선암道詵菴의 옛 인연을 뒤늦게나마 잇지 않으시겠습니까? 기차 운임은 7월 10일부터 3주간은 왕복하면 3할을 감해주니, 왕복에 4원圓 26전錢-원래 편도에 3원 4전-에 지나지 않습니다. 그렇게 아시고 반드시 속히 떠나오시기를 천만 번 기원합니다. 대략 이렇게 삼가 답장 드리며, 오직 시원하게 잘 지내시기 바랍니다.

초복 이틀 후 하생下生. 이도영李道榮 올림.

해 설

이 편지는 근대 서화가인 이도영李道榮(1884~1933)이 오세창吳世昌에게 보낸 것이다. 이도영은 근대 서화가로 본관은 연안延安, 자는 중일仲一, 호는 관재貫齋·벽허자碧虛子이다. 18세 때에 조석진趙錫晋과 안중식安中植의 문하생이 되어 전통 화법을 폭넓게 수업하였다. 1911년 서화미술회書畫美術會 강습소가 개설되자 학생들을 지도하였다. 1918년 서화협회書畫協會 발기인으로 참가하였고, 1920년대 이후 고희동과 더불어 서화협회를 실질적으로 이끌었다.

이 편지는 형식으로 보아도 벌써 근대의 문물에 젖은 분위기를 풍긴다. 종이가 길어지고, 주소가 이미 새로운 우편 체제를 사용하였으며, 우체국 소인이 찍혔다. 또한 경원선京元線 기차가 다니며 각하閣下라는 말을 쓰는 것으로 보아도 일제 강점기에 보낸 편지임을 짐작할 수 있다.

경원선은 서울 용산龍山에서 원산까지 이어진 선로인데, 1914년 8월 14일에 전 구간이 개통되었다. 이 기차길을 통해 동해안 북부의 풍부한 자원이 내륙으로 수송되는 중요한 역할을 하였으나, 이후 남북 분단으로 운행이 중단되었다. 이 편지는 최소한 경원선이 개통된 1914년 이후에 쓰여진 것인데, 1918년에는 이도영이 조석진, 안중식, 오세창 등과 함께 서화협회의 발기인으로 참여하며 어울린 것으로 보아 아마 1920년 전후에 작성된 편지로 보인다. 정확한 시점을 밝힐 수 없어 유감이다.

편지의 주된 내용은 이도영이 강원도에 작업실을 빌려 예술에 매진하는 형편을 전하는 것이다. 그 장소는 석왕사釋王寺, 즉 지금은 북한 땅에 속하는 강원도 안변군 석왕사면 사기리沙器里라는 곳이다. 이도영이 세를 얻은 집은 주위 환경이 매우 좋아 속세를 잊을 만한 곳이지만, 적막함이 지나쳐 애초의 의도와는 다르게 휘호揮毫마저도 의욕이 생기지 않는 지경임을 실토하였다. 그리하여 결국 이도영은 어지간히 무료했던지 오세창에게 놀러오기를 청하면서 기차 운임까지 자세히 가르쳐 주면서 오세창의 흥이 동하기를 기대하였다.

조선시대에 작성된 편지를 보면 가로로 죽 써가다가 종이가 부족하면 위의 여백에도 뉘여서 쓰고, 그것으로도 부족하면 귀퉁이에다 거꾸로도 글씨를 쓰는 것이 관례였다. 청명 임창순 선생께서 생전에 해주신 말씀을 옮기자면, 일제 강점기에 조선에 온 일본의 인사들이 그것을 지적하여 '조선인은 무계획적인 민족이다.'라고 우리나라 사람들을 도매금으로 모욕하였는데, 우리나라 인사들이 아무도 제대로 대답하지 못했을 뿐더러 덩달아 맞장구치는 자마저 있었다고 한다. 이는 조선의 양반이 편지지와 봉투를 미리 만들어 놓았다가 인편이 있다는 소식을 듣고 즉석에서 편지나 답장을 써야 했던 고충, 둘 사이의 곡진한 이야기를 쓰다보면 자연히 내용이 넘쳐 난잡해진 편지가 무례하기는 커녕 되레 정감이 넘쳤음을 고려하지 않았던 선입관에서 나온 비판이었다. 어찌 되었든 근대의 우편 제도가 정착되고부터 편지의 형식에서 가장 먼저 변한 것이 바로 내용에 따라 종이가 길어졌고, 더 이상 종이 여백에 쓰거나, 거꾸로 쓰고 뉘여쓰는 일은 없어졌다는 것이다.

이도영의 이 편지는 형식은 근대적으로 변했는데 문자는 아직 한자

관재 이도영의 그림과 삽화

를 그대로 쓰는 것을 보면 이 시대 명사들이 정신은 조선시대에 걸쳐 두고 몸은 근대로 내몰리는 형편을 대변하는 듯하다.

위에 실린 사진은 이도영이 그린 그림과 신문에 실린 삽화이다. 그림은 조선의 전통회화가 근대로 넘어가는 과도기의 모습을 보여준다. 삽화는 1909년 6월 2일 창간한 대한민보大韓民報 1면에 게재된 이도영의 작품으로 1910년 8월 31일 폐간 때까지 연재됐다. 목판화 기법으로 제작 인쇄된 이 작품은 '최초의 한국 만화', '최초의 신문 시사만화'로 불린다.

(김채식)

12 군필君弼이 극경克卿에게 준 전별시

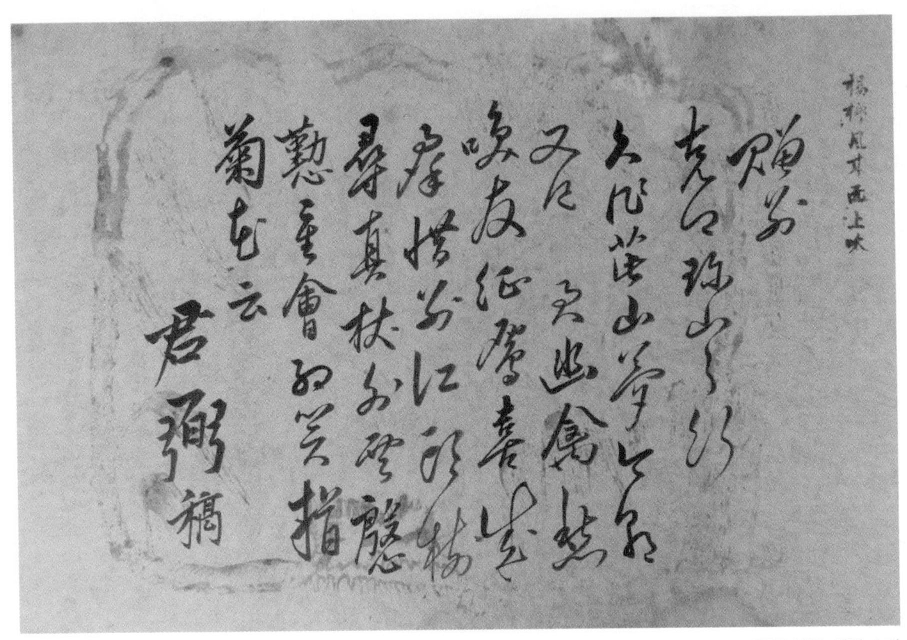

군필 시고, 개인 소장

贈別克卿珍山之行　　진산珍山으로 가는 극경克卿을 전송하며

久作茈山夢　　오랫동안 자산茈山의 꿈을 꾸다가

今朝又送君　　오늘 아침 또 그대를 전송하네

幽禽愁喚友　　그윽한 산새는 벗을 부르며 애가 타고

征鴈喜成羣　　길 떠나는 기러기는 무리를 이루어 즐거워하네

惜別江頭樹　　강머리 나무 곁에서 아쉬워하며 이별하자니

尋眞杖外雲　　지팡이 밖 구름 속으로 진경 찾아 가는구나

慇懃重會約	은근히 다시 만날 것을 약속하며
笑指菊花云	웃으며 국화꽃을 손가락으로 가리키네
君弼 稿	군필 지음

해 설

군필君弼이 진산珍山(오늘날 충청도 금산)으로 부임하는 극경克卿을 전별하며 보낸 오언율시이다. 시를 지은 군필, 시를 받은 극경 모두 누군가의 자字인 것이 분명하지만 누구인지는 확인되지 않았다. 군필이라는 자를 쓴 이로는 숙종 때 무인인 신익융申翊隆이 있고, 극경은 정조 때 문인인 오재소吳載紹(1729~1811)의 자인데 두 사람의 시기가 맞지 않는다.

그럼에도 불구하고 이 시고詩稿는 시의 격조도 높고 글씨 또한 유려한 데다 시전지가 매우 독특하여 조선시대 문인들의 멋스러움을 유감없이 보여준다. 죽간竹簡을 새긴 시전지나 매화 절지를 그려넣은 시전지는 흔히 볼 수 있지만 이처럼 거친 선으로 자연스럽게 테두리를 두른 시전지는 아주 보기 드문 예이다. 거의 현대 추상미술의 조형 감각을 보여준다고 할 수 있다. 그런 의미에서 글씨와 시전지가 한 폭의 그림처럼 느껴지기도 한다.

(유홍준)

13 정우민鄭瑀民이 전 진사全進士에게 보낸 혼서지

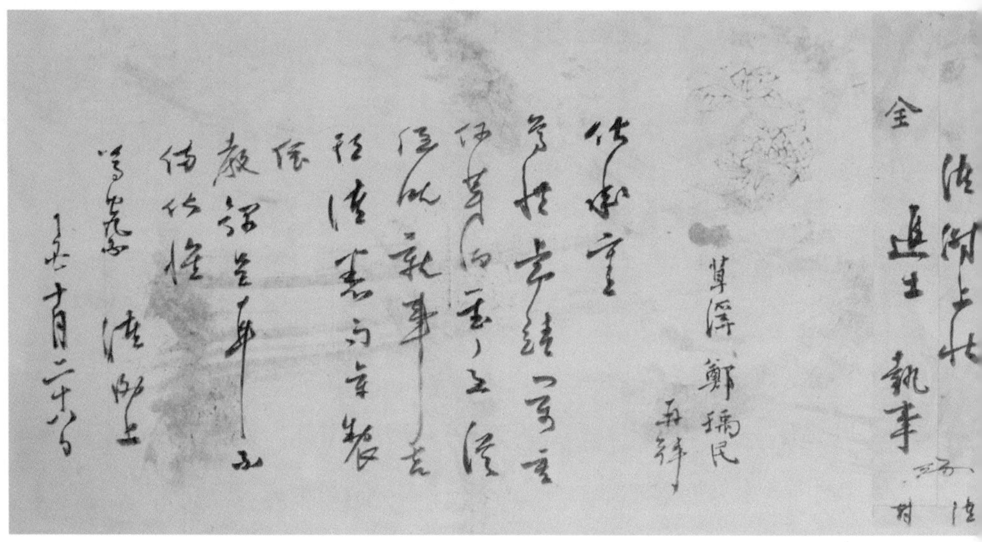

혼서지, 개인

謹謝上狀 (手決)謹封 全進士 執事	삼가 답장 올림 (수결)근봉 전진사 집사에게

伏承審尊體節靖萬重 何等仰慰之至 從侄兒親事吉期謹悉 而章製依敎錄呈耳 不備 伏惟尊察 謹謝上
丁酉十月二十八日 草溪鄭瑀民再拜

보내주신 편지를 받고 존장께서 잘 지내심을 알게 되어 매우 위로됩니다. 종질 아이의 혼사 날짜를 잡았음을 잘 알았습니다. 혼례 의복의 칫수를 말씀하신 대로 적어 올립니다. 이만 줄입니다. 살펴주시기 바라며 삼가 답장 올립니다.

정유년 10월 28일 초계草溪 정우민鄭瑀民이 두 번 절합니다.

해 설

초계草溪 정우민鄭瑀民이 전 진사全進士에게 보낸 편지인데 내용은 혼서지이다. 5촌 조카의 혼사에 혼례 날짜를 알려온 사돈에게 신랑의 의복 칫수를 통지하는 간단한 답장이지만 시전지詩箋紙가 거의 한 폭의 회화를 연상케 한다.

17세기에 크게 유행했던 시전지는 대개 죽책竹冊처럼 가는 줄을 긋고 우측에 매화를 비롯하여 간단한 절지折枝 그림을 넣는 것이 보통이었는데, 18세기로 넘어가면 시전지 문화가 거의 사라지고 간간히 이처럼 회화적 조형미를 살린 멋쟁이 시전지가 등장한다.

현대 사회에서도 한동안 꽃편지지가 문방구에 갖가지로 나와 있다가 컴퓨터 문화가 일반화되고 손글씨 문화가 퇴조하면서 꽃편지지가 사라진 것을 생각하면 아쉽기만 한데, 조선시대에 이러한 시전지 문화가 있었다는 것이 더욱 정겹게 다가온다. 그러고 보면 옛 사람들이 우리보다 훨씬 인간적이고 멋스러웠다는 생각까지 들게 한다.

(유홍준)

14 협지夾紙와 물목物目

협지夾紙(쪽지)를 통해 본 내밀한 모습

편지를 읽다보면 날씨, 인사말, 서로간의 근황, 특히 병세 등을 장황하게 서술하는 경우가 많다. 그리고 끝에 하고자 하는 말은 협지夾紙(별지)에 있다고 해서 그 내용이 무엇인지 궁금증만 더하게 한다.

이 자료는 1970년대에 서울 장안동 고서점 가게에서 편지 등을 파지로 취급하여 근斤으로 팔던 시절에 나의 서예 선생이 사서 보관해오다가 주신 것이다. 한가롭게 이리저리 뒤적이다가 많은 쪽지가 나왔는데, 일반적인 편지 형식이 아니고 내용도 소략하지만 절실한 부분이 없지 않았다. 혹시 이것이 협지가 아닌가 싶어 소개하고자 한다.

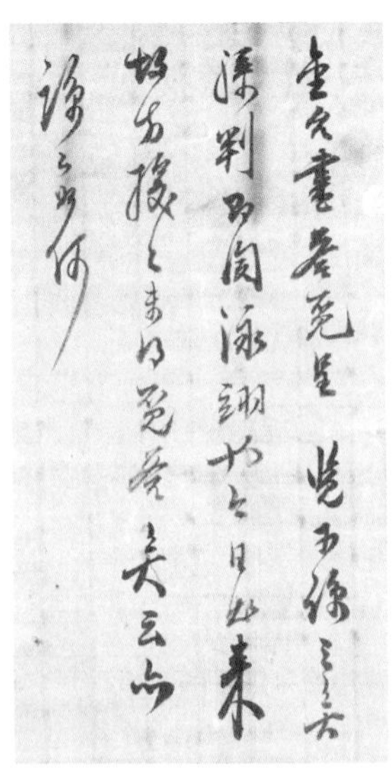

[도판1] 정우민 혼서지

① 金台書答覓呈 覽可諒之矣 騎判卽閔泳翊也 今日出來, 故方授之 未得覓答矣云 亦諒之 如何

김 대감의 답장을 구해서 바치니, 보면 알 수 있을 것입니다. 기판騎判(병조 판서)은 민영익입니다. 오늘 나왔기에 이제 막 그것을 주어 답을 구하지 못했다고 합니다. 또한 헤아려주시는 것이 어떠하겠습니까?

민영익이 병조 판서가 되는 것으로 보아 1885년쯤으로 추정된다.

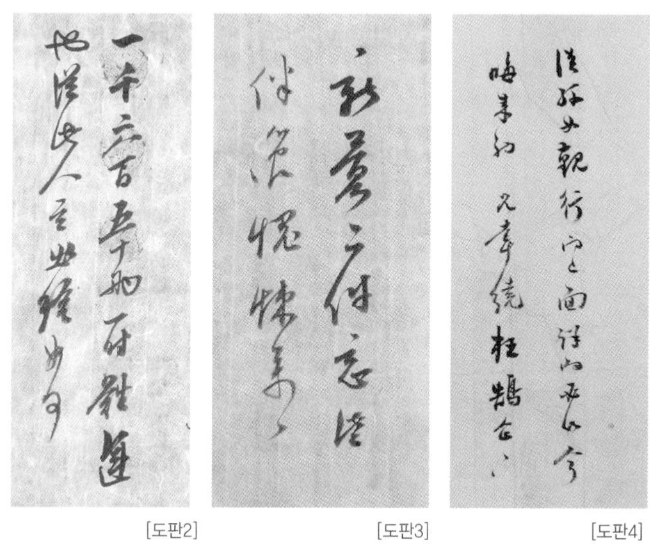

[도판2] [도판3] [도판4]

② 一千六百五十兩 一時難運也 從此人言出給 如何

1650냥을 한 번에 옮기기가 어려우니 이 사람의 말에 따라 내어주는 것이 어떠하겠습니까?

③ 新蓂二件 忘些伴簡 愧悚萬萬

새해 달력 2부를 소략함을 무릅쓰고 편지와 함께 보내니 매우 부끄럽습니다.

④ 從孫女覲行 向已面詳 而必以今晦來初 兄幸繞枉 鵠企鵠企

종손녀의 근행覲行을 저번에 대면해서 상세히 말씀드렸는데, 반드시 이 달 그믐이나 다음 달 초에 형이 데리고 오시기를 간절히 바랍니다.

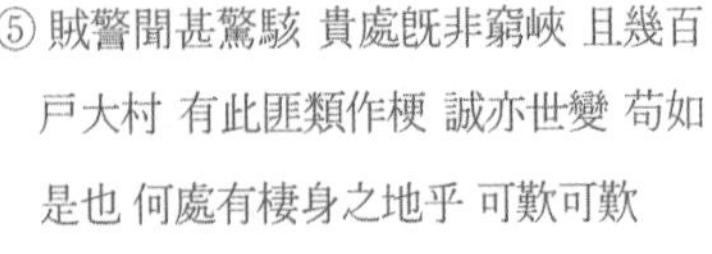
⑤ 賊警聞甚驚駭 貴處旣非窮峽 且幾百戶大村 有此匪類作梗 誠亦世變 苟如是也 何處有棲身之地乎 可歎可歎

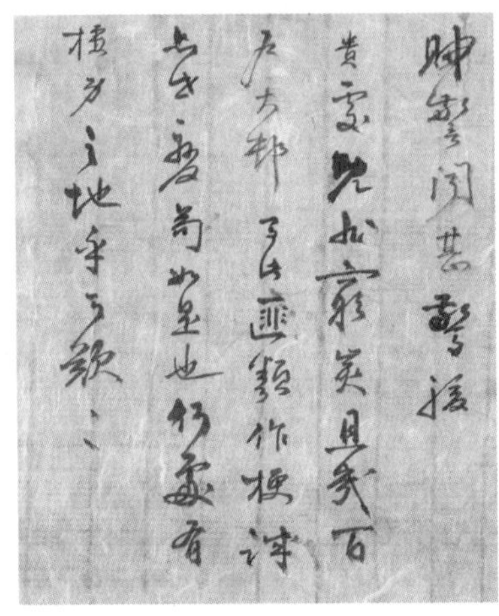
[도판5]

도적의 급보를 듣고 매우 놀랐습니다. 존형이 사는 곳은 궁벽한 산골이 아닌데다가 몇백 호나 되는 큰 마을인데 비류匪類(동학군인 듯)의 이런 소란이 있으니 참으로 변고입니다. 진실로 이와 같다면 어디인들 몸을 의탁할 데가 있겠습니까? 한탄스럽습니다.

⑥ 家豚成冠 則今月念二日也 凡百沒無頭緖 奈何奈何 客臘過行女婚於枝村家州 郎材叶望 私分之幸 孰大於是耶

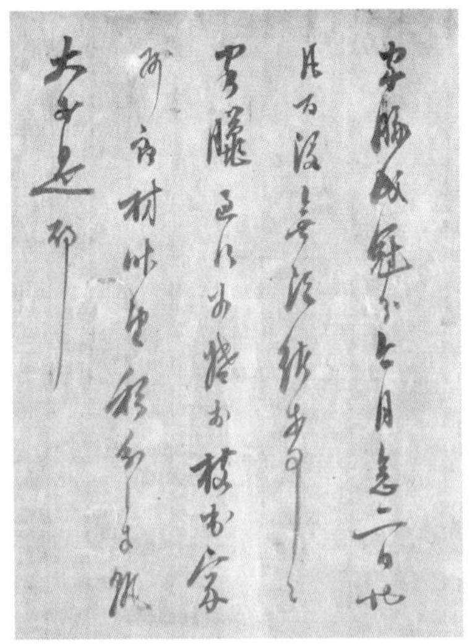
[도판6]

집 아이의 관례는 이 달 22일입니다. 모든 것에 두서가 없으니 어찌하겠습니까? 지난 섣달에 지촌 집의 고을에서 딸애의 혼사를 치렀는데, 신랑의 재목이 기대에 합치하니 개인적으로 다행스러움이 어찌 이보다 크겠습니까?

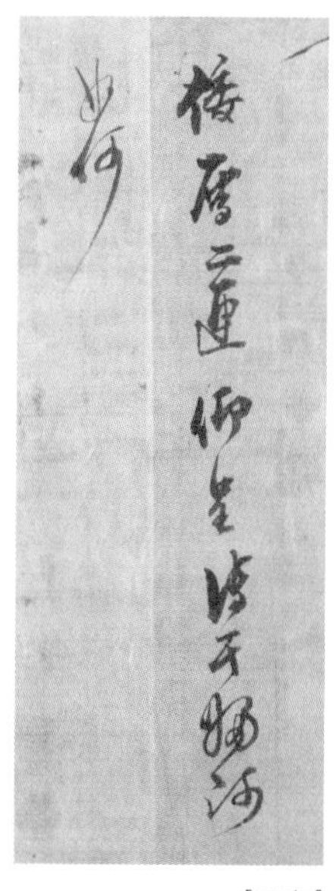

[도판7]

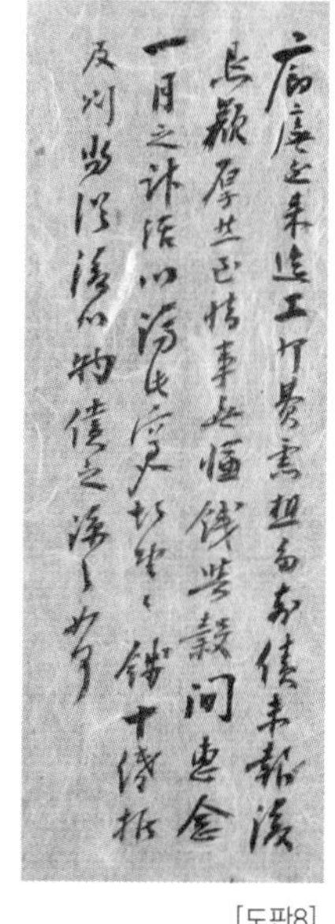

[도판8]

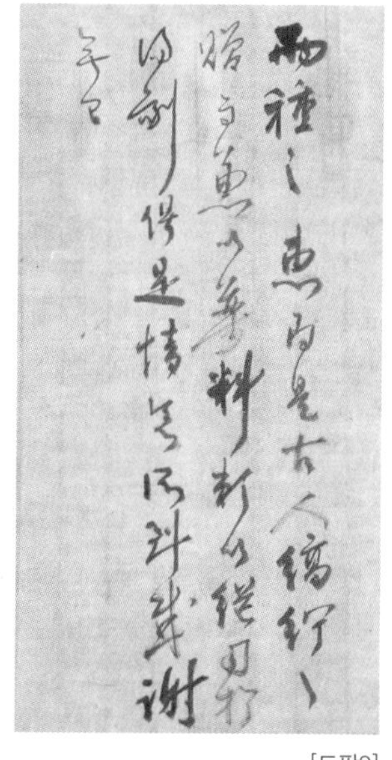

[도판9]

⑦ 倭雁二匣 仰呈 傳于婦阿 如何

왜안倭鴈 2갑을 보내니 며늘 아기에게 전해주는 것이 어떠하겠습니까?

⑧ 廊廡近來迄工耶 費慮想多 前債未報 後懇顔厚 然至情事無慊 錢與穀間 惠念一月之計活 以濟此窘 切望切望 錢十緡推及 則當從後以物償之 諒之 如何

결채는 근래에 공사를 끝냈습니까? 걱정이 많으리라 생각합니다. 지난 빚도 갚지 못했는데 다시 간청하는 것이 얼굴이 두껍지만 지극히 마음을 써준 일은 서운함이 없습니다. 돈과 곡식 중에 한 달 생활을 헤아려서 보내주시어 이 궁박함을 구제해 주시기를 간절히 바랍니다. 돈 10꿰미를 주시면 나중에 물건으로 갚을 것이니 헤아려주시는 것이 어떠하겠습니까?

⑨ 兩種之惠 卽是古人縞紵之贈 而兼以藥料 賴以從用於湯劑 俱是情念所到 感謝無已

두 가지 물품을 준 것은 바로 옛사람이 흰 비단 띠와 모시옷을 준 것과 마찬가지입니다. 아울러 주신 약재로 탕제에 쓸 수 있게 되니 모두 다정한 염려가 이른 것입니다. 감사한 마음이 끝이 없습니다.

물목物目에 나타난 세의歲儀 풍경

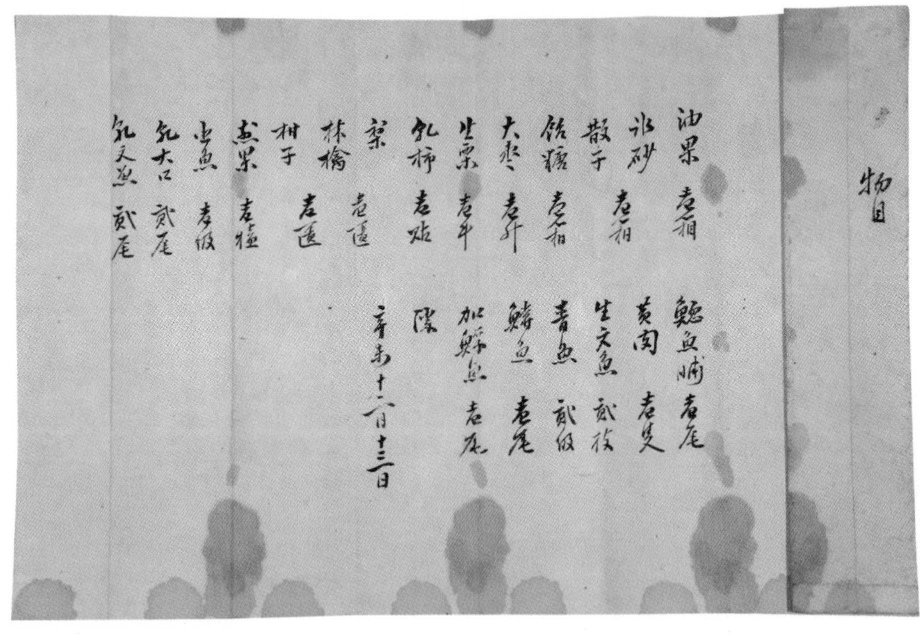

옛 편지를 보면 상대방의 근황을 묻고 자신의 마음을 표현하는데, 사소한 물건이라도 보내어 정을 나누는 모습이 세상사는 이치가 아닌

가 싶다. 편지와 함께 물건을 보낼 때에 반드시 구체적으로 적어 제대로 전달되도록 했고, 상대방도 답장에서 '의령'依領(보내준 대로 받았다)이란 글귀를 적은 경우가 많다.

이 자료는 보낸 물목의 종류가 너무 많아 따로 정서해서 봉투에 넣어 보낸 것으로, 그 가짓수가 다양해서 보내는 사람의 정성에 미소가 지어질 정도이다. 세밑 선물 풍경은 때에 따라 다르지만 오랜 세월에 걸쳐 지속되는 풍속인 듯싶다.

油果 壹箱	유과 한 상자
氷砂 壹箱	빈사과(유밀과의 종류) 한 상자
散子 壹箱	산자 한 상자
飴糖 壹箱	엿 한 상자
大棗 壹升	대추 한 되
生栗 壹斗	생밤 한 말
乾柿 壹貼	곶감 한 접
梨 壹匱	배 한 궤짝
林檎 壹匱	사과 한 궤짝
柑子 壹匱	감자(홍귤나무 열매) 한 궤짝
煎果 壹榼	전과 한 찬합

(煎果는 온갖 과실, 생강, 연근, 인삼 등을 꿀이나 설탕물에 졸여 만든 음식)

北魚 壹級	북어 한 두름(20마리)
乾大口 貳尾	마른 대구 두 마리

乾文魚 貳尾	마른 문어 두 마리
鱁魚脯 壹尾	육어포 한 마리
黃肉 壹隻	쇠고기 한 짝
生文魚 貳枝	생문어 두 지枝(문어를 세는 단위인 듯)
靑魚 貳級	청어 두 두름
鱨魚 壹尾	상어 한 마리
加鯚魚 壹尾	가부어 한 마리
際	끝
辛未 十二月 十三日	신미 12월 13일

(최원경)

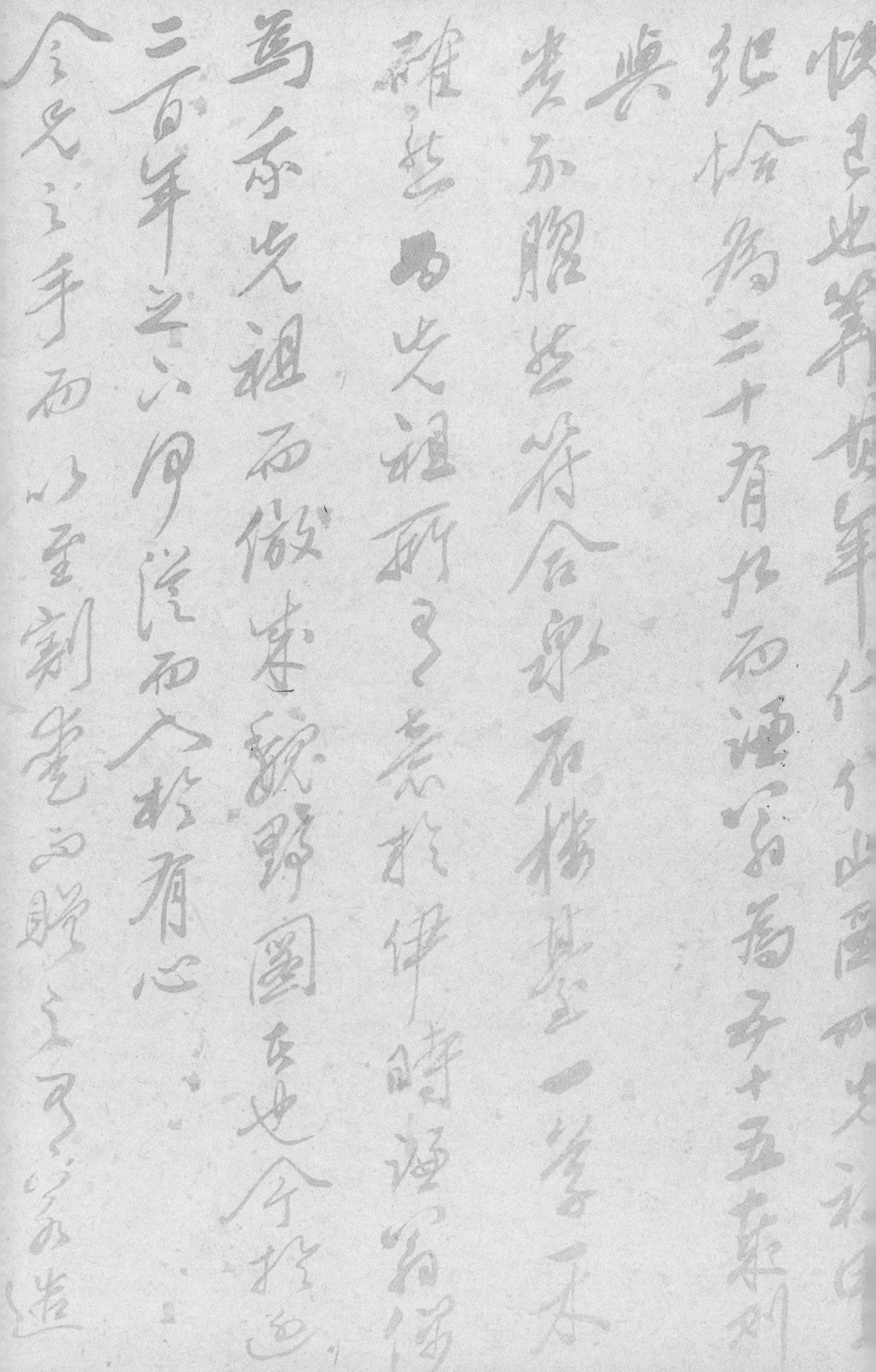

恨之也[illegible]年[illegible]付之此[illegible][illegible][illegible]
紙總爲二十有五面通寫爲五十五葉刻
與
老夫頗與符合鄉石樓[illegible]一[illegible]本
雖然而先祖所已意於伊時通寫備
爲余先祖而做其觀野圖者也今於通
二百年之六月從而入於有心
令兄之手而以至劉[illegible][illegible][illegible]之[illegible][illegible]造

나라와 백성을 생각하며

글의 멋과 맛

생각과 실천

그림과 글씨

필자 소개

奇槿度　경상대학교 지리교육과 교수
金景淑　서울대학교 국사학과 부교수
金德鉉　경상대학교 명예교수
金炳基　전북대학교 중어중문학과 교수
金炳愛　한국전통문화대학교 수석연구원
金相日　동국대학교 국어국문학과 교수
金正起　전 서원대학교 총장
金帝蘭　고려대학교 강사
金宗鎭　전 동국대학교 한문학과 교수
金菜植　성균관대학교 대동문화연구원 수석연구원
金荷臨　성균관대학교 동아시아학과 박사과정
金炫榮　전 국사편찬위원회 연구관
朴炳元　전 전국은행연합회 회장
朴熿熙　고려대학교 강사
朴孝貞　명지대학교 강사
愼民揆　국립고궁박물관 연구원
申濬炯　서울대학교 고고미술사학과 교수
吳世云　용산공업고등학교 교사
兪弘濬　명지대학교 석좌교수
尹善英　국립고궁박물관 연구원
李光虎　국제퇴계학회 회장
李泰浩　명지대학교 미술사학과 초빙교수
林榮賢　한국학중앙연구원 고문헌관리학과 박사과정
林在完　전 태동고전연구소 연구교수
崔鈆植　동국대학교 사학과 교수
崔源京　이아서실
興　善　전 조계종 불교중앙박물관장